T0343805

LENGUA de DRAGONES

S. F. WILLIAMSON

LENGUA DE DRAGONES

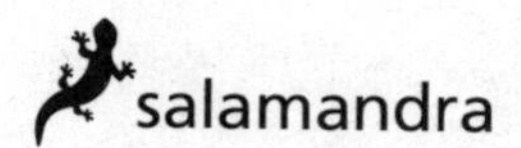

El papel utilizado para la impresión de este libro ha sido fabricado a partir de madera procedente de bosques y plantaciones gestionadas con los más altos estándares ambientales, garantizando una explotación de los recursos sostenible con el medio ambiente y beneficiosa para las personas.

Lengua de dragones

Título original: *A Language of Dragons*

Primera edición en España: enero, 2025
Primera edición en México: enero, 2025

penguinlibros.com

ISBN: 978-607-385-357-6

Impreso en México – *Printed in Mexico*

Para mi marido, que ha creído en mí más aún que yo; para mis padres, que me hicieron el maravilloso regalo de contar con una segunda lengua, y para todos los que tienen el valor de perdonarse a sí mismos

Aquí hay dragones.

1

ESTOY SOÑANDO EN DRACÓNICO OTRA VEZ.

Las largas y enrevesadas frases vienen a mí con mayor facilidad en sueños que cuando estoy despierta y, justo antes de abrir los ojos, permanece en mi mente una palabra.

Mengkhenyass.

¿Qué significa?

Giro en la cama y el sopor va disipándose como la bruma atravesada por los rayos de luz del sol que entran por las ventanas de guillotina. En el suelo, enredado entre una maraña de mantas, ronca mi primo Marquis. Su padre se pasó otra vez la noche charlando con mamá y papá, murmurando sobre huelgas, protestas y fuego de dragones. La presencia de Marquis en el suelo de mi dormitorio se está volviendo algo habitual.

Desde el piso de abajo sube el ruido de cazuelas procedente de la cocina. Echo las piernas a un lado, dejando caer los pies al borde de la cama, y de pronto recuerdo todo: hoy viene a cenar la rectora de la Academia de Lingüística Dracónica. Aquí, a casa de mis padres.

Esta noche.

Llevo semanas esperando este día. No, meses. La doctora Rita Hollingsworth vendrá a ver a mamá para hablar de su teoría sobre dialectos dracónicos; sin embargo, también será mi ocasión para impresionarla y —casi no me atrevo a albergar esperanzas— asegurarme una beca de prácticas para el verano en el departamento de traducción de la Academia.

—¡Marquis! —Le lanzo una almohada a la cabeza a mi primo—. ¡Despierta!

Marquis gruñe algo con la boca pegada a la almohada.

—¡Por Dios, Viv! Pensé que ibas a dejarme dormir.

—Hay demasiado por hacer —le respondo—. A las diez tengo que estar en el taller de encuadernación.

Me pongo la bata y cruzo la habitación hasta el escritorio, donde está la carta de recomendación de mi profesora, perfectamente alisada e impecable. La puerta se abre de golpe y entra Ursa, completamente vestida, pisando a Marquis y agachándose para ponerle unos labios como capullos de rosa junto al oído. Él protesta con otro gruñido.

—¿Primo? —le susurra en voz alta—. ¿Estás despierto?

—Ahora sí que lo está, osita —digo yo, riéndome y extendiendo los brazos. Tiene la piel caliente y suave, y huele a leche y a miel—. ¿Adónde vas?

—No puedo decírtelo —responde Ursa, abriendo mucho los ojos—. Es un lugar secreto.

—¿Un lugar secreto? —Marquis levanta el torso y esboza una sonrisa malvada—. ¡Esos son los que más me gustan!

Ursa suelta una risita y me permite desenredarle el cabello, que se le había quedado prendido a la deshilachada cinta en la que lleva el pase de clase.

Ursa Featherswallow

Edad: 5

Segunda Clase

Examino la cinta de cerca y suelto un improperio.

—¡Ursa! Deberías haberle pedido a mamá que te cambiara la cinta. ¡*Ya sabes* que no puedes arriesgarte a perder el pase!

Tomo el mío, que está colgado de una cinta de terciopelo negro, y me lo pongo al cuello. La idea de que puedan detener a Ursa por haber perdido el pase de clase me aterra. Esas dos palabras —*Segunda Clase*— son la diferencia entre tener algo y no tener nada.

Mi hermana se limita a fruncir el ceño y señala con un dedo la pared de detrás de mi escritorio. Está decorada con papeles: dibujos de las diferentes especies de dragones hechos por Marquis, mi carta de aceptación a la Universidad de Londres y una lámina pintada con acuarelas. Me preparo para la pregunta que me hace Ursa casi todos los días:

—¿Dónde está Sophie?

Me giro de mala gana hacia la pintura, intentando ignorar el repentino golpe de nostalgia que me invade. Me encuentro delante mi propio rostro, sonriéndome, y a su lado el de mi más antigua y querida amiga.

—Ya te lo he dicho —respondo, envolviendo la cara de Ursa con mis manos—. Se fue.

No he visto a Sophie desde el verano, cuando reprobó el Examen y la degradaron a Tercera Clase. En el lapso de unas semanas se vio obligada a abandonar nuestro sueño de ir juntas a la universidad y a dejar el hogar de su familia en Marylebone para dirigirse a una casa de rehabilitación en un barrio de Tercera Clase. Me estremezco al recordar el día de las calificaciones. El llanto débil de Sophie; la forma en que cayó al suelo, como un globo desinflado; el gesto serio de su padre al bajar la vista para leer el papel que sostenía en la mano.

La sensación de culpa me golpea como la ola de un tsunami, dejándome sin aliento.

—Sophie ahora es de Tercera Clase, Ursa —dice Marquis, lanzándome una mirada nerviosa.

Arranco la pintura de la pared.

—¡Ursa! —Es la voz de mamá, desde las escaleras—. Te estoy esperando, cariño.

Ursa sale corriendo de la habitación sin mirar atrás y unos segundos más tarde oigo el portazo de la puerta principal. Dejo caer la acuarela en el bote de basura y saco del armario una blusa de encaje y unos pantalones.

—¿Me das oportunidad de vestirme? —le digo a Marquis, antes de que pueda pronunciar el nombre de Sophie.

Él asiente, recoge sus cosas y sale de la habitación. Dejo que broten las lágrimas, calientes e inevitables, mientras me recojo el fleco con un pasador. Luego parpadeo con rabia para limpiarme los ojos. Lo que le hice a Sophie es imperdonable, pero ya es demasiado tarde para cambiarlo todo. Tomé mi decisión —una decisión horrible, pero necesaria— y ahora tengo que vivir con las consecuencias. Mi dolor no es nada comparado con lo que debe de sentir Sophie.

Unos momentos más tarde tocan la puerta. Abro y me encuentro con Marquis, que me tiende el brazo.

—¿Al encuadernador? —dice, con una sonrisa en el rostro.

Lleva una gabardina de color café claro y el oscuro cabello perfectamente peinado. Enlazo mi brazo con el suyo y noto que la ansiedad disminuye. Tenemos el día por delante, el día en que podré impresionar a Rita Hollingsworth con el portafolio de mis trabajos. Si la noche va como espero, estaré un paso más cerca de convertirme en Vivien Featherswallow, traductora de dracónico.

Fitzrovia bulle de actividad. Me aferro al brazo de Marquis y él va abriéndonos paso por entre los vendedores ambulantes de golosinas y baratijas. Muchos de ellos se giran para saludarlo. Marquis tiene un encanto natural y un ingenio que le han proporcionado todo tipo de privilegios desde que éramos niños, y le cae bien a todo el mundo. Un grupo de hombres con barba inspecciona una colección de libros antiguos, sosteniendo sus lupas para admirar los bordes dorados. El búlgaro es un sonido familiar para mí, y resuena en mis oídos mientras observo una fila de íconos religiosos pintados que parecen mirarme desde uno de los puestos.

—"¡Dragones rebeldes detenidos en Durham!" —grita un vendedor de periódicos—. "¿Está en riesgo el Acuerdo de Paz?".

Marquis y yo nos giramos para leer los titulares y resoplo con desdén.

—¿En peligro? Lleva en vigor más de cincuenta años. Como si unos cuantos rebeldes fueran a acabar con él.

El Acuerdo de Paz entre la primera ministra Wyvernmire y la reina de los dragones británicos permite la coexistencia pacífica y armoniosa de humanos y dragones. Sin eso y el sistema de clases, aún tendríamos problemas de hacinamiento, indigencia y de caza de humanos y de dragones. No entiendo que de pronto haya tanta gente cuestionándolo.

—Ayer oí un rumor muy jugoso —dice Marquis, mientras cruzamos la calle y tomamos Marylebone.

Salto por encima de una profunda fisura en el asfalto, resultado del impacto de la cola de un dragón durante la guerra.

—La novia actual de Hugo Montecue dice que su cuñado vio a un dragón y un avión en el cielo, volando uno junto al otro.

—Eso es mentira. Los dragones y los aviones tienen rutas designadas para evitar colisiones —respondo en el momento en que abro la puerta del taller de encuadernación. En el interior resuena una campanilla.

—Bueno —alega Marquis—, quizá los rebeldes estén consiguiendo imponerse al fin. A lo mejor están más cerca de lo que pensamos de derogar el Acuerdo de Paz.

Le respondo con un bufido:

—Si tus amigos creen que el Gobierno permitirá que los rebeldes se adueñen del cielo, son más *skrits* de lo que pensaba.

—Lo que sucede es que estás celosa porque Hugo Montecue tiene una nueva novia.

—Cállate ya —respondo, torciendo los labios—. Ese chico me sirvió para aprobar Matemáticas, eso fue todo. Era buen profesor.

Marquis sonríe, burlón.

—Seguro que sí.

Hurgo en el bolsillo en busca de monedas para pagarle al encuadernador, pero noto cómo se han encedido mis mejillas. Mis romances —hasta los más insustanciales— deben permanecer tan en secreto como los de mi primo.

—Mira quién habla —susurro en voz baja—. Tú tienes más novios que pañuelos de seda.

El librero me entrega el portafolio y le doy las gracias. Bajo la elegante cubierta de cuero se encuentran mis mejores traducciones; un escalofrío de orgullo me atraviesa el cuerpo.

Todo acto de traducción requiere sacrificio: esa es la dura verdad que me apasiona. No existe una correlación directa entre las palabras de dos lenguas, así que ninguna traducción puede ser por completo fiel al original. Por ello, aunque aparentemente se pueda salvar la distancia entre ellas, siempre quedará un significado más profundo por manifestar, un secreto invisible para los que solo se mueven por el mundo con un idioma.

El traductor, por otra parte, es una criatura que vuela con varios pares de alas.

Resguardo el portafolio bajo mi brazo y salgo de la tienda tras Marquis. Emprendemos el camino de vuelta a casa, pasando por la Universidad de Londres. Ya llevamos dos meses estudiando aquí; incluso, yo me salté el último año de preparatoria para entrar antes. Me gusta tanto que los fines de semana me parecen un aburrimiento. Aún me da envidia que a Marquis le hayan permitido alojarse en el campus solo por ser hombre, aunque también es cierto que sé de universidades en las cuales ni siquiera permiten que las mujeres asistan a clases.

Debes apreciar el lado bueno de la situación, me dijo una vez el tío Thomas.

Y lo hago. La Universidad de Londres, con su campus bañado por el sol, sus altos edificios y su enorme biblioteca, es todo lo que he soñado jamás.

Sueños… Pienso en la palabra dracónica de esta mañana.

Mengkhenyass.

Es komodonés, una lengua dracónica muy poco extendida en Britania salvo por los comerciantes que viajan a Singapur. Tengo la traducción al inglés en la punta de la lengua, pero no consigo recordarla.

—No corras tanto —me dice Marquis de pronto.

Un grupo de gente avanza por una de las calles que salen de Fitzrovia. Echo un vistazo al cartel junto al que pasan antes de invadir la plaza.

Es ahí donde está la casa de rehabilitación de Sophie.

—¡El Acuerdo de Paz está corrupto! —grita una voz.

En medio del grupo, irrumpen hombres de aspecto desaliñado con uniforme y casco blancos.

Son Guardias de la Paz.

Instintivamente, tomo mi pase de clase y noto que Marquis hace lo mismo.

—¡Liberen a la Tercera Clase! —grita una mujer a todo pulmón.

Tanto ella como los suyos agitan carteles sobre sus cabezas.

¡LA COALICIÓN
HUMANOS-DRAGONES
DE BRITANIA
EXIGE REFORMAS!
¡DEFIENDE LA DEMOCRACIA!
¡ELECCIONES GENERALES YA!

Me estremezco al observar que la tiran al suelo y la multitud tras ella se altera, pisoteándola.

—¡Justicia para los dragones! —grita otra voz.

Aparecen más guardias, todos ellos con macanas plateadas. Logro apartarme en el momento en que otro grupo de manifestantes surge a mis espaldas. Uno de ellos me golpea el pómulo con su cartel. Alargo la mano buscando la de Marquis mientras ambas multitudes se unen y se extienden, invadiendo la plaza.

—¡Vamos! —dice Marquis, jalándome para volver a casa.

Corremos por la calle adoquinada y de pronto un destello llama mi atención. Veo en lo alto una macana plateada que refleja la luz del sol a solo unos pasos de nosotros.

—¡Abajo, Wyvernmire!

La macana cae con fuerza sobre la multitud y los gritos llenan la calle. Las salpicaduras de sangre manchan mi abrigo y la cubierta de mi portafolio.

—Oh.

Trastabilleo y emito una exclamación de estupor que al instante queda eclipsada por el grito de una mujer. La multitud se revuelve, crece y se acerca cada vez más, convertida en una masa de cuerpos que van cayendo al suelo. Veo el terror en el rostro de Marquis y me echo a correr nuevamente, pero de pronto tengo que detenerme porque estoy a punto de pisar la cabeza de alguien: se trata de una chica tendida en el adoquín, con la larga melena empapada de sangre y los ojos abiertos, ya sin vida.

Un disparo atraviesa el aire.

—¡Viv! —grita Marquis.

Nos echamos a correr a toda prisa. Los puestos callejeros se van quitando de en medio y por la calle aparecen patrullas a toda velocidad. Veo mi casa, el alto edificio blanco con las cortinas azules. Subo las escaleras tropezando mientras resuena un segundo disparo y luego un tercero. Me tiemblan las manos, pero consigo meter la llave en la cerradura mientras Marquis me empuja por detrás, impaciente.

—No puedo…

Caemos rendidos en el recibidor y Marquis cierra la puerta de un golpe a nuestras espaldas. Casi sin aliento, miro fijamente el rostro cetrino de mi primo y sus zapatos manchados de sangre. El corazón me late desbocado en el pecho y tengo el cabello empapado de sudor.

—¿Qué fue *eso*? —pregunto.

—Manifestantes rebeldes —responde Marquis.

Aparece ante mis ojos el cabello ensangrentado de la chica muerta y me llevo una mano a la boca. Se me revuelve el estómago. Siempre me había imaginado que los rebeldes eran un partido político organizado con una sede oficial, compuesto por furiosos dragones y radicales armados, no por los mismos hombres y mujeres que veo cruzar la plaza a diario. Mucho menos por chicas adolescentes.

Doy un brinco al oír que la puerta de la casa se abre de nuevo. Mamá entra a toda prisa, con Ursa en brazos. Mi hermana llora desesperadamente.

—Cierren bien la puerta —nos dice mamá, dejando a Ursa en el suelo—. Y no se acerquen a las ventanas.

La obedezco, cruzando una mirada con Marquis, mientras mamá le quita el abrigo y las botas a Ursa.

—Ustedes dos, denme los zapatos y cualquier otra cosa que se haya manchado —ordena mamá, mientras se quita el abrigo también—. Y tú ocúpate de tu hermana.

—Shhh, tranquila, osita —le susurro, arrodillándome para decirle al oído cosas que puedan calmarla.

Marquis se pone de pie y, contratrio a las órdenes, se queda observando por la ventana. En unas horas, mamá habrá borrado cualquier rastro de nuestra presencia accidental en la protesta de los rebeldes. Mi ropa aparecerá en el armario, planchada e impecable, y será como si nunca me hubiera cruzado con una macana plateada ni con el cadáver de una chica de Tercera Clase.

Ese es el motivo.

De pronto, lo tengo claro, sin margen de duda.

Este es el motivo por el que puedo contar las pocas malas calificaciones que he obtenido en mi vida con la línea de cicatrices blancas que llevo en el brazo.

Este es el motivo por el que permití que Hugo Montecue deslizara la mano por debajo de mi vestido a cambio de clases de Matemáticas el año pasado.

Este es el motivo por el que traicioné a mi mejor amiga.

Para aprobar el Examen. Para convertirme en traductora de dracónico.

Para no correr el riesgo de ser degradada a la Tercera Clase.

Ursa comienza a hipar a causa del llanto mientras acaricia la nueva cinta azul pálido en la que lleva su pase de clase.

—¿Quieres que juguemos un juego? —propone Marquis, tomándola de la mano.

Espero a que desaparezcan por la sala antes de recoger mi portafolio del suelo. Le limpio la sangre de la cubierta, aliviada de que mamá no lo viera y me hiciera tirarlo a la basura. Después me dirijo al comedor: la mesa ya está puesta. La cena de esta noche es totalmente obra de mamá, ya que nunca hemos tenido doncella ni cocinera. No nos quedaría dinero para las clases particulares.

Dejo el portafolio apoyado contra el respaldo de mi silla; las marcas oscuras de la cubierta pueden pasar por manchas de agua. ¿Mis traducciones bastarán para que Rita Hollingsworth se plantee ofrecerme una beca? Eso, junto con mis cartas de recomendación y la actitud profesional que me enseñaron a adoptar en clase, debería hacer que resultara tan convincente como el día del Examen. *Fruta madura lista para recoger*, tal como dijo papá ese día. Aún no sé muy bien qué quería decir, pero así es como me veo ahora. Soy una fruta muy, muy madura: brillante por fuera, pero podrida por dentro.

El timbre suena a las siete en punto, justo en el momento en que mamá coloca las últimas flores en un jarrón sobre la mesa. Un mechón suelto de cabello rubio pálido cae sobre su frente. Me sonríe, dándome ánimos. Con mis rizos oscuros y mis pecas en el rostro no me parezco en nada a ella, pero eso ya no me sorprende. Ella es sensata, paciente, serena. Yo soy inquieta, impetuosa, egoísta.

Papá le da un beso en la mejilla y, con una floritura, saca dos botellas de vino de la espalda.

—Pensé que habíamos quedado en abrir solo una botella —protesta mamá.

—Es cierto —responde papá—, pero dado que tenemos una invitada tan distinguida, pensé que quizá no bastaría solo con una.

El tío Thomas responde con un gruñido desde su asiento. Papá empezó a beber durante los días en que esperábamos las calificaciones de mi Examen y desde entonces no ha parado.

—Dame eso —dice el tío Thomas, agarrando las botellas de merlot.

Las abre con un sonoro *pop* y las coloca junto al fuego, para que respiren. Papá se acerca más a mamá, señala su trabajo de investigación, que se encuentra en la repisa de la chimenea, y susurra:

—No muestres todas tus cartas desde el principio.

Conozco lo suficiente sobre la investigación de mamá como para entender que esta es una noche importante. Ella considera que cada lengua dracónica posee dialectos, es decir, ramificaciones de los idiomas propios de un grupo o un lugar en particular. Si se consigue demostrar la existencia y el significado cultural de esos dialectos, afirma, se le recordará a la sociedad lo parecidos que somos los dragones y los humanos. Sin embargo, la Academia sostiene que los dragones son demasiado solitarios como para que sus lenguas se hayan extendido y hayan evolucionado derivando en otras.

La iluminación en el comedor es perfecta y la temperatura, agradable. En la mesa luce la mejor porcelana rosa de mamá. Hay estanterías con libros, una serie de cuadros decora todas las paredes y Mina, nuestra gata de pelo blanco, duerme en el diván. Esta es la estancia de la casa donde se quedan charlando mis padres y el tío Thomas noche tras noche. Al principio yo pensaba que platicaban de trabajo, pero el tío Thomas no es antropólogo como mamá y papá. Es de la rebelión de lo que hablan... De eso, y de la amenaza de que haya otra guerra. Anoche oí fragmentos de su conversación, camino a la cama.

El castigo para el golpe de Estado es la muerte.

—¡Doctora Hollingsworth —exclama mamá—, bienvenida a nuestra casa!

Todos nos giramos para mirar a la mujer menuda y de cabello plateado que está entrando a la sala. Tiene la piel bronceada y curtida por el tiempo, y arrugas en las comisuras de los ojos. Lleva una larga boquilla para cigarros en una mano, un maletín en la otra y varios anillos en los dedos. Ursa ve cómo brillan y los contempla con envidia.

—Estoy encantada de estar aquí —dice la doctora Hollingsworth, entregándole el abrigo a Marquis.

Él se gira para mirarme y levanta una ceja. Yo le devuelvo la mirada, instándolo a que sea educado con la mujer que podría tener la llave de mi futuro.

—¿Vieron, doctor y doctora Featherswallow, la manifestación rebelde que hubo esta tarde? —comenta la doctora Hollingsworth, mientras papá la acompaña a su lugar—. Qué contratiempo, toda esa violencia justo frente a su hogar.

—Por suerte, todos estábamos en casa —se apresura a responder mamá, lanzándome una mirada de advertencia—. Doctora Hollingsworth, ¿puedo ofrecerle una copa de vino?

Escucho a Rita Hollingsworth, quien habla con mis padres mientras vacían sus platos de pierogi a la mantequilla, y en sus ojos fulgura un brillo que solo puedo describir como de genialidad.

Esta mujer definió por sí sola la sintaxis de tres antiguas lenguas dracónicas y es la rectora de una institución que le ha dado al dracónico una forma escrita. Y aquí está, en mi casa, escuchando a mi mamá.

—Tal como sabe, doctora Hollingsworth, los dragones han hablado en cientos de idiomas durante milenios —afirma mamá—. Y mi investigación demuestra que sus capacidades lingüísticas se extienden más allá. Yo creo que algunos grupos reducidos, aunque densos, hablan dialectos derivados de los idiomas ya conocidos. Esos dialectos se diferencian claramente entre sí, igual que el inglés de la Reina se diferencia, por ejemplo, del de Liverpool.

—Doctora Featherswallow, si los dragones hablaran en dialectos regionales, sin duda los habríamos oído.

—Podrían no ser dialectos regionales —responde mamá con entusiasmo—. Podrían ser…

La doctora Hollingsworth levanta la palma de la mano indicándole que no siga. Al ver el gesto, casi me atraganto y, al otro lado de la mesa, Marquis escupe el vino que tenía en la boca, devolviéndolo a la copa.

—Doctora Featherswallow, usted es de Bulgaria, ¿verdad?

—Yo… sí —responde mamá.

—¿Y cuándo vino a Inglaterra?

—En 1865. Aún era una niña.

—Tras la Masacre de Bulgaria, entonces —observa la doctora Hollingsworth, dejando el tenedor en la mesa—. ¿Perdió a muchos familiares con el ataque de los dragones búlgaros?

—Bastantes, incluida mi madre —responde mamá, con tranquilidad. Eso es todo lo que me ha contado sobre su familia. Que huyeron de Bulgaria cuando se produjo el alzamiento de los dragones y que solo sobrevivieron ella y su padre. Mi abuela pereció junto a la mayor parte de la población humana de Bulgaria.

—Debo admitir que me sorprende que se convirtiera en antropóloga y que se dedique al estudio de las criaturas que tanto sufrimiento le han causado a su familia —comenta la doctora Hollingsworth—. Muchos de los búlgaros que he conocido llevan consigo hierbas que creen que los protegerán de los dragones y han jurado no volver a confiar nunca más en uno de ellos.

Mamá sonríe y papá toma su mano.

—Antes del cierre de fronteras, mi esposa viajó por el mundo con su investigación, doctora Hollingsworth —explica él—. Por cada dragón sediento de sangre que halló en Bulgaria, ha encontrado muchos más que solo buscaban la paz.

La doctora Hollingsworth se gira hacia papá:

—¿Y acaso no tenemos suerte de contar con el Acuerdo de Paz, que nos da esa seguridad?

Papá se queda rígido y veo que mamá le apoya una mano en la espalda. Él se sirve otra copa de vino.

—¡Alabadas sean la paz y la prosperidad! —dice mamá, recitando el lema nacional de Britania con la misma tonadita que usa para ayudarle a Ursa a memorizar cuando estudia, y la doctora Hollingsworth sonríe complacida.

Yo apoyo una mano en el portafolio que tengo sobre las piernas, pensando en el participio pasado en draecksum, en la página nueve. ¿Será un buen momento para abordar el tema de las prácticas? Miro a mamá, esperando recibir su aprobación, cuando me doy cuenta de que la doctora Hollingsworth me está mirando fijamente.

—Vivien Featherswallow —dice—. He oído que tú también eres una lingüista en ciernes, ¿no?

De pronto siento como si una energía recorriera mis venas, y me yergo más aún en el asiento.

Es mi oportunidad. Sonrío tal como me han enseñado.

—Estoy estudiando Lenguas Dracónicas en la Universidad de Londres —respondo—. Es mi primer año.

—Magnífico —comenta la doctora Hollingsworth—. ¿Y tienes muchas ocasiones para practicar?

—¿Practicar?

—Con dragones, querida.

—Oh…

La pregunta tiene sentido, pero yo nunca había pensado demasiado en ello. Ahora lo hago y caigo en la cuenta de que no le he dicho más que un puñado de palabras a un dragón desde que tenía la edad de Ursa.

—Este año sustituyeron al último profesor dragón por un humano, así que…

—¿Cuántas lenguas dracónicas hablas? —me pregunta en un perfecto wyrmerio.

—Seis —respondo en el mismo idioma. Luego paso a komodonés, cuyo estudio acabo de iniciar—. Pero en esta última aún no tengo mucha fluidez.

—*Esti tin Drageoir?* —me pregunta en drageoir—. *Depuise quantem temps scrutes?*

—Como es la lengua dracónica oficial en Francia, empecé a aprenderla cuando tenía ocho años —respondo con el perfecto acento drageoir que aprendí de uno de mis profesores particulares—. Es una de las más fáciles, en mi opinión.

La doctora Hollingsworth sonríe, divertida, antes de volver a usar el inglés:

—¿Y qué te pareció el Examen? Oí que lo aprobaste brillantemente.

Siento un nudo en el estómago ante la mera mención del Examen, pero no dejo de sonreír. ¿Dónde se habrá enterado de eso?

—Vivien trabajó durísimo para aprobar —dice papá—. Algunas de sus amigas no corrieron con la misma suerte.

La doctora Hollingsworth gira la cabeza bruscamente en dirección a mi padre.

—¿Usted diría que es cuestión de suerte, doctor Featherswallow?

—Nuestra amiga Sophie trabajó igual de duro que Viv —comenta Marquis—. No esperábamos que reprobara.

El nudo de mi estómago se endurece aún más. Marquis es un año mayor que nosotras, así que hizo el Examen antes. No obstante, la degradación de Sophie le ha dolido mucho.

Ursa golpea el plato al ensartar un pierogi con su tenedor.

—¿Y qué es lo que crees tú, señorita Featherswallow?

Le lanzo una mirada nerviosa a mamá. ¿Qué tiene que ver todo esto con los dialectos dracónicos? Todos los adolescentes hacen el Examen cuando cumplen dieciséis años. Los que aprueban permanecen en su clase de nacimiento, salvo por los chicos de Tercera Clase, quienes ascienden a Segunda Clase. Los que reprueban bajan de clase, salvo por los de Tercera Clase, que no pueden bajar más. Así ha sido desde que yo nací, al menos.

Pienso en los meses de estudio, en las solicitudes enviadas a las universidades, en las manos errantes de Hugo Montecue.

—Para mí, reprobar no era una opción —respondo.

Por eso le arruiné la vida a Sophie.

La doctora Hollingsworth me guiña un ojo y yo me dejo caer sobre el respaldo de la silla, sorprendida. ¿Dije lo correcto? Mamá me mira y asiente casi imperceptiblemente.

—Habla de suerte, doctor Featherswallow, pero aun así le paga los mejores libros, las mejores escuelas y las mejores clases particulares a sus hijas, ¿no es cierto?

«No las mejores —quisiera matizar—. El Cheltenham Ladies' College solo acepta a chicas de Primera Clase», pero no digo nada. Quizás ahora tengamos que hacer algunos sacrificios, pero puede que los Featherswallow de la próxima generación sean de Primera Clase.

Papá vacía su copa de vino y vuelve a llenarla. Veo que frunce los párpados. Es como si la temperatura de la sala hubiera descendido de pronto.

—Hago más que eso, señora —dice—. Vivien ya tenía su lugar reservado en la St Saviour's School for Girls incluso antes de que hubiera nacido. Su madre no la dejaba acostarse hasta asegurarse de que se sabía todos sus libros de memoria. Ella tiene cicatrices en los brazos de los golpes recibidos de su propio padre... —A papá se le quiebra la voz y el tío Thomas tose sonoramente.

Es como si se me congelara el corazón. Por un segundo no consigo apartar la vista del rostro de papá. ¿Cómo llegamos a ese punto? Miro a Marquis, luego a mamá y luego a papá, que le da otro trago al vino.

La doctora Hollingsworth sonríe.

—Es lo que hacen unos padres que se preocupan —dice, con voz suave.

—Pero eso no sería necesario, ¿verdad? Si...

Mamá le aparta la copa de vino a papá, que ya arrastra la lengua.

—... si mis hijas no vivieran con la amenaza de la Tercera Clase colgando sobre sus cabezas.

Mamá se levanta de un salto, como si se hubiera quemado; la copa resbala por su mano y el contenido se derrama por el suelo de madera. El vino comienza a colarse por las grietas y fisuras, formando un charco carmesí. La doctora Hollingsworth se pone de pie. Contengo la respiración.

—Si me disculpan —dice, sacando la boquilla del bolsillo—, creo que me retiraré a la sala de fumar.

Recoge su maletín y sale del comedor. Yo me giro hacia Marquis, pero él está mirando a papá entre atónito y admirado.

—Acabas de arruinarlo todo, John —murmura el tío Thomas.

Mamá está temblando, con la boca convertida en una rígida línea recta. Papá se recuesta en su silla y me mira, con los labios manchados de púrpura a causa del vino. Tiene lágrimas en los ojos. Yo nunca lo había escuchado quejarse ni mínimamente sobre lo que ha hecho para educarme. ¿Por qué decidió hacerlo ahora, frente a una extraña y, sobre todo, una tan importante? Él mete la mano en el bolsillo y saca una licorera, pero mamá se la arranca de la mano antes de que pueda desenroscar la tapa siquiera.

—Mamá —dice Ursa—. ¿Por qué estás tan enojada?

Mamá se pellizca el puente de la nariz y el tío Thomas se acerca a susurrarle algo al oído.

«¿Qué le pasa a tu papá?», me pregunta Marquis, articulando las palabras sin voz.

«Dos botellas de vino», habría querido responder. La llama de la emoción que sentía momentos antes se ha apagado y en su lugar ha surgido una rabia ardiente. Miro a mi padre, furiosa. He perdido mi única oportunidad de enseñarle mis traducciones a la doctora Hollingsworth.

—¿Puedo ir a la sala de fumar? —pregunta Ursa.

Marquis y yo nos miramos. No tenemos sala de fumar.

Entonces ¿adónde fue Rita Hollingsworth?

Papá intenta jalar a mamá y hacer que se siente sobre sus piernas, pero ella lo aparta de un empujón.

—Lo siento, Helina…

Tomo mi portafolio y me escabullo por la puerta.

El vestíbulo está en silencio, salvo por el tictac del reloj de pie. Al final del pasillo se encuentra el estudio de mis padres y una salita. ¿Alguna de esas dos estancias podría considerarse como una sala de fumar? Avanzo en silencio hacia allá, con la mente aún en ebullición. ¿Qué le sucedió a papá para que se pusiera a hablar casi como si estuviera en contra del sistema de clases? La puerta del estudio está entreabierta y la tenue luz de dentro se proyecta en el pasillo. Me recompongo, recupero la sonrisa y abro la puerta por completo.

—Siento que mi padre haya hablado de más, doctora Hollingsworth.

Se encuentra sentada frente a la mesa de papá, con un cigarro humeando en el cenicero. Dos de los cajones están abiertos. Levanta la vista sin parpadear siquiera.

—El vino hace discutir a cualquiera, Vivien —dice, quitándole importancia. Me acerca una cajita plateada y la agita—. ¿Un cigarro?

—No fumo.

—Un día lo harás, si tienes una carrera como la mía.

Aprovecho la ocasión:

—Doctora Hollingsworth, ¿querría considerar la posibilidad de aceptarme en su programa de prácticas para el verano? —Le tiendo mi portafolio por encima de la mesa—. Estos son mis mejores trabajos, junto con una carta de recomendación de uno de mis profesores.

Me mira, pensativa, soltando el humo por la boca y la nariz.

—¿Deseas dedicarte a la investigación, como tus padres?

—No —respondo—. Quiero ser traductora. Quiero descubrir nuevos idiomas dracónicos. Como usted.

A la brillante Rita Hollingsworth se le iluminan los ojos.

—He oído cosas positivas sobre ti —dijo—. Eres exactamente el tipo de estudiante que me gustaría reclutar.

El corazón se me dispara en el pecho.

—Para mí sería un honor…

Se escucha un golpe y luego ruido de cristales rotos. Me doy la vuelta en el acto. ¿Papá habrá tirado algo? Me acerco a la puerta, pero Hollingsworth me sujeta por la manga.

—Veo un futuro brillante para ti, Vivien. Pero para alcanzarlo quizá tengas que buscar en lugares inesperados.

La miro fijamente, intentando entender qué quiere decir.

Entre las arrugas cubiertas de maquillaje y el labial rojo veo un gesto seguro, decidido. Deslizo la vista hacia el teléfono. Está descolgado.

Mamá está gritando.

—¡Guardias de la Paz! —grita una voz—. ¡Están detenidos!

El mundo se frena de golpe. Observo fijamente a Rita Hollingsworth y el papel que acaba de sacar del cajón del escritorio de papá. De pronto me doy cuenta de lo que ocurre en realidad.

—No vino a escuchar las teorías de mi madre, ¿verdad?

Me suelta la manga y sonríe. De pronto, vuelve a mi mente la palabra de mi sueño y todas sus traducciones.

Mengkhenyass.

Serpiente.

Enemigo.

Impostor.

2

AHORA QUE RECUERDO LA PALABRA en una lengua dracónica, comienzo a recordarla en otras también. Las traducciones llegan a mi boca mientras corro, con la cabeza dándome vueltas, en dirección al comedor.

Faitour. Slangrieger. Izmamnees.

En el vestíbulo hay dos Guardias de la Paz, con los fragmentos de cristal de la puerta de entrada regados por el suelo. La luz de las lámparas se refleja en sus viseras, las cuales les cubren los ojos. Me freno de golpe y veo a papá saliendo a toda prisa del comedor.

—¿Cómo se atreven a entrar a mi casa…?

Aparecen otros más por la puerta y el cristal del suelo cruje bajo sus botas. Agarran a papá por los brazos.

—¡Suéltenlo!

Voy hacia mi padre, pero el tío Thomas llega antes que yo. Se lanza entre papá y los guardias y escucho un crujido asqueroso en el momento en que alcanza la rodilla de uno de ellos con el pie. Sujeta a uno de los guardias y lo tira al suelo.

—¡Vivien!

Mamá me llama desde la puerta. Voy a su lado justo en el mismo momento en que llega otro guardia, este armado con una pistola. Ursa está gritando, intentando soltarse de Marquis para ir corriendo hacia papá. Marquis agita el brazo, colocándose delante de nosotras, y mira al casco del guardia.

—¡No las lastimen! —le ruega—. Por favor.

Me quedo helada, contemplando cómo el guardia apoya el cañón de la pistola en el hombro de Marquis. Ursa hunde la cara en la falda de mamá y el guardia baja el arma.

—Helina Featherswallow, John Featherswallow, Thomas Featherswallow —dice—, están detenidos como sospechosos de desobediencia civil.

¿Desobediencia civil?

Hay al menos diez guardias en el vestíbulo. Tienen a papá y al tío Thomas inmovilizados, tendidos en el suelo, con las manos esposadas a la espalda. Me quedo mirando a mamá, que llora en silencio, acariciando la cabeza de Ursa. ¿Por qué no les está diciendo que han cometido un terrible error?

—Díselo, mamá —le suplico—. Diles que se equivocaron de casa.

Los ojos azules de mamá tienen un brillo eléctrico.

—Toma a tu hermana y a tu primo y váyanse de Londres —me dice en búlgaro. Alguien le sujeta las muñecas por delante del cuerpo—. Váyanse lo más lejos que puedan.

El corazón se me encoge en el pecho.

—¡Mamá! —Ursa sigue a mamá, trastabillando, en el momento en que dos guardias la sacan a empujones y le registran los bolsillos. En la calle aguarda una fila de automóviles negros.

Las cortinas de las casas vecinas tiemblan ligeramente.

El cielo está oscuro, como el humo de dragón.

—¡Papá, por favor, dime qué está pasando!

Apenas me percato de que Marquis sujeta al tío Thomas por el hombro y grita mientras los guardias se lo llevan a rastras. Estoy demasiado ocupada viendo cómo meten a mi padre en uno de los coches. Me acerco hasta donde me permiten llegar.

—¿Papá? —digo, intentando controlar la voz.

Él traga saliva y me acerco para tocar su rostro. Se inclina hacia delante, con los ojos rojos. Huele a vino, pero la mirada que me dedica es la de alguien perfectamente sobrio.

—El pueblo no debería temer a sus primeros ministros, Vivien —dice—. Los primeros ministros deberían temer al pueblo.

Lo meten en el coche y cierran de un portazo. Yo retrocedo, sintiendo el latido de mi sangre en las venas de las sienes. La calzada adoquinada de Fitzroy Square se agita ante mis ojos como el agua del mar. Escucho el impacto de sus puños contra el cristal. Un llanto agudo atraviesa el aire.

—Vamos, cariño, suéltala.

Hollingsworth está arrodillada junto a la desconsolada Ursa, intentando convencerla de que suelte a mamá. Es la visión de mi hermana, con sus deditos aferrados a la tela de la falda de mamá, lo que me devuelve a la realidad.

—¡No se atreva a dirigirle la palabra! —le digo.

Tomo la manita de Ursa, abriéndole el puño, y la levanto del suelo. Está hecha un mar de lágrimas. Hollingsworth se pone de pie y frunce los labios.

—Recuerda lo que te dije —me susurra mamá en búlgaro.

Ahora tiene una mirada dura en los ojos. Me acaricia la mano con el dorso de la suya, un gesto de ternura invisible que dice cien cosas a la vez. Luego le da un beso en la mejilla a Ursa y se sube al automóvil, para desaparecer tras la ventanilla tintada. Aún recuerdo su perfume. Suelto un sollozo ahogado y la veo alejarse con una sensación de náuseas en el estómago. Ursa se ha dejado caer entre mis brazos.

—Pase de clase —me grita un guardia—. Enséñamelo.

Busco el pase que llevo colgado del cuello y se lo entrego.

—Segunda Clase. Diecisiete años —le dice el guardia a su superior.

—¿Y este?

El oficial señala a Marquis, quien mira fijamente el lugar vacío donde estaba el coche en el que acaban de llevarse a su padre. El otro guardia tiene su pase de clase en la mano.

—Segunda Clase. Dieciocho años.

El oficial asiente y el guardia sujeta a Marquis del hombro. Luego lo esposa.

—¡No! —grito yo—. ¡Él no ha hecho nada! Es…

—Vivien Featherswallow, como menor, no quedas detenida. Sin embargo, estás obligada a permanecer en tu domicilio hasta que tus padres vayan a juicio y pueda demostrarse tu inocencia.

Marquis nos mira a mí y a Ursa, y veo que le tiembla la mandíbula.

—La pena por desobedecer esta orden es la reclusión inmediata —añade el oficial—. ¿Lo entiendes?

—Sí, pero mi primo…

—Es un adulto y será juzgado como tal —responde el oficial.

Ursa solloza entre mis brazos y estira sus bracitos en dirección a Marquis, pero ya se lo están llevando a empujones hacia el último automóvil que queda.

—No te preocupes, Marquis —le digo, lanzándome hacia el coche antes de que me puedan detener—. Te liberarán en cuanto se den cuenta de que eres inocente, de que todos lo son.

Me echa una mirada de desolación justo antes de que le cierren la puerta en la cara y alguien me jale, apartándome.

Al girarme, me encuentro a otro guardia saliendo de la casa con una caja. Del cinturón le cuelga un cuchillo en una funda de cuero.

—La primera ministra querrá ver esto. Lo encontré en un armario secreto en el despacho.

¿Un armario secreto? ¿En nuestra casa?

El guardia apoya la caja.

—La llave estaba debajo del vestido de la madre.

Siento una rabia que me bulle dentro, como una fiebre. Él me mira y hace una mueca.

—Sonríe, bonita.

—Si le ponen un dedo encima a mi mamá...

La bofetada llega de la nada. Retrocedo, tambaleándome, viendo manchas ante mis ojos. Marquis ruge dentro del coche cerrado y los gritos histéricos de Ursa resuenan en la calle. El guardia levanta su visera y me mira como si le hiciera gracia.

—Vamos, vamos, guardia 707 —le dice el oficial—. Ese no es modo de tratar a una ciudadana de Segunda Clase. La señorita Featherswallow simplemente le está pidiendo que trate a su madre con el respeto que merece su posición social. Aunque sea una sabandija búlgara —añade, y se carcajea bajo su casco. Yo me giro para no verlo.

—Tranquila, Ursa —le digo a mi hermana, intentando controlar mis propios sollozos.

—Envíen la prueba directamente a la oficina de la primera ministra Wyvernmire —dice el oficial de los guardias—. Ella la examinará por la mañana, a su regreso de los territorios dracónicos.

—Que sea rápido —dice una voz, con total tranquilidad—. Es un asunto de máxima urgencia.

Es Rita Hollingsworth, que se mete en el bolsillo el papel que tomó de la mesa de papá. A través de las lágrimas consigo ver unas líneas garabateadas en tinta turquesa.

—No tenía ningún interés en la investigación de mi madre —le digo—. Todo fue un truco para entrar a nuestra casa. Los traicionó...

—No, Vivien —responde Hollingsworth—. Ellos te traicionaron a ti. Y a tu hermana. Y a su país.

—¡Eso no es cierto! —grito—. ¡Detuvieron a quienes no debían!

Tras el coche donde tienen a Marquis se detiene otro más.

—Hace meses que la primera ministra Wyvernmire tiene a agentes vigilando tu casa —dice Hollingsworth—. A agentes vigilándolos *a ustedes*. Ya te lo dije antes, Vivien, que encontrarás tu futuro en lugares inesperados. Cuando lo hagas, debes aferrarte a él y conservarlo, cueste lo que cueste. —Me mira fijamente con esos ojos brillantes—. Estoy segura de que volveremos a vernos muy pronto.

Se sube al coche y cierra la puerta. Los automóviles avanzan y veo la silueta de Marquis por el parabrisas trasero hasta que desaparece a lo lejos.

—Vamos —le susurro a Ursa, con la boca pegada a su cabello—. Entremos.

Me abro camino por entre los fragmentos de cristal de la puerta delantera. Registraron el comedor y todos los armarios y los cajones están revueltos. La mesa está de lado y por el suelo hay restos de comida y de la vajilla hecha pedazos. Uno de los cuadros está torcido, como si alguien hubiera mirado detrás. Y Mina está agazapada detrás de la *chaise longue*, bufando.

Por un momento, un momento terrible, siento ganas de reír.

Dejo a Ursa en el suelo y ella contempla la escena con los hombros caídos. Ha perdido la cinta del cabello y tiene las pestañas mojadas de lágrimas.

—Limpiemos esto un poco —le digo, forzando un tono jovial.

Ursa me mira con esos ojos grandes y solemnes que tiene.

—Estoy segura de que mamá y papá volverán en unos días, y no queremos que la casa esté hecha un desastre cuando vengan, ¿o sí?

Enderezo la mesa y recojo los pierogi del suelo, haciendo un esfuerzo para que no me tiemblen las manos. Acomodo el cuadro y me llevo las botellas de vino vacías. Mientras recojo el cristal del vestíbulo con la escoba, Ursa le da de comer a la gata.

—Come con cuidado —escucho que le dice a Mina—. No queremos que cuando vuelvan papá y mamá la casa esté sucia, ¿verdad?

Después ayudo a Ursa a ponerse la piyama.

—No he recitado mis lecciones —dice ella, bostezando.

—Por esta vez no pasa nada —respondo.

Le acaricio el cabello hasta que se duerme; luego cierro la puerta de su habitación. Abajo, el comedor está en silencio salvo por el crepitar de la chimenea. Me siento en una silla y recuerdo la mueca burlona del guardia al pronunciar la palabra *sabandija*. ¿Quizá van por nosotros o nos tendieron una trampa porque mamá es búlgara? El pobre Marquis estará encerrado en una celda acusado de algún cargo falso mientras yo estoy aquí, sola, en esta enorme casa vacía.

Y mis padres... Contengo una exclamación y luego el llanto.

El golpe de Estado se castiga con la muerte.

¿De eso hablaban todas esas noches en el comedor? ¿Acaso papá, mamá y el tío Thomas planeaban unirse a algún grupo rebelde para derrocar al Gobierno?

No lo puedo creer. No quiero creerlo. Los Featherswallow llevan sus pases, respetan las separaciones entre clases y preparan a sus hijos para el Examen. Mamá y papá nunca harían algo tan estúpido, tan egoísta.

El pueblo no debería temer a sus primeros ministros, Vivien. Los primeros ministros deberían temer al pueblo.

Wyvernmire, la primera mujer en alcanzar el cargo de primer ministro, se encuentra en su segundo mandato. Lideró a Britania durante la Gran Guerra y ha contribuido a que se mantenga la paz entre humanos y dragones. Nunca he oído que mis padres digan una sola palabra en su contra. ¿Qué quería decir papá, entonces?

Me pongo de pie tan rápido que casi me mareo. El guardia dijo algo sobre un armario secreto. El suelo del estudio está cubierto de papeles y de libros derribados de las estanterías, algunos con el lomo abierto en dos. Por la ventana entreabierta se filtra el viento frío. La colilla del cigarro de Hollingsworth sigue en el cenicero. Siento que las lágrimas vuelven a aflorar. Aquí es donde mamá y papá pasaban la mayor parte de su tiempo, trabajando para demostrar sus últimas teorías sobre el comportamiento y la cultura de los dragones. Es una estancia llena de conocimiento, de preguntas, de planteamientos. A través de las lágrimas veo algo. El lateral del escritorio de papá está… ¿abierto? Con el corazón golpeándome el pecho, me acerco y me agacho. El panel de madera se abre como una puerta, con una cerradura disimulada entre las molduras doradas decorativas. Detrás hay un compartimento secreto, vacío salvo por un cortaplumas. Lo meto en mi bolsillo y meneo la cabeza, incrédula. Ocultaban algo. Y fuera lo que fuera, ese algo ahora está en una caja, dentro de uno de los coches de los guardias.

Escruto el resto de la habitación. El viejo sofá verde parece estar intacto, igual que el piano y el armario donde están expuestos mis trofeos de la escuela. Solo movieron el carrito de las bebidas. Es un globo terráqueo pintado, cuya mitad superior se puede levantar, dejando a la vista las botellas que hay dentro. Cuando era pequeña, me encantaba reseguir las fronteras de cada país con el dedo y aprender los nombres de los diferentes mares. Lo miro atentamente. Están Rumanía, Yugoslavia y Grecia, y encajada entre ellas se encuentra Bulgaria, país de dragones. En el lado izquierdo del globo está Estados Unidos, el lugar donde nació la madre de Marquis. Ahí existen algunos estados que viven en paz con los dragones y otros donde los cazan.

Frunzo el ceño. Alguien trazó una línea sobre la superficie pintada del globo con un objeto afilado, creando una incisión que empieza en Bulgaria y termina en Britania. Justo al lado de la línea hay una representación en miniatura del escudo de armas de Wyvernmire, una W envuelta en la cola de un guiverno. Está dibujado en tinta turquesa, del mismo color que utiliza papá con su pluma fuente.

¿En qué estaba pensando cuando dibujó eso en el carrito de las bebidas? ¿Lo habrán visto los guardias? ¿Qué significa? Primero la mención del golpe de Estado, luego mamá diciéndome que huya de Londres, y ahora esto. Me recuesto en el escritorio y cierro los ojos.

Significa que son culpables.

Si eso es cierto, lo que hayan encontrado los guardias en ese armario secreto podría demostrarlo. Y si el Gobierno lo ve, o si lo presentan ante el tribunal...

Mis padres y el tío Thomas serán sentenciados a muerte.

¿Y qué ocurrirá con Marquis? Al pensarlo, no puedo contener un gemido. ¿Cómo pudieron hacernos esto nuestros padres? ¿Cómo pudieron hacer todo lo que siempre nos han dicho que no hagamos? *No te quites nunca el pase, nunca socialices con nadie de una clase inferior, nunca rompas las normas.* La idea de que pudieran degradarme le aterraba tanto a papá que me he llevado más de un azote por desobedecer... Entonces ¿por qué hizo algo por lo que Ursa y yo podríamos ir a parar a una casa de rehabilitación antes incluso de que se enfríe su cadáver?

El reloj de la pared marca las diez de la noche. Mañana por la mañana, la primera ministra Wyvernmire llegará a su despacho en Westminster y examinará cualquier prueba que hayan encontrado los guardias.

Un sonoro graznido procedente de una esquina me hace dar un brinco. El dracovol de papá —una minúscula subespecie de dragón— está en su soporte, dentro de la jaula, contemplándome. No ha salido desde ayer, cuando mamá lo envió a entregar una carta. Tomo la jaula, la apoyo en el alféizar y abro la puertecita. El dracovol sale volando, perdiéndose en la noche. Cierro la ventana y me quedo mirando la jaula vacía.

Necesito eliminar las pruebas contra mis padres, pero no tengo ninguna posibilidad de superar los controles de seguridad de Westminster. Así pues, a menos que los papeles que los incriminan decidan entrar en combustión espontánea durante la noche, no hay salida.

Sin embargo, de pronto llega a mí una idea.

Es ridícula, probablemente la peor que he tenido jamás. Pero ¿cuál es la alternativa? Si no hago nada, mi hermana acabará en una casa de rehabilitación, mi carrera terminará incluso antes de haber comenzado, y mis papás...

Mis papás morirán.

Diez minutos más tarde, salgo de la casa con Ursa, que está profundamente dormida, en brazos. Mina maúlla compungida desde el interior de la mochila de la escuela de mi hermana, donde metí una muda y su osito preferido. El aire de la noche es frío y en la calle impera un lúgubre silencio. En el cielo, muy por encima de la luz de los faroles, distingo la silueta de un dragón que atraviesa el cielo. Tengo suerte de que Marylebone esté tan cerca, pues así no tengo que abrirme paso por ningún barrio de Tercera Clase para llegar. Un póster me mira desde una parada de tranvía, con la imagen de una familia respetable sonriendo cándidamente mientras un rebelde armado con una pistola con cola de dragón les arrebata a su hijo desde atrás. Los jóvenes manifestantes que vimos Marquis y yo debían de haber sido víctimas de la radicalización, pero mis papás son capaces de pensar por sí mismos: ¿cómo pudieron haber llegado a esa situación?

Los papás de Sophie viven en una modesta casa de ladrillo rojo con un manzano en el jardín. Recorro el camino de entrada de piedra, con los brazos adoloridos por el peso de mi hermana. Doy unos golpecitos al picaporte de latón y espero.

Silencio.

Echo un vistazo por encima del hombro. Entonces se enciende una luz en el recibidor. Abel me abre la puerta. El padre de Sophie tiene el cabello gris y el rostro arrugado por la edad, por el sueño o quizá por el trauma de haber perdido a su única hija.

—¿Vivien? —susurra, buscándome en la oscuridad—. ¿Eres tú?

—Sí —respondo, casi sin voz—. Abel, tengo problemas.

Abel abre más la puerta, indicándome que entre con un gesto, pero yo niego con la cabeza.

—No hay tiempo —digo, consciente del temblor de mi propia voz—. Detuvieron a mis papás. Los acusan de desobediencia civil o algo así, pero tengo una idea que podría salvarlos. ¿Pueden quedarse con Ursa?

El padre de Sophie parpadea.

—¿Abel?

Su esposa aparece en el umbral, envuelta en una bata de franela.

—¿Vivien?

—Necesito que cuiden a Ursa —digo, sin poder contener un sollozo—. Necesito que se ocupen de ella hasta que yo regrese, probablemente mañana, aunque, si no es así, necesito que la protejan, necesito saber que estará bien, porque si no, podría…

Se me quiebra la voz. Alice me mira a mí y luego a su marido, horrorizada.

—Vivien —dice Abel lentamente—. Si detuvieron a tus papás, no hay nada que puedas hacer…

—Lo que no puedo es no hacer nada —replico, levantando la voz, y Ursa se sobresalta. Bajo el volumen—. Mi familia morirá.

—No, si son inocentes.

—Sophie era inocente —responde Alice, airada—. Y Dios sabe dónde estará ahora.

Abel parece venirse abajo al oír el nombre de su hija.

—Alice, si los guardias vienen a investigar…

—Entonces no encontrarán más que a un padre y una madre sin hija que cuidan a una niña sin padres —Alice extiende los brazos para tomar a Ursa—. Dámela, querida.

Contengo el llanto mientras retiran de mis manos el peso de mi hermana dormida.

—Vivien, creo que no eres consciente de lo peligroso que es transgredir la ley —dice Abel, clavando sus ojos azules en los míos—. Nuestra Sophie… —Hace una pausa y se sostiene del marco de la puerta—. Sophie intentó volver a casa varias veces después de que la degradaron. Los guardias la llevaban de vuelta a Camden, a su barrio de Tercera Clase, pero ella siempre regresaba. Y nosotros se lo permitimos. Alice… Alice incluso intentó ocultarla. Y ahora ya no está.

Siento una presión en el pecho.

—¿Qué quieren decir con eso de que ya no está? ¿Adónde se fue?

—El ayuntamiento nos dijo que la habían trasladado a otro barrio por trabajo, pero ella no nos ha vuelto a escribir. Si eso fuera cierto, nos habría escrito, ¿no crees?

Me mira como si yo pudiera saber qué piensa Sophie, o al menos dónde está. Lo único que puedo hacer es asentir. Sophie nunca abandonaría a su familia.

—No desaparezcas tú tambien ahora —me dice Alice, con los ojos cubiertos de lágrimas.

Le entrego la mochila de Ursa a Abel y Mina suelta un bufido.

—La gata… —murmuro, con tono de disculpa— tiene el pase de clase de Ursa alrededor del cuello. Volveré por ella, lo prometo.

Alice asiente, envolviendo a Ursa con una manta y dándose la vuelta. Al ver desaparecer su cabecita dorada en el interior de la casa no puedo contener las lágrimas. Abel espera pacientemente a que me recomponga, y de pronto soy consciente del tiempo que ha transcurrido desde la última vez que entré a esa casa. Los recuerdos amenazan con desbordarse, ahora teñidos de culpa. La ventana del dormitorio de Sophie se ilumina y sé que debo marcharme. Alice se ha llevado a Ursa sin pensarlo dos veces. ¿Lo habría hecho igualmente si supiera que Sophie estaba desaparecida por mi culpa? ¿Si supiera que soy la responsable de la ruina de su familia?

—Ten cuidado, Vivien —dice Abel.

Asiento antes de volver a recorrer el camino hasta la calle, tensando la correa de mi bandolera. Me aguarda una larga noche por delante. Necesito un dragón, un dragón con un buen motivo personal.

Afortunadamente para mí, sé exactamente dónde encontrarlo.

3

La biblioteca se encuentra en la torre norte de la Universidad de Londres. Todas las puertas y las ventanas están envueltas en sombras y las grandes rejas de hierro se alzan imponentes en la oscuridad. Pero yo sé que son solo para aparentar. Me cuelo trepando el muro sin hacer ruido; mis zapatos de cuero se hunden con suavidad en la hierba. Las puertas de roble de la torre están cerradas a piedra y lodo, así que rodeo el lateral del edificio hasta una pequeña ventana iluminada por un farol. Paso un dedo por el marco. Siento el cortaplumas de papá en el bolsillo, frío y pesado. Lo abro y apoyo la punta entre el marco de la ventana y uno de los paneles de cristal.

Es algo que vi hacer a papá una vez, cuando Ursa se encerró en el cobertizo del jardín porque no quería empezar las clases. Él la sacó de allí y le explicó que la educación le serviría para asegurarse una buena profesión que le permitiera permanecer con la familia toda la vida.

Cuando la hoja entra en contacto con la goma, noto que la resistencia disminuye. Empiezo a cortar, deslizando el cortaplumas arriba y abajo, recorriendo el perímetro del panel. Papá es más delicado con Ursa de lo que solía ser conmigo. Tenía seis años cuando intercambié mi pase de clase con Vera Malloy, del barrio de Tercera Clase del otro lado de la plaza. Para nosotras era un juego, pero el juego perdió toda su gracia cuando llegó una patrulla de los guardias y Vera salió corriendo con mi pase colgado del cuello.

El guardia me preguntó qué hacía yo, Vera Malloy, en un barrio de Segunda Clase sin autorización. Me quedé helada, pero, en lugar de arrestarme, el guardia me llevó al barrio de Vera y me dejó en una calle desconocida para mí, así que le grité en wyrmerio, y en varias lenguas dracónicas más, y le pregunté cómo podría conocer tantas si fuera a una escuela de Tercera Clase.

Tu dominio de los idiomas te salvó, Vivien, y volverá a hacerlo, me dijo papá. Pero a partir de entonces me prohibió volver a jugar en la calle.

El panel de cristal oscila al introducir la hoja del cortaplumas debajo, hasta que se suelta. Lo apoyo en el suelo con delicadeza, meto la mano por el agujero y jalo la manija por dentro. La ventana se abre y entro por el orificio, rozando los zapatos con la pared sin querer. En todas mis fantasías de infancia sobre la Universidad de Londres, nunca me había imaginado colándome como una ladrona.

Estoy de pie tras el mostrador del bibliotecario, en un rincón rodeado de estanterías cargadas de libros. Me abro paso por la oscuridad, caminando por el suelo recubierto de tablones, hasta que llego al vestíbulo de la entrada y encuentro el elevador. Entro y cierro las puertas metálicas. Jalo la palanca hacia la izquierda. El elevador empieza a subir y voy viendo cómo pasan los pisos por la pequeña ventana.

En el piso más alto se detiene con una sacudida. Salgo y me encuentro al pie de una escalera de caracol. Ya la había subido una vez, por una apuesta.

«¿A que no tienes las agallas para subir y ver al dragón?», me había retado Marquis.

Para consternación de mi primo, yo había subido por las escaleras, había llegado hasta la cárcel del dragón y había vuelto a bajar muy rápido, solo para demostrar que era capaz. Ahora, rozando el barandal curvo, vuelvo a emprender el ascenso.

Cuando llego a la sala circular, una brisa fría me estremece. Inmediatamente, dirijo la mirada a la fila de estanterías junto a las que vi tendido al dragón la última vez. Busco su silueta a la luz de la luna, pero ahí no hay nada. Unos escalones conducen a una pasarela elevada que da acceso a las estanterías más altas. Me pregunto qué tipo de libros habrá ahí. Dudo que sean de gran importancia si los dejaron ahí arriba.

Un olor dulce, como a podrido, hace que se me revuelva el estómago. Doy un paso adelante y piso algo que cruje. Es una calavera blanca, de algún mamífero pequeño, quizás un gato. Debe de haberse aventurado aquí arriba en busca de ratones y él acabó convirtiéndose en la presa.

Eso o los encargados del mantenimiento han empezado a darle sus animales de compañía al dragón para que se los coma.

Siento en el estómago la presión de los nervios. Tengo que hacerlo. No hay otra opción. Esa idea me ayuda a hacer acopio de valor. Pero ¿dónde está el dragón?

Camino por el pasaje abovedado que tengo delante. Lleva a una segunda sala, más grande que la anterior. Piso la alfombra y cruje bajo mis zapatos. Pero es que no es una alfombra, es una enorme piel de dragón, pálida y frágil como el papel. A la derecha hay un escritorio abandonado cubierto de excrementos de pájaro y, a la izquierda, un viejo cartel descolorido.

SOLICITUDES DE CONOCIMIENTOS, dice.

Los estudiantes más grandes me han dicho que el dragón de la biblioteca fue juzgado por rebelarse contra la creación del Acuerdo de Paz porque se negaba a ser gobernado por las leyes humanas. Por ello lo enviaron aquí para servir a los humanos, pues era el peor castigo que podían infligirle. Su sentencia fue tener que aportarles a los estudiosos conocimientos relevantes sobre la historia. Al fin y al cabo, una criatura que ha vivido siglos puede proporcionar mucha más información que cualquier libro. Pero aquello tuvo efectos indeseados, porque el dragón estuvo a punto de matar a un estudiante. Supongo que ahora simplemente lo dejarán ahí hasta que muera.

Levanto la vista hacia el tejado de la torre, pero no se mueve nada, salvo una paloma que está haciendo su nido. Al girar en la esquina una ráfaga de viento me golpea el rostro. La pared ha sido derribada, creando una abertura hacia las terrazas exteriores de la torre, como una herida abierta hecha de piedra caliza y metal mellado. Siento que se me eriza el vello de la nuca. Es como si de pronto la estancia se hubiera quedado sin oxígeno. Allí delante, de espaldas, está el dragón, ocupando todo el espacio.

Está mirando desde la balaustrada, en dirección al campus y la ciudad. Tiene la puntiaguda cola enroscada en torno al cuerpo como si fuera un gato y la piel de un color rosa profundo, cubierta de escamas que brillan como el cristal a la luz de la luna. Es el dragón más grande y aterrador que he visto jamás.

Una vez, en un viaje de investigación con mamá que apenas recuerdo, dormí entre guivernos amistosos, y sus cuerpos desprendían calor, como enormes soles ronroneantes. Durante los ataques aéreos con dirigibles de la Gran Guerra, vi a los dragones que defendían sus posiciones en Fitzroy Square, a los que hacían fila en Blackfriars a la espera de que les colocaran las armaduras y a los que desviaban las bombas que lanzaban sobre Westminster.

Sin embargo, esto es completamente diferente. Este dragón es un criminal condenado. ¿En qué demonios estaba pensando? Retrocedo lentamente, pero golpeo una piedra con el pie.

Mierda.

Aprieto los dientes con una mueca al escuchar cómo la piedra rueda por el suelo. El dragón mueve ligeramente la cola. ¿Cuánto tiempo hará que sabe que estoy aquí?

Al menos ahora ya no puedes escapar, pienso.

Me aclaro la garganta e intento mantener la voz firme.

—¿Eres el dragón de la biblioteca? —pregunto, con la voz de una niña asustada. El dragón emite un murmullo, como un ronroneo.

—¿Qué otro dragón podría ser?

Me habla en inglés con un acento eslavo. ¿Será búlgaro?

Desde luego es la peor idea que he tenido jamás. Trago saliva.

—Me preguntaba...

—No he aceptado solicitudes de conocimientos desde 1903.

Tiene la voz áspera pero suave; indudablemente es una hembra. La dragona se gira de pronto, agitando su enorme cabeza. Tiene el rostro cubierto de enormes púas y luce unos anillos blancos en torno a los ojos.

—No he venido a hacer una solicitud de conocimientos —me apresuro a decir.

Ella emite un gruñido que hace vibrar el suelo bajo mis pies.

—Bueno, pues es una suerte —dice ella—. Te habría arrancado la lengua si así fuera.

Siento que se me encoge el estómago.

—¿Eso fue lo que le hiciste al último estudiante que subió aquí?

—No sé, no lo recuerdo.

—La memoria de un dragón tiene una capacidad para conservar datos diez veces mayor que la del cerebro humano —respondo—. Y parece ser que los humanos de por aquí se acuerdan de eso bastante bien.

¿Acaso me concederá un último deseo antes de morir? La dragona mueve la cola mientras me mira; sus ojos brillan como esferas de ámbar. Por encima de sus enormes espolones, tiene varias filas de plumas de un negro sedoso. Es bella, pero tiene cicatrices en las patas y un tono cetrino en la piel.

—Estás prisionera —constato, señalando la minúscula caja plateada que sé que lleva fijada entre las alas. Es un detonador, adherido a la piel de la bestia y cargado con explosivos.

—Qué observadora.

—¿Eres una dragona búlgara? —pregunto, recordando los dibujos de las diferentes especies que hacía Marquis—. ¿Una bolgorith?

—¿Y si lo soy qué?

—*Moyata maika e ot Bolgaria* —le digo en la draneishá. *Mi madre es de Bulgaria.*

—La niña habla un idioma dracónico.

La emoción me embarga de pronto. Entendió lo que dije. Por primera vez en mi vida, estoy hablando dracónico con un dragón de verdad.

—Hablo sla'vidraneishá, wyrmerio, harpentesh, dragcor, draecksuna y un poco de komodonés. Y varias lenguas humanas, obviamente.

Me coloco un mechón tras la oreja y respiro hondo.

—¿Cómo te llamas?

La dragona suelta un profundo suspiro.

—Yo me llamo Vivien —le digo.

—Yo soy Chumana.

—¿Doncella Serpiente? Esa es la traducción literal, ¿no?

—¿Qué es lo que quieres, niña humana?

Trago saliva. Esta conversación podría acabar muy mal. Chumana ya ha intentado matar a un estudiante antes. ¿Quién me asegura que no querrá hacerlo otra vez?

—Vine a ofrecerte un trato —propongo.

Chumana emite un ruidito que solo puede ser una risa.

—¿Qué tipo de trato podría ofrecerle una niña humana a una dragona condenada?

Me hace vacilar, pero solo por un segundo.

—Escapar —respondo—. La libertad. Venganza.

—No sabes lo que dices —responde Chumana, que respira hondo y se gira.

—¡Puedo quitarte el detonador! —insisto—. Después de eso, podrías irte volando sin más. Pero primero... —Hago una pausa—. Primero, necesito que reduzcas a cenizas la oficina de la primera ministra Wyvernmire.

La dragona se gira de nuevo para mirarme.

—¿Me estás exigiendo obediencia?

—¡No! —protesto—. Ya te lo dije. Sería un trato. Entre iguales.

Chumana se ríe otra vez y siento que me ruborizo.

—¿Te atreverías a hacer un trato con una dragona?

Pienso en el gesto horrorizado de Marquis, en el llanto de Ursa, en mi madre a solas con esos guardias.

—Sí.

—¿Sabes qué pasará si lo rompes?

La voz de Chumana es tan seductora como el contacto de la seda sobre la piel desnuda.

—Me matarás —respondo sin más.

La dragona asesina me mira fijamente y sus ojos color ámbar adquieren un tono más oscuro.

—¿Quemar el despacho de Wyvernmire? —susurra—. Sería un placer.

El corazón me da un vuelco en el pecho otra vez, pero me limito a asentir, intentando mostrarme tranquila.

—El detonador —digo, señalando el espacio entre sus alas con un gesto de la cabeza.

Marquis me ha hablado de los detonadores que utilizan con los dragones; me ha contado que fueron parte de la negociación del Acuerdo de Paz, en el cual se estipuló que solo se usarían con los dragones criminales. La cajita plateada no es más grande que mi mano, pero, si mal no recuerdo, está llena de cristales de fulminato de mercurio.

—¿Tienes una cuchilla, niña humana? —dice Chumana—. Ambas sabemos que no podrás quitármela con los dientes.

Contengo una sonrisa. ¿Así que los dragones son capaces de hacer chistes? Saco el cortaplumas de papá y Chumana suelta un bufido burlón.

—Eso no hará ni la más mínima mella en mi piel —dice, y levanta una garra, señalando la biblioteca—. Encima de la mesa.

Vuelvo al interior y Chumana me sigue, arrastrando su larga cola como una serpiente. Colgada de la pared, por encima del escritorio, hay una espada enmarcada tras un cristal. Me subo a la mesa para descolgar la pesada urna de la pared y la dejo en el suelo. Chumana me observa y de sus fosas nasales veo que sale un hilillo de humo.

—¿Por qué dejaron esto aquí, junto a una prisionera? —pregunto, mientras busco algo pesado en los cajones del escritorio.

—¿Se te ocurre que algún humano podría querer arrancarle un peligroso explosivo de la espalda a una dragona asesina? —responde Chumana.

Me encojo de hombros. Apuesto a que la chica de Tercera Clase que vi cómo asesinaban en la protesta lo habría hecho.

Solo que la gente como ella raramente se acerca a las bibliotecas de las universidades.

Siento en la mano el contacto de algo redondo y frío y lo saco del cajón: se trata de un pisapapeles. Lo lanzo contra la urna de cristal, que se rompe en pedazos. Luego extraigo la espada con mucho cuidado. Pesa demasiado; sin duda es de verdad. El mango está algo oxidado, pero la hoja está afiladísima.

—De acuerdo —digo, dándome la vuelta. Chumana está de pie entre dos estanterías, esperando—. ¿Cómo quieres que lo hagamos?

—Tendrás que trepar.

Asiento, intentando evitar que me tiemblen las manos. Rodeo a Chumana por el costado izquierdo, pasando lo suficientemente cerca como para observar los callos de su piel.

—Necesitaré algo de luz —le digo desde atrás—. Supongo que no podrías... prenderle fuego a algo, ¿o sí?

—No —responde la dragona con un gruñido—. A menos que quieras que volemos por los aires las dos.

—Ya veo —digo, algo menos decidida—. Encenderé las lámparas.

Enciendo las viejas lámparas de gas de la pared y luego levanto la vista hacia Chumana. Las enormes alas le tiemblan a los costados del cuerpo; llenarían toda la habitación si las abriera. Tiene el lomo cubierto de unas escamas en forma de cúpula.

Empuño fuerte la espada con una mano.

—Bueno, voy a...

—Hazlo ya.

Apoyo un pie en la base de la cola de Chumana.

Oh, Marquis, si me pudieras ver ahora mismo.

Subir resulta más fácil de lo que esperaba. Las escamas de Chumana me proporcionan agarre para las manos y los pies: es algo parecido a la ascensión por un despeñadero. Cuando toco la piel entre las escamas, noto que está templada, casi caliente al tacto. Chumana huele a animal, a humo de dragón y a libros viejos.

Me detengo en lo alto de su lomo, sentada a horcajadas sobre su grupa. El detonador está situado estratégicamente en la base de las alas, rodeado de un grueso tejido cicatrizal. ¿Cómo debe sentirse con un pedazo de metal fundido en la piel? ¿Les dolerá menos a los dragones, que tienen una temperatura corporal tan alta? Espero que así sea.

—Chumana —digo de pronto—. ¿Cómo funciona este detonador?

Ella se mueve ligeramente y tengo que aferrarme a su ala para no caer.

—Debes tener cuidado —me dice—. Los cristales del detonador son sensibles a los golpes, así como al calor. Cuando lo hayas quitado, que *no* se te caiga.

Siento que el corazón se me acelera. ¿Así que podría matarnos a las dos?

—Pero ¿cómo funciona? —insisto—. ¿Qué es lo que te ha impedido escapar todo este tiempo?

—La fricción —dice ella, con un gruñido—. Si nos echáramos a volar, el movimiento de mis alas activaría el detonador. Y si eso fallara, el aumento de mi temperatura corporal, provocada por la elevación de la frecuencia cardíaca, haría que los cristales reaccionaran. Es un ingenioso invento humano.

Miro fijamente la letal caja plateada, intentando no pensar en la crueldad que supone contener la necesidad innata de volar de un dragón con la amenaza de una muerte segura.

—¿Estás lista? —pregunto y Chumana me responde con un gruñido.

Es la primera vez que uso una espada. Paso un dedo por el tejido cicatrizal. ¿Y si penetro demasiado y Chumana se desangra? Entonces me río de mi propia ocurrencia. Como si yo, Viv Featherswallow, fuera capaz de matar accidentalmente a un dragón.

Me apoyo en las rodillas y empuño la espada con ambas manos. Luego apoyo el filo de la hoja contra la piel y aprieto con fuerza. Del corte brota sangre roja. Chumana no se mueve. Clavo la espada aún más. Cuando siento el contacto con la caja, corto por debajo, hendiendo la carne como si fuera mantequilla. Chumana sisea con fuerza en el momento en que retiro la caja, manchada de sangre, y la sostengo en mi mano izquierda.

Que no se te caiga.

Tiro la espada al suelo y me deslizo por el lomo de Chumana lentamente, sin apartar la vista del detonador. Sobre la silla del escritorio hay un cojín comido por las polillas. Apoyo el detonador encima con sumo cuidado. Respiro hondo y me giro hacia Chumana con una sonrisa de satisfacción. Ella abre los ojos y se me queda mirando. Acabo de liberar a una dragona criminal que se negaba a aceptar el Acuerdo de Paz firmado entre mi especie y la suya. ¿Quién me asegura que acabará respetando el trato?

—¿Por qué deseas quemar el despacho de Wyvernmore?

—Contiene pruebas de que mis padres son rebeldes —respondo—. Necesito que desaparezcan.

Chumana agita los bigotes de su hocico y baja la cabeza.

—Entonces considéralas desaparecidas, niña humana.

De pronto despliega las alas, derribando estanterías como si fueran fichas de dominó. Tienen púas en las puntas, fuertes como el hueso, aunque la membrana parece fina como el papel y ligera como una pluma.

—Chumana —le pregunto de pronto—. ¿Cuál es tu máxima?

Si me escucha, no lo demuestra. Corro tras ella, que sale a la terraza y, sin previo aviso, se lanza hacia delante y echa a volar. Sus espolones golpean contra las paredes de la balaustrada, derribándolas y haciendo caer fragmentos al suelo con un estruendo que resuena por todo el campus. Se lanza en picada, esforzándose por recuperar el equilibrio.

A media caída se detiene, flota en el aire y luego agita las alas y vuela.

Me río, sintiendo la adrenalina que me corre por las venas, mientras observo cómo la dragona se va haciendo pequeña, una forma oscura rodeada del brillo de las estrellas. ¿Cuánto tiempo haría que no volaba? No sabría ni hacer el cálculo.

Me limpio la sangre de las manos en los pantalones y bajo en el elevador. Tengo que estar de vuelta en Fitzrovia antes del amanecer; sin embargo, eso me deja tiempo suficiente para ver con mis propios ojos cómo cumple Chumana con su parte del trato. Wyvernmire no está en su despacho, así que no saldrá herida. Luego, una vez destruidas las pruebas de los delitos de mi familia, recogeré a Ursa de casa de Sophie y los esperaré a todos en casa.

Salto el muro otra vez, dirigiéndome hacia Westminster en plena noche, con el corazón lleno de esperanza.

Cuando giro la esquina de Downing Street, está lloviendo con fuerza. Me agazapo entre las sombras, observando a los guardias que patrullan frente al número 10. Tengo el cabello empapado, la lluvia se desliza por mi cuello y me provoca escalofríos. El cielo está colmado de nubes oscuras. Pero sigo sin ver ni un rastro de Chumana.

No va a venir.

Observo con atención a los guardias mientras la lluvia va formando charcos en la hierba, bajo mis zapatos. Me pongo a jugar nerviosamente con el viejo cordón rojo que llevo atado a la muñeca, la pulsera de la amistad que me regaló Sophie y que no he tenido el valor de quitarme.

Mintió.

Intento distraerme pensando en cuál podría ser la máxima de Chumana. Todos los dragones tienen una, un lema que escogen, normalmente en latín. La máxima es la constante que rige sus vidas. Diez minutos más tarde tengo la ropa completamente empapada y sigue sin aparecer. Dejo caer los hombros y resoplo, abatida. El sol saldrá muy pronto y trasladarán de nuevo las pruebas de la rebelión de mi familia, sin duda a un lugar más seguro. Trago saliva. Pasé toda la noche en la calle para nada. No puedo salvarlos.

De pronto veo un movimiento. Una sombra que atraviesa la noche. Chumana vuela en silencio sobre el 10 de Downing Street una vez, y luego otra, surcando el cielo con su enorme cuerpo como si fuera un recorte de papel oscuro. Los guardias siguen con su patrulla, ajenos a todo. Repentinamente, aparece una llamarada entre las nubes. El ala izquierda del edificio es la primera en arder, y los guardias reaccionan, alarmados. Mientras gritan pidiendo refuerzos y toman sus armas, Chumana lanza otra llamarada que incendia el ala derecha. Yo me agazapo tras los arbustos y veo la llegada de guardias de varias direcciones que disparan al aire. Una humareda negra se eleva hacia el cielo y las llamas anaranjadas se vuelven cada vez más altas, como si quisieran ir en busca de la lluvia. Suena una alarma y Chumana desaparece.

Las ventanas estallan con un gran estruendo y empieza a salir gente corriendo del edificio. Una vez escuché que los antepasados de Wyvernmire eran cazadores de guivernos. Se dice que tiene las cabezas colgadas de la pared de su despacho como recordatorio de esos tiempos oscuros en que los dragones y los humanos se cazaban mutuamente. Me pregunto si también estarán ardiendo. El humo se cuela por entre los arbustos en los que me oculto y me hace toser.

Es hora de irme.

La calle se llena de guardias y de funcionarios que huyen de las llamas a una velocidad alarmante. Durante la guerra ya había visto los efectos del fuego de los dragones, pero se me había olvidado la intensidad con la que arde.

Por favor, que nadie resulte herido.

En cualquier caso, los documentos incriminatorios ya habrán quedado convertidos en cenizas. Me pongo de pie y me dispongo a marcharme…

Pero, de pronto, una mano helada me rodea el cuello.

Alguien me arrastra. Intento gritar, pero no consigo pronunciar ni una palabra. Lanzo un puñetazo que impacta contra el casco de un guardia y el dolor se extiende por mi brazo. Los edificios a mi alrededor parecen dar vueltas. Con un empujón, el guardia me mete en la parte trasera de una camioneta.

—Estás detenida —me dice, mientras me pone las esposas—. Cualquier cosa que digas a partir de este momento podrá ser utilizada en tu contra ante un tribunal.

No, no, no.

Estoy de rodillas en la oscuridad. La camioneta arranca y casi me caigo de lado.

—¿Detenida? ¿De qué se me acusa? —pregunto, casi sin voz.

Tengo la ropa mojada, pegada a la piel, y el cabello me huele a humo de dragón. La camioneta traza una curva cerrada y el guardia me sujeta antes de que salga despedida hacia delante.

—Vivien Featherswallow, estás detenida por romper el Acuerdo de Paz.

THE ILLUSTRATED LONDON NEWS

Sábado, [illegible] de [illegible] de [illegible]

VIDA Y MUERTE DE LOS HEREDEROS REALES: RETRATOS Y NOTAS PERSONALES

DAGUERROTIPO DE LA REINA BEATRIZ I EN SU QUINTO CUMPLEAÑOS

Hoy se [illegible] jubileo de Plata de la reina Beatriz María Victoria Feodora, novena hija de la reina Victoria y el príncipe Alberto, nacida en 1857. Su Majestad ascendió al trono en 1888 tras la muerte de su último hermano vivo, el rey Leopoldo. Durante su reinado, nuestra querida reina Beatriz ha tenido un papel unificador como cabeza visible del Imperio, lanzando la Asociación Británica de Refugiados Belgas y ha creado la primera Guardia Dracónica en el castillo de Balmoral, compuesta por [illegible] fieles a la Corona. De niña crio a dos pequeños dragones que acabaron emancipándose al firmarse el Acuerdo de Paz.

Línea de Sucesión (retratos en la página 8)

Rey Eduardo VII
Muerto por el ataque de un dragón durante un accidente de caza en Botswana

Rey Alfredo
Sobredosis de reptilium (opioide actualmente ilegal obtenido de la saliva de los dragones)

Rey Arturo
Muerto por el ataque de un dragón durante una exhibición de huevos de dragón vivos en el Palacio de Buckingham

Rey Leopoldo
Hemofilia

Reina Beatriz I - Nacida en 1857
Princesa Feodora – Nacida en 1887

4

ESTÁS DETENIDA POR ROMPER el Acuerdo de Paz.

Estirada en el catre de mi celda, repaso esas palabras una y otra vez. Levanto la cabeza, me siento y trago saliva; mi garganta está seca como una lija. ¿Por qué corrí el riesgo de ir a ver cómo quemaba Chumana la oficina de Wyvernmire? ¿Por qué no me fui directamente a casa? La luz del alba se filtra por la minúscula ventana de la celda y de pronto siento un pinchazo de dolor en el corazón. Ursa se despertará en una casa extraña con gente que apenas conoce. ¿Llorará cuando se dé cuenta de que me fui? ¿Pensará que la abandoné para siempre? ¿Qué hará el Estado con la hija abandonada de una familia de rebeldes?

La sensación de culpa me oprime el pecho y apenas puedo respirar, entre sollozos. Pensé que no podría hacer nada peor de lo que le había hecho a Sophie en el verano. Pero ahora la sombra de desolación que dejó en mí esa decisión —la sombra que siempre consigue eclipsar cualquier cosa buena que me sucede— se ha hecho aún mayor. Es como si no pudiera dejar de cometer errores que lastiman a la gente que más quiero.

Cierro los ojos y digiero la culpa, más dolorosa que los azotes con la vara o que la humillación que supuso que Hugo Montecue me botara cuando por fin reuní el valor suficiente para quitarme sus manos de encima. Quiero sentir hasta la última gota de esa culpa.

No cometas errores si no estás preparada para asumir las consecuencias, me decía siempre mamá.

Este dolor es la consecuencia de mis acciones.

Me paso el día mortificándome, con la vista fija en el pedazo de cielo que se ve a través de la ventana. Aguanto todo lo que puedo hasta que me veo obligada a usar el orinal de la esquina y, en el momento en que por fin me agacho para hacer mis necesidades, escucho un estruendo que reverbera por todo el edificio. En el exterior se oyen gritos. Cuando el sueño me vence por fin, las estrellas ocupan el lugar de las blancas nubes. Y cuando me vuelvo a despertar, el sol reluce en el cielo y en la puerta se oye el golpeteo de un pestillo metálico.

Mantén la calma —me digo—. *No pueden demostrar nada.*

—¡De pie! —me ordena un guardia, oculto tras su casco.

Me levanto.

—Brazos fuera.

—Llevo aquí un día y una noche enteros —le digo, mientras me registra—. Aún no me han leído los cargos de los que se me acusa.

—El despacho de la primera ministra fue incendiado —dice el guardia—. En la escena del crimen se les vio a ti y a un dragón.

—En ese caso, yo creo que lo más probable es que sea el dragón quien incendió el edificio, ¿no cree?

Las tripas se me revuelven como serpientes. ¿Pero qué me pasa? Si quiero salir de aquí, tengo que mostrar la versión de Viv Featherswallow más apocada, la de la estudiante inocente, no la de la rebelde rabiosa que se cuela en los edificios armada con el cortaplumas de su padre.

—Manos en la espalda.

El guardia me esposa y me saca de la celda a empujones. En el pasillo hay montones de celdas idénticas a la mía. ¿Mis papás estarán en alguna de ellas? ¿O Marquis? Me mete en un elevador, más brillante y moderno que el de la biblioteca, y subimos varios pisos. Frena con un golpe y salimos a un pasillo alfombrado que huele mucho a té. De una de las paredes cuelgan fotografías de personas de aspecto importante y en el centro hay una copia enmarcada del Acuerdo de Paz, firmado por la reina dragona Ignacia con su propia sangre. La firma del antiguo primer ministro, con su pluma fuente, debió de resultar bastante patética en comparación.

Echo un vistazo a las palabras impresas, líneas y más líneas de promesas y cláusulas negociadas entre humanos y dragones. Ese mismo documento ocupaba un lugar de honor en todas las aulas por las que he pasado. Mi única oportunidad es convencer a quienquiera que dirija la cárcel de lo de acuerdo que estoy con él.

El guardia me lleva a una pequeña sala iluminada con lámparas eléctricas de poca potencia. Junto a las paredes hay unos feos archivadores y sobre una mesa, en el extremo de la sala, hay una maqueta de lo que parece una ciudad en miniatura, con dragones de papel suspendidos en el aire.

—Siéntate —me ordena el guardia, indicándome una butaca. Obedezco. En una mesita hay una tetera humeante y dos tazas preparadas junto a una caja de hojas de té.

—Esto es un error —le digo al guardia, que ha ocupado su posición junto a la puerta—. Yo estoy a favor del Acuerdo de Paz. Es lo que evita que humanos y dragones se maten unos a otros. ¿Por qué iba a...?

Una mujer alta entra a la sala. Me muerdo la mejilla con tal fuerza que noto el sabor a sangre. La primera ministra Wyvernmire lleva un largo abrigo oscuro y un broche en forma de espolón de dragón, símbolo de su compromiso con el Acuerdo de Paz y con la Reina Dragona. Su cabello rojo está perfectamente peinado y sujeto con laca de modo que le crea una especie de halo en torno a la cabeza. En su rostro, pálido como la leche, se observan algunas líneas de expresión. Es mayor de lo que me imaginaba.

—Buenos días, señorita Featherswallow.

Su voz suena exactamente igual que en la radio: suave e inflexible. Se sienta en la butaca justo enfrente de la mía. Abro la boca y luego vuelvo a cerrarla. Estoy en presencia de la primera ministra de Britania. Esposada.

—Bienvenida a la cárcel de Highfall. Aquí están encarcelados los rebeldes más radicales del país, con el máximo nivel de seguridad.

La primera ministra Wyvernmire frunce los párpados.

—Deberías sentirte como en casa.

Me encojo en mi asiento.

Los rebeldes son unos zánganos que evaden impuestos o, como mucho, anarquistas violentos. He leído los artículos de periódico sobre los actos de vandalismo, las bombas en los buzones, los intentos de asesinato.

—No, no es así —respondo, azorada.

—Perdóname, entonces —dice Wyvernmire, sirviendo el té—. Simplemente pensé que, dado que tus padres son...

—No tiene ninguna prueba contra mis padres —digo, y al momento me arrepiento.

—Desgraciadamente, tienes razón —responde Wyvernmire—. Las pruebas recogidas por mis guardias quedaron destruidas en un incendio que arrasó el 10 de Downing Street en la madrugada de ayer. Pero, por supuesto, eso ya lo sabes.

El estómago se me encoge. Toda la determinación que sentía antes se ha desvanecido de pronto.

—En cualquier caso —prosigue Wyvernmire—, tenemos testigos oculares dispuestos a testificar sobre los delitos cometidos por tus padres. Es curioso cómo hasta los insurrectos más radicales están dispuestos a traicionar a sus camaradas cuando su cuello está en juego.

Noto el calor en mis mejillas.

—Mis padres no son insurrectos. Y yo tampoco.

Wyvernmire me acerca la taza de té.

—Tú liberaste a una dragona asesina de su celda en la Universidad de Londres, convenciéndola de algún modo de que le prendiera fuego a mi despacho, lo que te convierte en responsable de un incendio premeditado. ¿O vas a decirme que la destrucción de las pruebas que relacionan a tus padres con la rebelión contra mi gobierno es una mera coincidencia?

Me quedo mirando el suelo, avergonzada.

—¿Sabes cómo llamamos a los ataques lanzados contra edificios gubernamentales, Vivien?

—Terrorismo —susurro.

—Chica lista.

De pronto empiezo a asimilar la dimensión de lo que le pedí a Chumana.

—Pero lo que más me interesa es saber cómo conseguiste convencer a esa dragona para que hiciera lo que le pediste —añade Wyvernmire—. Tus acciones no han hecho más que incriminar aún más a tus padres, y de paso a ti también. Sin embargo... creo que tienes muchas posibilidades. Le causaste una muy buena impresión a Rita Hollingsworth.

—No quiero volver a ver a esa mujer nunca más.

—Primera de tu clase durante doce años seguidos. Hablas fluidamente nueve idiomas. La niña de los ojos de tus padres.

Wyvernmire le indica con un gesto al guardia que me quite las esposas. Me froto las muñecas adoloridas y le doy un sorbo al té, caliente y dulce.

—Querida niña —dice la primera ministra—, ¿cómo te pudo pasar por la cabeza algo así?

Su tono amable me descoloca. Mis lágrimas se mezclan con el vapor de la taza de té. Dos días atrás lo único que quería era conseguir una beca de prácticas en el departamento de traducción de la Academia, pero ahora probablemente nunca vuelva a la universidad.

—Mis padres son buenas personas y yo quería ayudarlos —digo lentamente.

—Tomaron una decisión que desgajó a tu familia —señala Wyvernmire, recuperando su tono severo—. Utilizaron su posición de influencia en la sociedad para ayudar al movimiento rebelde. Y te ocultaron deliberadamente, orillándote a tomar una decisión que acabó con todas tus posibilidades de alcanzar tus sueños. Además, las dejaron huérfanas a ti *y* a tu hermana.

Respiro hondo.

—Todo esto es un error —insisto, balbuciendo—. Mi madre trabajaba para la Academia; mi tío está en el ejército…

—Hemos estado vigilando tu casa durante meses —dice Wyvernmire—. Desde que solicitaste el ingreso a la universidad. Las personas que entran y salen de tu casa son conocidos…

—Perdón —la interrumpo—. ¿Dijo desde que solicité el ingreso a la universidad?

—No permitimos que cualquiera se matricule en Lenguas Dracónicas, Vivien.

—¿No?

—En las últimas décadas se ha registrado un aumento sustancial de rebeldes y disidentes, sobre todo entre los que desempeñan trabajos que suponen un contacto regular con… dragones.

La primera ministra cierra los ojos como si esa última palabra le hubiera provocado un dolor físico.

—Hemos observado que es mejor limitar el estudio de las lenguas dracónicas, o al menos dejarlas en manos de ciudadanos de lealtad probada.

Me sonríe, y tengo toda la impresión de que ese no es un gesto que le resulte natural.

—¿Por qué si no la universidad iba a pedirte tantas referencias?

Referencias. Necesitaba cinco, pero para cuando llegó el día de la solicitud solo tenía cuatro. Por eso fui a ver a la señorita Morris, quien me pidió que…

No, no puedo pensar en eso ahora.

—Las investigaciones protocolarias realizadas tras tu solicitud sacaron a la luz algunas irregularidades relacionadas con tus padres y tu tío —prosigue Wyvernmire—. Forman parte de un grupo de simpatizantes de la Coalición de la Segunda Clase.

—Pero eso es imposible —murmuro—. Mis papás siempre se han mostrado estrictos con respecto a la separación de clases y asistimos a la Celebración del Acuerdo de Paz cada año…

—Vivien —dice Wyvernmire, mostrándose paciente—, estoy convencida de que no sabías nada de los actos delictivos de tus padres. No obstante, mis guardias te vieron infringir el arresto domiciliario, dejar a tu hermana en una casa de Marylebone y colarte en la Universidad de Londres.

Saben dónde está Ursa.

—El sábado por la noche no solo liberaste a una dragona asesina. Le pediste que cometiera un acto de terrorismo contra el 10 de Downing Street, lo cual supone una violación directa del Acuerdo de Paz entre los humanos y los dragones de Britania.

La primera ministra Wyvernmire posa la taza de té y me mira fijamente con sus ojos verdes, sin parpadear.

—Has iniciado una guerra.

El corazón me late tan fuerte que escucho mi propio pulso.

—¿Una guerra?

—Te habrás dado cuenta, ¿no?

Miro por la ventana justo en el momento en que pasa un dragón volando, tan cerca del edificio que veo las plumas verdes de su ala. El té se revuelve en el interior de mi estómago vacío. Levanto la cabeza y miro a la primera ministra Wyvernmire.

—Mi ejército ya está preparado para atacar a los dragones en represalia —prosigue—. Se han roto todas las alianzas. Y el caos que has desatado ha dado a los grupos militares la ocasión de lanzar ataques contra mi gobierno.

Se escucha un murmullo en la calle. Las ventanas tiemblan. ¿Qué he hecho? La habitación da vueltas a mi alrededor. ¿Por qué no me fui de Londres, tal como me dijo mamá?

—Lo siento —murmuro—. No quería que pasara todo esto. Yo solo quería tener a mis papás en casa otra vez.

—El Acuerdo de Paz nos ha mantenido a salvo durante cincuenta y siete años —añade Wyvernmire—. Por suerte llevo un tiempo haciendo preparativos por si se rompía. —Hace una pausa—. Mientras los rebeldes se han pasado las últimas veinticuatro horas lanzando ataques por todo el país, yo las he empleado en conversar con la reina Ignacia, quien no se hace responsable de la acción del dragón que te ayudó a iniciar esta guerra y ha ordenado su aniquilación.

Pienso en Chumana, que por fin había alcanzado la libertad para morir poco después en pleno vuelo.

—Y hemos llegado a un acuerdo.

Asiento, pero no entiendo una palabra de lo que dice la primera ministra. Solo puedo pensar en que la situación sería mucho mejor para Ursa si me hubiera quedado en casa.

—El Acuerdo de Paz seguirá vigente —dice Wyvernmire—, pero aprovecharemos este intento de romperlo como una ocasión para aplastar a los rebeldes, tanto humanos como dragones. El movimiento rebelde está atacando y debemos defendernos.

—Entonces... ¿es el inicio de una guerra civil? ¿Con el Gobierno y la Reina Dragona en un bando y los rebeldes en el otro?

—Correcto —responde Wyvernmire—. La cuestión, Vivien, es esta: ¿en qué bando estarás tú?

Se hace el silencio. El reloj de la pared cuenta los segundos que dura.

—No lo entiendo —digo yo—. Rompí el Acuerdo de Paz. Mis papás son rebeldes. Ahora soy una delincuente, ¿no?

Wyvernmire inclina el cuerpo hacia delante.

—¿De verdad hablas nueve idiomas con fluidez?

—Sí... —respondo. ¿Eso qué importa ahora?—. Tres idiomas humanos y cinco lenguas dracónicas... seis si contamos el komodonés.

Wyvernmire cruza las manos sobre su regazo.

—La campaña de guerra requiere de las habilidades de una políglota —me explica sin inmutarse—. Alguien con un talento único para descifrar... significados.

Parpadeo.

—Actualmente tu familia se enfrenta a la pena de muerte —añade—. Tu hermana quedará huérfana y será enviada a una casa de acogida de Tercera Clase, y la familia con la que la dejaste será castigada por cobijar a la hija de unos rebeldes...

—¡No! —protesto—. Solo están haciendo lo que haría cualquier persona decente.

El gesto de Wyvernmire se torna glacial.

—Te estoy ofreciendo una oportunidad única —dice—. Te ofrezco un trabajo.

¿Un trabajo?

De pronto me veo en un campo de trabajos forzados y veo pasar ante mis ojos una vida llena de dolor y esfuerzo.

—Si aceptas, y lo haces bien, entonces, y solo entonces, tu familia quedaría perdonada.

El corazón me da un vuelco en el pecho.

¿Esto es verdad?

—Tus padres y tu tío no podrán ejercer sus profesiones actuales. No obstante, se les permitirá buscar otro tipo de trabajo —dice Wyvernmire—. Y a ti, después de demostrar tu lealtad al Gobierno, se te permitirá volver a tus estudios.

—¿Y mi primo? —pregunto—. Él es el más inocente de todos nosotros.

—Él también será perdonado.

Resoplo, temblorosa. No sé si algún día perdonaré a mamá y a papá por lo que han hecho, pero al menos puedo salvarles la vida. Al menos puedo conseguir que vuelvan a casa.

—¿En qué consiste el trabajo?

—Me temo que no te lo dirán hasta que llegues allá.

Wyvernmire echa un vistazo a su reloj de pulsera de oro.

—¿Aceptas?

Hago una pausa deliberada y le doy un sorbo al té, fingiendo que tengo alguna posibilidad de elección.

—¿Dónde estará mi familia mientras tanto?

—En Highfall.

Se me encoge el estómago. Así que están aquí.

—Y mi hermana y sus... cuidadores... ¿Estarán a salvo?

—Por supuesto —responde Wyvernmire—. A menos que no cumplas con el trabajo que se te asignará.

Asiento lentamente, sintiendo de nuevo un soplo de esperanza. La luz del sol atraviesa la ventana, envolviendo a la primera ministra en un halo dorado. Tengo frente a mí a la mujer que tanto he admirado siempre, justa y digna, que impone respeto como un hombre. Fue una de las primeras mujeres de Britania en ir a la universidad y ha hecho tanto por la nación como Hollingsworth en la Academia.

Me percato de que Wyvernmire no hace más que cumplir con su trabajo. El trabajo que hace que la sociedad siga adelante. El trabajo con el que ha conseguido mantener intacta la alianza entre los dragones y los humanos de Britania, la cual, por mi culpa, cuelga de un hilo. Y ahora me ofrece la oportunidad de borrar los dos últimos días como si no fueran más que una horrible pesadilla.

Tu dominio de los idiomas te ha salvado, Vivien, y volverá a hacerlo.

—Muy bien —digo—. Pero tengo una condición.

—No estás en posición de negociar.

—Mi primo Marquis es inteligente, estudia Anatomía Dracónica. Dele también un trabajo a él.

Wyvernmire me mira fijamente.

—No.

—¡No puede quedarse aquí, no ha hecho nada malo! —exclamo envalentonada al darme cuenta de que la primera ministra del Reino Unido acaba de dejarme claro que me necesita—. Inclúyalo en el trato y los dos le ayudaremos a ganar esta guerra.

Escruta mi rostro durante un buen rato, como si buscara en él una mentira.

—Muy bien —responde por fin.

De pronto me siento como si flotara.

—Pero si fallas, tu primo acabará colgado en el patíbulo, igual que el resto de tu familia.

Asiento.

—Acepto su oferta.

Wyvernmire toma su maletín y saca un puñado de hojas escritas a máquina.

—Antes de ir a ningún lugar, la Ley de Secretos Oficiales dicta que firmes la carta de confidencialidad. Al hacerlo, juras de por vida no revelar los detalles de la misión que estás a punto de emprender. ¿Lo entiendes?

—Sí —respondo, tomando la pluma que me tiende.

Echo un vistazo rápido a la página y veo palabras como *secretos*, *dragones* y *directrices del Gobierno*. Pero no tiene sentido leerla. Este trabajo es mi única esperanza.

Firmo el documento y Wyvernmire asiente, satisfecha. Luego le hace un gesto al guardia con la cabeza.

—Llévate a la señorita Featherswallow para que se bañe.

De pronto observo el estado de mis pantalones, manchados de sangre de dragón.

—Y libera al chico —añade Wyvernmire—. Se van al DDCD.

—¿Puedo hacer una pregunta? —digo, en el momento en que el guardia me acompaña a la puerta, esta vez sin esposarme.

—Una —responde Wyvernmire.

—La dragona, la que quemó su despacho… ¿Ya fue aniquilada?

La primera ministra frunce el ceño.

—No. De momento esa rebelde sigue viva.

Transcripción de un extracto de «Historia natural de las lenguas dracónicas», discurso pronunciado en 1919 por la Dra. Helina Featherswallow, antropóloga dracónica, ante los estudiantes de la Universidad de Londres.

Antes de embarcase en el estudio de las lenguas dracónicas, que es lo que se disponen a hacer, deben tener en cuenta sus orígenes.

En los últimos cincuenta años de estudios académicos, se ha alcanzado cierto consenso sobre el hecho de que las lenguas dracónicas evolucionaron a partir de los idiomas humanos. De hecho, si los humanos no hubieran aparecido en la Tierra, es posible que los dragones nunca hubieran desarrollado ninguna forma de lenguaje hablado. Sin embargo, los dragones muestran un dominio del lenguaje que supera por mucho el nuestro.

No existe ninguna evidencia que sugiera que los dragones hablaban verbalmente antes de la evolución de los humanos en nuestro planeta. Cuando nuestros ancestros —cuyas primeras lenguas habladas comenzaron a surgir hasta que aprendieron a controlar sus vocalizaciones primitivas— empezaron a migrar por todo el mundo, la interacción con las poblaciones de dragones se tornó inevitable. Y, en el momento en que los dragones aprendieron los rudimentos básicos del idioma humano, nacieron las lenguas dracónicas.

Eso explica por qué las seis lenguas dracónicas conocidas que se hablan en los países anglófonos de Reino Unido, Australia y América presentan numerosas similitudes con el inglés (un idioma humano germánico), pero casi ninguna con el español (un idioma humano románico). De hecho, esas seis lenguas dracónicas relacionadas con el inglés presentan similitudes con la lengua dracónica hablada en Alemania. Por supuesto, esto se debe a que tanto el alemán como el inglés evolucionaron del mismo ancestro, el protogermánico, que era una lengua oral.

Es más, el wyrmerio —lengua hablada actualmente por los dragones británicos— y el draecksum —hablado por los dragones holandeses— son tan próximos que poseen muchas palabras intercambiables. Esto se debe a que Holanda fue una de las principales regiones de las que migraron los primeros colonos anglosajones de Inglaterra. Nuestros idiomas humanos actuales incluso han adoptado vocablos de las lenguas dracónicas, por ejemplo, skrit, *palabra de uso muy común en inglés que significa «bobo» y que procede del wyrmerio. Es interesante observar que los idiomas dracónicos contienen muchos términos que incluyen el sonido «s», el cual resulta muy natural para los dragones dada la naturaleza bífida de sus lenguas.*

Ningún lingüista puede pretender estudiar cada una de estas lenguas por separado hasta que no haya comprendido los orígenes del dracónico en general. De hecho, con ello conseguirá profundizar aún más en el tema de la lingüística dracónica, algo que espero que hagan ustedes, empezando por la fascinante teoría de los dialectos dracónicos, la cual...

5

La estación de St. Pancras es un caos. El gélido aire de noviembre se cuela por mi abrigo, haciéndome tiritar. Los guardias me dejan lavarme y ponerme ropa limpia antes de subir al mismo tipo de automóvil en el que se llevaron a mis papás. Me pongo el suéter y la falda que me dan, aunque es demasiado pequeña para mí. Intento no pensar a quién pertenecían antes esas prendas. Me dicen que Marquis nos seguirá en otro coche, pero mientras observo a la gente que corre para subir a los trenes, jalando sus maletas y a niños que lloran, no veo ni rastro de mi primo.

—¡Britania está en guerra otra vez!

El vendedor de periódicos ha estacionado su carrito frente a la taquilla, donde un hombre que lleva en otro carrito un violonchelo y demás instrumentos gesticula con vehemencia. La voz del vendedor de periódicos resuena en la estación. En ese momento llega un tren que frena emitiendo una humareda de vapor. Es pequeño, viejo y azul. Algo me dice que no voy a necesitar boleto.

—¿Están seguros de que es este? —le pregunto al guardia más cercano.

El asiente, oculto tras el visor de su casco, y me empuja hacia el tren. A través de la ventanilla veo los asientos vacíos. Subo a bordo, pero mis acompañantes se quedan en el andén. Mi abrigo, lo único mío que me permitieron conservar, aún huele a humo de dragón. Encuentro un vagón y me siento junto a la ventanilla, con el vientre encogido del miedo.

Marquis no está aquí. Tenía que habérmelo imaginado, ¿no? Como si la primera ministra fuera a acceder a las peticiones de una delincuente de diecisiete años. Noto el calor de mis lágrimas, pero parpadeo para enjugármelas; no voy a llorar con los guardias mirándome. Encuentro un periódico encajado en el lateral del asiento y lo saco. En la portada hay un gran anuncio de Selfridges promocionando gabardinas para señora; paso la página.

SE MANTIENE EL ACUERDO DE PAZ: EMPIEZA LA GUERRA CONTRA LOS REBELDES, dice el primer titular.

La guerra contra los rebeldes.

Vuelvo a pensar en las numerosas conversaciones de medianoche de mis padres. Todo ese tiempo debían de hablar sobre reuniones secretas, atentados o lo que fuera que suelan discutir los rebeldes. ¿Cómo pudieron hacernos eso a mí, a Marquis, a Ursa? Leo el resto de titulares, intentando no agitarme.

ATENTADO EN LONDRES PROTAGONIZADO
POR UN COMBINADO DRAGÓN-HUMANO

DE LAS PROTESTAS AL GOLPE DE ESTADO: EL PRIMER
PARTIDO INTERESPECIES DECLARA LA GUERRA

FUGA MULTITUDINARIA DE LA CÁRCEL DE GRANGER

Doy unos golpecitos nerviosos con el pie en el suelo. No es de extrañar que Rita Hollingsworth se negara a publicar los últimos artículos de mamá si el Gobierno sabía que era una rebelde. Pero la medida tomada por la Academia para desincentivar el aprendizaje de lenguas dracónicas me parece algo extrema: me resulta imposible creer que Hollingsworth estuviera de acuerdo. De pronto el tren se pone en marcha, alejándose de la estación. Me lanzo a la ventanilla.

—¡Mi primo! —les grito a los guardias—. ¡No está aquí!

Una llamarada envuelve el andén.

Me encojo y retrocedo, tropezando y golpeándome la rodilla con el brazo del asiento. Los guardias se giran y apuntan hacia arriba con sus pistolas justo en el momento en que un dragón atraviesa el techo de cristal de la estación. La gente huye despavorida en todas direcciones, pero sus gritos casi no se escuchan con el estruendo de cristales rotos y el chirrido de los hierros. El vientre del dragón, de un color violeta intenso, roza el andén y con la cola cubierta de púas derriba una columna de piedra. Gira la cabeza hacia el departamento de equipajes y, al hacerlo, sus escamas hexagonales brillan como si fueran de metal. Con los cuernos de debajo de su barbilla ensarta el carrito de un porteador y lo lanza por el aire.

Lo último que veo mientras el tren se abre paso entre la lluvia de escombros es la imagen de los guardias que me llevaron al tren envueltos en llamas.

La puerta del vagón se abre violentamente y me doy la vuelta de golpe.

De pie en el umbral, con el cabello enredado y una herida amoratada bajo el ojo, está Marquis. Me echo a llorar. En su afán por venir a mi encuentro, Marquis está a punto de caerse, pero no lo hace, y otra vez respiro el dulce olor a hogar.

—¿Estás bien? —pregunta con torpeza, como si simplemente nos hubiéramos encontrado para asistir a una conferencia sobre lenguas dracónicas. Y luego—: ¿Cómo rayos conseguiste sacarme de ahí, Viv?

—Pensé que no vendrías —digo en voz baja, mientras nos separamos—. Pensé que me había mentido.

—¿Quién?

—Wyvernmire.

—¿Hablaste con Wyvernmire?

Asiento. Nos sentamos y por un momento nos quedamos callados, mirando los altos edificios grises que van pasando a toda velocidad por la ventanilla, mientras el tren se aleja de Londres.

—¿Qué pasó ahí afuera? —pregunta Marquis.

—Un dragón atacó la estación —respondo—. Le prendió fuego al andén. Creo que los guardias que me acompañaban murieron.

—Pues mejor —murmura Marquis.

Me estremezco y señalo la herida que tiene en el rostro.

—¿Eso te lo hicieron ellos?

—Sí, y acto seguido me dijeron que mi prima había negociado mi liberación. —Se pasa los dedos por el cabello—. Viv, ¿quieres decirme qué rayos está pasando?

Se lo cuento todo, desde cómo dejé a Ursa con los padres de Sophie hasta el encuentro con Wyvernmire. Él responde con una retahíla de palabrotas.

—¿Le arrancaste el detonador a la dragona de la biblioteca?

—Hice algo peor que eso —respondo con la voz entrecortada—. Inicié una guerra.

Marquis sonríe.

—¿Tú iniciaste una guerra?

—Lo que hizo Chumana, lo que yo le ayudé a hacer, fue una violación flagrante del Acuerdo de Paz. Los rebeldes lo vieron como una especie de luz verde y ahora hay una guerra civil. Sé que todo es culpa mía.

Marquis saca un paquete de tabaco de su bota.

—Los rebeldes llevan planeando el golpe de Estado desde hace meses —dice él, echando mano de un papel para fumar—. Todos sabíamos que iba a pasar. Ya has leído los periódicos, incluso viste una de sus protestas tú misma.

De pronto veo ante mí el rostro de la chica muerta de Tercera Clase.

—Pero el incendio de Downing Street fue la gota que derramó el vaso. Wyvernmire dijo...

—Parece que está intentando que te culpes —dice Marquis, mientras lía el cigarro—, cuando en realidad sabía, como cualquier hijo de vecino, que esta guerra estaba por estallar.

—Si aún se mantiene el Acuerdo de Paz es porque no le ordenó al ejército que respondiera al ataque —insisto, angustiada—. Lo que hice... podría haber desencadenado una guerra entre especies.

—A mí me da la impresión de que estás intentando atribuirte el mérito de algo que está muy por encima de tus posibilidades.

Frunzo el ceño.

—No quiero atribuirme ningún mérito —replico—. Yo no quiero tener nada que ver con los rebeldes.

Se hace el silencio y mis palabras caen pesadamente en el espacio que hay entre los dos.

—¿Tú lo sabías? —pregunto, mirando a mi primo fijamente—. ¿Lo de nuestros padres?

Marquis deja escapar el humo del cigarro por entre los dientes.

—No digas tonterías. ¿Tú lo sabías?

—No —Noto que me tiembla el labio, así que me lo muerdo para frenar el movimiento—. ¿Cuánto tiempo crees que llevaban implicados?

—¿En la rebelión? Por lo que he leído, la coalición entre humanos y dragones rebeldes es bastante reciente. Y, conociendo a tu madre, seguro que fueron los dragones los que la involucraron.

—Pero ¿por qué querría formar parte de algo así? Llevaban una vida normal, hasta buena...

—No creo que fuera por sus vidas —dice Marquis—. Es por la vida de los de Tercera Clase, por las injusticias a las que sometieron a los dragones en aras del Acuerdo de Paz...

—¿Injusticias? ¿De qué estás hablando? —replico—. Los dragones aceptaron el Acuerdo de Paz. Eso y el sistema de clases han funcionado bien durante años.

—Pero no todo es bueno, ¿no?

Lo miro fijamente, expectante.

—La limitación de movimiento, para empezar —dice Marquis.

Yo pongo los ojos en blanco.

—El cierre de fronteras se decretó para evitar la sobrepoblación.

—Si hubiera estado en vigor cuando se produjo la Masacre de Bulgaria, tu madre estaría muerta y tú no estarías aquí —responde Marquis.

Cierro los ojos, recordando al guardia que llamó a mamá «sabandija búlgara». En eso mi primo tiene razón.

—Y tampoco me parece justo que haya cosas que nosotros podamos hacer, lugares a los que podamos ir, y que la gente de Tercera Clase no.

Cuando tenía doce años, vi cómo se llevaban a una niña de la biblioteca pública porque era de Tercera Clase. La registraron y le vaciaron los bolsillos, los cuales estaban llenos de páginas arrancadas de *Cuento de Navidad*, de Dickens. Me impresionó su acto de vandalismo, pero aún más su determinación de acceder a la literatura. El sistema de clases fomenta la ambición, me explicó más tarde el tío Thomas. ¿Esa niña habría deseado tan desesperadamente leer el libro si lo hubiera tenido permitido? ¿Yo sería tan buena estudiante si, tal como decía papá, no sintiera la amenaza de la Tercera Clase flotando sobre mi cabeza?

—¿No te molesta saber que estás aprendiendo lenguas dracónicas en un país que mantiene la interacción entre humanos y dragones reducida al mínimo? —me pregunta Marquis.

—Sí interactuamos con los dragones —respondo yo, indignada—. Pasamos junto al nido que está sobre la Biblioteca Británica a diario y hay una dragona plateada que cuenta el dinero en el banco... —Hago una pausa, intentando recordar su nombre—. Sheba.

—¿Y cuántas veces has hablado con Sheba? —responde Marquis, tranquilamente—. Dicen que antes del Acuerdo de Paz había dragones por todas partes. Y hasta hace un par de décadas aún se les trataba como iguales a los humanos. Mi padre me dijo que él y mi madre eran amigos de varios de ellos. ¡Eran amigos de los dragones, Viv!

Clavo la mirada en los campos con vacas que pasan a toda velocidad al otro lado de la ventanilla. La madre de Marquis, mi tía Florence, murió cuando él nació. Ella era de Carolina del Norte, donde los bebés humanos y las crías de dragón comparten nidos. Marquis solo ha ido a verlos una vez, antes de que se impusiera el cierre de fronteras.

Sopla el humo por la pequeña ventana corrediza.

—Lo único que digo es que el Acuerdo de Paz y el sistema de clases quizá no sean tan maravillosos como tú crees.

—He escuchado los rumores —digo yo, pensando en las conversaciones susurradas que había oído en el campus sobre cláusulas secretas y la manipulación de las votaciones—. Y, francamente, me sorprende que te hayas dejado convencer por esos conspiranoicos.

—Y a mí no me sorprende que lo llames conspiranoia simplemente porque no lo comprendes —replica Marquis.

Me giro, contrariada. ¿Qué le está pasando a mi familia? Primero mi padre; ahora Marquis.

—La primera ministra Wyvernmire y la reina Ignacia ganarán esta guerra —afirmo—. Y los rebeldes, nuestros padres, pagarán con su vida.

—No si logramos que puedan empezar de cero otra vez —dice Marquis, en voz baja—. Para eso estamos aquí, ¿no? Hacemos el trabajo, le damos al Gobierno lo que quiere y nos vamos a casa.

A casa. Marquis tiene razón. Cuanto antes acabe el trabajo, regresaré pronto a una vida normal, a una vida en la que mis padres no son rebeldes. Me imagino de nuevo en mi dormitorio y a Ursa subiéndose a la cama para despertarme. Dejo vagar a mi mente por Fitzrovia, por la plaza que está bajo mi ventana, llena de colorido con su mezcla de artistas, inmigrantes e intelectuales. Me veo sentada en la biblioteca de la universidad, rodeada de libros, estudiando en el pasto con Marquis, subiendo la escalinata del Banco de Londres y pidiendo que me dejen hablar con Sheba…

Marquis me despierta zarandeándome el hombro.

—Ya llegamos.

El tren se ha detenido. La pálida luz de la tarde entra por la ventanilla. Me froto los ojos y miro al exterior. El andén es muy pequeño y está junto a un enorme roble. El despacho de boletos tiene el tamaño de una cabina telefónica. El cartel dice:

—¿Bletchley?

Marquis se encoge de hombros.

—Nunca había oído ese nombre.

En el andén nos espera un guardia con el casco bajo el brazo. Es la primera vez que veo a uno sin él.

Sigo a Marquis y bajamos del tren.

—¿Vivien y Marquis Featherswallow? —pregunta el guardia. Tiene un acento irlandés y, curiosamente, eso me reconforta.

—Sí —respondemos al unísono.

—Genial. Soy el guardia 601. Mi nombre real es Owen.

Es la primera vez que oigo el nombre real de un guardia.

Con un gesto señala la carretera y el corazón se me encoge al ver otro de los elegantes automóviles de los guardias.

—No estaba seguro de cuándo llegarían —dice Owen, poniéndose al volante—. Han ido llegando unos tras otros, desde la madrugada. Parece que desde que empezó la guerra el Gobierno ha acelerado.

Dicho eso, se calla y se produce un silencio incómodo en el coche. Atravesamos una ciudad anónima de edificios de ladrillos y pasamos junto a un campo de juegos desierto. Hay una fila de personas afuera de una verdulería y una mujer empuja una carriola frente a una tienda calcinada que probablemente quedó destruida durante la Gran Guerra y que nunca fue reconstruida. Debe de ser un barrio de Tercera Clase.

La carretera conduce a unas calles con árboles a los costados y de pronto aparece un lago. El sol está bajo e ilumina las aguas azul oscuro. Más allá hay más árboles, un prado y, detrás, una casa de campo. Es de ladrillo rojo, con una entrada de altas rejas de hierro que se abren mecánicamente. Detrás, un pequeño ejército de Guardias de la Paz se aparta hacia los lados para abrir paso al automóvil.

—¡Vaya comité de bienvenida que les han organizado! —dice Owen en voz baja, y me pregunto qué le habrán dicho de nosotros.

El coche se detiene en el patio de la casa, de grava blanca. Me inclino hacia el lado de Marquis para mirar hacia arriba y ver la dimensión del edificio. Es majestuoso, eso está claro, pero tiene algo de pastiche, con sus pórticos catedralicios y sus leones de piedra góticos, por un lado, y sus terrazas acristaladas y sus ventanales modernos por el otro. Mamá lo habría clasificado como vulgar. Pero visto desde mi posición, envuelto en la suave luz del sol, yo no lo veo pretencioso.

Salgo del coche. Owen nos conduce a la escalinata que da a un vestíbulo con el techo abovedado. Dos escalinatas interiores de roble rodean la estancia hasta un amplio rellano en lo alto.

—Los esperan en el ala oeste —anuncia Owen, llevándonos por un pasillo a la izquierda.

Nos detenemos frente a una puerta cerrada y Owen da unos sonoros toquecitos con el puño. Se oye un movimiento rápido y, al entreabrirse la puerta, aparece un hombre corpulento con un oscuro traje púrpura. Cuando nos ve, abre mucho los ojos y se acaricia la corta barba con una mano rolliza.

—Ah, Vivien y Marquis —dice—. Los estábamos esperando.

Reconozco la voz de la radio. Ese hombre es el vice primer ministro Ravensloe. Entramos en lo que parece un aula universitaria en desuso: todo está cubierto de una gruesa capa de polvo, en penumbras. Unas cortinas opacas cubren las ventanas y la luz del sol apenas se filtra por los bordes, amenazando con invadir el interior. En los pupitres están sentadas varias personas, todas de mi edad más o menos. Nos miran, y de pronto me gustaría que me tragara la tierra. ¿Saben por qué estoy ahí? ¿Saben lo que hice?

—Por favor, ocupen sus asientos —dice Ravensloe, con tono amable—. Nuestro grupo ya está casi completo.

Tomo un asiento vacío entre dos chicos. El primero es alto y corpulento, y me mira con rabia cuando volteo a verlo. El segundo tiene los pómulos angulosos y una piel negra brillante que contrasta con el cuello blanco de su camisa. Tiene la espalda muy recta y parece estar muy atento, como si estuviera a punto de resolver un examen. Cuando me sitúo a su lado, percibo el olor a menta y tabaco. Marquis se sienta una fila por delante, algo más a la derecha.

Ravensloe está de pie junto a una mesa en la parte frontal del aula, con un guardia armado tras él.

—Ahí están —dice, con los ojos brillantes—. La clase de 1923.

Nadie dice nada, y el vice primer ministro revuelve unos papeles, como si buscara algo.

—Bueno, pues pongámonos en marcha —anuncia—. Bienvenidos todos al DDCD.

Alguien levanta la mano. Es una chica con lentes y una larga melena de un color rojo intenso.

—Disculpe, señor. ¿Qué significa DDCD?

Ravensloe la mira condescendiente, como si fuera una pregunta estúpida. Me provoca una profunda sensación de asco.

—Déjame que lo diga de otro modo, jovencita —responde—. Bienvenidos todos al Departamento de Defensa Contra Dragones.

La puerta se abre con un golpe y entran otros dos guardias. Entre ellos va una chica con la ropa hecha jirones y el cabello rubio sucio.

—Esta es la última, señor.

El corazón me da un vuelco en el pecho cuando reconozco ese modo de caminar y el cordón rojo en su muñeca. De pronto, palidezco. La chica levanta la vista.

La miro fijamente y la piel de todo mi cuerpo se estremece.

Nuestros ojos se encuentran y veo que le tiembla el labio inferior.

—Excelente —dice Ravensloe—. Grupo, déjenme que les presente a nuestra última recluta. Se llama…

—Sophie —anuncia ella—. Me llamo Sophie.

6

Fijo la vista hacia delante mientras Sophie ocupa el último asiento libre. Noto que Marquis intenta establecer contacto visual, pero yo no me puedo mover. Es como si de pronto no pudiera controlar mi mente. Los padres de Sophie me dijeron que llevaba semanas desaparecida. Y ahora está aquí. En el Departamento de Defensa Contra Dragones. El mismo día que yo. Apenas entiendo una palabra de lo que dice Ravensloe.

—El DDCD se creó tras la firma del Acuerdo de Paz como medida preventiva para protegernos de una tragedia como la que tuvo lugar en Bulgaria...

Poco a poco giro la cabeza para mirar a Sophie. Viste su sudadera azul preferida, la que su madre le compró la Navidad pasada, pero tiene una manga manchada y rota. Las uñas, que siempre llevaba tan limpias y cuidadas, están mordidas y los pequeños aretes de plata que solía portar en las orejas han desaparecido.

—... reunir datos que puedan ayudarnos en caso de que nos veamos obligados a enfrentarnos a los dragones.

Sophie pasa los dedos sobre el cordón que lleva en la muñeca. No me mira.

¿Dónde ha estado todo este tiempo? ¿Y por qué tiene ese aspecto, como si hubiera estado caminando sobre el fuego? ¿Ella también fue detenida? Ravensloe da una palmada sobre mi mesa y me hace dar un brinco.

—Vivien Featherswallow, ¿estás con nosotros?

Sophie no se mueve, pero todos los demás se giran para mirarme. Por el rabillo del ojo, veo que Marquis pone los ojos en blanco.

—Sí, señor —respondo, como si estuviéramos en la escuela.

Ravensloe prosigue con su charla y yo miro a Marquis.

«¿Qué está pasando?», pregunta sin hablar, articulando las palabras con la boca.

Yo niego con la cabeza y me concentro en lo que dice Ravensloe.

—Ahora que el Gobierno se ha convertido en blanco de los ataques tanto de dragones como de humanos, el DDCD se ha convertido en un elemento crucial para la supervivencia de los valores de nuestra nación y de nuestro modo de vida. —El vice primer ministro se echa a caminar por el aula—. Ese es el motivo de que la primera ministra Wyvernmire lleve meses reclutando a las mentes más privilegiadas, personas fuertes y sanas con una serie de habilidades especiales que trabajan bien bajo presión —Ravensloe hace una pausa para mirarnos—. Creemos que ustedes encajan en esa descripción.

Espero escuchar la risita educada que suele seguir a una broma tan mala, pero no llega. Puede que sí, quizá trabaje bien bajo presión —los años de preparación para el Examen han dejado su huella—, pero ¿una mente privilegiada? Soy buena con los idiomas, es cierto, pero solo tengo diecisiete años. ¿Y Marquis? Prácticamente tuve que suplicar para que lo dejaran venir.

—Todos ustedes se han encontrado en una situación de rechazo social —prosigue Ravensloe—. Todos son, de uno u otro modo, inadaptados.

Me ruborizo, repentinamente sorprendida conmigo misma por la vergüenza que siento.

Inadaptada.

Es una palabra triste que se utiliza para describir a alguien de conducta extraña o fuera de lugar, alguien que no sigue las reglas. Nunca imaginé que pudiera definirme a mí.

—No obstante, gracias a la generosidad de la líder de nuestra nación, todos han recibido una nueva oportunidad. La posibilidad de ser alguien. De alcanzar la redención.

El silencio en el aula es palpable. Sophie sigue sin moverse. Levanto la mano.

—Nos dijeron que nos asignarían un trabajo —digo—. ¿De qué se trata exactamente?

Por fin, Sophie se gira hacia mí. Su mirada es fría, irreconocible.

—Excelente pregunta —dice Ravensloe.

Hace un gesto al guardia, quien se acerca a la puerta y la abre. Entran dos hombres y una mujer. Uno de los hombres tiene una larga barba blanca; el otro es alto y tiene un aspecto algo raro. La mujer es guapa, tiene el cabello oscuro y unos lentes rojos demasiado grandes para su cara. A Ravensloe se le ilumina el rostro al verlos, como si fueran portadores de grandes noticias.

—Cada uno de ustedes será designado a uno de tres equipos —anuncia—. Estos son los jefes de cada grupo: el profesor Marcus Lumens, el señor Rob Knott y la doctora Dolores Seymour.

La doctora Dolores Seymour saluda con un mínimo gesto de la mano.

—Entre ustedes no habrá distinciones de clase —explica Ravensloe—. Todos tienen el mismo estatus y las mismas posibilidades. No obstante, tal como ocurre fuera de Bletchley Park, la contribución es clave. Quien no contribuya al grupo será degradado.

—¿Degradado? ¿Qué hay por debajo de inadaptado? —replica Marquis, sarcástico, provocando una risita en la chica que está detrás de él.

Ravensloe se gira y lo mira. De su anterior sonrisa no queda ni rastro.

—¿De verdad quieres saberlo? —responde, sin alzar la voz.

Miro fijamente a Marquis y por un segundo desearía borrarle de una bofetada esa sonrisa desafiante. Va a meternos en problemas antes incluso de empezar. Sé que está pensando en nuestra discusión del tren. La vida de los de Tercera Clase, los rumores sobre el Acuerdo de Paz y el sistema de clases. Sin embargo, noto una extraña sensación de alivio en el pecho, me siento más liviana. Si lo único que tengo que hacer es trabajar duro, estaré bien, y mi familia también. Al fin y al cabo llevo jugando este juego toda la vida: trabajo, calificaciones, elogios… ese es mi mundo.

Ravensloe se aclara la garganta.

—Antes de llegar aquí, firmaron una carta de confidencialidad, igual que todos los que trabajan en el DDCD. No hablarán de su trabajo con nadie salvo con otros miembros de su equipo, y eso *solo* en caso de ser necesario. Aquí no hay lugar para charlas insustanciales. Todas las ventanas deben quedar cubiertas con cortinas opacas antes de que anochezca. Permitir que el enemigo descubra nuestra localización supondría un peligro para nuestras posibilidades de victoria y para nuestras vidas.

Pienso en el ataque del dragón de antes, en St. Pancras, y se me pone la piel de gallina al recordar las llamas extendiéndose por las piernas de los guardias.

—A la gente del pueblo se le ha explicado que estamos aquí solo para realizar labores administrativas —añade Ravensloe—.

Si alguien se presentara en esta casa y preguntara, deben insistir en esa excusa. No pueden enviar cartas ni comunicarse con nadie fuera de Bletchley.

El chico de la camisa blanca tamborilea los dedos impacientemente contra el muslo.

—Los turnos serán de siete horas y tendrán los domingos libres. Trabajarán estrechamente con los otros miembros de su equipo para completar su misión lo más rápido posible. Si nos proporcionan la información necesaria para ganar la guerra, serán libres de reintegrarse a la sociedad en la clase a la que pertenecían antes de aceptar este trabajo *o*, en el momento del último censo, la que sea más alta, y se les perdonará cualquier delito que hayan cometido.

Me quedo mirando a Sophie y el resto de mi campo de visión se nubla.

O en el momento del último censo.

¿Es cosa del destino que estemos aquí las dos? ¿O es el mayor golpe de suerte que he tenido nunca? El último censo fue hace casi un año, antes del Examen. Antes de que la degradaran. Eso significa que, si su equipo tiene éxito, volverá a Segunda Clase. Volverá a casa.

De pronto se me hace un nudo en la garganta. ¿Nos pondrán en el mismo equipo? Si es así, será mi oportunidad de devolverle lo que le arrebaté. Si todos lo conseguimos, Marquis, Sophie y yo volveremos juntos a la Segunda Clase.

Es mi oportunidad de salvarla.

—¿Hay alguna pregunta? —dice Ravensloe, frotándose la barba otra vez.

En un extremo de mi campo visual percibo al chico de la camisa blanca levantando la mano, pero no dejo de mirar a Sophie, esperando que me vea.

—Solo para tenerlo claro, vice primer ministro… ¿a quién nos estamos enfrentando en esta guerra?

La voz firme y profunda del chico llama mi atención, y no puedo evitar girarme. Tiene un acento de Tercera Clase, posiblemente de Bristol, pero su tono es incisivo como el cristal. Se percata de que lo miro y aprieta los labios, esbozando una sonrisa. Ravensloe frunce los párpados.

—A cualquiera que conspire contra el Estado, colabore con la rebelión o dé cobijo al enemigo, sea humano o dragón… a esos nos enfrentamos. ¿Esto te aclara las cosas, muchacho?

El chico le sostiene la mirada a Ravensloe y la sonrisa apenas insinuada se vuelve completa.

—Desde luego, señor.

Aparto la mirada, con el corazón latiéndome mucho más rápido que antes. Ravensloe chasquea los dedos y la doctora Dolores Seymour comienza a distribuir dosieres. El mío está dentro de una carpeta café con mi nombre garabateado al frente con tinta negra.

—Leerán sus respectivos dosieres antes de que sean destruidos —ordena Ravensloe.

Marquis me mira y levanta una ceja justo en el momento en que todos abren sus dosieres y la sala se llena del ruido del cartón de las carpetas. Yo también abro el mío y leo:

NOMBRE: Vivien Marie Featherswallow
TURNO: 5:00-12:00
POSICIÓN: Invernadero
EQUIPO: Criptografía

¿Criptografía? Releo esas palabras una y otra vez, en busca de cualquier información que se me haya podido escapar, pero no hay nada más. Siento un nudo en el estómago. Wyvernmire me dijo que necesitaba a alguien que hablara lenguas dracónicas, una políglota. Yo no sé nada de descifrar códigos. Quizá me dieron una carpeta equivocada. Unos murmullos se extienden por la sala. Miro a Marquis, que está meneando la cabeza en señal de incredulidad. Sophie ha cerrado su dosier y ha hundido el rostro entre sus manos. Solo el chico de la camisa blanca luce sereno. De hecho, hasta parece que le hace gracia la situación.

—El guardia 602 les ayudará a localizar sus dormitorios —anuncia Ravensloe en el momento en que Owen reaparece en la puerta—. Los turnos empiezan por la mañana. Les aconsejo que tengan en mente que están participando en una misión gubernamental extremadamente secreta que debe completarse con la máxima urgencia. Tienen tres meses.

¿Tres meses? ¿Tres meses para ganar una guerra?

—Desgraciadamente, el grupo anterior no siguió mi consejo.

Un escalofrío me recorre la espalda. Así que no somos los primeros. Miro fijamente a los líderes de los tres equipos, pero sus rostros no revelan ni la más mínima emoción. ¿También habrán trabajado con el grupo anterior? Los otros reclutas se ven unos a otros, como intentando confirmar que no escucharon bien.

—Recuerden, reclutas, que lo que hagan aquí contribuirá a determinar el resultado de la guerra.

Y dicho eso, el vice primer ministro y su guardia salen de la habitación. Los líderes de los tres equipos empiezan a recoger los dosieres y a mí se me dispara la mente. Tres meses. No es tiempo suficiente, y, a la vez, es demasiado tiempo para estar lejos de Ursa. De pronto siento la urgencia de ponerme a trabajar, de descubrir en qué consistirá exactamente esta misión.

—¿Y bien? —murmura Marquis, comprobando que los líderes de los tres equipos no nos miran antes de acercarse a mi mesa—. ¿Qué te tocó?

—Se supone que no debemos hablar de eso —replico.

—Vamos, prima —insiste Marquis, guiñándome el ojo—. Por una vez en tu vida, intenta no ser la favorita del maestro.

Llevamos ahí cinco minutos y ya quiere infringir las normas.

—Firmamos una carta de confidencialidad —susurro—. Ravensloe dijo…

—Que podemos hablar de nuestro trabajo entre nosotros —insiste Marquis, apoyándose en el borde de mi mesa—. Ambos sabemos que acabarás diciéndomelo. Así que déjate de tonterías y hazlo ya.

—Muy bien. Me pusieron en Criptografía.

—¿Criptoqué? —repite él, levantando la voz.

—¡Shhh! —lo reprendo en el momento en que varias cabezas se giran hacia nosotros—. Entonces ¿tú no?

—No —responde Marquis—. A mí me pusieron en Aviación.

—¿Qué? ¿Con aviones?

—¿Y yo qué sé? —responde Marquis—. Tú les dijiste que estudio Anatomía Dracónica, ¿no, Viv?

Pero ya no lo estoy escuchando. Los reclutas empiezan a salir del aula, y Sophie pasa a nuestro lado sin dignarse a mirarnos siquiera.

—¡Sophie! —la llama Marquis.

Ella no le hace ni caso, y me da la espalda lanzándome una mirada de rabia.

—¿De modo que ahora nos odia?

El corazón se me dispara en el pecho.

—¿Por qué iba a odiarnos? No la hemos visto en meses y no es que sepa…

No acabo la frase y de pronto siento que se me calienta el rostro.

—¿Saber qué? —pregunta Marquis, sacando un cigarro ya enrollado de su bota y colocándoselo tras la oreja.

—Nada —murmuro, uniéndome a la fila de los reclutas y saliendo al pasillo.

Siento una presión en el estómago. Sophie no sabe el daño que le hice, y no pienso permitir que lo descubra. Corregiré mis acciones y todo volverá a ser como antes.

7

OWEN NOS LLEVA POR LAS ESCALERAS hasta el primer piso. En las paredes aparece una cantidad obscena de carteles, todos con instrucciones o prohibiciones. En la entrada al ala este hay una señal circular con una boca y un dedo encima.

"DISCRECIÓN, NO DISCUSIÓN", dice la inscripción que está debajo.

—Las chicas a la izquierda del pasillo, los chicos a la derecha —nos indica Owen, levantando la voz.

Veo a Sophie algo más adelante, hablando con otra chica, y siento un pinchazo de tristeza. ¿De verdad puede hablar con una extraña y conmigo no?

Marquis toma mi mano y la aprieta.

—Si me necesitas, haz la señal —me dice.

La señal es una serie de silbidos graves que él, Sophie y yo utilizábamos para encontrarnos cuando éramos niños, cuando nos perdíamos en los abarrotados búnkeres subterráneos durante la guerra. Es algo que hemos conservado desde entonces, un sonido que nunca falla.

El chico de la camisa blanca está junto a la puerta del dormitorio de los chicos, jugueteando con algo que lleva en el bolsillo. Cuando se percata de que lo estoy observando, deja de hacerlo y me sonríe. Aparto la mirada.

—La señal —repito, asintiendo—. Te veo más tarde.

El dormitorio de las chicas es grande y está iluminado con unos apliques de latón en la pared que arrojan una luz mortecina. Tras las cortinas opacas asoman unas de encaje rosa. De la pared cuelga un tapiz con la imagen del alfabeto y en la esquina hay un caballo mecedor. Esto debía de ser la habitación de algún niño. Ahora hay seis camas, muy juntas entre sí pero perfectamente tendidas, con un uniforme sobre cada una de ellas: camisa y corbata de seda negra, una falda de lana azul marino y un saco del mismo color, medias negras y sombrero. También hay un broche con la imagen de un dragón que atraviesa un círculo plateado. Podría ser una corona.

O una red.

Sophie toma la cama que está al lado de la mía, la única que queda disponible. Agarra la manga del saco y la deja caer otra vez. Tiene los pómulos hundidos y una quemadura en la mano que no tiene buen aspecto. La miro fijamente hasta que se ve obligada a devolverme la mirada.

—Hola —digo, sorprendida de la suavidad de mi propio tono—. Me alegro de verte.

Me lanza una mirada fulminante.

—¿Qué estás haciendo tú aquí?

—Yo podría preguntarte lo mismo.

A nuestro alrededor, las otras reclutas también se están presentando entre ellas.

—Ahora soy una inadaptada, ¿recuerdas? —responde Sophie, poniendo los ojos en blanco—. Pero tú y Marquis... deberían estar en Fitzrovia.

—Tus papás me dijeron que llevas semanas desaparecida...

—¿Viste a mis papás?

—Dejé a Ursa con ellos... Han pasado muchas cosas, Sophie...

—¿Ursa? ¿Por qué? ¿Dónde están tus...?

—Fueron detenidos —susurro. De pronto siento un dolor en el pecho—. Me dijeron que si venía a trabajar aquí, los soltarían. —No menciono a Chumana ni el Acuerdo de Paz. Sophie no me creería.

—¿Tú dónde has estado?

—En la cárcel de Granger —responde Sophie, visiblemente satisfecha al ver mi gesto de asombro—. El lugar al que envían a los prófugos de clase.

La cárcel de Granger es donde acaba la gente que se resiste a la degradación. De pronto recuerdo los titulares de esta mañana.

—Leí que hubo una fuga masiva. ¿Tú te ...?

Sophie menea la cabeza.

—No. No hui con todos los demás. Me reclutaron. Esa mujer... Dolores Seymour... se presentó y habló con muchos de nosotros, pero me escogió a mí. —Sophie se encoge de hombros—. No sé por qué.

—Tus padres me dijeron que has intentado volver a casa muchas veces, pero no saben que te detuvieron.

—Por supuesto que no. ¿Cómo iban a saberlo? —Sophie toma el broche del dragón y le da la vuelta—. ¿Y tú? —añade, fijando sus verdes ojos en los míos—. ¿Cuál es tu excusa?

—¿Mi excusa?

—Para abandonarme. Para fingir que nunca fuimos amigas. Nunca me escribiste ni intentaste venir a visitarme.

Así que sí, me odia.

—Marquis me dijo que deberíamos dejar que te adaptaras a tu casa de rehabilitación —miento.

Sophie suelta una risa hueca.

—Está claro que nunca has puesto un pie en una casa de rehabilitación, Viv.

—Yo…

Lo cierto era que, después de que degradaron a Sophie, lo único que yo quería era olvidar. ¿Cómo iba a visitarla en su casa de rehabilitación, sabiendo que era culpa mía que estuviera allí?

—Después del Examen…

—¿No quieres saber por qué detuvieron a mis papás? —digo yo. Estoy dispuesta a reconocer que son rebeldes si eso significa que Sophie dejará de hablar sobre su degradación—. Ellos…

—¿Podemos unirnos a la conversación? —Una chica de aspecto pretencioso, con la piel negra y el cabello recogido en unas bonitas trenzas nos mira fijamente—. Parece que ustedes dos tienen mucho de que hablar.

—Sí, así es —replico, jalándole la manga a Sophie, pero ella se suelta.

—Perdón —le dice a la otra chica—. Vivien no está acostumbrada a que la interrumpan.

El comentario me cae como una bofetada. Miro a Sophie y veo que esboza una sonrisa.

La otra chica también sonríe y le estrecha la mano a Sophie.

—Serena Serpentine.

Primera Clase, entonces. La mayoría de familias de Primera Clase tiene apellidos de ascendencia dracónica, símbolo de poder y riqueza.

—Sophie Rundell —dice Sophie, girándose hacia mí.

—Vivien Featherswallow —murmuro, mirando a Serena.

Desde luego, no estoy en disposición de dar mi mejor imagen.

—Yo soy Dodie —dice la chica del cabello rojo, la que le hizo la pregunta a Ravensloe. Toma el pase que lleva al cuello y leo en él las palabras *Segunda Clase*.

—Katherine —dice una chica pálida y menuda—. ¿Alguna más aquí está en Criptografía?

El corazón me da un vuelco.

—Yo —me apresuro a decir. Al diablo la discreción.

—¿Tienes alguna idea de qué tipo de códigos vamos a tener que descifrar?

Niego con la cabeza, desanimada al ver que ella tampoco lo sabe.

—A mí me dijeron que iba a trabajar con idiomas.

—Desde luego espero que no sea eso —exclama Sophie.

—¿Tú también estás en…?

—¿Criptografía? Me temo que sí —dice—. ¿Qué pasa, Vivvy? ¿Pensaste que serías la única?

Aparto la mirada, descolocada. Sophie está en el mismo equipo que yo, que es exactamente lo que esperaba. Pero se suponía que ella iba a estudiar Matemáticas en la universidad. Si la escogieron para descifrar códigos, tal vez este trabajo no tenga nada que ver con las lenguas dracónicas, entonces. Quizá Wyvernmire me mintió.

Respiro hondo. Eso son buenas noticias. Significa que, si me salvo, también salvo a Sophie.

—A mí me escogieron porque soy buena en el ajedrez —explica Katherine—. Esa tal Dolores me reclutó después de que le ganara a todo el mundo en la cárcel, incluido al hijo del alcaide, que era campeón de ajedrez.

No le pregunto a Katherine por qué estaba en la cárcel.

—Yo estoy en Aviación —anuncia Serena, levantando una pequeña maleta de cuero y apoyándola en la cama.

¿Por qué a ella le permitieron traer equipaje?

—¿Cuál es el tercer equipo?

—Zoología —dice Dodie, en voz baja.

—¿Zoología? —pregunto—. ¿El estudio de los animales?

—De los animales no —responde Serena—. ¡De los dragones, querida!

Todas la observamos.

—Análisis criptográfico, Aviación, Zoología… Wyvernmire está intentando emular a los dragones. —Su voz es cálida y suave, y desprende confianza en sí misma—. Así es como espera ganar la guerra.

Me siento en mi cama. Así que los códigos que tengo que descifrar tienen que ver con los dragones. Pero ¿cómo?

—¿Eso es hueso de dragón? —pregunta Dodie.

Está mirando el cepillo que Serena acaba de sacar de la maleta. El mango es de un blanco nacarado que contrasta con el negro de las cerdas de pelo de caballo. El uso del hueso de dragón está prohibido desde que se firmó el Acuerdo de Paz.

Serena se encoge de hombros.

—Una herencia familiar. Mi mamá me lo regaló antes de enviarme aquí.

—¿Tu mamá te envió aquí? —pregunta Dodie.

—Oh, sí —responde Serena, resentida—. Después de que reprobara el Examen a propósito y me negara a casarme con el hombre que ella había elegido para mantenerme en Primera Clase, prácticamente le rogó a Ravensloe que me llevara.

—¿Por qué ibas a reprobar el Examen a propósito? —pregunta Sophie.

Serena se encoge de hombros.

—Estaba aburrida: en Primera Clase, solo son unas cuantas preguntas que te hace el examinador mientras tomas el té. Y quería poner frenética a mi mamá.

—¿Y ya? ¿Estás aquí porque el vice primer ministro Ravensloe le hizo un favor a tu mamá?

—No —responde Serena, lanzándome una mirada ofendida—. De hecho Ravensloe se negó. Pero mi papá organizó una *soirée* en nuestra casa para celebrar el compromiso al que yo no estaba dispuesta a ceder y acallar los rumores de que su única hija había sido degradada. Y Ravensloe estaba allí.

Por supuesto. Serena proviene de una familia que celebra encuentros con el vice primer ministro. Es el tipo de persona que se puede permitir arruinar su formación solo por dar un disgusto a su madre: esa temeridad no supone un gran peligro cuando no corres el riesgo de que te degraden a Tercera Clase. Lo peor que le podría pasar a Serena es acabar en una vida en Segunda Clase, con algún privilegio menos.

—Yo hago… artilugios —añade—. Así es como los llama mi mamá. Maquetas de aviones y alas, cosas que vuelan. Es un hobby. Ravensloe me descubrió en el vestíbulo, intentando rescatar una de mis maquetas de manos de las doncellas que mi mamá había enviado para que me vaciaran las habitaciones. Y le dijo que había cambiado de opinión. Yo me negaba a asistir a mi fiesta de compromiso, así que mi mamá sabía que no iba a ceder. Cree que en cuanto vea el trabajo que hay que hacer aquí saldré corriendo y volveré a casa. Pero no lo haré. Completaré la misión. Seguiré en Primera Clase. Y luego empezaré a vender mis maquetas...

—No quiero parecer maleducada —dice Dodie en voz baja—, pero ¿cómo pueden contribuir tus maquetas a la campaña de guerra?

Serena se desabotona el vestido.

—Cada vez son más los dragones que se unen al movimiento rebelde —explica, agitando el cuerpo para dejar caer el vestido, de forma que solo le queda una camisola de seda. Se pone las medias negras y la falda azul marino—. Y si quieres derrotar a un dragón, tienes que luchar como uno, ¿no crees?

Puedo entender que la aviación —la operación de aviones— y la zoología —el estudio de los animales— estén relacionados en cierto modo con los dragones, pero ¿y el análisis criptográfico?

De pronto tocan la puerta. El chico de la camisa blanca asoma la cabeza justo en el momento en que Serena se está abotonando la blusa.

—Oh... perdón —dice, apartando la mirada.

Serena lo mira con una sonrisa dulce en los labios y de pronto decido que no me cae bien.

—Siento molestarlas —añade el chico, tras asegurarse de que Serena está vestida—, pero acaban de llamarnos para la cena.

Sus ojos cafés brillan en contraste con el azul del uniforme. Observo que la camisa blanca aún asoma bajo su saco.

—Oooh, qué hambre tengo —dice Serena.

Dudo que Serena haya pasado hambre ni un solo día de su vida, pero me pongo mi uniforme —dejando mi pase de clase bajo la almohada— y sigo a las chicas al pasillo, donde ya espera Marquis.

—Bonito uniforme —me dice, sonriendo y observando el broche que llevo en la solapa.

—Lo mismo digo —respondo, acomodándole la corbata.

—¿Y Sophie?

—No quiere saber nada de mí, así que probablemente contigo sea igual.

—Ah.

Observo cómo se dirige hacia la escalera con Serena, justo por delante de Katherine y Dodie.

—Hay una chica de Primera Clase que dice que Wyvernmire quiere que imitemos a los dragones. Que así es como piensa ganar la guerra.

Marquis ladea la cabeza, intentando decidir si hablo en serio.

—¿Alguno de los chicos es analista criptográfico? —le pregunto.

—Uno —dice Marquis—. Gideon. El alto y guapo. Según parece, habla varios idiomas.

El corazón me da un vuelco en el pecho. Recuerdo al chico que me lanzó esa mirada en el aula. Si él también es políglota, quizás esto del código sí tenga algo que ver con las lenguas dracónicas. Me paso la mano por las minúsculas cicatrices del brazo. Las buenas calificaciones, los reconocimientos, las reuniones de mis papás con los profesores para recibir buenas noticias… Siempre he logrado lo que me he propuesto. Y esta vez no será la excepción.

El comedor está colmado de sombras; la temblorosa luz de las velas emite reflejos que parecen estrellas en las molduras del techo. Los retratos de las paredes nos observan desde la penumbra y en la larga mesa veo cubiertos de plata y platos humeantes. Se oye el crepitar de la radio entre la charla comedida del grupo. Marquis se acerca a Sophie y le susurra algo al oído. Ella esboza una sonrisa, nada convencida, pero él la abraza, levantándola del suelo. Me hierve la sangre al verlo. ¿Así que a él le perdona que no le haya escrito, pero a mí no? Es raro verlos juntos otra vez, como si no hubiera pasado el tiempo.

Mis dos mejores amigos.

Me siento frente a Gideon. Es tan guapo como dijo Marquis: alto, con el cabello rubio rizado y la piel rosada. Me sirvo una cucharada de zanahorias asadas con miel. Él me mira, asiente a modo de saludo, y me pregunto cómo debería iniciar la conversación. Decido ir directamente al grano.

—Oí que tú también eres analista criptográfico, ¿no?

Gideon, que acaba de meterse un bocado de pollo en la boca, hace una pausa y se queda a medio masticar.

Echa un vistazo a Owen, que está de pie en la puerta, con el fusil al hombro.

—No te estoy pidiendo que infrinjas ninguna regla —me apresuro a añadir—. Ni tampoco quiero meterme en problemas. Simplemente tengo curiosidad por saber si trabajaremos juntos.

Vuelve a asentir.

—¿Sabes algo de códigos?

—No —murmura Gideon, con la vista fija en su plato. Toma otro bocado y no vuelve a mirarme.

—Oh. —Me recuesto en mi silla, decepcionada.

En el otro extremo de la mesa, Katherine y Serena están comparando sus pases de clase, que evidentemente no han encontrado el momento de quitarse. Mientras que Katherine lleva el suyo colgado del cuello con un cordel, el de Serena cuelga de una delicada cadena de oro.

—Yo antes solía coser vestidos para chicas como tú —le dice Katherine, con tono de admiración—. Créeme, es mucho más agradable que empaquetar crisantemos, aunque te pinchas los dedos constantemente.

Serena la mira, intrigada. Yo le doy un sorbo al vino.

Es intenso, cálido, y me provoca un cosquilleo en los labios.

—Es una cena algo extravagante para un grupo de inadaptados, ¿no? —observa Dodie, algo inquieta—. ¿Por qué se tomaron tantas molestias? En realidad, fuera de Bletchley Park nadie sabe que estamos aquí.

Sus palabras me dejan algo intranquila, pero Marquis la mira con una de sus sonrisas arrebatadoras en el rostro.

—Vamos a hacer un trabajo que cambiará el transcurso de la guerra —dice, imitando el tono afectado de Ravensloe—. Somos personas fuertes y sanas, con una mente privilegiada que por fin tienen la ocasión de alcanzar la… ¿Qué era? ¿Respetabilidad? ¿Rejuvenecimiento? ¿Romance?

El comedor estalla en risas.

Los reclutas miran a Marquis con admiración, que es lo que buscaba desde el principio. A veces me pregunto si se muestra así de ocurrente con la esperanza de que no se den cuenta de lo que lo hace diferente. Me pregunto si yo también albergo esa misma esperanza.

—Tiene sentido que nos den de comer bien —le dice a Dodie, recuperando el tono serio—. Aunque por lo menos podrían haber encendido la chimenea, claro.

Pongo los ojos en blanco y tomo un bocado de puré de papa. Es lo primero que como desde hace días y me sabe a gloria. Sophie, al otro lado de Marquis, come el pollo asado como si le fuera la vida en ello.

—Sí, claro, vamos a encender luces en el lugar más secreto de Inglaterra para que los dragones puedan verlo desde el aire —responde Katherine, agitando las pestañas y mirando a Marquis, quien parece complacido.

Parece ser que Katherine no escuchó lo de las cortinas opacas.

—¿Y tú quién eres, *milady*? —pregunta Marquis.

Me sirvo más salsa sobre el pollo mientras escucho cómo se ríe mi nueva compañera de habitación. Me temo que va a llevarse una gran decepción.

—Katherine —responde, fijándose en la mejilla magullada de Marquis—. Siempre me han gustado los hombres que saben pelear.

Marquis alarga la mano sobre la mesa, toma la suya y la besa.

—Por Dios santo —exclamo yo, mientras Dodie se ríe, cubriéndose con la copa—. Katherine, eso no es...

—No es lo mío —confiesa Marquis.

—¿Te refieres a las peleas? —responde Katherine.

Marquis no contesta. En lugar de eso, señala a Gideon.

—Él es mucho más corpulento; estoy seguro de que lo haría mejor que yo.

Gideon frunce el ceño, pero al menos la tensión que flotaba en el ambiente ha desaparecido y la charla distendida se mezcla con el sonido de la radio. Somos nueve en total: cinco chicas y cuatro chicos. El chico de la camisa blanca está hablando con otro llamado Karim, que tiene la cabeza rapada y habla bajito.

—¿Ya hiciste amigas? —me pregunta Marquis.

—No —respondo—. Pero parece que tú sí.

Marquis se encoge de hombros.

—Más vale tener amigos que enemigos.

—¿No estás preocupado? —pregunto en voz baja, dándole un sorbo al agua.

—¿Por qué? —responde—. ¿Por el cielo infestado de dragones? ¿Porque en realidad somos prisioneros disfrazados de invitados? ¿O por el hecho de que ninguno de nosotros sabe qué vamos a hacer aquí?

—Por eso último.

La sonrisa desaparece por un momento de su rostro y baja la voz.

—Por supuesto que estoy preocupado —admite—. No he tocado un avión en mi vida. Pero aprenderemos, ¿no? Construiré cualquier artilugio volador que quieran construir y tú descifrarás cualquier código que quieran que descifres, y luego nos iremos a casa.

—¿Y si fracasamos? —respondo, viendo temblar la copa en mi mano—. Nos enviarán a la cárcel y nuestros papás no serán indultados. Y Ursa... —Dejo la copa en la mesa y se me quiebra la voz.

El chico de la camisa blanca se lleva una servilleta a los labios y me mira, intrigado.

—Todo saldrá bien, Viv —dice Marquis, convencido.

Conozco perfectamente ese gesto de tozudez que tiene en el rostro ahora mismo. Es el mismo que tenía de niño, cuando un grupo de chicos le dijo que era muy *poca cosa* para jugar en el equipo de futbol, así que acabó rompiéndose la pierna en el intento. No hay nada imposible para Marquis, que acabó convirtiéndose en capitán del equipo. Pero yo no soy como él. Yo soy… realista. Y aún no consigo ver qué tienen en común los idiomas, el análisis criptográfico y los dragones.

«Londres ha sufrido una serie de ataques…».

El ambiente relajado desaparece al escuchar las noticias de los bombardeos y de las llamaradas de los dragones. Permanecemos en silencio hasta que acaba el informe y la radio vuelve a crepitar.

Marquis se pone de pie y la apaga, y a partir de ese instante solo se oye el ruido de las cucharas rozando los platos. El momento de buen humor que habíamos disfrutado todos, alimentado por la promesa de contar con una nueva oportunidad, ha quedado atrás.

—¿Qué tal tu comida, Vivien Featherswallow?

Parpadeo, sorprendida. El chico de la camisa blanca se ha dirigido a mí, acercando tanto la cabeza desde el otro lado de la mesa que alcanzo a verle el vello de la barbilla.

Tiene la piel lisa como el cristal.

—Está bien —respondo—. ¿Cómo sabes mi nombre?

—Lo he oído antes —dice él, con tono cordial—. Yo me llamo Atlas. Atlas King.

—Encantada de conocerte, Atlas King. ¿Qué tal tu vino?

Atlas le da un sorbo a la copa que tiene delante y hace una mueca.

—Corchado. Tal como cabe esperar en un lugar como este.

Apoyo la cuchara en la mesa.

—¿Corchado?

—Estropeado, corrompido —dice él. Mira a su alrededor.

—Oh, vamos. No creyeron de verdad nada de lo que dijo Ravensloe sobre eso de que esto es nuestra posibilidad de redención, ¿o sí?

Miro a Owen, intranquila. Ese es el tipo de conversación que puede hacer que nos degraden a todos.

—Sí, lo creo —respondo con frialdad—. ¿Qué ganaría él faltando a su palabra?

—Déjame adivinar —dice Atlas, con una sonrisa intrigante—. ¿Eres de Primera Clase?

Levanto una ceja.

—Segunda.

Observo que Marquis y Sophie están prestando atención a la conversación.

Atlas se recuesta en su silla.

—En cualquier caso, no eres de Tercera Clase. Si no, entenderías por qué no confío en él.

Sophie se ríe en silencio y yo me ruborizo. Así que Atlas es de Tercera Clase. Lo supe desde el momento en que lo oí hablar con acento de Bristol, porque esa ciudad es casi toda de Tercera. Lo miro con atención. La gente te juzga por tu acento constantemente, motivo por el que tengo mucho cuidado al hablar: alargo las vocales y marco las consonantes. Quiero que la gente haga las suposiciones correctas sobre mí: en otras palabras, todo lo contrario de lo que yo he hecho con Atlas King.

—¿Así que tú sugieres que, aunque ganemos esta guerra, ninguno de nosotros saldrá libre? —pregunta Marquis.

Los otros están empezando a levantarse y aparece una criada que se lleva los platos sucios. Atlas sonríe, burlón, y se pone a recoger los cubiertos, haciendo el trabajo de la doncella. Le entrega las cucharas, provocando que se sonroje y que le insinúe una reverencia, cohibida. Luego él se gira hacia nosotros.

—Eso, amigos míos, depende enteramente de a quién se refieran con *nosotros*.

8

Me despierta el zumbido grave de una sirena. Tardo un momento en darme cuenta de que no estoy en mi cama en Fitzroy Square sino en Bletchley Park, rodeada de los suaves ronquidos de unas extrañas. O casi extrañas. Sophie enciende la lámpara y me saluda a regañadientes con un movimiento de cabeza. Nos vestimos en silencio y de pronto la tarea que nos espera parece más pesada que nunca. Mientras me peino el cabello y me coloco bien el broche siento los nervios en el estómago. ¿Y si fracasamos? Wyvernmire no tendrá otra opción que aplicar la ley. Ejecutarán a mis padres. A mí me meterán en la cárcel. Ursa crecerá en un orfanato. Hoy es el tercer día en que mi hermana se despierta en Marylebone, con Abel y Alice. ¿Pensará que la abandoné?

Eso es exactamente lo que hiciste.

Sigo a las otras al pasillo, donde Marquis ya espera con cara de sueño.

—¿Todo bien?

Asiento, conteniendo las lágrimas. Tengo que concentrarme. Un guardia con el casco puesto nos espera en el vestíbulo. Le pone un cesto de bollos de mantequilla en las manos a Marquis.

—Repártelos; luego a sus puestos de trabajo.

Su voz me resulta familiar, pero no consigo recordar dónde la he oído antes.

—Los del invernadero, conmigo —ordena—. El resto, con los guardias 629 y 311.

Le doy un bocado a mi bollo y veo desaparecer a Atlas por una puerta tras la escalera. Es como muchos de los chicos que he conocido en la escuela, sonrientes y angustiados por sus buenas calificaciones. Sin embargo, anoche habló con arrogancia y dejó en claro que no le preocupan las normas. Ahora mismo obedecerlas es lo único que nos puede salvar, así que decido que de momento lo mejor será mantener la distancia con él.

Sigo al guardia escaleras abajo, en dirección al patio, con Sophie y los otros dos reclutas de nuestro equipo: Katherine, la jugadora de ajedrez, y Gideon, el políglota. El cielo tiene un color azul amoratado que vira a rojo por los bordes, como una acuarela. Seguimos el camino que rodea la casa y llegamos a un jardín con el pasto impecable. Unos pollos picotean la hierba y cacarean, alarmados al vernos pasar.

Caminamos en silencio, haciendo crujir la escarcha típica del mes de diciembre, hasta que Katherine tropieza y suelta un gritito. Levanto la vista. Sobre los árboles se asoma un dragón de un rojo vibrante, el color del otoño. Miro fijamente las púas negras de su rostro. Las escamas del pecho brillan como el ébano y la cresta de escamas que tiene sobre la cabeza crea una especie de corona.

Gideon, a mi lado, se ha quedado paralizado, con los puños apretados.

—Buenos días, Yndrir —saluda el guardia.

El dragón asiente mientras pasa a nuestro lado. Es tan grande que las hojas de los árboles van cayéndole por el lomo. Me roza la bota con la larga cola y Gideon retrocede de un salto. Katherine se agarra con fuerza del brazo de Sophie.

—Es un ddraig goch —susurro, a nadie en particular. Un dragón galés. Es imponente.

—Vamos, muévanse —nos apremia el guardia, desde delante.

¿Por qué no me esperaba encontrar dragones en Bletchley? Los otros reclutas siguen mirando a Yndrir, atónitos. Probablemente sea lo más cerca que han estado de un dragón en sus vidas. ¿Cuántos dragones más trabajarán en el DDCD y qué harán? Aún emocionada, me giro para mirar al ddraig goch, que rodea la esquina de la casa. Así que trabajaré con idiomas dracónicos. Quizá pueda hablar con dragones de verdad.

Me pongo a la altura de Sophie, espero a que no mire nadie y le jalo la manga.

—¡Auch, Viv!

Sophie se gira hacia mí, enojada, con el cabello cubriéndole el rostro. Ahora que está limpia y que ha comido bien, se parece más a la Sophie que yo conozco. Cierro los ojos e intento no pensar en los recuerdos de aquel día. *Lo siento*, quiero decir. Pero no puedo. Porque sé que con un *lo siento* no basta.

—Mira —digo—, independientemente de lo que ocurrió el verano pasado, ahora las dos estamos aquí y necesitamos completar la misión que nos han asignado para volver a casa. Yo creo que deberíamos trabajar juntas.

Sophie frunce los párpados.

—Por supuesto que quieres dejar atrás lo que ocurrió el verano pasado, porque tu vida siguió como siempre. Pero la mía... —Veo cómo le tiembla el labio y la culpa me invade con tal fuerza que casi me doblo.

—Háblame de eso —le ruego—. Dime dónde has estado.

—Ya te lo dije —responde Sophie—. En la cárcel de Granger.

—¿Cuánto tiempo?

—Unas semanas. Era mejor que donde estaba viviendo antes.

Siento una presión en el estómago. Yo esperaba... me había querido convencer de que la Tercera Clase no era tan mala como rumoraban. Que, a pesar de las advertencias de nuestros papás, ser degradado no era el fin del mundo.

—¿Quieres decir la casa de rehabilitación?

Sophie asiente.

—No quiero hablar de eso.

—Está bien —respondo, con suavidad—. Pero ¿y si trabajamos juntas, cualquiera que sea ese código que se supone que debemos descifrar? Yo no sé nada de eso y estoy segura de que tú tampoco. Y quiero que los tres salgamos de aquí, tú, Marquis y yo. Juntos. Dos mentes pueden más que una, ¿no, Soph?

Sophie levanta la vista al oírme utilizar el nombre con que la llamaba de niña.

—Me prometieron que si cumplo con mi misión aquí, me ascenderán —dice Sophie, con la vista puesta en los árboles—. Me prometieron que volveré a la Segunda Clase.

Asiento. *Yo* me merezco estar aquí, pero Sophie no. Ella no se merece tener unos recuerdos tan terribles que no puede siquiera mencionar. No se merece tener a una traidora por amiga. Nos abrimos paso por entre las raíces y los montículos del bosque, deteniéndonos solo a echar un vistazo a una pista de tenis oculta en un claro a la derecha de los árboles.

—El invernadero es nuestra instalación más protegida —nos dice el guardia, justo en el momento en que alcanzamos al resto del grupo—. Un retén de dragones y guardias lo protegen, y el bosque lo hace casi indetectable desde el cielo.

Casi indetectable desde el cielo. ¿Cuántos dragones sobrevuelan Bletchley a diario? Desde arriba, la casa y sus terrenos deben tener el aspecto de una mansión de Primera Clase como cualquier otra. El DDCD se oculta a plena vista, y los rebeldes no tienen ni idea. Nos adentramos en el bosque y de repente aparece entre los árboles un alto edificio de cristal. La vegetación del interior presiona el vidrio, dando la impresión de que la casa forma parte del bosque. Alrededor de esta, por la hierba, veo varias placas de hule negro con ranuras montadas sobre unas patas; parece como si fueran escamas de dragón. ¿Qué serán? El guardia mantiene la puerta abierta para que entremos y de pronto cruzamos una mirada. Doy un brinco. ¿De dónde lo conozco?

—¡Bienvenidos al invernadero!

La doctora Dolores Seymour nos sonríe desde detrás de sus enormes lentes. Su vestido verde se integra con el color de las plantas que la rodean. Tras ella hay una alfombra estampada y un sofá tapizado, así como dos grandes estanterías y un armario, todo a la sombra de la vegetación. El techo de cristal desaparece entre las ramas de un olmo, de modo que en toda la estancia flota un tono verduzco. Hay unas cortinas opacas recogidas en las aristas entre las paredes y el techo, e imagino que con solo jalar un cordel pueden sumir este lugar en la más completa oscuridad. Unos cables recorren el suelo como retorcidas raíces negras, en dirección a una fila de máquinas y a dos aparatos más pequeños situados sobre unas mesas en la parte trasera de la sala.

—No hay tiempo para formalidades, doctora Seymour —dice el guardia—. Sus reclutas necesitarán ser instruidos con férrea disciplina para compensar su evidente falta de respeto por la autoridad.

Me mira y esboza una sonrisa burlona; en sus ojos se ve que lo está disfrutando.

Doy un paso atrás, atónita, y de pronto siento como si un fantasma me hubiera dado una bofetada.

El guardia 707.

Este es el hombre que me golpeó cuando detuvieron a mis padres. El que bromeó con encontrar una llave bajo el vestido de mamá. Por el modo en que me mira tengo claro que él también me reconoció.

—Gracias, Ralph, pero estos reclutas son responsabilidad mía, no tuya —responde la doctora Seymour—. En cuanto ocupes tu puesto asignado en el exterior del invernadero, podremos ponernos a trabajar.

Ralph le sonríe a la doctora Seymour, burlón, y por un segundo tengo la impresión de que se va a negar, pero de pronto junta los talones con fuerza, da media vuelta y se marcha, dejando que la puerta se cierre con un portazo. La doctora Seymour nos sonríe.

—Por favor —dice, indicando la parte trasera de la sala—. Siéntense.

Ocupo una silla junto a una de las mesas. Este invernadero tiene el aspecto de una biblioteca que alguien decidió construir en medio de una jungla. Veo unas lámparas bulbosas hechas de fina cerámica azul, mullidos cojines y revistas tituladas *Dragons Daily* bajo la hiedra y las hojas puntiagudas de una planta tropical del tamaño de un pequeño árbol.

Las máquinas parecen totalmente fuera de lugar.

Echo un vistazo al aparato que tengo delante. Es una caja hecha de cristal que por su forma recuerda una radio, pero tiene una alta antena retráctil y un pequeño altavoz dorado que parece más propio de un gramófono, varios diales de latón, botones de arranque y pausa y un gran interruptor.

—Me llamo Dolores Seymour. Soy conductista dracónica y jefa del Departamento de Criptología y Reclutamiento de Bletchley Park. Fueron escogidos para colaborar conmigo en el invernadero porque poseen una habilidad particular que se adapta bien al trabajo que realizo aquí. —La doctora Seymour nos señala con un gesto amplio del brazo—. Por ejemplo, Katherine: *tú* eres una revelación en el mundo del ajedrez.

Katherine asiente lentamente, desconcertada.

—Tu razonamiento lógico, tu memoria y tu capacidad para resolver enigmas es exactamente el tipo de talento que necesitamos aquí.

La doctora Seymour se gira hacia Sophie.

—Y tú, Sophie, tienes una gran habilidad con las matemáticas y dominas el código morse, gracias a tu experiencia en el envío de mensajes codificados a través de la red de telégrafos.

¿Por eso reclutaron a Sophie? ¿Porque ayudó a su mamá en las oficinas de telégrafos durante la guerra?

—¡Y, por supuesto, tenemos a nuestros políglotas! —La doctora Seymour nos mira a Gideon y a mí con una sonrisa—. Gideon habla varios idiomas humanos, mientras que Vivien está especializada en lenguas dracónicas. Juntos, aportan unos conocimientos valiosísimos al grupo.

—¿Disculpe, doctora Seymour? —digo yo, levantando la mano.

—¿Sí, Vivien?

—Entiendo que el ajedrez o el código morse puedan ser útiles para descifrar códigos pero... ¿los idiomas? —Echo un vistazo a Gideon—. ¿Está segura de que nos asignaron al equipo correcto?

La doctora Seymour se sienta en un taburete y cruza las manos sobre su regazo.

—Bueno, Vivien, ya debes saber que los dragones son los mejores lingüistas del mundo, capaces de aprender múltiples idiomas a una velocidad impresionante.

Asiento.

—Pero los dragones también se comunican de otros modos. ¿Entiendes lo que quiero decir?

De pronto me siento como si estuviera de nuevo en la universidad y me enfrentara a una pregunta capciosa de algún profesor. Niego con la cabeza.

—Por supuesto que no —dice, sonriendo como si le causara gracia su propia broma—. Los dragones también se comunican por sonar. Es una forma de ecolocalización, la misma que utilizan las ballenas y los murciélagos.

¿Ballenas y murciélagos? ¿Qué necesidad pueden tener los dragones de comunicarse como los animales cuando solo en su primer año de vida aprenden varios idiomas?

—Los dragones se comunican a través de la ecolocalización cuando los separa una gran distancia, o cuando están bajo el agua. ¿Alguno de ustedes ha oído hablar de la ecolocalización y de cómo funciona?

Gideon levanta la mano y siento una punzada de celos. ¿Cómo puede saber la respuesta?

—Yo he oído hablar del uso del sonar en la guerra, para detectar submarinos. ¿Es eso?

La doctora Seymour asiente.

—El primer sonar se inventó a principios de siglo y se convirtió en los ojos y las orejas de los submarinos de guerra. Sin embargo, el primer sistema de sonar lo creó la naturaleza. El primer ejemplo que tuvimos de ecolocalización fue en murciélagos y ballenas. Durante la Gran Guerra observamos que los dragones, que coordinaban sus ataques durante el vuelo con una precisión milimétrica, también lo utilizaban.

Se me pone la piel de gallina. Ya han pasado cinco años desde el final de la guerra: ¿por qué no me han enseñado nunca nada sobre esto en mis módulos de comunicación dracónica?

—Los dragones emiten ondas de sonido a través de la boca, y cuando esas ondas impactan con algún objeto producen un eco —explica la doctora Seymour—. Existen dos tipos de llamadas de ecolocalización: las llamadas de exploración, que utilizan para detectar objetos en el espacio que les rodea, y las llamadas sociales. Todas registran una frecuencia demasiado alta como para que los humanos podamos oírla.

Vuelvo a observar el aparato que tengo sobre la mesa.

—¿Los dragones rebeldes se comunican mediante la ecolocalización? ¿Por eso estamos aquí, para leer ondas ultrasónicas?

—Van a oírlas, no a leerlas —precisa la doctora Seymour—. Y luego van a traducirlas.

Una mosca atraviesa la sala y aterriza en el micrófono del aparato. ¿También se podrían descodificar sus zumbidos, si tuviéramos la máquina adecuada?

—No tenemos claro cuándo o por qué los dragones empezaron a comunicarse mediante la ecolocalización, pero sabemos que es de vital importancia para su organización en el combate. Si desciframos lo que dicen, y si un día conseguimos reproducir esas llamadas nosotros mismos, obtendríamos una gran ventaja.

—¿Por qué no simplemente le pregunta la primera ministra a la reina de los dragones cómo funciona? —pregunta Katherine—. ¿No estaría de acuerdo, si eso nos ayuda a vencer a los rebeldes?

—Los dragones no quieren que los humanos sepan que poseen un sistema de sonar natural. Parece ser que quieren mantener este método de comunicación en secreto.

—¿Cómo funciona? —pregunta Sophie. Se ha atado el cabello en una coleta y tiene un brillo en los ojos que refleja su determinación.

—La ecolocalización dracónica se compone de cientos de sonidos ultrasónicos, clics, llamadas y pulsos, que, una vez grabados y reproducidos a menor velocidad, podrían imitar el ritmo y la estructura de muchas lenguas dracónicas —explica la doctora Seymour—. Y ahí es donde entran en acción nuestros políglotas.

—Yo traduzco idiomas, no códigos —digo yo, lentamente—. No estoy calificada para esto.

—Yo tampoco —afirma Katherine, meneando la cabeza.

—La ecolocalización de los dragones sin duda se parecerá más a la utilizada por las ballenas y los murciélagos que al lenguaje hablado, ¿no? —añade Gideon.

—Pero es que la ecolocalización dracónica *es* un idioma —insiste la doctora Seymour—. Y parece ser mucho más sofisticada que la ecolocalización que hemos observado en otras criaturas. Aunque los clics que emiten para localizar objetos en el aire podrían recordar las señales del código morse, sus *llamadas sociales* ultrasónicas suenan casi como un lenguaje verbal, y estamos convencidos de que contienen significados complejos. Por supuesto, el *código dracónico*, tal como lo llamamos, no tiene nada que ver con el morse, inventado por los humanos, pero las personas que dominan el morse, los que están acostumbrados a resolver enigmas complejos y los que tienen buen oído para los idiomas son los que más posibilidades tienen de llegar a descifrarlo.

—¿Y entonces yo qué hago? —pregunta Gideon—. ¿Quiere que escuche grabaciones de mensajes de ecolocalización de los dragones y que le diga si se parecen en algo a alguno de los idiomas que conozco? Yo no hablo ningún idioma dracónico.

Es todo tan ridículo que me dan ganas de reír.

—Tú sabes igual que yo que todas las lenguas dracónicas se han originado a partir de los idiomas humanos —responde la doctora Seymour—. Y no, no queremos que escuches grabaciones nada más. —Levanta la cabeza y mira al cielo a través del techo de cristal—. Los dragones sobrevuelan Bletchley día y noche. Y dado que el cristal es uno de los pocos materiales que atraviesan las ondas de sonar, queremos que los escuchen en vivo.

Así que voy a ser una espía.

—Lo ideal sería desplegar una vigilancia día y noche, pero de momento ustedes cuatro harán el turno de la mañana y yo el de la tarde —indica la doctora Seymour—. Creemos que trabajarán más rápido juntos y sumando esfuerzos.

—Para aprender a hablar código dracónico —dice Katherine, con un suspiro de desánimo.

Yo intento mantener la calma, pero por dentro me invade el pánico. Al menos Sophie tiene algo de experiencia en códigos, pero ¿y yo? Hablo idiomas que se componen de gramática, estructura y alfabeto, no de clics y llamadas. ¿Cómo voy a traducir sonidos ultrasónicos como los de los murciélagos en palabras?

—¿Esto es lo que utilizaremos? —le pregunto a la doctora Seymour, señalando el aparato que tengo delante y el que está a mi lado.

La doctora Seymour asiente.

—Estas son dos máquinas locuisonus, los aparatos más modernos para la detección de señales de ecolocalización que tenemos. —Señala la fila de altas máquinas negras que está en la pared, a nuestras espaldas—. Las máquinas reperisonus de ahí se usan para almacenar las grabaciones que hacen sus hermanas, más pequeñas pero mucho más impresionantes.

Apoya la mano en uno de los aparatos de menor tamaño.

—En Bletchley tenemos las únicas máquinas locuisonus de toda Britania. Son portátiles, lo que significa que pueden detectar mensajes de ecolocalización en cualquier lugar al que las llevemos. —Alarga la mano y acciona el interruptor de la que tengo delante—. Y son versátiles, lo que quiere decir que pueden emitir sonidos además de grabarlos. En otras palabras, teóricamente pueden servir para la comunicación a través de la ecolocalización.

Acerco la cabeza a la máquina locuisonus y siento un escalofrío de emoción. Si lo que dice la doctora Seymour es cierto, podría utilizarse para hablar con dragones a kilómetros de distancia...

—Toda esta tecnología es muy nueva —añade la doctora Seymour—. Y, como aún no hemos podido descifrar muchas llamadas de ecolocalización dracónicas, no hemos logrado reproducirlas como medio de comunicación.

—Si lo hiciéramos, ¿no lo escucharían los dragones? —pregunta Sophie—. Me imagino a los rebeldes que sobrevuelan Bletchley recibiendo mensajes de ecolocalización... Eso les revelaría nuestra posición inmediatamente.

La doctora Seymour sonríe.

—Por eso tenemos bloqueadores. Quizá los hayan visto afuera. Son grandes placas de hule que bloquean las señales de sonar salientes, de modo que no podamos emitir accidentalmente ninguna llamada de ecolocalización desde el invernadero. Es como un cristal con espejo en un lado: podemos ver el exterior, pero ellos no pueden vernos a nosotros. —La doctora Seymour, sentada en su taburete, echa el cuerpo hacia delante—. Es esencial que ninguno de los dragones que protegen Bletchley Park se enteren de la actividad criptográfica que estamos desarrollando en el interior del invernadero.

Pienso en Yndrir y en las afiladas púas de su rostro, en la fuerza de su cola. ¿Qué haría si se enterara de lo que está protegiendo realmente?

—¿Por qué no quieren que sepamos nada de la ecolocalización? —pregunta Sophie—. Si los murciélagos y las ballenas la usan, no es que sea algo de su propiedad.

—El Gobierno cree que los dragones quieren ocuparla como arma de guerra en caso de que los humanos se vuelvan contra ellos un día, pero…

—Pero usted no lo cree —digo yo, en voz baja.

La doctora Seymour echa un vistazo a la puerta, algo agitada, pero no responde. Yo apoyo la espalda en la silla, pensando a toda velocidad. El DDCD está descifrando los mensajes de ecolocalización dracónicos, algo que los dragones de Britania —y, por tanto, la reina de los dragones— no quieren que ocurra. ¿Qué harán si lo consiguen? ¿Y por qué se arriesga Wyvernmire a perder el apoyo de la reina Ignacia con la búsqueda del código dracónico? ¿Realmente es tan importante?

—Las grabaciones que hagan desde aquí probablemente serán de llamadas de ecolocalización emitidas por los dragones de paso —advierte la doctora Seymour—. Pero cuando nos llevemos las máquinas locuisonus en salidas de campo por Bletchley Park, lo que grabarán serán, sobre todo, comunicaciones entre nuestras patrullas dracónicas. En ese caso, es importante tomar nota del dragón al que se está escuchando.

—¿Por qué? —pregunto yo—. ¿El objetivo final de todo esto no es espiar a los dragones rebeldes?

—No es solo eso —responde la doctora Seymour—. El objetivo es aprender a hablar con la ecolocalización: no importa de qué dragones lo aprendamos. Al igual que en cualquier otra materia de estudio, siempre es útil contar con la máxima información posible. Sería interesante comparar, por ejemplo, de dónde provienen los diferentes dragones a los que oímos utilizar la ecolocalización. —Nos muestra un libro—. Este es un álbum con fotografías de los distintos dragones que pueden encontrar en Bletchley. Tendrán que memorizar sus nombres.

La doctora Seymour se pone de pie y se sitúa entre Gideon y yo. Toca los controles de las dos máquinas.

—Empecemos escuchando unas grabaciones. Al DDCD le interesan, sobre todo, las llamadas sociales de los dragones. Queremos saber qué se dicen los dragones rebeldes y cómo se coordinan durante un ataque. Pero conocer los sonidos de sus llamadas de exploración también puede ser útil.

Gideon acerca la cabeza a la otra máquina locuisonus, intrigado.

—Lo que están a punto de oír es una selección de llamadas de exploración emitidas por un dragón mientras cazaba a una presa. El locuisonus las convierte en frecuencias audibles y baja la velocidad para que podamos percibirlas. Escuchen atentamente, por favor.

Aprieta un botón y el altavoz del gramófono emite un sonido estático. Luego se escucha un sonido como el piar de un pájaro, pero más grave, y a continuación toda una secuencia de sonidos idénticos. No puedo evitar echar un vistazo a la puerta. ¿Cómo percibiría Yndrir esos sonidos, ahora en una frecuencia audible para los humanos? ¿Podría reconocerlos como llamadas de ecolocalización o simplemente le parecerían el gorjeo de un pájaro encerrado en el invernadero?

La doctora Seymour se da cuenta de adónde miro.

—Normalmente usamos auriculares.

Luego se escucha un sonido diferente, mucho más prolongado, como una melodía. Vuelve a oírse el gorjeo unos segundos y luego acaba la grabación. La doctora Seymour me mira a los ojos.

—¿Escucharon las llamadas de exploración, esos sonidos idénticos que aparecen a intervalos de tres segundos? Esas eran para que el dragón pudiera localizar a su presa. Pero hay un sonido en medio, un gorjeo más grave pero armonioso. ¿Lo oyeron?

Asiento.

—Eso era una llamada social —señala la doctora Seymour—, lo que hace pensar que ese dragón no estaba cazando a solas.

Un escalofrío me recorre la espalda al imaginar a los dragones volando sobre nuestras cabezas, sin saber que están siendo escuchados mientras cazan. Es como si estuviéramos volando con ellos de incógnito.

La doctora Seymour vuelve a tocar los mecanismos de la máquina.

—Tienen que recordar que cuando escuchen en tiempo real habrá un pequeño desfase entre la emisión de las llamadas y lo que oyen, porque la máquina necesita unos segundos para procesarlas. Aquí tienen otra grabación.

Esta vez el gorjeo se produce a intervalos más rápidos, y se vuelve más y más veloz hasta convertirse en un zumbido.

—Ese fragmento del final se llama zumbido de ataque —explica la doctora Seymour—. En el momento en que el dragón se lanza sobre su presa, emite una sucesión muy rápida de clics para aumentar la precisión. Eso le permite ser consciente del mínimo cambio de dirección de su presa. Pueden oír el zumbido final, justo antes de atraparla.

Pongo las manos sobre la máquina locuisonus. Esto es algo muy elaborado, más inteligente y complejo que ninguna otra forma de comunicación dracónica que haya estudiado nunca. Pero si los dragones no quieren que los humanos sepamos que utilizan la ecolocalización, ¿eso también significa que no quieren que aprendamos sus lenguas habladas? ¿Que están en contra de que los humanos estudiemos las lenguas dracónicas?

Vuelvo a pensar en Chumana, en la biblioteca.

La niña habla un idioma dracónico.

No parecía molestarle. De hecho, querría pensar que la impresioné. Sin embargo, la ecolocalización es diferente. Llegar a entenderla y a imitarla significaría que el gobierno de Wyvernmire no solo podría espiar a los dragones rebeldes y aplicar las técnicas de ecolocalización a sus sistemas de comunicación, sino que también podría emitir mensajes clandestinos para confundir a los rebeldes. Sería toda una revolución. Ahora entiendo por qué Wyvernmire quiere este código. Desde luego cambiaría el rumbo de la guerra.

—¿Quién diseñó estas máquinas? —pregunto.

—Yo —responde la doctora Seymour sin inmutarse.

Se sujeta un mechón de cabello tras la oreja y de pronto siento una gran admiración por ella.

—Por supuesto, esto va a requerir de una larga formación. Tendrán que escuchar cientos de grabaciones, a diferentes velocidades, antes de que empiecen a entender algo. Vivien y Gideon, ustedes luego intentarán relacionar los mensajes de ecolocalización con cualquier lenguaje basado en palabras de los que conocen. Sophie y Katherine, ustedes buscarán patrones fonológicos y posicionales. Lo primero que quiero que hagan es aprender la terminología.

Saca una caja del armario y levanta la tapa. Está llena de fichas ordenadas alfabéticamente.

—Para que esto funcione, deben saber distinguir entre un clic y un tic, entre un chirrido y un gorjeo. Para que las observaciones que hacemos los humanos sean coherentes entre sí, debemos usar un léxico común.

—¿Esos que son? —masculla Gideon, señalando un montón de cuadernos que hay sobre la mesa.

—Son nuestros cuadernos de registro —responde la doctora Seymour—. Nunca deben salir del invernadero. Cuando empiecen su turno, escriban su nombre y la fecha, y luego registren todos sus hallazgos y sus conclusiones debajo. Eso nos permitirá estar al tanto de los progresos de cada colega y seguir con el trabajo a partir de donde lo haya dejado. Si creen que tradujeron correctamente una llamada, la incorporan al sistema de indexación.

La doctora Seymour señala la caja de fichas.

Echo un vistazo a la última anotación del cuaderno de registro que tengo delante.

> Un gorjeo de tipo 2 puede ser utilizado para alertar a otros dragones de la presencia de algo de interés.

—Aún les quedan varias horas para acabar el turno —dice la doctora Seymour, echando un vistazo a su reloj—. Sírvanse una taza de café y empiecen a familiarizarse con el material.

Mientras Gideon toma el álbum de fotografías de los dragones de patrulla y Sophie y Katherine comparten algunas fichas, yo echo un vistazo al libro de registro. Tengo muchísimas preguntas, pero primero necesito leer y aprender todo lo que haya que saber. Siento un cosquilleo de emoción que me resulta familiar, el mismo que solía experimentar cuando mis profesores nos encargaban la traducción de algún texto largo para hacer en casa, como si fuera un enigma por resolver.

Repaso las diferentes llamadas y veo las anotaciones que tienen debajo:

> Gorjeo - tipo 6
> Gorjeo - tipo 10
> Traducción: No aterrizar.
> Llamada registrada a las 21:00 h, dragón rebelde sobre el invernadero, posiblemente acompañado por otros dos.

Es como leer los pensamientos de los dragones. Examino las máquinas locuisonus, que relucen como el oro bajo el reflejo de la luz del sol. No es que vayamos a traducir un idioma, vamos a registrarlo por primera vez.

Hojeo las tarjetas restantes para comprobar la traducción. Quiero saber cuál de esos gorjeos significa *tierra*. Tomo un lápiz para anotar, pero no tiene punta. Voy al armario y busco un sacapuntas entre las cajas. No lo encuentro, pero hay una lata con lápices nuevos. Tomo la caja y veo un sobre debajo. No lleva nombre ni dirección, pero tiene dos marcas en forma de garra de tres puntas enfrente, a la izquierda y a la derecha. Sé qué significa.

Es correo dracovol.

Le echo una mirada a la doctora Seymour, pero está ocupada explicándole una de las fichas a Katherine. Mis padres solían utilizar el dracovol para que nos enviaran mis libros de la escuela, ya que este es más rápido que el correo oficial. Es un sistema de mensajería privado y no regulado en el que cartas y paquetes son transportados por un pequeño dragón de cola larga que es tan rápido como un halcón y que está adiestrado para hacer entregas en una serie de lugares específicos. La mayoría de familias de Segunda Clase que conozco tiene un dracovol. Sin embargo, no distingo ninguna jaula de dracovol en el interior del invernadero y no he visto ningún dragón miniatura revoloteando por ahí. Además, Ravensloe dijo que en Bletchley no está permitido enviar cartas. Entonces ¿qué está tramando la doctora Seymour? Jalo la carta, la saco a medias del sobre y leo la primera línea, escrita con una caligrafía perfecta.

Canna, Rùm y Eigg están siendo

No puedo ver el resto sin sacar la carta del todo. Miro por encima del hombro. Gideon me está observando, así que vuelvo a meter la carta en el sobre y cierro la puerta del armario. Sé que Rùm es una isla frente a la costa de Escocia, nombrada oficialmente territorio de dragones con la firma del Acuerdo de Paz. La utilizan como zona de nidificación. Sin embargo, los otros dos nombres no me dicen nada. Me siento de nuevo en mi lugar con mi lápiz nuevo. ¿Por qué la doctora Seymour recibe correo dracovol? Debe de tener un permiso especial de Ravensloe, quizá para realizar investigaciones secretas sobre ecolocalización.

Me quedo mirando la caja de fichas. Hay cientos de ellas, y aun así la doctora Seymour se muestra convencida de que apenas estamos rascando en la superficie de este idioma por ecolocalización. A pesar de su entusiasmo, empiezo a sentir que descodificar este lenguaje dracónico en tres meses va a ser imposible. Nadie puede aprender una lengua tan rápido.

En mis anteriores traducciones, he dedicado horas a revisar libros en busca de contexto, leyendo sobre el tema en cuestión hasta que de pronto encuentro un nuevo modo de emplear una palabra, una traducción que no me había planteado que otorga un nuevo significado a todo el texto. Así es como tendré que empezar en esta ocasión. Y para eso necesitaré una biblioteca. Seguro que en Bletchley habrá una, ¿no?

Comienzo a tomar notas, sin apartar la vista del papel aun cuando percibo que la doctora Seymour me está observando. Lo primero que voy a investigar son las islas de Escocia. Si la doctora Seymour está recibiendo cartas sobre ellas, deben de ser importantes para indagar sobre la ecolocalización. Quizá descubra algo que me dé un punto de partida. Echo un vistazo a los otros y me siento espoleada por el instinto de competitividad. Sé que es una estupidez, porque estamos todos juntos en esto, pero si alguien va a descifrar un código que permita ganar la guerra y borrar todos sus errores anteriores, tengo que ser yo.

9

—¿QUIERES DECIR QUE ESTÁN ESCUCHANDO EN SECRETO lo que se dicen los dragones rebeldes entre sí para poder traducirlo y comunicárselo a Wyvernmire?

Estoy sentada a la mesa, hablando en voz baja con Marquis mientras los demás ocupan sus lugares para almorzar. En el aire flota un murmullo de voces; todos hablan del trabajo y de la guerra, y veo que Katherine y Gideon charlan animadamente mientras comen.

—Sí —respondo, dando un sorbo a mi sopa—. Y la reina de los dragones no quiere que Wyvernmire sepa nada de la ecolocalización, aunque eso podría ayudarles a ambas a derrotar a los rebeldes.

—Una vez uno de mis profesores mencionó la ecolocalización de los dragones —recuerda Marquis—, pero dijo que no era más que una teoría. La idea de que toda una especie pueda inventar un código secreto con el objetivo de combatir contra los humanos...

—La doctora Seymour no considera que sea un arma. Y no es un código, en realidad. Es un idioma.

—Sea lo que sea, básicamente es leer la mente —observa Marquis, emocionado—. Una especie de habilidad natural fantástica que poseen los dragones y que les da ventaja.

—No más ventaja de la que nos da a nosotros la posibilidad de hablar por radio. —Atlas se sienta a nuestro lado. Frunzo el ceño. ¿Cuánto tiempo lleva escuchándonos?

—Por supuesto que es una ventaja —replico—. Nosotros no tenemos conexión *wireless* integrada.

Serena y Karim se nos unen en la mesa. Karim me mira y sonríe tímidamente: aún no lo he oído hablar, pero se ruboriza cada vez que alguien lo observa. Serena no es tan discreta.

—Yo he aprendido a pilotar aviones, por supuesto, pero nunca pensé que acabaría diseñándolos —dice, rozando con el codo el brazo de Atlas al alargar la mano para tomar el pan—. Y cazas, nada menos. La Aviación me parece el más útil de los tres equipos —añade, mirándome con suficiencia.

—¿Cazas? —le pregunto a Marquis, haciendo caso omiso de la mirada de Serena.

—Hmmm —responde Marquis, con la boca llena de papas—. Knott diseñó alas que emulan el vuelo de los dragones. Yo le sugerí que incorporemos una molleja mecánica al avión, para que escupa fuego.

—¿Una qué? —pregunta Sophie, sentada a mi lado. Yo me giro para mirarla, sorprendida: ¿esto significa que está de acuerdo en colaborar?

—Así es como los dragones generan las llamas —explica Marquis—. Tienen varios estómagos, como las vacas, y una molleja, como los pollos. Cuando la comida del estómago fermenta, produce metano.

Atlas levanta una ceja.

—Las mollejas están cubiertas de unas escamas como el sílex —prosigue Marquis—. Y los dragones ingieren pequeños pedazos de roca para ayudar a la digestión, así que, cuando las rocas chocan contra las escamas en presencia del metano, se producen las llamas. Es un mecanismo de lo más inteligente.

—¿Y tú crees que eso funcionaría? —pregunta Atlas—. ¿Esos aviones lanzallamas?

Ralph entra a la habitación con el casco bajo el brazo y todos nos callamos de golpe. Me sorprende lo joven que es. No puede tener más de veinticinco años. Su pálido cutis brilla en contraste con su cabello oscuro y luce unas gruesas pestañas. Sin embargo, su crueldad supera a su belleza. Comemos en silencio mientras Ralph se sirve un plato, mirándonos a todos con desconfianza. Luego se va.

—¿Qué están haciendo en Zoología? —le pregunta Katherine a Dodie.

Dodie y Atlas cruzan una mirada.

—Estudiamos el crecimiento y el desarrollo de los reptiles —responde Dodie.

—Y estudiamos la eugenesia aplicada a los dragones —añade Atlas—. Lumens nos pidió que investiguemos sobre el tema en la biblioteca, aunque yo me estoy planteando negarme.

—¿De modo que aquí hay una biblioteca? —pregunto.

—Creo que la vi en el tercer piso —responde Dodie, mirando a Atlas con gesto preocupado—. Te la puedo enseñar, si quieres…

—Yo te llevaré, Featherswallow —la interrumpe Atlas—. De hecho, pensaba ir ahora.

—Oh.

Un chico dispuesto a desobedecer las órdenes del líder de su equipo cuando se juega todo su futuro no me da buena espina. Quiero mantenerme lo más alejada posible del tal Atlas King.

—Bueno, en realidad le había prometido a Marquis que le enseñaría la pista de ten…

—Karim sabe dónde está —se apresura a responder Marquis—. Él me la enseñará.

Miro a Marquis y luego a Karim, quien se sonroja como un betabel. Atlas sonríe, satisfecho.

Así que voy a estar a solas con el infractor de normas.

—Soph, ¿quieres venir?

—El hecho de que estemos en el mismo equipo no significa que seamos amigas otra vez —responde Sophie, cortante.

—Muy bien —digo, echándome el cabello hacia delante para ocultar las mejillas, que de pronto me arden.

Miro a Atlas y él se pone de pie de un salto.

—Tú primero.

Subimos las escaleras en silencio y, al llegar al rellano, Atlas me indica un pasillo.

—Tienes suerte de haber llegado aquí con dos personas que ya conoces —dice.

Cruzamos el pasillo y subimos otras escaleras ocultas tras una puerta.

—No vine aquí con Sophie —respondo—. Simplemente la conocía de antes.

—¿Se pelearon?

—Algo así.

Nos detenemos frente a una puerta doble.

—Featherswallow. Ese es un apellido de ascendencia dracónica, ¿no? Cuando lo oí, pensé que eras de Primera Clase.

—Mi familia debió de serlo en el pasado —respondo, encogiéndome de hombros—. Y debieron de hacer algo para que los degradaran. Algo cobarde.

—¿Por qué cobarde?

—Ya conoces la leyenda. Los dragones cobardes de Britania, los que traicionaron a los suyos, perdieron las escamas como castigo y se convirtieron en golondrinas. Mi tío Thomas me dijo que, hace siglos, a los hombres que se habían enfrentado al rey les habían modificado el apellido añadiéndoles «swallow» al final, para distinguirlos.

—Yo leí una historia diferente —dice Atlas, en voz baja—. Los *swallows*, o golondrinas, eran originalmente dragones que podían hablar en todos los idiomas del mundo. Sin embargo, aquello era un lastre para ellos, pues eran capaces de empatizar con cientos de historias, así que le pidieron a Dios que los librara de aquella carga y los hiciera livianos y despreocupados. En respuesta, Dios los convirtió en aves y les dejó la cola bifurcada, como la lengua de los dragones, para recodarles lo que habían sido en el pasado.

Se me pone la piel de gallina. ¿Los *swallows* eran *lingüistas*? Es la primera vez que oigo esa versión de la leyenda. Atlas sonríe y me abre la puerta, y, cuando atravieso el umbral y entro a la biblioteca, vuelvo a percibir ese aroma: menta y tabaco.

La biblioteca es pequeña, oscura y está llena de libros. Solo hay una ventana y nadie se ha preocupado por levantar la cortina opaca que la cubre. Encendemos unas cuantas lámparas de gas y, cuando me giro, veo montones de libros apilados en el suelo, abarrotando los estantes, apoyados en cualquier recoveco de la pared. Hay un nivel superior, al que se accede por una escalera de mano, y ahí arriba veo una pequeña mesa redonda con unas cuantas sillas. El aire huele a papel húmedo.

—¿Qué es lo que buscas? —pregunta Atlas.

—Un libro sobre las islas de Escocia —digo yo, observando atentamente el lomo de los libros.

—¿Las islas de Escocia? ¿Por qué?

Hay un papel pegado en la pared. Leo lo que dice hasta que encuentro lo que busco:

GEOGRAFÍA – NIVEL SUPERIOR

Subo por la escalera.

—Simplemente me pareció un buen lugar por el cual empezar.

Atlas me sigue de cerca, sube por la escalera y llega al nivel superior justo después de mí.

—¿Siempre haces más trabajo del que se te pide? —dice sonriendo.

—Sí —respondo, sin devolverle la sonrisa—. Me gusta adelantar.

—Pero pensé que se trataba de traducir —dice Atlas—. ¿Para qué necesitas un libro sobre las islas de Escocia?

Recorro la pared con la mirada sin hacerle caso. Está cubierta de viejos mapas enmarcados, uno tras otro. Mis ojos siguen el contorno de las islas dibujadas, con sus montañas y sus ríos, hasta que veo una extensión de terreno sin nada más que tres palabras en el centro.

—«Aquí hay dragones» —leo en voz alta.

—Dicen que algunos cartógrafos tenían miedo de registrar ciertos territorios —dice Atlas, situándose detrás de mí—. Cada vez que se encontraban con una zona inexplorada, sencillamente la marcaban con una advertencia en los mapas que estaban dibujando. Significa que no saben lo que había ahí, pero que sin duda serían dragones.

—¿Tú cómo sabes eso?

Sonríe.

—¿Y cómo es que tú no lo sabes?

Me giro y paso la mano por encima de los libros de los estantes. Me sorprende ver que están ordenados por países. Después de que se impusiera el cierre de fronteras, muchas bibliotecas retiraron los libros sobre países extranjeros y los sustituyeron por textos sobre Britania. Pero ahora leo en los lomos que hay títulos como *Capitales del mundo* o *La diáspora de los dragones en París y sus alrededores*. Esto debe de ser la colección privada de alguien. Me pregunto quién viviría en Bletchley antes de que el Gobierno lo expropiara. Encuentro la sección sobre Britania y me arrodillo para ver los libros de más abajo.

Britania, un reino junto al mar
Territorios británicos: historia de dos especies
El libro de los estuarios galeses
Breve historia del nacimiento de Escocia
Las islas de los vikingos
Las Hébridas: explorando las islas de Escocia

Detengo la mano en ese punto. Saco el último libro y lo pongo sobre la mesa. Voy pasando las páginas mientras observo a Atlas con el rabillo del ojo. Está absorto repasando la sección de política, moviendo los labios en silencio mientras lee. El cuello blanco de su camisa asoma por debajo del uniforme. ¿Por qué insiste en seguir usando su ropa?

Algo llama mi atención en la página 265.

Las Hébridas son más de cuarenta islas que forman un arco frente a la costa atlántica de Escocia. No obstante, la mayoría de estas islas está deshabitada. En las Islas Menores, que incluyen Canna, Sanday, Rùm, Eigg y Muck, solían vivir humanos y dragones juntos. Rùm ha sido territorio de cría de los dragones británicos desde el siglo XII, *pero no se convirtió de modo oficial en territorio exclusivamente dracónico hasta la firma del Tratado de Paz, en 1866. Los dragones afirman que la temporada de cría se ve afectada por la actividad humana, así que las rutas aéreas se han desviado de esas islas. Cuando se firmó el Acuerdo de Paz, el Gobierno requisó las islas vecinas de Eigg y Canna para fines oficiales. Un total de trescientos sesenta habitantes fueron trasladados a la isla principal.*

Si Eigg y Canna eran propiedad del Gobierno, significa que el lazo entre la doctora Seymour y ellas debía contar con el beneplácito de Ravensloe. Sin embargo ¿qué relación podían tener esos lugares con la ecolocalización de los dragones?

Rùm ha sido territorio de cría de los dragones británicos desde el siglo XII.

Me imagino una isla verde cubierta de nidos de dragón, con huevos del tamaño de bolas de boliche bajo las duras alas de sus progenitores.

—¿Encontraste algo interesante?

Atlas se asoma por encima de mi hombro, sobresaltándome.

—En realidad no —digo, cerrando el libro de golpe—. Pero gracias por traerme aquí.

—De nada.

Me doy la vuelta. Él sonríe, moviendo la boca de modo que se le forma un hoyuelo. Esta vez no puedo evitar devolverle la sonrisa.

¿Quién es este chico?

—¿Y a ti por qué te pusieron en Zoología? —pregunto—. Quiero decir… ¿qué hacías antes?

—Criaba caballos —responde Atlas.

Levanto una ceja.

—Los caballos son bastante diferentes a los dragones.

Él sonríe, burlón.

—Así es. Y tampoco estaba previsto que me dedicara a eso. Mi mamá me consiguió un trabajo en los establos de un lord, y él decidió que tenía buen ojo para los purasangres.

El papá de Hugo Montecue cría caballos de carreras para las familias de Primera Clase de Sandringham. Es un trabajo complicado, que requiere estudios de genética y veterinaria. Decir que es un trabajo inusual para un chico de Tercera Clase se queda corto.

—¿Así que no tienes problemas con la selección genética de características deseables en caballos, pero te opones a ello en el caso de los dragones?

No sé por qué quiero provocarlo, pero funciona. Frunce los labios.

—Tal como lo dijiste, los caballos son muy diferentes a los dragones.

De pronto no puedo seguir mirándolo a la cara. Estoy siendo maleducada, a pesar de que se ofreció a enseñarme la biblioteca.

—Fue el padre David quien me consiguió libros sobre fisiología equina —dice con voz suave.

Ahora se muestra amable, dispuesto a continuar con la conversación.

—¿El padre David?

—Junto a la capilla de la finca de lord Lovat vivía un sacerdote que terminó siendo casi como mi mentor, supongo.

Asiento. Me gustaría mucho saber cómo un criador de caballos de Tercera Clase apadrinado por un cura acabó en Bletchley, pero no puedo preguntárselo, porque él podría cuestionarme lo mismo.

Me imagino diciendo: «Hice un trato con una dragona asesina para salvar a mis padres rebeldes y con ello rompí el Acuerdo de Paz».

Mejor no.

—Entonces, si tu equipo tiene éxito, ¿volverás a la finca?

Atlas niega con la cabeza.

—Creo que no. El último año lo pasé en el seminario.

—¿El semiqué?

—El seminario. Recibiendo formación como sacerdote.

Intento disimular mi sorpresa aclarándome la garganta, pero respiro polvo del libro y acabo tosiendo tan fuerte que los ojos se me llenan de lágrimas.

—Vaya —exclamo con la voz ronca, mientras Atlas sonríe otra vez—. De modo que el padre David dejó huella en ti.

Atlas suelta una carcajada.

—¿Por qué estás tan horrorizada?

—¡No lo estoy! —respondo, intentando parecer neutral—. Es solo que no esperaba que fueras sacerdote.

—Seminarista —me corrige, señalando el cuello de la camisa, que en realidad es un alzacuellos—. ¿Esto no te dio ninguna pista?

Claro.

—Pensé que te resistías a ponerte otra camisa que no fuera la de siempre —respondo, casi sin voz.

Atlas vuelve a reírse mientras quito con la mano el polvo que queda sobre la cubierta del libro. ¿Los curas no son viejos arrugados y sentenciosos? Atlas tiene el cutis brillante, brazos musculosos y una sonrisa difícil de ignorar. Devuelve mi libro al estante y echo un vistazo al vello que tiene en la barbilla y al cabello ondulado de su nuca.

—Pensaba que los curas seguían reglas muy estrictas —comento, y al instante me arrepiento de haber dicho eso.

—¿Insinúas que yo no lo hago? —responde, ladeando la cabeza.

¿Está coqueteando conmigo? ¿Un cura está intentando ligarme?

Un seminarista, me corrijo.

—¿Y qué es lo que hacen los sacerdotes?

—Muchas cosas. Pero, sobre todo, buscan a Dios —responde Atlas—. ¿No es eso lo que hacemos todos?

—Yo no creo…

—¡Recluta Featherswallow!

Me doy la vuelta de golpe. Ralph está de pie en la entrada de la biblioteca, con el fusil colgado del hombro. Cuando ve a Atlas a mi lado, frunce los párpados.

—Se requieren tus servicios abajo, pero da la impresión de que tienes mejores cosas que hacer.

—¿Mis servicios?

—¿Debo recordarles que los dos están aquí para trabajar? —Nos mira fijamente—. ¿Qué hacen ahí arriba?

—Investigar —se apresura a responder Atlas—. La recluta Featherswallow necesitaba consultar unos libros.

—Featherswallow debería estar abajo, a disposición de cualquier superior que pueda necesitar de su… asistencia.

Me sonríe, burlón, y me pongo de pie. Bajo la escalera lentamente.

—Tenía la impresión de que los guardias de Bletchley estaban aquí para protegernos —dice Atlas desde el nivel superior—. ¿No debería ser usted quien estuviera asistiendo a Featherswallow, guardia 707?

Mis pies tocan el suelo y se me enciende el rostro al oír la bravata de Atlas. Me giro hacia Ralph.

—¿Quién pregunta por mí? ¿Es la doctora Seymour?

—¿Qué estaban haciendo los dos juntos? —pregunta él, en lugar de responderme—. Son de equipos diferentes.

—Atlas me mostró dónde está la biblioteca.

—No deberían estar curioseando por ahí…

—No estábamos haciendo eso —me defiendo—. Solo me estaba ayudando…

—Me parece que yo mismo me encargaré de dictar su castigo —espeta Ralph—. Por interrumpir a un guardia y por desobedecer el protocolo de Bletchley Park.

Atlas baja saltando desde la escalera, con el rostro contraído de la rabia.

—Ella no estaba desobedeciendo nada…

—Y tú vas a ir a aislamiento. ¡Por mentir, y por ser una rata de Tercera Clase!

—No puede hacer eso… —grito, pero no acabo la frase porque Ralph alarga la mano y me agarra por la nuca. Me retuerzo para zafarme, pero él aprieta con fuerza. Es fuerte, más fuerte de lo que me imaginaba.

—No me des una excusa para darte otra bofetada —me susurra al oído.

Le araño el dorso de la mano, presa de la rabia.

—Suéltame, bast…

De pronto noto que me suelta, y cuando levanto la vista, observo que Atlas tiene a Ralph sujetado por el cuello, contra la pared. La puerta de la biblioteca se abre de golpe y aparece el profesor Lumens.

—¿*Qué* está pasando aquí dentro?

Atlas suelta a Ralph y él se le echa encima, apuntándole con el fusil.

—Reclutas desobedeciendo las normas, Lumens —dice, enfurecido—. Este acaba de atacarme —añade, señalando a Atlas con un gesto de la cabeza.

—Mentiroso —respondo entre dientes.

El profesor Lumens levanta la mano. El director de Zoología tiene la barba blanca y lleva un maletín bajo el brazo. Nos mira a mí y a Atlas, que aún tiene los puños apretados y las mejillas enrojecidas.

—¿Atacaste a este guardia, muchacho?

—Él la agredió a ella… —se defiende Atlas.

—¿De modo que sí lo atacaste?

—¡Me estaba defendiendo! —digo yo, pero Lumens me ignora.

—Pide disculpas —le ordena a Atlas.

—¿Qué? —responde Atlas, airado—. Este guardia acaba de agredir a una mujer y debería ser despedido…

—Pide disculpas, recluta… —dice Lumens con frialdad— a Ralph Wyvernmire.

Me quedo helada.

¿Wyvernmire?

¿El guardia 707 está relacionado con la primera ministra?

Atlas se queda mirando a Lumens un momento. Luego se gira hacia Ralph.

—Lo siento —masculla.

Lumens asiente, satisfecho.

—¿Hay algún motivo en particular que lo haya traído a la biblioteca, guardia 707?

Ralph yergue por completo el cuerpo.

—Solicitaron los servicios de traducción de la recluta Featherswallow, pero cuando fueron a buscarla, no la encontraron.

—Muy bien. Entonces yo creo que más vale que vaya, ¿no le parece, señorita Featherswallow?

El profesor me guiña un ojo y yo asiento.

—Me encargaré de que llegue al lugar correcto —dice Ralph, apoyándome una mano en el hombro, que me quito de encima sacudiéndome.

—En realidad, guardia 707, me pareció que amenazaba con aplicarles un castigo a estos reclutas —señala Lumens—. ¿Qué le parece si decidimos juntos el del señor King?

Me escabullo por la puerta y corro escaleras abajo antes de que Ralph pueda alcanzarme. Me tiembla todo el cuerpo. ¿Realmente

Ralph está relacionado con Wyvernmire? Eso explicaría por qué se comporta como si fuera el dueño de todo esto. Recuerdo la fuerza con la que Atlas lo estampó contra la pared. Eso no lo olvidará fácilmente y Atlas… podría tener graves problemas. ¿Y si lo degradan? Un escalofrío me recorre el cuerpo al pensar adónde podrían llevarse a los reclutas degradados. Solo he pasado un día aquí y ya he conseguido llamar la atención. Sabía que debía mantenerme alejada de ese chico.

Pero te defendió.

Detente, me digo a mí misma.

Mi único objetivo es descifrar el código de los dragones y volver a casa con Ursa, y eso no lo conseguiré si me distraigo. Ni si el guardia pariente de Wyvernmire decide hacer de mi vida un infierno. Alcanzo el vestíbulo y me dirijo a la puerta principal. Ralph dijo que me buscaban. Al pie de la escalinata de entrada hay un coche esperando. El guardia al volante baja la ventanilla al verme.

—¿Vivien Featherswallow?

Asiento.

—Tenemos un visitante inesperado. Sube.

Tomo asiento en la parte trasera y levantó la vista hacia las ventanas del tercer piso de la casa. Desde aquí no puedo ver la biblioteca, pero espero que Atlas no se haya metido en más problemas. Y que el profesor Lumens sea tan diplomático como parece.

El auto cruza Bletchley Park, pasando junto al lago, y luego toma un camino de tierra que atraviesa un gran prado. ¿Quién será el visitante inesperado y por qué estará tan lejos? A medida que el coche avanza por el campo, veo por el parabrisas tres figuras enormes a lo lejos. El corazón me da un vuelco.

Dragones.

Hay varios guardias desplegados por el prado y los dragones —dos ejemplares jóvenes y uno más grande— sangran por los costados. Los pequeños son de color azul y violeta, y el tercero es negro y tiene cuernos. Es enorme, aún más grande que Chumana. Al ver la espesa sangre que cae por las escamas de todos ellos se me encoge el estómago. Algo salió mal. El coche frena y el guardia se gira hacia mí, con el rostro pálido.

—Baja.

¿Baja? Miro por la ventanilla. Los otros guardias también esperan en el interior de sus autos. Abro lentamente la puerta y desciendo. La hierba es tan alta que casi me llega a las rodillas. Un gruñido

grave hace temblar el suelo. Todos, incluidos los dragones, me miran. Por fin los guardias bajan de sus coches, sujetando con fuerza sus fusiles. Veo un rostro familiar bajo uno de los cascos con la visera subida y siento cierto alivio. Es Owen, el guardia que nos recogió a mí y a Marquis en la estación.

—Hola —me dice, con el gesto tenso.

Respondo asintiendo, sin apartar la vista de los dragones. El negro me mira con sus ojos almendrados y la boca entreabierta, dejando a la vista unos caninos del tamaño de mis dedos y una lengua bífida roja. Tiene plumas en los espolones, como Chumana.

—Este dragón cruzó el canal hace unas horas y estaba sobrevolando Bletchley —me dice Owen—. Nuestros dragones de guardia, Muirgen y Rhydderch, se enfrentaron a él hasta que se percataron de que el visitante viene en… son de paz.

Echo un vistazo a los dragones de patrulla, más pequeños.

—Parece que este bolgorith viene de Bulgaria —me dice la dragona azul, Muirgen, en inglés.

Me quedo helada. ¿Un dragón de Bulgaria? Esos dragones no tienen ninguna relación con los humanos, al menos desde que arrasaron con todo el país de mi madre en tres días. Intercambio una mirada horrorizada con Owen.

—No hemos podido comunicarnos con él —añade Rhydderch.

—No lo entiendo —respondo lentamente—. Son dragones. Hablan varios idiomas… ¿Cómo es que no tienen ninguno en común?

—Los dragones búlgaros no…

—Lo sé —digo yo, interrumpiendo a Owen—. Los dragones búlgaros no les enseñan idiomas humanos a sus crías desde la Masacre de Bulgaria. —Levanto la vista y miro al bolgorith—. Pero tú naciste antes —añado, en búlgaro—. Debes hablar búlgaro, al menos.

El dragón mueve los labios, esbozando una mueca.

—La pregunta es… —dice él— ¿por qué lo hablas tú?

—Mi madre es búlgara —respondo con frialdad—. Toda su familia fue aniquilada.

—Eso es una pena —dice él—. Me llamo Borislav.

—¿En qué puedo ayudarte, Borislav? —digo, pasando al slavidraneishá, la lengua nativa de Chumana, actualmente el idioma oficial de Bulgaria. Borislav baja la cabeza hasta situarla casi a la altura de mi rostro, sin poder disimular su sorpresa al oírme hablar una lengua dracónica. Su cuello tiene la longitud de un coche y púas por encima y por debajo.

—No es habitual que una humana hable varios idiomas —observa, sibilando—. ¿Dónde aprendiste?

—En la escuela —respondo—. En los libros.

—Por supuesto —gruñe—. Ustedes, los humanos, insisten en representar nuestras lenguas con esos garabatos.

—Eso es para poder transmitir el conocimiento a futuras generaciones.

—Se me había olvidado lo malos que son enseñándoles a hablar a sus crías —responde Borislav, sacudiendo la cabeza, lo que hace que varios guardias retrocedan de un salto, alarmados—. Las crías de dragón aprenden al menos tres idiomas en su primer año de vida.

—Y sin embargo aquí estás, sin poder conversar con los de tu propia especie sin una traductora humana —refuto.

Borislav ruge, retrocediendo y provocando un terrible crujido al golpear un árbol con la cola. Los guardias levantan las armas al ver la lluvia de astillas que cae sobre sus coches.

—¿Qué es lo que le dijiste? —grita Owen, entre los gruñidos de Muirgen y Rhydderch.

—El inglés es un idioma para vagos, me niego a hablarlo. Y sus dragones de patrulla son muy jóvenes aún, así que no han aprendido las lenguas del este —señala Borislav, airado—. Es una señal de debilidad, igual que esa paz que supuestamente han firmado con los humanos.

El corazón me late con fuerza en el pecho. Por un momento tuve la impresión de que el dragón búlgaro iba a matarme.

—¿Qué es lo que quieres que traduzca? —pregunto.

Borislav hace rechinar los dientes y agita la cola de un lado al otro.

—Dile a Wyvernmire que los dragones de Bulgaria están de acuerdo.

Le transmito esas palabras a Owen.

—¿Están de acuerdo con qué? —gruñe Rhydderch en inglés.

Me giro a preguntarle a Borislav, pero Owen se adelanta:

—Eso es todo lo que necesitamos, Vivien.

Rhydderch frunce los párpados. Lo miro y luego observo a Borislav. ¿A qué acuerdo han llegado los dragones de Bulgaria y Wyvernmire? ¿Y por qué parece que Rhydderch no está al tanto de eso, si sirve a la reina Ignacia?

—Dile al dragón que Wyvernmire le da las gracias por haber venido hasta aquí —dice Owen—. Y recuérdale que, mientras esté en territorio británico, solo puede cazar animales salvajes.

Traduzco lo que dijo y Borislav suelta una carcajada.

—Dile a tu superior que esta madrugada, cuando sobrevolaba Londres, me comí a dos de sus colegas. —Mueve los ojos y me mira—. Nosotros no obedecemos las normas de los humanos; eso tu primera ministra ya lo sabe.

De pronto Borislav abre las alas, que se extienden por el prado, derribando el retrovisor de uno de los coches. Da unos pasos y se echa a volar. Permanecemos en silencio, observándolo mientras se eleva en el cielo y sobrevuela el campo en círculos unas cuantas veces antes de desaparecer entre las nubes, por encima del bosque.

—Que alguien vaya a buscar a Ravensloe —ordena Owen—. ¡Enseguida!

Muirgen y Rhydderch se han acercado el uno al otro y conversan en voz baja. Parece que tampoco entienden lo que pasó. Pero ¿por qué? Todavía le doy vueltas al asunto cuando Owen me abre la puerta del coche y me lleva de vuelta a la casa de Bletchley. Si todos los dragones hablan con la ecolocalización, ¿por qué no pudieron comunicarse los dragones de guardia con Borislav al verlo en el cielo? Decido que se lo preguntaré a la doctora Seymour, porque hay otra cuestión que me preocupa aún más.

¿Por qué Wyvernmire tiene tratos con los dragones búlgaros, los más implacables de Europa? Y si la reina de los dragones es la aliada de Wyvernmire, ¿por qué sus dragones se veían tan sorprendidos?

10

ME QUITO LOS AURICULARES Y SUELTO UN IMPROPERIO. Llevo toda la semana escuchando la misma secuencia de llamadas de ecolocalización y cada vez que creo que empiezo a entender lo que quieren decir, las oigo en un contexto diferente que me descoloca.

—El trino de tipo 5 parece significar «vamos a cazar», ¿no? —le digo a Gideon.

Gideon levanta la vista de las fichas y asiente.

—Entonces ¿por qué aquí se utiliza como orden para seguir?

Le paso los auriculares a Gideon, rebobino y presiono el botón de reproducción. Él escucha un momento y luego me mira, perplejo.

—¿Lo ves? —digo, levantando las manos—. No tiene sentido.

Me giro y miro por encima del hombro. La doctora Seymour está trabajando con una máquina reperisonus, intentando reparar el cableado, y eso me hace preguntarme cómo pudo haberse dañado, cuando está pegada a la pared trasera. Sophie se encuentra en la otra locuisonus, tratando de descifrar el ritmo de un patrón de sonidos con la ayuda de Katherine.

Repaso los apuntes garabateados en mi cuaderno de registro, pero ya se me mezclan todos. He estado intentando asociar las llamadas de ecolocalización con las lenguas dracónicas que conozco, buscando coincidencias en el léxico o en el ritmo. Sin embargo, las llamadas que escucho a través de la máquina locuisonus se componen de sonidos que se parecen más al canto de un pájaro o al estruendo de una corneta que a las palabras habladas.

Los idiomas —incluso los dracónicos— se pueden transcribir sobre el papel usando letras o símbolos que representan cada sonido o cada significado, pero la ecolocalización no funciona así. La terminología que utilizamos, como «trino de tipo 13», no refleja el sonido de lo que escucho en los auriculares igual que la letra *s* captura el sonido sibilante de la palabra *hahriss*, que significa «juntos» en slavidraneishá. El búlgaro es más fácil de descifrar cuando se sabe que la letra *v* mayúscula del cirílico tiene el aspecto de la *b* mayúscula romanizada. Por otra parte, la ecolocalización no sigue ninguna de estas reglas, no ofrece ninguna de esas pistas que podrían facilitar la traducción completa de los sonidos.

—¿Por qué Wyvernmire se tomó la molestia de reclutar a lingüistas cuando las llamadas de ecolocalización son más cercanas al código morse de Sophie que a ningún idioma que yo conozca?

—Déjamelo —dice Gideon, señalando con la cabeza la máquina locuisonus.

—Estoy bien… —respondo, pero él ya está tomando los auriculares. Eso me molesta y siento que se me encienden las mejillas, pero suelto una risita para fingir que no es así.

—¿Qué te hace pensar que tú lo harás mejor que yo?

—Simplemente… se ajusta más a mis capacidades —responde.

—No tenía ni idea de que los chicos tuvieran capacidades especiales para descifrar llamadas ultrasónicas —replica Sophie antes incluso de que yo pueda pensar en una respuesta.

—No es porque sea chico, aunque sean habitualmente hombres quienes se dedican al arte de descifrar códigos —explica Gideon con una sonrisa—. Es solo que he tenido mucho trato con dragones.

Eso suscita mi curiosidad y me trago mi protesta.

—¿Ah, sí?

—¿Qué tal si hacemos una salida de campo? —propone la doctora Seymour de pronto.

Colocamos las dos máquinas locuisonus y el resto del material en un carrito y salimos al bosque. Respiro el aire fresco y levanto el rostro hacia el sol. Desde que me reuní con Muirgen, Rhydderch y Borislav, he empezado a ver dragones por todas partes. Volando frente a mi ventana por la mañana, patrullando el bosque o aterrizando en el patio para conversar con los guardianes. No consigo apartar la vista de ellos. No había visto tantos en un mismo lugar desde el final de la guerra, y aunque ellos no me prestan ni la más mínima atención, no puedo dejar de hacer apuestas con Marquis sobre la especie a la que pertenecerán o el idioma que hablarán.

—Muy bien —dice la doctora Seymour, en el momento en que nos detenemos en un pequeño claro. Veo el verde de la pista de tenis del otro lado de los árboles—. Pónganse los auriculares y busquen la frecuencia correcta.

Doy un paso hacia Sophie, esperando compartir una máquina locuisonus con ella, pero solo me mira y hace equipo con Katherine, así que me voy a la otra máquina con Gideon, con los calcetines empapados a causa de la humedad del bosque, y muevo el dial de nuestra máquina hasta que desaparece el chisporroteo de las interferencias y encuentro la frecuencia ultrasónica en la que se produce la ecolocalización.

—Recuerden que aquí no hay bloqueadores —nos advierte la doctora Seymour en voz baja, levantando la vista hacia los árboles—. Así que por ningún motivo deberán reproducir ninguna de las llamadas de ecolocalización que graben. Si lo hacen, los dragones podrán oírnos.

Asiento y Gideon lanza una mirada nerviosa a los altavoces de las máquinas, que son como trompetas doradas, como si de pronto fueran a cobrar vida. Escucho una serie de chasquidos. Me quedo inmóvil, atenta. ¿Es un trino de tipo 13 o un repiqueteo de tipo 62? Hojeo las fichas, en el carrito, pero de pronto nos pasa por encima una enorme sombra. Miro hacia arriba justo en el momento en que vuelve a iluminarnos la luz del sol y veo a un dragón volando de camino a la pista de tenis. Los clics que emite resuenan en mis oídos. Me ajusto los auriculares.

—¿Alguien puede identificar a ese dragón? —pregunta la doctora Seymour en voz baja, observándolo con unos binoculares.

Gideon va pasando las páginas del libro de fotogramas.

—Podría ser Soresten —dice—. Ciento diez años de edad, macho, un dragón de las arenas británico.

Se escucha una larga secuencia de llamadas sociales que empiezan con un trino de tipo 2. Sé qué significa eso. El dragón vio algo de interés.

Pero ¿con quién está hablando?

Frunzo los párpados para protegerme del sol y miro hacia el extremo del bosque, más allá de la pista de tenis, en dirección a los campos que hay cerca del lago. Allí hay una cabaña, aparentemente abandonada desde la Gran Guerra.

Y además, posado, veo la reluciente mole azulada de otro dragón.

—Esa es Muirgen —digo convencida—. Es el único dragón del oeste que hay por aquí.

Soresten pasa volando por encima de ella y escucho un trino de tipo 10. De pronto Muirgen baja del lugar donde se había posado y aterriza con suavidad en el campo, fuera de mi vista. Soresten sigue volando y es fácil seguir su brillo dorado por el cielo. Luego se produce otra secuencia de llamadas sociales, diferente de la primera, pero similar. Empieza con lo que parece un trino de tipo 10, pero más prolongado, con una inflexión al final como las que usamos los humanos al término de una interrogación. Voy pasando fichas rápidamente, buscando una que describa lo que acabo de oír, pero no encuentro nada.

—Déjame escuchar —murmura Gideon, tendiéndome la mano para que le ceda los auriculares.

Yo no le hago caso y justo en ese momento aparece otro dragón más allá de la cabaña, trazando unos círculos en el aire para luego aterrizar en el prado, junto a Muirgen.

La doctora Seymour está agazapada junto a Katherine, compartiendo con ella los auriculares.

—¿Vieron lo que pasó ahí?

Yo niego con la cabeza. Ojalá tuviera la respuesta.

—Los dos dragones hicieron lo mismo; aterrizaron en el prado. Soresten es jefe de patrulla, así que probablemente lo hicieron por orden suya.

—Pero les dijo cosas diferentes a cada uno —objeto—. Las llamadas que utilizó eran distintas.

—Quizá no era solo él quien hablaba —propone Katherine—. Tal vez la primera secuencia era la de las órdenes de Soresten y la segunda, la respuesta de otro dragón.

—Buena teoría, Katherine —responde la doctora Seymour—. Es perfectamente posible; sin embargo, el parecido entre el primer trino de tipo 10 y el segundo, más largo, hace pensar que estaban diciendo lo mismo, solo que de forma diferente.

—Entonces ¿existen formas diferentes de decir las cosas con la ecolocalización? —pregunto—. ¿Como si utilizaran sinónimos?

Si es así, no es de extrañar que las grabaciones de la mañana me hubieran confundido. La doctora Seymour sonríe.

—Quizá sí. Pero recuerden que todo esto es teórico. Yo estoy aprendiendo, igual que ustedes.

—Pero ¿de qué serviría? —pregunto—. ¿Por qué iba a perder tiempo Soresten diciendo lo mismo de dos maneras distintas?

La doctora Seymour se encoge de hombros.

—Doctora Seymour, ¿y ese dragón búlgaro para el que tuve que traducir la semana pasada? ¿Para qué me necesitaban? Aunque no hablara el mismo idioma que Muirgen y Rhydderch, ¿no habrían podido comunicarse con la ecolocalización?

—Yo también me lo he preguntado —dice ella, poniéndose de pie—. Quizá sí se comunicaron a través de la ecolocalización antes de aterrizar, pero te lo ocultaron para no llamar tu atención y, por ende, la de la primera ministra Wyvernmire. Recuerda que ellos quieren mantenerlo en secreto.

Asiento, pero no me convence. Si los dragones hubieran podido comunicarse a través de la ecolocalización, no se habrían tomado la molestia de pedir una traductora humana simplemente para ocultar el hecho de que lo hacían. ¿Habrá diferentes tipos de ecolocalización, como los sinónimos a los que he hecho referencia antes? Y si es así, ¿por qué parece que eso no le interesa a la doctora Seymour, que inventó la máquina locuisonus?

Paso el resto del día en el invernadero, repasando las tarjetas en una esquina mientras la doctora Seymour hace su turno. Sophie se ofreció a ayudarle tomando notas y, aunque al principio me molestó ese descarado intento de destacar, luego recordé que somos un equipo, lo quiera Sophie o no.

La idea de que pueda haber varios modos de decir las mismas cosas con la ecolocalización me fascina, igual que lo hizo la lengua dracónica harpentesa la primera vez que escuché a mamá hablándola en una expedición a Norfolk, cuando yo tenía cuatro años. Tomo una nueva tarjeta y describo la segunda llamada que hizo Soresten.

Parecida al trino de tipo 10, pero con una inflexión al final. Ambas llamadas parecen indicar una orden de aterrizar.

Luego le doy un nombre a la nueva llamada.

Trino – tipo 14.

Al final del día, Sophie se recuesta en la silla y veo cómo se mete un cuaderno de registro bajo el saco.

—La doctora Seymour dijo que no debíamos sacarlos del invernadero —le recuerdo—. Por seguridad…

—Eso ya lo sé —replica ella—. Pero un turno de siete horas no basta para descifrar todo esto.

Se lleva una mano a la boca y se muerde las uñas. Está preocupada. Cómo no va a estarlo. Todo su futuro depende de que consigamos descifrar este *código*.

—Vamos —digo, sosteniéndole la puerta—. Estoy segura de que la doctora Seymour no se dará cuenta de que no está.

Ella pasa sin darme las gracias.

—Tengo la sensación de que todo esto es una pérdida de tiempo —comenta, mientras regresamos atravesando el bosque—. He estado comparando la ecolocalización con el código morse y no tienen nada que ver.

Doy una patada a un montón de hojas húmedas y asiento.

—Tampoco se parece en nada a las lenguas dracónicas.

—Pero tenemos que descifrarlo de cualquier modo —dice ella—. O no volveremos a casa.

—Lo haremos —respondo, decidida.

Me subo el cuello del abrigo para protegerme del frío y hundo las manos en los bolsillos. Caminamos en silencio, estirando el cuello para mirar al cielo cada vez que pasa un dragón por encima de nuestras cabezas. A veces, cuando estoy recostada en la cama, imagino qué podría pasar si los dragones rebeldes descubrieran nuestra posición y se lanzaran sobre Bletchley. ¿Nos quemarían como lo hizo aquel dragón con los guardias en la estación? Está claro que solo es cuestión de tiempo para que nos encuentren. Sophie tiene razón. No estamos progresando con la suficiente rapidez. Ojalá pudiera preguntarle a alguno de los dragones de guardia sobre la ecolocalización…

Escucho unos pasos a nuestra espalda y dejo de pensar en dragones enfurecidos. Al lado de Sophie aparece Atlas. Lleva en las manos un montón de trozos de madera y, cuando ve que Sophie y yo nos miramos, las levanta para enseñárnoslas, sonriendo.

—Salí a buscar material —nos explica—. En mi tiempo libre trabajo madera. Para entretenerme, ya saben.

Un criador de caballos convertido en seminarista que talla madera como *hobby*.

—No sabía que ustedes trabajaran por las tardes.

—No lo hacemos —responde Sophie—. Yo he estado ayudando a la doctora Seymour y Viv estaba haciendo… investigaciones suplementarias.

Lo miro y sonrío.

—Me gusta hacer más trabajo del que se me pide, ¿recuerdas?

Él sonríe y baja la vista. Se mira los pies y vuelve a levantarla.

—Hablando de investigación… eso que estabas leyendo en la biblioteca… Deberías echar otro vistazo a los libros, por si se te pasó algo por alto.

Lo miro fijamente, pensando en ese libro sobre las islas de Escocia. Atlas ni siquiera sabía qué estaba buscando en él porque no se lo dije.

—¿De qué estás hablando?

Me lanza una mirada cándida.

—Después de la visita de Ralph me quedé organizando un poco las estanterías…

—¿Organizando? —digo.

Sophie levanta una ceja.

—Sí —dice Atlas, esbozando una sonrisa—. ¿Eso es un problema?

—En absoluto —respondo—. Da la impresión de que eres un hombre de múltiples talentos, Atlas King.

—No tienes ni idea, Featherswallow.

Sophie tose con fuerza y a Atlas por poco se le cae la madera.

—Nos vemos para la cena —dice, animado—. Adiós, Sophie.

Ambas lo observamos en silencio mientras cruza el jardín en dirección a la casa. Al verlo marcharse, siento una extraña sensación en el estómago.

Sophie se gira hacia mí.

—¿Qué. Fue. Eso?

—No tengo ni idea —respondo—. ¿Qué quería decir con eso de la investigación…?

—¡Estabas coqueteando con él!

—Desde luego que no —me defiendo—. No puedo creer que sugieras algo así.

—¿Por qué? —dice ella—. No sería la primera vez que coqueteas con chicos de Tercera Clase.

—Esto no tiene nada que ver con su clase y sí con el hecho de que estoy aquí para contribuir a que ganemos esta guerra y nos podamos ir a casa. Nada más.

—Oh —dice Sophie—. Muy bien.

Guarda silencio hasta que llegamos al jardín, luego se detiene de pronto.

—No puedo volver —dice en voz baja.

—¿Adónde?

—A la Tercera Clase. A la casa de rehabilitación.

Trago saliva.

—¿Tan duro fue?

—Conocí a algunas personas buenas —responde lentamente—. Mi amigo Nicolas. Vivía conmigo en la casa.

—¿Él... reprobó el Examen?

No puedo creer que esté pronunciando esas palabras en su presencia, bailando sobre el filo de la navaja, arriesgándome a revelar la verdad sobre lo que hice. Sophie asiente. Me quedo mirando una araña que trepa por el tronco de un árbol.

—¿Qué es lo que era tan malo? Se suponía que tenía que ser un lugar que les facilitara la adaptación a la nueva clase...

Sophie niega con la cabeza y no acabo la frase.

—Había una trabajadora social, una funcionaria del Gobierno, pero ella casi nunca estaba allí. Y cuando venía, no le importaba lo que tuviéramos que decirle —Sophie se pone en marcha otra vez y yo la sigo—. Sabía que la casa de rehabilitación de Camden se usaba para transacciones del mercado negro, pero nunca lo denunció.

—¿Mercado negro?

—En el piso de arriba vivía un grupo de adultos que vendían pases de clase en uno de los dormitorios. Bebían mucho, había muchas peleas y... —Sophie respira hondo—. Lo lideraba un tal Finley, pero llegaba mucha más gente. Hombres y mujeres, de diferentes clases.

Nos detenemos en el patio y Sophie apoya la espalda en la pared de la casa.

—Nicolas y yo trabajábamos en una taberna, The Raven Inn. Teníamos el mismo turno y... bueno, ya sabes... —Me mira con los ojos muy abiertos y yo asiento, intentando no mostrarme sorprendida ante la idea de que Sophie tenga un novio. Ella siempre insistía en que los chicos eran una distracción y en que no podía dedicarles tiempo hasta pasado el Examen—. Trasladó sus cosas a mi habitación y creamos una especie de campamento, lejos del tercer piso, y utilizábamos la cocina únicamente cuando todos los demás dormían. Una noche me desperté y vi que entraba humo por debajo de la puerta. Toda la planta baja estaba en llamas, y también la escalera. Colgamos las mantas por la ventana para poder saltar, pero entonces Finley y sus hombres entraron a nuestra habitación cargados con cajas de material, pases de clase y huesos de dragón, para sacarlos por la ventana. Debían de tener un gran valor, porque no nos dejaron acercarnos a la ventana hasta que no hubieron salvado su mercancía. Para entonces, las llamas ya habían llegado a nuestra puerta, así que Nicolas apartó a Finley de un manotazo y... —A Sophie se le escapa un gemido que me hiela la sangre—. Empezaron a pelearse y Nicolas me gritó que saltara.

Sophie respira agitadamente, conteniendo el llanto, y tomo su mano.

—Pensé que saltaría después de mí. Pero justo en el momento en que toqué el suelo se produjo una explosión. —Levanta la vista y se queda con la mirada perdida entre los árboles—. Cuando sacaron a Nicolas, estaba cubierto de quemaduras. Se lo llevaron al hospital, pero no disponían del equipo ni de los medicamentos necesarios. Los hospitales de Tercera Clase no están bien equipados. Sus lesiones eran graves y...

Cierro los ojos.

—Murió.

—Soph... —susurro—. Lo siento. Lo siento mucho.

—Después de eso intenté volver a casa —prosigue, limpiándose la nariz con la manga—. Pero el Gobierno quería reubicar a los sobrevivientes en otra casa de rehabilitación. Me encontraron una y otra vez. Mi madre intentó ocultarme, pero con eso no consiguió más que meterse en problemas. Así que decidí que ya estaba cansada de todo aquello.

Las palabras salen de su boca como si no pudiera frenarlas y lo único que puedo hacer es escucharla, horrorizada.

—No es justo —dice, con la voz ronca— que Nicolas muriera cuando en otros hospitales, los hospitales de Segunda Clase, tenían todo lo necesario para salvarlo.

Me imagino a Sophie en un hospital de Camden, llorando sobre el cadáver del chico que había muerto protegiéndola.

Protegiéndola del lugar al que la había enviado yo.

—Me fui a Marylebone, a la verdulería, a la biblioteca, al parque. Como lo hacía antes —dice Sophie—. Esperé tres horas hasta que pasara un guardia y me pidiera el pase de clase, para que me detuviera. Cuando me interceptó uno, le dije que no iría a ninguna casa de rehabilitación y rompí mi pase en su cara. Fue un gusto, ¿sabes? —Me mira como si pudiera entender lo que sintió—. Me sentí bien mostrándole a él y a cualquiera lo que pienso del estúpido sistema de clases de Wyvernmire. —Esas últimas palabras las pronuncia con rabia—. Al final acabé en la cárcel de Granger. Viv, ¿estás bien?

Tengo los ojos llenos de lágrimas. Asiento en silencio, sin hacer nada para evitarlas. No puedo mirarla a la cara. No puedo ni respirar. A Sophie la degradaron por mi culpa. Se encontró atrapada en ese incendio por mi culpa. Habría podido morir, y si no hubiera estado allí, quizá Nicolas no habría…

—¿Viv?

Me siento tan culpable que querría enroscarme, hacerme una bola y que me tragara la tierra.

He hecho cosas terribles, imperdonables. Sophie suaviza el gesto. Levanta una mano y me limpia las lágrimas.

¡Detente!, quería gritar. *Deja de ser buena conmigo.*

—Vamos —dice con voz suave, agarrándome de la mano.

Me dejo llevar a la sala de recreo, donde el resto de reclutas está amontonado en torno a la radio, discutiendo hacia dónde girar el dial. Atlas está sentado junto a la ventana, tallando un trozo de madera con una navaja. Evito mirarlo a la cara y me dejo caer en un sillón.

—¿Qué te pasa, Featherswallow? —dice Katherine—. Por tu expresión, diría que alguien murió.

Sí, alguien murió, habría querido decir, al tiempo que observaba la mueca de Sophie. *Así que cállate y déjame en paz.*

La sala está decorada con muebles antiguos y unas feas cortinas verdes con flores rosas. En una esquina hay una estantería con antiguos cuentos para niños; parecen olvidados, de antes de la guerra. Las paredes están vacías, salvo por algunos bocetos de dragones de Marquis que Katherine y Dodie han insistido en colgar para *llenar un poco el espacio*. Eso explica por qué hay un diagrama con el título *Anatomía abdominal de los dragones* justo encima de la chimenea.

Aquí solo venimos los reclutas. Trabajamos, comemos y dormimos juntos, y prácticamente no vemos a ningún otro ser humano, salvo por los líderes de nuestros equipos y los guardias de turno.

—¿Has visto a Marquis? —le pregunto a Katherine.

Ella pliega la hoja de papel que tiene entre las manos; sin embargo, alcanzo a ver la lista de llamadas de ecolocalización que tiene apuntadas.

—Está con Karim —dice ella, con una sonrisita—. Otra vez.

A mí no me sorprende que mi primo se haya conseguido un novio en plena guerra civil. Al fin y al cabo, no conozco a nadie a quien le guste coquetear más que a él.

—¡Cállense todos! —grita Serena, en el momento en que encuentra una emisora y la radio cobra vida.

Sube el volumen y la sala se llena de música. Yo cierro los ojos, repasando mentalmente la terrible historia de Sophie una y otra vez. Si no desciframos ese código y ganamos la guerra, Sophie vivirá en la cárcel del Granger toda la vida. Una cadena perpetua, por transfuguismo de clase. Y eso no puedo permitirlo, no puedo consentir que lo que le hice en el pasado le haga aún más daño del que...

—¿Bailas conmigo?

Marquis entra sonriente y me agarra la mano. Yo niego con la cabeza, pero él insiste, levantándome del sillón y haciéndome dar vueltas en el centro de la sala entre los aplausos de Dodie. Suena una canción de jazz, una que solíamos poner en casa, y Serena hace girar a Katherine en nuestra dirección. Gideon y Karim se ríen y, cuando veo a Atlas y a Sophie moviendo los pies por la alfombra con el cabello brillándoles a la luz del sol poniente, me olvido de quiénes somos, de los oscuros secretos que llevamos dentro cada uno de nosotros.

Y por un momento, solo por un momento, somos felices.

«Aquí, Londres. Ahora escucharán una declaración de la primera ministra».

Levanto la vista y en ese momento la música da paso a la voz de Wyvernmire.

«Les hablo desde la sala de Gobierno del 10 de Downing Street. Tras una semana de guerra y de valientes batallas libradas por nuestro ejército y nuestros compatriotas voluntarios, esta tarde la Coalición Humanos-Dragones lanzó un ataque brutal contra gente inocente del centro de Londres».

Me dejo caer en el sillón. Todos escuchamos, perplejos. Atlas cierra bien las cortinas opacas.

«Como nación, tenemos la conciencia tranquila. Hemos hecho todo lo que habría podido hacer cualquier país para mantener la paz entre humanos y dragones. Y aun así los rebeldes insisten en traicionar el Acuerdo de Paz, en traicionar al Parlamento, en traicionar a la democracia. De momento los informes confirman que, contando a partir del mediodía, este ataque ha cobrado la vida de dos mil ciudadanos de Primera, Segunda y Tercera Clase, en los barrios de Soho, Camden, Mayfair, Fitzrovia, Bloomsbury y Marylebone».

Me pongo de pie de un salto.

«Somos un país que históricamente ha sabido afrontar la adversidad y la derrota, ¡pero no vamos a aceptarlas nunca más! La reina Ignacia nos ha reiterado su apoyo, igual que la comunidad independiente de guivernos de Mendip Hillis…».

El estómago se me encoge del miedo. Observo los rostros atónitos que me rodean y acabo fijando la vista en Sophie.

«Todos los ciudadanos, el pueblo británico, deben presentarse para el servicio de acuerdo con las instrucciones que recibirán…».

Marylebone.

Wyvernmire dijo Marylebone, el lugar en el que pensé que Ursa estaría segura. Me aferro al reposabrazos del sillón; siento que me fallan las piernas.

«… juntos pondremos fin a la injusta persecución de nuestros compatriotas humanos y dragones…».

Salgo de la habitación trastabillando y me sujeto al barandal con fuerza, bajando las escaleras como puedo. Dos mil muertos. ¿Por qué la dejé allí? ¿Cómo pude? La puerta principal está cerrada con llave. Pruebo las puertas que salen del salón central. Una de ellas da a un pasillo que lleva a la cocina. Avanzo tropezando, bajo las filas de cazuelas y sartenes que cuelgan del techo, con la visión del rostro lloroso de Ursa ante mis ojos. Giro la llave de la puerta trasera de la cocina y salgo al oscuro jardín, rodeado por un muro, para respirar el aire frío del exterior.

Si Ursa está muerta, no me queda ningún motivo por el cual vivir.

Caigo de rodillas.

Por favor, ella no. Quien sea, pero ella no.

Siento una presión en el pecho y me doblo en dos.

—¿Recluta? ¿Necesitas un médico?

Escucho las pisadas de las botas de un guardia en la grava y alguien me jala, poniéndome de pie. Ralph me mira y ve mi rostro cubierto de lágrimas.

—Featherswallow. Entonces oíste las noticias.

Lo miro fijamente a los ojos.

—Fitzrovia, ahí es donde vivías, ¿no? —Me suelta y enciende un cigarro—. ¿Perdiste a alguien?

—No debería estar aquí. Voy a volver adentro.

—No, no lo harás. —Le da un golpecito a su cigarro y me mira—. Debería informar que saliste fuera del horario permitido. —Hace un gesto con la cabeza en dirección a la puerta de la cocina—. Podrías haber dejado salir luz y que nos descubrieran por tu culpa.

No respondo. Me imagino a Abel y a Alice intentando proteger a Ursa mientras el techo se desploma a su alrededor.

—A Ravensloe le gustará saber que corrimos el riesgo de revelar nuestra posición por tu culpa, ¿no crees?

Asiento y me giro hacia la puerta, pero Ralph me sujeta del brazo.

—Te dije que no ibas a volver a entrar —dice con un gruñido, y tira el cigarro a medio fumar al suelo—. ¿Por casualidad no sabrás dónde guarda la doctora Seymour la llave del invernadero?

—¿Qué? *—¿De qué está hablando?—*. No.

—¿Estás segura?

Me sigue apretando el brazo con la mano. La lana de mi saco es gruesa, pero aun así me lastima la piel.

—Estoy segura —respondo—. No he visto ninguna llave.

Ralph se humedece los labios.

—No te creo.

Lo miro fijamente y siento la sal de las lágrimas secas sobre el rostro. Él se ríe en voz baja y menea la cabeza.

—¿Crees que tú la tienes difícil?

¿Qué es lo que quiere de mí? Intento soltarme, pero él me aprieta el brazo aún con más fuerza.

—Yo estoy aquí solo porque mi tía no quiso dejarme volver a Alemania cuando empezó esta guerra.

Tía.

—Estaba recibiendo instrucción de combate con dragones en los Freikorps y me distinguí con honores. Volví a casa gracias a un permiso y acepté un puesto temporal como guardia, pero entonces el Acuerdo de Paz se vio amenazado y no me dejaron volver. No quedaría nada bien que el sobrino de la primera ministra esquivara su responsabilidad de defender el país. —Ralph suelta una risita y da un paso hacia mí—. He perdido a mis amigos, mis contactos, mis oportunidades. Todo para que me destinen aquí a vigilar a un puñado de niñitos delincuentes. ¡Perdí mi oportunidad!

Yo dejo vagar la mirada por el oscuro jardín.

—Guardia 707, me estás lastimando.

—Y todo es por tu culpa.

Me giro de golpe y lo miro.

—Tus nuevos amigos quizá no sepan por qué estás aquí —dice Ralph—, pero yo sí.

Siento una presión cada vez más fuerte en el corazón. Ralph se limita a sonreír.

—Vivien Featherswallow, la chica que colaboró con una dragona asesina —dice en voz alta—. La chica que hizo estallar la guerra. La chica que dejó atrás a su hermanita para salvar a un grupo de rebeldes.

—¡Detente! —respondo con un murmullo grave, tapándome los oídos—. Por favor, detente.

—¿Por qué será que las jovencitas de aspecto más dócil creen que pueden venir aquí y hacer el trabajo de los hombres? ¿Acaso piensas que sabes más de dragones que yo?

Me retuerce el brazo y suelto un gemido. Un sollozo se abre paso por mi garganta, hasta que el dolor me deja sin aliento.

—Debería romperte el brazo —dice—. Al fin y al cabo te lo mereces, ¿no? —Su boca vuelve a estar junto a mi mejilla—. Dime que no te lo mereces y me detendré.

Intento apartarlo con el brazo que tengo libre, pero me tiene inmovilizada.

No digo una palabra. Ursa está muerta. Hay dos mil muertos. Y Sophie lo ha perdido todo por mi culpa. Todo por mi egoísmo. El dolor me nubla la vista.

Por supuesto que me lo merezco.

Noto la mano de Ralph colándose por el cuello de mi camisa y contengo una exclamación. Sus dedos rozan la parte alta de mi esternón.

Buscando una llave.

—¿Ahí no hay nada? —Dice, fingiéndose sorprendido, pero sin apartar las manos de mi piel—. Quizá no seas tan lista como tu mamá...

Echo el codo atrás con fuerza y golpeo su vientre. Por un momento se queda sin aliento.

—Perra...

Ralph se echa hacia delante, aplastándome contra la pared. Un dolor lacerante me atraviesa la muñeca y suelto un grito.

Oigo un crujido.

Un *pop*.

El chasquido del hueso, en el momento en que Ralph me rompe el brazo.

11

Me despierto a oscuras. La única luz que percibo es la de las velas. Estoy tendida en una cama, cubierta con una manta hasta la barbilla. Siento la cabeza pesada y, cuando intento moverme, me percato de que tengo el brazo izquierdo inmovilizado, pegado al pecho. Oigo un roce. Yergo lentamente la cabeza y, con un gran esfuerzo, consigo alargar la mano y levantar la vela que arde en mi mesa de noche. Tengo el brazo en un cabestrillo. Las camas a ambos lados de la mía están vacías, y veo un estante colmado de frascos con líquidos y pastillas. En una esquina se encuentra una enfermera sentada a su mesa. El roce que escucho es el de su pluma deslizándose por el papel.

—Recluta Featherswallow —dice con tono severo—, vuelve a dormirte.

—¿Dónde estoy?

—En el sanatorio —responde. Toma su vela y se pone de pie.

—¿Qué es el sanatorio?

—La sección hospitalaria —dice ella, señalándome el brazo con un gesto de la cabeza—. Es donde puedes acabar cuando abandonas tu puesto.

De pronto me invade una punzada de dolor en el brazo.

—Yo no abandoné mi puesto —alego—. Estaba…

Estaba intentando huir de Ralph. Pero ¿qué ocurrió después?

—El guardia 707 dijo que te resististe bastante. —La enfermera toma un frasco del estante y sirve un líquido rojo intenso en una cuchara—. Te fracturó el brazo accidentalmente al evitar que te pusieras en peligro.

¿Accidentalmente?

—No estaba poniéndome en peligro.

—¡Hay dragones por todas partes, niña! Dragones rebeldes —responde la enfermera, regañándome—. Estos jóvenes han crecido pensando que los dragones no son más que personajes de cuentos de hadas. En mis tiempos, tenías suerte si salías a la calle y no veías ninguno.

Coloca la medicina en mi boca y me provoca arcadas. Es espesa, como un jarabe, y sabe a humo y metal. Me obligo a tragar, y de pronto siento que me pesan los párpados.

—¿Qué era eso?

—Dracolina —dice con una mueca desafiante.

Lo que acabo de tomar es una medicina ilegal hecha con sangre de dragón, solo disponible en el mercado negro. Había oído rumores de que la Primera Clase podía acceder a ella, y ahora los he confirmado.

—Eso calentará tus venas y así los huesos sanarán enseguida —asegura—. Te desmayaste por el dolor de la fractura, por supuesto, y es bueno que así fuera. —Vuelve a enroscar la tapa del frasco y me lanza una mirada de condescendencia—. Todos desempeñamos un papel en la guerra, querida. Sé valiente, cumple con tu deber y todo saldrá bien.

Vuelvo a hundirme entre las almohadas y en ese momento se me nubla la vista.

Cuando despierto de nuevo, el sanatorio se encuentra inundado de luz. La enfermera está de pie, pero me da la espalda: se halla junto al lavabo, enjuagando unos trapos. La brisa entra por la ventana abierta que está junto a mi cama. Miro al exterior, veo las copas de los árboles y a dos dragones sobrevolándolos.

Tocan la puerta.

—¿Sí? —responde la enfermera.

Entra Marquis, seguido de Sophie.

—Solo diez minutos, por favor —les advierte la enfermera.

Marquis se arrodilla a mi lado y toma mi mano, preocupado.

—¡Ese cabrón! —exclama.

—¡Cuida tu lenguaje, recluta, o haré que te echen! —espeta la enfermera.

Marquis mueve una silla, se sienta, y Sophie permanece detrás de él. Hago un esfuerzo por sonreír.

—¿Qué ocurrió? —pregunto—. No recuerdo que me fracturara el brazo, ni que me desmayara, ni…

—Ralph le dijo a Ravensloe que fue un accidente, que estabas huyendo, pero…

—Nosotros vimos cómo te rompió el brazo —dice Sophie—. Y lo disfrutó.

Recuerdo que Ralph me habló de Alemania, su mano buscaba la llave, un dolor candente… De pronto vuelve el terror. El informe de la radio. Dos mil personas. Ursa.

—¿Saben algo de casa…?

Marquis niega con la cabeza. Por su nariz escurre una lágrima. Vuelve a invadirme la desesperación y siento una dolorosa opresión en el pecho, como un nudo. Suspiro, acongojada.

Preferiría que me fracturaran el brazo cien veces antes que constatar que mis peores temores se han hecho realidad. Sophie apoya una mano en el hombro de Marquis, pero su rostro no refleja el temor que debería sentir ante la posibilidad de que sus padres estén muertos. Ha sufrido tanto que posiblemente ya no reacciona ante el dolor.

—Hay sobrevivientes —señala—. Los hospitales están abarrotados y los dragones están retirando los escombros.

Asiento.

—¿Quién me encontró?

—Atlas, Marquis y yo te seguimos escaleras abajo —dice Sophie—. Vimos a Ralph fracturándote el brazo contra esa pared…

—Yo te metí a la casa —añade Marquis—, pero ya estabas inconsciente…

—¿Y Atlas?

¿Por qué no ha venido a verme?

Marquis y Sophie intercambian una mirada.

—Atlas… golpeó a Ralph —dice Sophie—. Más de una vez.

—Muchas más veces, en realidad —precisa Marquis, en voz baja—. Por suerte aparecieron Gideon y Serena, quienes evitaron que siguiera.

No digo nada y se produce un silencio incómodo.

—Lleva desde anoche en aislamiento —dice Marquis, y yo cierro los ojos.

—La doctora Seymour comentó que es de esperar que lo degraden —dice Sophie.

Sus palabras flotan en el aire mientras los tres nos preguntamos a qué categoría podrían degradar a Atlas, un inadaptado de Tercera Clase.

—Aunque, según parece, Lumens está negociando con Ravensloe —añade Marquis—. Dice que no puede llevar el Departamento de Zoología solo con Dodie.

—Cinco minutos —anuncia la enfermera, y Marquis le lanza una mirada asesina. Toma mi mano.

—No te preocupes por Ursa —dice—. Wyvernmire sabe que, sin ella, tendría menos poder sobre ti. Seguramente se encargó de que estuviera protegida.

—Y no permitiremos que Ralph vuelva a acercarse a ti —me asegura Sophie—. Estaremos juntos. Nos encargaremos…

Meneo la cabeza y mis ojos se inundan de lágrimas al oír cómo intentan reconfortarme. Ninguno de ellos sabe lo que yo sé.

Que dejé que Ralph me fracturara el brazo porque me lo merecía.

Que cambié el curso de nuestra amistad con una elección egoísta.

Que arruiné la vida de Sophie.

—Se acabó el tiempo —anuncia la enfermera, mirándome—. Mañana te darán de alta. El vice primer ministro quiere que vuelvas al trabajo.

Marquis se levanta, pero yo sujeto su mano con fuerza. Pienso en la última vez que hablé con Atlas, mientras caminábamos por el bosque con Sophie.

—¿Podrías traerme unos libros de la biblioteca? —le pregunto. Garabateo unos cuantos títulos en un trozo de papel y se lo doy—. ¿Y podrías pedirle a la doctora Seymour que venga a verme?

—Se acabaron las visitas… —protesta la enfermera.

—Por favor —insisto—. Es por el trabajo.

La enfermera hace otra mueca de desaprobación y Marquis asiente.

—Nos vemos mañana.

Me despido de Sophie con un gesto de la mano. Ella esboza una sonrisa triste; vuelvo a recostarme en la cama y espero.

La doctora Seymour llega una hora más tarde. Su boca es una dura línea recta, y hace una mueca de dolor al verme el brazo.

—Eso no fue un accidente —constata.

—No.

—¿Qué quería?

—Sentirse poderoso, supongo —digo yo—. Y la llave del invernadero.

La doctora Seymour asiente. No parece sorprendida.

—Creo que, a su llegada a Bletchley, Ralph solicitó trabajar en Criptografía —dice—. Pensaba que, después del tiempo que había pasado en Alemania, era competente para ello, así que debió de sentirse ofendido cuando la primera ministra Wyvernmire decidió asignarlo como guardia.

—¿Por qué le interesa la criptografía? —pregunto.

—No es la criptografía lo que lo motiva —responde la doctora Seymour—. Son los dragones.

—Doctora Seymour, necesito pedirle un favor.

—Por supuesto. ¿De qué se trata?

Espero a que la enfermera se lleve un montón de ropa sucia de la sala.

—Necesito que me preste su dracovol.

La doctora Seymour se queda paralizada. Primero parece horrorizada, luego confundida.

—No pasa nada —susurro—. Sé que lo utiliza para misiones secretas del Gobierno. Pero escuche, necesito saber si mi hermana sigue viva. Necesito saber si sobrevivió o no...

La doctora Seymour menea la cabeza.

—No puedo pensar en otra cosa —insisto, sollozando—. No seré capaz de hacer nada más hasta saberlo. Doctora Seymour, por favor...

—No sé de qué estás hablando —dice, poniéndose de pie.

—Vi que había correo dracovol en su armario. No quería...

—¿Así que has estado curioseando entre mis objetos personales? —pregunta, con las mejillas sonrojadas de la rabia.

—Estaba buscando un lápiz...

—¿A quién se lo has contado?

—¡A nadie! Solo quiero enviar un mensaje. No lo firmaré siquiera. Yo...

—¡No, Vivien! —Mira hacia atrás y baja la voz—. Si te descubren, te degradarán y a mí...

Cierra y abre la boca como si el resto de la frase fuera tan terrible que no se pudiera pronunciar en voz alta.

—Mi hermana solo tiene cinco años —le digo—. Nuestros padres están en la cárcel. No cuenta con nadie más en el mundo.

—Lo siento...

—Nunca conseguiré descifrar ese código —afirmo, con los ojos llenos de lágrimas otra vez—. No podré si está muerta. Si no tengo nada por lo cual luchar.

—Existe todo un país por el cual luchar —replica la doctora Seymour.

—Por favor… Tengo que saberlo.

La doctora Seymour lanza una mirada a la puerta, luego me observa. Se sienta.

—Necesitaré algo para que lo huela —dice lentamente—. Mi dracovol solo está adiestrado para volar a unos cuantos lugares específicos y, además, me temo que si tu hermana está en el centro de Londres, no tenemos ninguna garantía de que su dirección aún exista.

—Mi abrigo —digo, casi sin energía—. En el armario de mi dormitorio.

Huele a humo de dragón, pero aún podría conservar el olor de casa.

El olor de Ursa.

La doctora Seymour asiente.

—No puedes hablar de esto con nadie —me dice, mirándome fijamente. De pronto, la enfermera vuelve a entrar en la sala—. En especial con Ravensloe —susurra.

Asiento.

—Gracias.

Los libros de la biblioteca me llegan esa tarde y entre ellos está *Las Hébridas: explorando las islas de Escocia*. Voy a la página 265 y cae un papelito sobre las sábanas. Compruebo que la enfermera no esté mirando antes de abrir la nota, con el corazón latiéndome con fuerza en el pecho.

Hola, Featherswallow. Las inoportunas interrupciones de Ralph Wyvernmire aquí no nos molestarán. Quiero conocerte mejor, ¿puedo?

Sonrío y por un segundo se alivia la opresión que siento en el pecho. Hablar con este chico es una terrible idea, y todo lo relacionado con él es tan misterioso que me pone de mal humor. Sin embargo, todavía no me he enfrentado a ningún enigma que no pueda resolver. Atlas es un riesgo… y aun así resulta de lo más convincente.

Garabateo una respuesta.

Hola, Atlas King. Desde el momento en que me dejaste este mensaje, atacaste al sobrino de la primera ministra y conseguiste que te mandaran a aislamiento. Eso no me parece muy apropiado por parte de un cura, pero agradezco la intención, así que... considera que ya empezaste a conocerme mejor. Quizá quieras corresponder contestándome esta pregunta: por todos los dragones... ¿qué demonios tiene de divertido tallar madera? Deja tu respuesta en la novela Buscando golondrinas, de C. Amsterton.

La enfermera me otorga el alta el domingo por la tarde, con un cabestrillo nuevo en el brazo. Paso a la biblioteca y dejo el libro en su lugar, con mi respuesta bien guardada en su interior. Luego voy directamente a la sala de recreo, donde me reciben con unas efusiones contenidas que se apagan casi en cuanto comienzan. Suena la música y Karim está junto al fuego, bordando una tela. El ambiente está tenso, como si todos estuviéramos haciendo grandes esfuerzos por fingir normalidad. Me siento, percibo la ausencia de Atlas y veo una cesta de picnic sobre la mesa.

—Ayer Gideon hizo progresos en el invernadero —comenta Katherine, sonriente.

Me giro hacia Gideon, que está medio escondido tras la tapa de la cesta de picnic.

—¿Qué tipo de progresos?

—Algunas llamadas de ecolocalización poseen significados diferentes dependiendo del dragón que las emite —dice Gideon, cerrando la tapa—. La ecolocalización es aún más compleja de lo que pensábamos.

Formas diferentes de decir las cosas... como sinónimos.

—Eso ya lo habíamos descubierto hace unos días —digo yo—. Cuando oímos que Soresten decía lo mismo de dos formas diferentes.

—Pero la doctora Seymour y yo confirmamos la teoría con una observación más prolongada de los dragones de patrulla —precisa Gideon, con una sonrisita de suficiencia—. Aún no sabemos qué es lo que determina la variación del significado, quizá sea una cuestión de tono o de registro, pero lo descubriremos muy pronto.

Me giro hacia la ventana para que Gideon no pueda ver la rabia reflejada en mi rostro. ¿No fui yo quien sugirió esa teoría a la doctora Seymour? Ahora Gideon se lleva todo el crédito, mientras que a mí se me acusa de intentar abandonar mi puesto.

—¿Atlas aún no sale? —le pregunto a Marquis, que está sentado en el brazo del sofá donde se encuentra Karim.

Niega con la cabeza.

—Pero vi a Ralph —dice Marquis, esbozando una sonrisa de satisfacción—. Da la impresión de que no se va a quitar el casco durante un buen tiempo.

¿De verdad Atlas le hizo eso? Yo pensaba que los curas debían ser personas tranquilas, contenidas y pacíficas.

La lluvia comienza a repiquetear en las ventanas, intensificándose hasta que acaba siendo difícil escucharnos al hablar. Espero que en Londres también esté lloviendo y que el agua extinga los últimos rescoldos. Sophie tiene la mirada perdida en la niebla. Debe de estar pensando en sus padres, y no se me ocurre nada que pueda decirle. De pronto siento rabia por lo que hicieron mis padres y mi tío Thomas. ¿Era esto lo que pretendían al unirse a los rebeldes? ¿Incendiar Londres? ¿Que sus descendientes vivieran otra guerra?

Gideon echa leña al fuego y Katherine saca unos sándwiches y un pastel de chocolate de la cesta.

—Dicen que los picnics son buenos para recuperarse de cualquier enfermedad —me dice, guiñándome un ojo.

Me gustaría decirle que su picnic me importa lo mismo que una mierda de dragón porque probablemente mi hermana esté muerta, pero la veo sonreír de corazón y decido callarme. Me siento en la alfombra, apoyando la espalda en el lateral del sofá, y me quito los zapatos a patadas. Dodie me trae un refresco de limón y Serena señala mi brazo vendado con un gesto de la cabeza, levantando las cejas.

—Eres aún más necia de lo que pensaba —dice—. ¿No pudiste hacer lo que decían y ya? Si lo hubieras hecho, Atlas no estaría en aislamiento.

Le lanzo una mirada fulminante, intentando decidir qué parte de su absurda sugerencia debería rebatir primero.

—No es necia —replica Dodie, frunciendo el ceño—. Tiene corazón de dragón.

Corazón de dragón.

Valiente.

El cumplido me reconforta de algún modo y le sonrío a Dodie, sorprendida.

—¿Cuánto tiempo tardarás en poder mover tu brazo otra vez? —me pregunta.

—Unos días —respondo—. La enfermera me dio dracolina.

De pronto se hace el silencio y todos me miran.

—¿Dracolina? —dice Gideon—. Pero ese tipo de medicina está prohibida en Britania.

Me encojo de hombros y muerdo el sándwich de pollo que tengo enfrente.

—No para la Primera Clase —responde Sophie—. En el mercado negro lo venden a litros. Lo he visto con mis propios ojos.

—No digas tonterías —replica Gideon, frunciendo los párpados—. Mi familia nunca...

—Quizá tu familia comprenda lo cruel que es extraerles sangre a dragones jóvenes cautivos —dice Sophie, muy seca—. Pero no todo el mundo es así.

Miro a Serena disimuladamente. Ella no está tan a la defensiva como Gideon.

—A mí me explicaron que solo les extraían sangre a los dragones que morían de causas naturales —dice ella.

—Imposible —rebate Marquis—. Para ser efectivo, las proteínas deben ser de un donante vivo.

Serena traga saliva.

—En cualquier caso, la dracolina ha salvado vidas...

—No las de todo el mundo —le espeta Sophie—. A la gente de Tercera Clase no les ha llegado nunca ni un solo vial, ni de esta ni de otras medicinas, aunque habrían podido...

Se frena, con la voz temblorosa, y sé que está pensando en Nicolas.

Comemos en un silencio incómodo, pero yo no puedo dejar de pensar en los dragones vivos a los que les extraen la sangre. Dejo mi bocadillo sobre la mesa.

—Sophie... —dice Dodie, midiendo sus palabras—, ¿qué otras cosas no existen en Tercera Clase?

Le lanzo una mirada a Sophie, esperando su respuesta. Solo ha pasado seis meses en Tercera Clase y aun así está claro que tiene tantas cosas en la lista que no sabe por dónde comenzar.

—Carne —dice, mordiendo el pollo—. Todas las carnicerías están en los barrios de Segunda Clase.

—Nosotros teníamos un carnicero que venía de puerta en puerta vendiendo jamón y huesos de ternera a veces —dice Katherine—. Pero siempre tenían un horrible color gris.

Miro a Marquis, la comida en Segunda Clase nunca era gris, pero él no parece en absoluto sorprendido.

—Los estantes de la verdulería de mi barrio siempre estaban vacíos —añade Sophie—. Nada más que verdura marchita y de vez en cuando alguna bolsa de papas.

—Tal vez esa tienda no recibía suministros suficientes —propongo—. Mamá dice...

Veo que todos me observan, y no acabo la frase.

—No es una cuestión de suministros —dice Karim, con tono suave—. A las tiendas de Tercera Clase solo llega lo que no se vende en las de Segunda y Primera.

Mis mejillas se encienden. ¿Por qué no sabía eso? ¿Por qué supuse siempre que todas las tiendas recibían los mismos productos? Sophie me mira y menea la cabeza, y de pronto me siento como una boba.

—A nuestros libros de texto les faltaban páginas y siempre tenían el nombre de otra persona —prosigue Katherine—. Y las prendas de ropa llegaban manchadas o rotas.

—Agua caliente —dice Sophie—. Por mucho que lo intentáramos, nunca teníamos agua caliente para bañarnos.

—¿No podían calentar el agua en un fogón? —pregunta Serena.

—Sí —dice Sophie, mirándola con frialdad—. Solo que nunca había carbón.

—¿Porque no podían pagarlo?

—Porque las clases superiores tienen la costumbre de mantener una chimenea encendida en cada habitación.

Serena le da un sorbo a su refresco sin decir nada.

—Pero el sistema de clases existe para que todo el mundo tenga una oportunidad —digo yo, buscando apoyo en la mirada de Marquis. A los dos nos enseñaron lo mismo, en el aula, por la radio y en casa. El resultado de desmantelar el sistema sería un caos social—. Así no hay nadie viviendo en las calles y todos los niños pueden ir a la escuela. Por eso reeligieron a Wyvernmire... para que se asegurara de mantenerlo. La gente quiere el sistema de clases.

—Vivir entre cuatro paredes no significa que no pases frío ni hambre —dice Sophie—. Ir a la escuela no significa que vayas a aprender. ¿Y quién eres tú para decir lo que quiere la gente?

Intentó mantener la espalda erguida y no decaerme ante la fría mirada de Sophie.

—A nosotros nos calentaba la casa un dragón —dice Karim—. No había carbón, así que lanzaba sus llamas contra los muros, por el exterior. La casa, y nuestra tienda, eran de piedra. Menos mal.

—¿Un dragón? —pregunto yo.

Karim asiente.

—En Escocia hay muchos más que por aquí. Mis padres le pagaban con encaje.

—¿Encaje? —pregunta Dodie—. ¿Para qué iban a querer encaje los dragones?

—Bueno, el encaje es muy valioso. Incluso los restos a los que mis padres no podían dar uso.

—Pensé que los dragones solo trabajaban para los humanos cuando se veían obligados a ello —digo yo, pensando en Chumana—. Como un castigo.

—Algunos no tienen elección —responde Karim—. Los que tienen un patrimonio no necesitan trabajar, pero los que no, bueno…

Patrimonio. ¿Oro? ¿Dinero? ¿Para qué iban a necesitar el dinero los dragones? No es que compren despensa ni paguen servicios. Me sorprendo al darme cuenta de que, después de tantos años aprendiendo lenguas dracónicas, nunca me he planteado cómo encajan los dragones en la sociedad humana.

Igual que nunca me he planteado cómo consigue comida la gente de Tercera Clase.

—Juguemos a un juego —propone Katherine, en un evidente intento por aligerar la tensión—. ¿Todo el mundo conoce «Dos verdades y una mentira»?

—Uno de mis favoritos —responde Marquis, con una mueca divertida—. Tú primero, Kath.

Katherine se sienta sobre las rodillas y sonríe, contenta.

—Una: soy de Tercera Clase, pero mi tía es de Segunda. Dos: juego ajedrez desde que tenía seis años. Tres: una vez maté a un guardia de la paz.

Me recuesto en el sofá. Es perfectamente posible que Katherine sea de Tercera Clase y su tía de Segunda. Y si es una revelación del ajedrez, tiene sentido que lleve jugando desde los seis años.

—La mentira es la tercera —dice Gideon, dándole un bocado al pastel de chocolate.

Katherine lo mira, divertida, y niega con la cabeza. A Gideon se le cae el bocado de pastel de la boca y acaba en la alfombra.

—Comencé a jugar al ajedrez cuando tenía siete años —dice. Yo la miro fijamente, buscando cualquier rastro de humor, pero no encuentro nada más que un gesto de cansancio y resignación. Katherine es la más pequeña de todos nosotros. ¿Cómo pudo matar a un guardia de la paz?

Aunque lo cierto es que dijo que la reclutaron en la cárcel.

—¡Es el turno de Gideon! —anuncia Katherine.

Gideon frunce el ceño y se ruboriza un poco. Yo inclino la cabeza hacia delante, deseosa de descubrir de dónde es y por qué se cree una especie de experto en dragones.

—Uno: mi padre era un alto funcionario del Gobierno. Dos: desearía que no fuera mi padre. Tres: conozco a alguien que está enamorado de una dragona.

Marquis suelta una carcajada y Gideon se ruboriza aún más.

—Nadie podría enamorarse de una dragona… —objeto.

—En realidad, el rey de Egipto está casado con una dragona —señala Dodie—. ¿No lo sabías?

—Yo… no —respondo.

Marquis susurra algo al oído de Karim y ambos se echan a reír.

—La mentira es la tres —afirma Serena.

—Se las puse demasiado fácil —dice Gideon, frunciendo el ceño.

Me pregunto quién es su padre y si es gracias a su cargo que entró en contacto con los dragones. ¿Qué me hizo pensar que conocía mínimamente a mis compañeros reclutas?

—Es el turno de Viv —decide Gideon.

Yo me quedo helada, me invade el pánico. Todas mis verdades son demasiado insoportables como para revelarlas.

Abandoné a mi hermana. Ayudé a una dragona asesina a romper el Acuerdo de Paz. Traicioné a mi mejor amiga.

De pronto se abre la puerta de la sala de recreo y aparece la doctora Seymour.

—¿Les importa si me uno al grupo? —pregunta tímidamente—. Están inspeccionando el invernadero.

—¿Inspeccionando? —exclamamos Sophie y yo, al unísono.

—Es un protocolo habitual —responde la doctora Seymour, con una débil sonrisa—. Para asegurarse de que todo funciona y de que se respeta la Ley de Secretos Oficiales.

—Estamos jugando a «Dos verdades y una mentira» —dice Marquis tranquilamente. Se ha acomodado sobre la alfombra, a mi lado, y está liándose un cigarro. Me pregunto a qué guardia le estará comprando el tabaco.

—Quizá no deberíamos —murmura Gideon.

La mención de la Ley de Secretos Oficiales y el hecho de que Ravensloe haya enviado a los guardias a comprobar que se está respetando nos ha dejado helados de golpe. Como si el ataque a Londres y la conversación sobre diferencias de clase no bastaran.

La doctora Seymour se acerca y se sienta a mi lado. Se alisa la falda sobre las rodillas. En el momento en que Karim le tiende una bandeja de galletas, la doctora extrae un papelito de su bolsillo y lo coloca sobre mi mano. Yo lo escondo entre mis piernas y lo desdoblo. Las palabras fueron garabateadas a toda prisa, y hay una mancha de tinta en lo alto.

VIVOS.

Casi no puedo ni respirar. Ursa y los padres de Sophie están vivos. Siento un estallido de felicidad en mi interior.

MAÑANA QUEDARÁ BAJO LA TUTELA DEL ESTADO.

El corazón se me encoge de pronto.

¿Tutelada por el Estado? ¿Abel y Alice ya no quieren cuidarla? ¿O es que Wyvernmire envió a los guardias para que se la lleven? ¿No dijo que dejaría a Ursa con sus cuidadores hasta que yo terminara en Bletchley? La doctora Seymour me mira, intrigada, y yo me esfuerzo por sonreír.

Son buenas noticias, me digo.

Hace veinticuatro horas habría dado cualquier cosa por poder leer esas palabras. Pero ahora lo único en lo que puedo pensar es en Ursa, arrancada de los brazos de Alice, igual que la separaron de los de nuestra madre.

No continuamos con el juego. Me paso el resto de la tarde sentada junto al fuego, aferrando la nota con las noticias del dracovol.

—Ahora ya tienes algo por lo cual luchar —me dice la doctora Seymour cuando nos vamos todos a la cama.

Espero a que se duerman todas antes de permitirme llorar. Ojalá pudiera retroceder en el tiempo y volver al arresto domiciliario en casa, con Ursa. Ojalá no nos hubiéramos separado nunca.

Pero Marquis aún seguiría preso, o quizás algo peor. Y mamá y papá estarían muertos.

Aprieto el rostro contra la almohada y lloro. Alguien se acuesta en mi cama, a mi lado, y reacciono con un brinco.

—Soy yo —susurra Sophie—. ¿Estás bien?

Me giro y observo su rostro en la oscuridad. Ella apoya la cabeza en la mía. Así es como solíamos dormir cuando éramos niñas. No separadas, como nos hacía dormir mamá a Marquis y a mí, sino con las manos entrelazadas, mejilla contra mejilla, de modo que podíamos susurrarnos al oído toda la noche.

Meto la mano bajo la almohada y le paso la nota. Tendría que habérsela enseñado antes, pero solo podía pensar en mi hermana. Ella la levanta, buscando el resquicio de luz que entra por debajo de la puerta.

—Esta es la letra de mi padre —dice sorprendida—. ¿Cómo...?

—Eso no importa —digo yo, parpadeando para limpiarme las lágrimas—. ¿A dónde crees que se la llevarán?

—A un orfanato, probablemente. Pero no te preocupes, Viv, no la perderán, al menos mientras te necesiten.

—Ojalá pudiéramos ir a casa. Las dos. De vuelta a Fitzrovia y Marylebone. Ojalá pudiéramos retroceder en el tiempo.

Sophie asiente y sujeta mi mano.

—Aún podemos —responde—. Pero debes concentrarte, Viv. Ursa está viva, pero la única posibilidad que tienes de volver a verla es que consigamos descifrar el código de la ecolocalización.

Cierro los ojos, pero las lágrimas no cesan.

¿Cómo vamos a conseguir descifrar un código que en realidad es un idioma de una complejidad abrumadora?

No sabemos qué podría determinar las diferencias entre los distintos significados: podría ser una cuestión de tono o de registro.

Gideon y la doctora Seymour no tienen ni idea de lo que están haciendo. Y yo tampoco.

—¿Recuerdas cuando éramos niñas y hablábamos en esos idiomas estúpidos que inventabas? —susurra Sophie—. Luego, en clase, fingíamos ante todo el mundo que entendíamos lo que decía la otra.

Sonrío.

—Incluso llegamos a convencer a mi padre. Pensó que ya tenía una nueva lengua dracónica que colocar en mi expediente.

Sophie se ríe con la nariz hundida en mi cabello.

—¿No se enojó mucho cuando supo la verdad?

Asiento.

—Dijo que era una pérdida de tiempo inventar idiomas cuando había tantos que podía aprender. No me dejó acostarme hasta medianoche, después de demostrarle que sabía bien todos los verbos franceses.

—¿Crees que fueron demasiado duros con nosotras?

—¿Nuestros padres?

Acerca una mano a la parte interna de su otro brazo y sé que está tocándose la línea de cicatrices que tiene sobre la piel, idéntica a la mía. El uso de la vara es una práctica habitual en muchas familias de Segunda Clase. Se trata, quizá, del único dolor que experimentamos y que en Tercera Clase desconocen.

—No creo que los padres puedan permitirse ser blandos cuando sus hijos se juegan caer en la pobreza —digo yo.

Nos quedamos en silencio y afloran los recuerdos. Mis padres solían apoyar el sistema de clases. ¿Qué fue lo que los hizo cambiar de opinión?

—Cuando te degradaron —susurro, sorprendida del modo en que las palabras emanan de mi boca—, pensé que no podría volver a ser feliz.

Sophie no dice nada y, durante un minuto, permanezco escuchando su respiración.

Me gustaría decirle que lo siento. Me gustaría pedirle perdón por todo… por lo que sabe y por lo que no. Pero sé que es demasiado tarde para eso. Sujeta con fuerza mi mano y nos quedamos allí en silencio, sintiendo el calor de la otra. Todo en ella me resulta familiar: el lunar en el dorso de su mano, el aroma de su piel, el ligero silbido de sus pulmones al respirar, secuela de una enfermedad de la infancia. Al final, Sophie se duerme.

—No volveré a lastimarte —susurro en la oscuridad—. Me aseguraré de que vuelves a casa, Soph. Te lo prometo.

Muy lentamente, me levanto de la cama. Me pongo las botas y el abrigo por encima del camisón y del cabestrillo. Ralph le dijo a Ravensloe que yo había intentado abandonar mi puesto y ese es el motivo por el cual Wyvernmire se llevó a Ursa. Para asegurarse de tener en su poder algo que yo deseo. No puedo permitir que piense que no me estoy tomando esto en serio. Si quiero cumplir la promesa que le he hecho a Sophie, si quiero volver con Ursa y salvar a mi familia de la ejecución, tengo que descifrar ese código dracónico y entregárselo a la primera ministra.

Bajo en silencio y cruzo el vestíbulo. Ahora ya sé por dónde queda la cocina y, en apenas unos segundos, vuelvo a atravesar la puerta trasera. Ahí no hay guardias de patrulla, pero eso solo significa que Ravensloe tiene más dragones que de costumbre vigilando el perímetro de Bletchley Park. Me abro camino por el jardín, solo iluminado por la luz de la luna, con la mirada puesta en el cielo, y tomo un sendero de tierra que atraviesa los campos. No necesito auto para llegar al lugar donde hice de intérprete de Borislav.

Recuerdo la mirada de desprecio que les lanzó a Muirgen y Rhydderch al percatarse de que no sabían hablar su idioma. Tampoco habían podido comunicarse mediante la ecolocalización, lo cual significa que los dragones de patrulla pensaban que estaban sufriendo un ataque. Y nadie, ni siquiera la doctora Seymour, sabe decirme por qué ocurrió eso. Me abro paso por entre la larga hierba, con la cabeza llena de preguntas que *sé* que tienen contestación. Escruto el cielo estrellado en busca de lo único que me puede dar respuestas, aunque sé que lo que haré está prohibido. Me detengo de golpe cuando encuentro lo que busco, en el campo de enfrente.

La oscura silueta de dos dragones.

12

LOS DRAGONES ESTÁN UNO JUNTO AL OTRO, observando cómo me acerco. Mi cuerpo está entumido por el frío, así que resguardo mi mano libre en el bolsillo. El azul y el violeta de las escamas de los dragones se distinguen poco en la oscuridad; si no fueran por su enorme tamaño, quedarían camuflados entre las sombras.

—No recuerdo haber pedido una traductora —me gruñe Rhydderch al verme llegar.

Me detengo a unos metros y me quedo pensando en cómo comenzar.

—Yo diría que no deberías andar por ahí a estas horas —añade Muirgen, lamiéndose los labios—. ¿No deberías estar en el invernadero? Te he visto entrar y salir tantas veces durante mis patrullas con Soresten y Addax que comenzábamos a creer que Ravensloe te había puesto a trabajar en algo que quizá pueda ayudarnos realmente a ganar la guerra.

Los dos dragones se ríen con su risa grave, gutural, y yo finjo una sonrisa. Así que el dragón que vi en el campo con Soresten y Muirgen el otro día era Addax.

—Vine a hacerles una pregunta —digo, con una voz más baja de lo previsto.

Los dragones me miran con sus enormes ojos amarillos y veo cómo mueven las colas en la oscuridad.

—Adelante —dice Rhydderch.

—El dragón búlgaro que aterrizó aquí… Borislav.

—¿Sí?

—¿Por qué necesitaron un traductor para comunicarse con él?

—Ya lo sabes —responde Muirgen, con desgano—. No hablamos las lenguas dracónicas del este…

—Pero ¿los dragones no poseen otro modo de hablar entre ustedes? —la interrumpo.

Muirgen ladea la cabeza y me mira sin parpadear.

Es esencial *que ninguno de los dragones que trabajan en Bletchley Park sepa que estamos intentando descifrar su código en el invernadero.*

La doctora Seymour me mataría si supiera que estoy aquí. Pero, si queremos descifrar el código en tres meses, entenderá que no podemos seguir adivinando. Necesito preguntarles.

—¿Pueden comunicarse con algún... sexto sentido? ¿Algo que los humanos no tengamos?

Un ratón de campo pasa corriendo junto a mi zapato y, antes de que pueda dar un paso atrás, Muirgen lo ensarta en una de sus afiladas garras negras. Lo levanta y permanece observando cómo se agita un momento, hasta que muere. Después, se lo traga entero.

—¿A qué te refieres exactamente?

—A algo que me contó un dragón hace mucho tiempo —miento—. Me explicó que los dragones pueden hablar entre sí en... una especie de código —digo, intentando parecer inocente—. ¿Eso es cierto?

Rhydderch emite un gruñido grave que emana de las profundidades de su pecho.

De los orificios nasales de Muirgen escapa un humo negro. En el momento en que da un paso adelante, la luna le ilumina las púas del lomo.

—¿Un código? —dice, ronroneando—. ¿Eso es lo que crees que es?

—Tranquila, Muirgen —le advierte Rhydderch, quien se gira hacia mí mostrando los dientes—: ¿Qué es lo que te ha contado tu primera ministra?

—Nada —me apresuro a decir—. Ya se los dije, fue un dragón. ¿Decía la verdad? ¿Se pueden leer la mente los unos a los otros?

—¿Cómo te atreves a venir aquí buscando un conocimiento que no te corresponde poseer? —gruñe Muirgen.

—Soy traductora —digo, manteniendo la calma, aunque noto que mi cuerpo está acalorado por el miedo—. Por supuesto que me interesa conocer todos los modos en los que pueden comunicarse los dragones...

—¡El *koinamens* pertenece a los dragones y solo a los dragones! —ruge Muirgen.

Da un paso atrás y golpea el suelo con sus dos patas delanteras. Con el impacto, salgo volando y aterrizo sobre el brazo lastimado dos metros atrás. Me pongo de pie con dificultad, intentando hacer caso omiso del intenso dolor que siento en la muñeca.

—Por favor —digo, girándome para mirar en dirección a la casa—. Van a despertar a todo el mundo. Solo quiero saber por qué Borislav y ustedes no hablaban el mismo… *koinamens*.

—El dragón que te reveló eso traicionó a su propia raza —sentencia Rhydderch—. Es un misterio que debe permanecer entre los dragones.

Agita la cola en dirección a Muirgen y ella da un paso atrás. Están comunicándose, es evidente.

Están hablando con la ecolocalización.

—Pero ¿por qué? —insisto—. ¿Por qué debe seguir siendo un misterio?

—Es sagrado —dice Muirgen, con voz sibilante—. Es lo único que los dragones poseemos que no nos pueden arrebatar.

¿Sagrado? Por lo que yo sé, los dragones no tienen religión. ¿Qué podría tener de sagrado un lenguaje?

—¿Hay diferentes tipos de *koinamens*? —pregunto—. ¿Diferentes… secuencias?

—Voy a despellejar viva a esta humana, Rhydderch…

Muirgen acerca su enorme cabeza, pero Rhydderch le da un golpe en el rostro. Ella suelta un rugido de dolor y yo retrocedo trastabillando.

Rhydderch acerca su cabeza a la mía, tanto que puedo observar una capa de suave pelo en su hocico.

—Estás poniéndonos muy difícil mantener lo poco que queda del Acuerdo de Paz —me advierte—. Te sugiero que te vayas, o dejaré que mi hermana te mate.

Asiento. No tienen ninguna intención de contarme nada. Doy unos pasos atrás, retrocediendo lentamente, y luego me detengo. Rhydderch se dirige hacia Muirgen y acerca su hocico al de ella. Al darle el golpe, la hirió con los dientes, justo debajo del ojo izquierdo, y está sangrando. Los dos dragones permanecen inmóviles y de pronto la herida comienza a encogerse. Entrecierro los ojos para forzar la vista. ¿Estoy viendo lo que creo? Los bordes del corte se están juntando de nuevo como los lados de una costura y, en un instante, solo queda una mancha de sangre en lugar de la herida.

—¿Cómo hiciste eso? —le pregunto a Muirgen.

Repaso todo lo que me ha dicho Marquis a lo largo de los años sobre anatomía dracónica, pero no recuerdo nada de heridas que se curaran solas.

—El *koinamens* es sagrado —repite Muirgen—. No vuelvas a preguntar por él nunca más.

Nuevamente me adentro en la oscuridad y atravieso el campo corriendo, con el corazón desbocado. ¿Rhydderch acaba de curar a Muirgen utilizando la ecolocalización?

Tengo una terrible sensación en el estómago.

No he aprendido nada sobre la ecolocalización, salvo que los dragones la llaman *koinamens* y que la consideran sagrada. Sin embargo, ninguno de esos dos datos me ayudará a descifrarla. Comienzo a caminar en dirección al jardín y levanto la vista hacia la casa. Continúa en silencio y casi no se ve en la oscuridad.

Pienso en las cosas que los humanos consideramos sagradas. El conocimiento, los textos religiosos, las tradiciones. En algún momento, muchos humanos débiles y sedientos de poder han utilizado todo eso como arma, pero los dragones no son como nosotros. Quizás ellos vean el *koinamens* igual que nosotros vemos la naturaleza, o a los niños, o el amor. No como algo sagrado por lo que hace, sino por lo que es, con un significado más profundo, más intrínseco de lo que podemos llegar a comprender. Un tipo de sacralidad que no debe corromperse, ni ser objeto de abuso. Tal vez sea algo instintivo, algo que forma parte de la identidad común de los dragones.

A mis espaldas se quiebra una ramita.

Paralizada, me giro en dirección al bosque. Hay alguien caminando, las hojas y la escarcha crujen bajo sus pies. Entre los árboles aparece la figura de un hombre que cruza el terreno, acercándose.

Me quedo sin aliento. ¿Y si es Ralph? El hombre vacila al verme, luego acelera el paso. Ahora es demasiado tarde para esconderse. Aferro mi brazo fracturado y espero.

—¿Featherswallow?

—¿Atlas?

—¿Qué estás haciendo aquí fuera?

Respiro, aliviada.

—¿Qué estás haciendo tú? Pensé que estabas en aislamiento.

Atlas toma mi mano y me lleva hasta las sombras que rodean la casa. Se guarda en el bolsillo un rosario, con una pequeña cruz al final.

—Me soltaron hace unas horas —me dice.

—Y tú... ¿qué hacías en el bosque?

Ahí fuera no hay nada más que árboles y el invernadero.

Esboza una sonrisa burlona.

—¿Tú qué hacías en el campo?

Mierda.

Baja la voz.

—¿Qué tal si acordamos no hablar de lo que hacíamos ninguno de los dos ahí fuera en plena noche?

Asiento y luego me estremezco. El aire gélido se cuela bajo mi abrigo, que llevo apoyado sobre los hombros y el cabestrillo. Atlas se percata y por un momento observa la fina tela de mi camisón, que me llega a los muslos. Me ajusta el abrigo y lo abotona.

Lo miro fijamente y observo sus manos, cubiertas de cortes rojos, y la sombra de un golpe en el pómulo.

—Gracias... por lo que hiciste.

Atlas niega con la cabeza.

—No es nada de lo cual enorgullecerse.

—Pero intentaste detenerlo...

—Le rompí la nariz —dice Atlas.

—Entonces le hiciste un favor.

Atlas sonríe, pero al momento a ambos se nos escapa la risa.

—¡Shhh! —dice, empujándome hacia los arbustos—. Creo que la ventana de Ravensloe está por aquí.

De pronto noto el contacto de sus manos en mi cintura.

—¿Qué te hicieron en el aislamiento? —susurro.

Estamos de pie entre dos arbustos, con la espalda contra la pared de la casa. La luna ha desaparecido tras una nube y está tan oscuro que no le veo ni el rostro.

—Me interrogaron, me dieron una buena reprimenda y luego me dejaron ahí un buen rato —responde con tranquilidad—. Según parece, Lumens negoció mi liberación.

Asiento.

—A partir de ahora tendrás que portarte mejor que nunca. Se acabó eso de salvarme de Ralph.

Sus manos encuentran las mías en la oscuridad.

—Deberíamos entrar —digo yo, aunque es lo último que quiero hacer—. No te iría mal dormir un poco.

Atlas está buscando algo en el bolsillo de su chamarra.

—Todo lo que necesito es hielo, un whisky y un buen confesor.

—¿Confesor?

Una llama cobra vida entre nosotros y de pronto vislumbro el rostro de Atlas iluminado por un cerillo.

—Por mis pecados —dice sonriendo.

—¿No puedes confesarte tus propios pecados o algo así?

Un gallo canta en algún lugar, a lo lejos. Debe de estar a punto de amanecer.

—Me temo que no funciona así —responde—. Y en cualquier caso, todavía no soy cura, ¿recuerdas?

—Perdón, seminarista.

Volvemos a sonreír.

—Y hablando de pecados... ¿Por qué te odias tanto por los tuyos?

—¿Qué?

Atlas se encoge de hombros.

—Prefieres permitir que Ralph te fracture los huesos a darle la satisfacción de sacarte las palabras de la boca, y te admiro por ello. Pero te dijo que te lo merecías y daba la impresión de que estabas de acuerdo. Dejaste de oponer resistencia justo antes de que te rompiera el brazo. Dejaste que lo hiciera. Y dejaste que Sophie te hablara como si...

—Está enojada conmigo, eso es todo.

Y con razón.

—Sí, bueno, sea lo que sea por lo que discutieron, a mí me parece que te estás castigando mucho por eso.

—¿Y qué? —digo yo—. Cuando haces algo malo, ¿no es normal castigarse por eso?

—¿Pasarse toda la vida castigándose por algo que no puedes corregir? —Atlas menea la cabeza—. En absoluto.

—¿Qué te hace pensar que me voy a pasar la vida haciéndolo?

—Marquis me dijo que hace seis meses que Sophie y tú se pelearon.

¿Marquis ha estado hablando de mí a mis espaldas? ¿Con Atlas?

—No tenía ningún derecho...

—Fui yo quien le preguntó —se apresura a precisar. Al menos tiene la decencia de mostrar vergüenza—. Tenía curiosidad, pero no me dio ningún detalle.

No consigo decidir si debo sentirme halagada o molesta.

—¿No pueden perdonarse mutuamente y ya? —propone—. ¿Perdonarse a ustedes mismas?

Sonríe. Toda esta situación —que un chico que acaba de arriesgarse a ser degradado por golpear a un guardia me dé un consejo sin que se lo haya pedido— me resulta extrañamente ridícula.

—Bueno, quizás eso sea posible en tu caso —digo, fijando la vista en su alzacuellos—. Pero algunas cosas son imperdonables.

—Te equivocas —dice él, y de su sonrisa no queda ni rastro—. No hay nada imperdonable. No si estás arrepentida de verdad.

—¿Insinúas que la gente puede ir por ahí cometiendo crímenes horribles y luego se le puede perdonar solo porque diga que lo siente?

—Sí, más o menos.

Suelto un bufido.

—En ese caso, ¿podría matarte ahora mismo y quedar absuelta con solo pasar por una pequeña cabina y pedir perdón después?

—Pero ¿lo lamentarías realmente? —pregunta, sonriendo de nuevo—. Ahora mismo da la impresión de que querrías matarme de verdad.

Le lanzo una mirada fulminante.

—Desde luego tú eres todo un santo cuando no estás dándole puñetazos a la gente —le digo—. Lo que hice yo para llegar hasta aquí, lo que le hice a Sophie, es mucho peor.

¿Por qué le estoy contando todo esto?

—Ella no podría perdonarme nunca si supiera toda la historia. Le dolería tanto que me odiaría toda la vida... y no podría culparla por eso.

Siento que estoy a punto de romper en llanto y de pronto quiero gritar. Esto no es asunto de Atlas y, sin embargo, estoy aquí, revelándole los detalles más íntimos de mi pasado.

Él se encoge de hombros.

—Tendría todo el derecho. No tiene la obligación de perdonarte ni puedes obligarla a que lo haga. Sin embargo, tampoco puedes odiarte toda la vida. Si no, ¿cómo vas a aprender de tus errores?

—¿Aprender?

—Mi mamá dice que nunca es demasiado tarde para cambiar.

—La mía dice que debemos vivir con las consecuencias de nuestras acciones.

Atlas asiente lentamente.

—Da la impresión de que tenemos concepciones diferentes de lo que significa el arrepentimiento.

Por supuesto. Somos como agua y aceite. Un chico de Tercera Clase y una chica de Segunda. Un sacerdote y una delincuente.

El cerillo se apaga y sigo hablando en la oscuridad.

—A veces, Atlas, no basta con estar arrepentido.

13

En el invernadero, los clics y las llamadas que emite la máquina locuisonus me están provocando sueño. Contengo un bostezo y, cuando la doctora Seymour me pregunta si dormí mal, le echo la culpa al brazo, lo cual no es del todo falso. Resulta que cuando los huesos sanan por efecto de la dracolina duele muchísimo. De lo que descubrí la noche anterior no le digo nada. Revelar que el nombre real de la ecolocalización es koinamens sería como reconocer que hablé de ello con Muirgen y Rhydderch, y me arriesgaría a ser degradada al instante.

La doctora Seymour añadió una hora de clase a nuestros turnos, entonces nos enseña con las máquinas locuisonus encendidas y a todo volumen por si hay actividad. Estudiamos la teoría de las ondas de sonar y la biología de los dragones mientras ella nos bombardea con preguntas retóricas: ¿son necesarios los cuernos de los dragones para la transmisión de la ecolocalización? ¿Por qué es bífida la lengua de un bolgorith? ¿Hay alguna especie de dragón que esté más capacitada para hablar determinados idiomas?

Estudiamos las variaciones semánticas, así como su relación con los patrones migratorios de los dragones, y descubro que existen veinte idiomas dracónicos autóctonos del Ártico que poseen casi trescientas palabras diferentes para decir «frío», entre sinónimos, metáforas y metonimias. ¿Podría ocurrir lo mismo con la ecolocalización?, nos pregunta. Y hasta que no acaba de taladrarnos con sus interrogantes no nos permite volver a nuestros puestos junto a las máquinas locuisonus.

Dedico el día a repasar el cuaderno de registro hasta que me duelen los ojos, decidida a recuperar todo el tiempo que perdí mientras estaba en el sanatorio. Hay dos días de grabaciones con varias llamadas que parecen diferentes, pero que poseen el mismo significado. Las grabaciones en las que se ha detectado un «ruido no identificado», señalado como un repiqueteo de tipo 54, son siempre conversaciones entre Muirgen y Rhydderch. Sin embargo, también se repite utilizando un repiqueteo de tipo 64, en una comunicación entre los dos dragones de las arenas, Soresten y Addax.

¿Y si Muirgen y Rhydderch hablan empleando una versión de la ecolocalización y Soresten y Addax otra? Ambas podrían ser similares, aunque con sutiles variaciones. Eso podría explicar lo que observamos en los campos: que Soresten utilizaba una llamada de ecolocalización particular para darle una orden a Muirgen, pero otra ligeramente diferente a la hora de hablar con Addax. El corazón se me dispara en el pecho mientras escribo a toda prisa mis ideas en las páginas del cuaderno de registro. Hago tres listas: llamadas exclusivamente de Muirgen y Rhydderch, llamadas exclusivamente de Soresten y Addax y llamadas compartidas por todos. Hay más llamadas en las primeras dos listas que en la tercera. Y las llamadas emitidas por los cuatro dragones al comunicar todos juntos tienen significados más simples: *venir, ir, esperar, parar…*

Me froto los ojos e intento pensar. Noto que comienza a surgir una idea en los confines de mi mente, que emite destellos desde un extremo de mi campo visual. Va creciendo como una burbuja, llenándose de aire hasta que explota.

La ecolocalización no es simplemente un lenguaje.

Es un lenguaje con más lenguajes en su interior.

Mamá lleva años insistiendo en que existen dialectos dentro de las lenguas habladas de los dragones y nadie le ha creído nunca. ¿Y si tenía razón y la ecolocalización también es una lengua con dialectos, solo que inaudible para los humanos?

Sujeto la pluma con más fuerza; la mano me tiembla, incapaz de seguir el ritmo de mis propios pensamientos. Al otro lado de la mesa, Gideon está concentrado en su trabajo, ajeno a todo.

¿Y si el lenguaje universal mediante ecolocalización, el koinamens, el que utiliza toda la especie, es simple? ¿Limitado en vocabulario y menos desarrollado que los dialectos derivados de él? Eso explicaría por qué Muirgen y Rhydderch no pudieron hablar en gran detalle con Borislav y por qué acabaron enfrentándose a él. Si hubieran hablado el mismo dialecto, Borislav habría podido advertirles que no era un intruso, sino un mensajero.

Pero ¿cómo se habrán desarrollado esos dialectos? ¿Por qué no todos los dragones hablan con una única forma de ecolocalización que pueda comunicar tanto ideas simples como complejas?

Debí haber prestado más atención a lo que estaba contándole mamá a la doctora Hollingsworth sobre los dialectos dracónicos, en lugar de obsesionarme con mi dosier y la posibilidad de las prácticas.

Doctora Featherswallow, si los dragones hablaran en dialectos regionales, sin duda los habríamos oído.

Eso fue lo que dijo Hollingsworth. Bueno, pues estaba equivocada, y mamá tenía razón. Echo un vistazo a mis apuntes.

Me invade la sensación de que mi corazón se detiene y acelera repetidamente. ¿Los dialectos de la ecolocalización también serán regionales? Anoche Rhydderch dijo que Muirgen era su hermana, entonces probablemente salieron del mismo huevo y se criaron en el mismo lugar. Así que quizá los dialectos de la ecolocalización varíen según el lugar en el que una cría de dragón aprende a ecolocalizar.

Y si Soresten y Addax son dragones de las arenas, tal vez procedan de la misma región…

—¡Vivien!

La doctora Seymour me está mirando, con una sonrisa divertida en el rostro.

—¿Estás segura de que estás bien? Te llamé tres veces.

—Lo siento —respondo, cerrando mi cuaderno de golpe—. Estaba… concentrada.

—¿Has hecho algún progreso? —pregunta ella, ajustándose los lentes.

Niego con la cabeza. La última vez que logré avanzar, Gideon consiguió atribuirse el mérito. Esta vez, si podemos demostrar la teoría, quiero que Wyvernmire sepa que es mía.

—Ven —propone la doctora Seymour—, vamos a hacer otra salida.

Sacamos el carrito cargado con las máquinas locuisonus, pasamos junto a Yndrir, que cubre el turno de guardia de la mañana, y nos adentramos en el bosque. Recuerdo cómo apareció Atlas la noche anterior, como una luz en la oscuridad, y de pronto me invade una gran curiosidad por leer la respuesta que, espero, esté aguardándome en la biblioteca.

—Supongo que los dragones poseen diversos tipos de códigos para evitar que los humanos podamos descifrar las llamadas de ecolocalización —sugiere Gideon mientras caminamos.

—¿Y por qué se iban a tomar esa molestia? —pregunto—. La guerra es entre el Gobierno y los rebeldes, no entre los humanos y los dragones.

—Bueno, probablemente crearon el código antes de que se firmara el Acuerdo de Paz, ¿no? —responde, lanzándome una mirada fulminante—. Y, en cualquier caso, no todos los dragones quieren la paz.

Ellos no crearon el código, idiota, es lo que quiero decirle.

—Incluso los dragones rebeldes están colaborando con los humanos —respondo, en lugar de eso—. Dudo que los dragones de todas partes despertaran un día por la mañana y dijeran: «Vamos a crear un código para aprovechar la capacidad que casualmente tenemos para leer la mente, por si acaso en algún momento las cosas con los humanos se complican».

Suelto una risita, satisfecha con mi ocurrencia, y Gideon me mira, malhumorado.

—Quizá se estuvieron preparando para el día en que no pudieran hablar entre ellos sin que gente como tú pudiera entender hasta la última palabra de lo que dicen.

—Y eso lo dice el otro políglota de Bletchley —respondo yo, incisiva.

—Yo me limito a los idiomas de mi propia especie, por si no te has dado cuenta —murmura Gideon, que se gira hacia la doctora Seymour—. Yo apostaría a que estos dragones rebeldes pretenden utilizar a los humanos rebeldes mientras los necesiten, y luego se pondrán contra toda la humanidad una vez hayan ganado la guerra, igual que los dragones búlgaros…

—¡Shhh! —susurra Katherine—. Miren.

Tiene la vista clavada en las copas de los árboles. Sigo su mirada con la mía. De pronto, percibimos un movimiento en un roble gigantesco justo delante de nosotros. Un dracovol vuela de rama en rama, posándose y luego volviendo a planear, con un ratón muerto en las fauces.

—Un dragón mensajero —susurra Gideon.

Lanzo una mirada a la doctora Seymour, que ha empalidecido.

—Esos dragones no están permitidos en Bletchley —observa Gideon, corriendo hacia el árbol—. Quizá traiga un mensaje de los rebeldes.

—¡Gideon, espera! —digo, mientras lo sigo por el bosque. Nos detenemos al pie del árbol y levantamos la vista. El animal nos observa con sus ojos negros, sin parpadear. Tiene el hocico corto y redondeado, y dos de los dientes inferiores asoman por su nariz. De la cabeza le brotan unos tentáculos largos y escamosos a modo de bigotes. Tiene el tamaño de un gato. Aunque los dracovols no poseen la inteligencia de los otros dragones o de los humanos, se dice que son tan inteligentes como los delfines. El dracovol engulle el ratón y luego repta por el tronco hasta colarse en una gran grieta.

—Déjalo, Gideon —le ordena la doctora Seymour, mientras él echa un vistazo dentro—. Se sabe que algunos viven en la naturaleza, no hay nada que nos haga pensar que este trae un mensaje…

—Es una hembra, con sus huevos —anuncia Gideon.

—Déjame ver —digo yo, apartándolo de un empujón.

La grieta está a nivel de los ojos y el interior tiene el fondo cubierto de piedritas que transmiten calor. De pronto, la dracovol lanza una llama y las piedras se tornan rojas y luego blancas. Entre las piedras candentes descansan tres pequeños huevos negros. Ella los rodea con su cola y emite un pequeño siseo de advertencia. Gideon, situado detrás de mí, ha tomado una de las máquinas locuisonus del carrito y la está instalando en el suelo.

—Quizá no traiga ningún mensaje escrito, pero sí uno en lenguaje de ecolocalización —sugiere emocionado, mientras se coloca los auriculares.

—No trae ningún mensaje, Gideon —dice Sophie, poniendo los ojos en blanco—. Está empollando.

Sin embargo, Gideon comienza a girar los controles de la máquina locuisonus, buscando la frecuencia adecuada. La doctora Seymour lo mira fijamente, impotente, y de pronto una idea terrible me sobresalta. ¿Será el dracovol de la doctora Seymour? La veo sentarse en el suelo del bosque, con la cabeza entre las manos, y me invade una punzada de terror.

Ese no es un dracovol salvaje.

—Tenía razón —anuncia Gideon con una sonrisa triunfante—. Está ecolocalizando.

¿Los dracovols pueden ecolocalizar como los dragones? Eso no lo ha mencionado la doctora Seymour en ningún momento.

Claro que tampoco mencionó la existencia de su mensajero secreto.

—¿Con quién está hablando? —pregunto, algo temerosa.

¿Podría haber más dracovols en la zona? Y, de ser así, ¿a quién pertenecen los otros? ¿Habrá alguien en Bletchley que sepa que la doctora Seymour envió a este en busca de Ursa?

Echo un nuevo vistazo al hueco. La dracovol presiona con el hocico uno de los huevos, sin apartar la vista de mí.

—No suena en absoluto parecido a la ecolocalización de los dragones —dice Gideon, escuchando atentamente la transmisión.

—¿Puedo intentarlo? —digo yo, tendiendo la mano.

Él vacila un momento, pero luego me pasa los auriculares. Me los pongo y escucho dos sonidos simultáneos: un murmullo grave y un ruido agudo, como de roce. Esa llamada de ecolocalización es continua. No hay pausa, no da ocasión a la respuesta. Le paso los auriculares a la doctora Seymour, que los toma sin mucha convicción, y vuelvo a mirar en el interior del hueco. La dracovol ahora tiene los ojos cerrados y la cabeza apoyada sobre los huevos. De pronto, uno de ellos tiembla.

—Oh, Dios mío —exclamo en voz baja—. Creo... que les está hablando.

—¿A quiénes? —pregunta Sophie, acercándose para mirar.

—A los huevos.

—Imposible —dice Gideon.

Me giro para mirar a la doctora Seymour.

—¿En verdad es imposible? —le pregunto—. ¿O podría estar comunicándose con las crías que aún están dentro de los huevos?

La doctora Seymour vuelve a la vida de pronto, se pone de pie y mira el interior del árbol. Cuando la dracovol ve a la doctora Seymour, emite una especie de gorjeo gutural agudo.

—Quizá no sea una hembra —dice la doctora Seymour—. A veces la dracovol hembra abandona los huevos y es el macho quien los empolla.

Observo que Gideon está tomando nota en un cuaderno que se ha sacado del bolsillo.

—Pero ¿es posible? —insisto.

—Sí —dice ella, con un suspiro—, supongo que sí.

—Entonces probablemente los dragones hagan lo mismo, ¿no?

La doctora Seymour asiente.

—Bueno, entonces esto es una prueba —digo yo, alzando una ceja y mirando a Gideon—. Si los dragones y los dracovols utilizan la ecolocalización para comunicarse con sus crías dentro de los huevos, significa que no se creó con la intención de que sirviera como un arma.

—Viv tiene razón —afirma Katherine—. La ecolocalización debe de ser algo natural para ellos, como... ¿Cuál es la palabra?

—Instintivo —dice Sophie.

—Eso no significa que no puedan utilizarlo como arma —replica Gideon.

—No se desconcentren —dice la doctora Seymour—. Sea o no un arma, nuestro trabajo simplemente es descifrarlo.

—¡Quizá los huevos de dragón dependan de la ecolocalización para poder eclosionar! —sugiero—. Tal vez sin ella las crías no pueden crecer. Eso explicaría por qué es mucho más compleja la ecolocalización de los dragones que la de las ballenas o los murciélagos. Porque la especie necesita de ella para sobrevivir.

—Es una teoría posible, Vivien —concede la doctora Seymour—. La exploraremos con mayor profundidad, por supuesto, pero recuerda que de momento no es más que eso. Una teoría.

La miro fijamente. Eso tendría todo el sentido del mundo. Supone un progreso. ¿Por qué no lo celebra?

—Es hora de recoger. Gideon, por favor.

Gideon carga de nuevo la máquina locuisonus en el carrito. Yo miro de nuevo hacia el interior del hueco.

—Déjalo, Vivien —dice la doctora Seymour con decisión y yo doy un paso atrás. Nunca me había hablado en ese tono. Está inquieta, apoyándose en un pie y luego en el otro, mordiéndose las uñas. ¿Qué le ocurre? ¿Le preocupa la posibilidad de que Ravensloe descubra que me dejó utilizar el dracovol?

De vuelta al invernadero, se adelanta. Yo acelero el paso para llegar a su altura y compruebo que los demás están unos metros atrás.

—¿Es el mensaje que envié? —le pregunto, en voz baja—. ¿Eso es lo que le preocupa?

—Te advertí que no lo mencionaras nunca.

De regreso en el invernadero, vuelvo a tomar mi cuaderno de registro. Yo sé lo que vi. La dracovol estaba hablándoles a sus huevos con la ecolocalización. Ahora entiendo por qué es sagrado el koinamens. Posee un significado y un propósito que van más allá de cualquier guerra.

Dejo la pluma. ¿Qué haría Wyvernmire con un secreto así? ¿Con una información sobre una especie que va más allá de lo que ha descubierto nunca cualquier científico o zoólogo? Ganaría la guerra, eso está claro. Pero ¿utilizaría los conocimientos sobre ecolocalización para otros fines? Pienso en las cabezas de guiverno que dicen que tiene colgadas en las paredes de su despacho. ¿Y si ocupa la ecolocalización como arma contra los dragones?

Solo de pensarlo se me eriza la piel. De pronto entiendo por qué se enojó tanto Muirgen cuando le pregunté por la ecolocalización. Si los dragones la utilizan para empollar los huevos y para curarse las heridas, ¿para qué otras cosas servirá?

Eso no es asunto tuyo. Tú tienes que preocuparte por salvar a tu familia, por salvar a Ursa. Y ahora tienes las herramientas idóneas para hacerlo, me digo.

Ahora que sé que la ecolocalización es un lenguaje que muy posiblemente tenga dialectos, la clave para ganar la guerra es aprender a hablarlos. Ya aprendí nueve idiomas: ¿qué son unos pocos más?

Durante lo que resta del turno, la doctora Seymour no me dirige la palabra y Gideon me mira con molestia cada vez que levanto la vista de mi cuaderno de registro.

—Sí recuerdas que se supone que deberíamos trabajar juntos, ¿verdad? —dice—. Podría validar tus hallazgos, si quisieras...

—No, gracias —digo, sonriendo con tanta fuerza que me duelen las mejillas—. Al fin y al cabo, el arte de las lenguas es tradicionalmente territorio de las mujeres.

En cuanto suena la sirena me dirijo a la biblioteca. Solo tardo unos momentos en encontrar *Buscando golondrinas* en el área de ficción. Hecha un manojo de nervios, levanto la cubierta y veo un trozo de papel.

Atlas respondió.

Resisto la tentación de leer la nota enseguida. Me la llevo abajo, al dormitorio, donde me quito las botas a patadas y me siento en la cama con las piernas plegadas debajo del cuerpo. Me giro para comprobar otra vez que la puerta está cerrada y saco el papel.

Featherswallow, ojalá pudiera resumir en pocas palabras las maravillas de la carpintería, pero sería imposible. Una cosa sí te diré: la sensación de crear algo que no existía antes es maravillosa.

Sonrío y mis mejillas se encienden. ¿Por qué me siento tan recargada de energía de pronto? ¿Es simplemente la novedad de esta conversación secreta o el intercambio clandestino de notas? ¿O es el hecho de estar hablando con un chico que realmente tiene algo inteligente que decir, que sabe hablar con una delicadeza que Hugo Montecue no podría ni soñar tener? Busco un lápiz, decidida a pensar bien la respuesta, pero esta fluye sola.

Atlas, los idiomas son así. Puedes decir lo mismo de cien formas diferentes, y en ocasiones una de esas maneras es tan personal, tan propia del traductor, que es imposible de reproducir. Ningún otro traductor utilizará las mismas palabras, el mismo ritmo, los mismos giros, nunca más. Traducir también es crear.

Guardo la nota bajo la cubierta del libro y este bajo el resto de los que tengo apilados en la mesa. Lo devolveré a la biblioteca antes de la cena.

Deslizo la mano por el lomo de los ejemplares que estoy leyendo; algunas páginas tienen las esquinas dobladas, fruto de mi investigación de anoche, a última hora. En todas las secciones de la biblioteca hay una amplia gama de libros relacionados con los dragones, así que ahora estoy leyendo sobre una variadísima cantidad de temas, desde guaridas de dragones al proceso de eclosión de los huevos. Y aunque sé que ninguno de ellos mencionará los dialectos, algunos me proporcionan información sobre la relación entre los idiomas dracónicos y las diferentes regiones o localizaciones.

Me tiendo boca abajo y hojeo *Susurros entre guivernos: Lenguas dracónicas del mundo moderno*, con la vaga esperanza de poder encontrarles un sentido a los descubrimientos del día. Repaso la lista de especies de dragones del índice, desde los baikia de gorguera al dragón plateado, y luego me dirijo a la página 189.

> *El dragón de las arenas británico* (Draco arenicolus) *es de color café, verde o beige. El vientre de las hembras fértiles se torna amarillo durante la época de apareamiento. Fabrican nidos de arena caliente, en la que ponen uno o dos huevos. La primera lengua que aprenden las crías suele ser wyrmerio.*
>
> *El dragón de las arenas británico es originario de los arenales de Dorset y Kent, en el sur de Inglaterra.*

Lo anterior indica que, muy probablemente, Soresten y Addax procedan de la misma región de Inglaterra porque ambos son dragones de las arenas. Esto respalda mi teoría de que los dialectos de las lenguas por ecolocalización podrían ser regionales. Siento la emoción en el pecho. Todo va encajando y…

Dejo caer el libro. En el suelo, a los pies de la cama, se encuentra una caja con un sobre pegado encima. ¿Cómo es que no la había visto antes? Recojo el sobre y le doy la vuelta. Es de papel grueso, caro, y está sellado con cera roja. En la parte delantera lleva escrito mi nombre con tinta violeta. Ahora que miro, me percato de que hay una caja junto a cada cama. Abro el sobre.

> *Se solicita su presencia en el Baile de Navidad de la primera ministra Wyvernmire, el próximo viernes a las siete de la tarde. Código de vestimenta: formal.*
>
> *Recuerde que está estrictamente prohibido salir del edificio después de que se apaguen las luces.*
>
> *P. D.: La asistencia de los reclutas es obligatoria.*

Desato el cordel que rodea la caja y levanto la tapa. Mis dedos rozan un fino papel que retiro y luego algo que parece satín. Saco del interior un vestido de color rosa hecho de crepé de seda. El tejido brilla y se resbala entre mis dedos. No tiene mangas y está decorado con cuentas; es la prenda más bonita que he visto jamás. La puerta del dormitorio se abre de golpe.

—¿Ya viste esto? —exclama Marquis, incrédulo. Lleva entre los brazos un traje verde y un par de zapatos de cuero. Atlas aparece a su lado, con un elegante saco de esmoquin rojo y una corbata negra en las manos.

—Me alegra ver que trabajas en horario diurno, Featherswallow —dice, guiñándome un ojo—. ¿Alguna idea de lo que está ocurriendo?

Yo paseo la mirada por mi vestido y luego veo los zapatos de tacón perfectamente empacados en la parte inferior de mi caja. Después vuelvo a mirar a los chicos y ya ni me acuerdo de los dragones de las arenas.

—Parece que se va a celebrar un baile —digo.

De los documentos privados de la doctora Dolores Seymour

Excursión a Rùm – junio de 1919

6 de junio – Día 1

Por fin estoy aquí. No me concedieron los permisos necesarios hasta anoche, a última hora, así que llegué a Rùm de madrugada. La isla de Rùm, una de las Islas Menores, parte de las Hébridas Interiores, es un lugar de paisaje rocoso y montañoso sin una sola hectárea de terreno llano. Rùm es la más pequeña de las islas de Escocia con una cumbre que supera los 750 metros y un lugar ideal para la nidificación de los dragones británicos. Desde la costa se pueden ver las islas de Eigg y Canna, ambas propiedad del Gobierno. Aunque el acceso a Eigg está prohibido, y podría acarrear una sentencia de hasta diez años de prisión, los dragones tienen permiso para cazar en Canna que, por los chillidos que se escuchan, debe de estar habitada por cerdos salvajes. Llegar a Rùm en cualquier medio de transporte moderno que pueda afectar el terreno de nidificación es ilegal, tal como estipula el Acuerdo de Paz, por lo que tuve que llegar en un bote de remos de lo más primitivo. Mi campamento para los próximos días se compone de una tienda y una cueva que —según me han asegurado mis colegas— siempre está deshabitada.

7 de junio – Día 2

La temporada de apareamiento de primavera ha dado paso a una época de nidificación y puesta. Los dragones no viven en Rùm todo el año, ni la utilizan para el apareamiento. Resulta curioso, pero Rùm solo se emplea para la nidificación y, más increíblemente aún, aquí nacen dragones de todas las especies, sin discriminación. Desde mi llegada, es decir, ayer, he avistado diversas especies, entre ellas el dragón del oeste (Draco occidentalis), el guiverno de manchas verdes (Draco bipes viridi) y el wyrm (Hydrus volatilis), una de las razas no igníferas más raras que pone huevos en los bajíos.

8 de junio – Día 3

¡Oh, las emociones que me brinda mi trabajo! Hoy tuve la oportunidad de observar, desde una distancia segura, a una dragona del oeste con su huevo. El huevo era de color morado y el cascarón estaba cubierto de picos calcáreos que formaban bordes recortados, similares a las púas de la cresta del hocico de la madre. La hembra escogió un lugar precario para su nido, al borde de un acantilado; tan precario, en realidad, que gran parte de mi observación tuve que hacerla desde un árbol. Aunque cada vez son más los dragones que llegan a Rùm en busca de un lugar donde anidar, la isla dista mucho de estar atestada, por lo que la decisión de esa hembra me parece un misterio.

9 de junio – Día 4

La dragona del oeste se separó de su nido lo suficiente como para permitirme observarlo de cerca. Está rodeado de piedras, que ella mantiene a una temperatura abrasadora, y de helechos secos que en ocasiones se prenden fuego. Solo tiene un huevo, lo cual no parece raro en una madre primeriza. Se alejó para conversar con otra dragona del oeste que está construyendo su nido en un acantilado cercano. Aunque no pude escuchar la mayor parte de su conversación, pude constatar que hablaban wyrmerio, la única lengua dracónica de la que tengo nociones. Ojalá pudiera intentar establecer comunicación con ellas, aunque no me atrevo. No tolerarán mi presencia en la zona por mucho tiempo.

10 de junio – Día 5

El fragor de las olas al romper contra las rocas, los chillidos de las gaviotas y la cacofonía de cientos de voces de dragones: esos son los sonidos con los que me duermo. Con todo el bullicio de la temporada de cría —que prácticamente es un evento social—, me invade el temor de que la especulación del Observatorio Real sobre el hecho de que los dragones puedan comunicarse por ondas ultrasónicas sea incorrecta. Si pudieran hacerlo, ¿por qué se dignarían a utilizar la voz? En Rùm hay tanto machos como hembras. Algunos comparten la vigilancia de los nidos, pero también hay madres solas que apenas reciben visitas de sus compañeros, más belicosos. He estado observando a dos dragonas de las arenas británicas que atendían su nido en una de las playas cercana a mi campamento. Ambas son hembras. Las he visto darle la vuelta a los huevos con los espolones, para luego volver a enterrarlos. No hay ni rastro de machos en las proximidades.

11 de junio – Día 6

El huevo de la dragona del oeste se está moviendo. Si se observa con atención, se le puede ver temblar un segundo y luego detenerse. Eso solo ocurre cuando la madre se acerca al nido. Es casi como si la minúscula criatura pudiera notar su presencia. Y sin embargo prácticamente ella nunca lo toca, salvo para darle la vuelta o envolverlo en llamas.

12 de junio – Día 7

Hoy observé una conducta particular. La dragona del oeste acercó la cabeza a la punta de su huevo, como para olerlo. Y nuevamente vi cómo se movía el huevo, esta vez de forma más visible. Se sacudió casi con violencia y luego cayó de lado. La madre levantó la cabeza, satisfecha, y después salió a cazar. Es casi como si le hubiera dicho a la criatura que aguarda dentro del huevo que debía moverse. Se me ocurrió una idea muy osada: ¿y si los dragones poseen algún medio de comunicación diferente a la palabra hablada? Es una teoría que nos planteamos durante la guerra y que estudiamos más a fondo el año pasado a través de la observación de un pequeño clan de dragones aislado en Guernsey, un grupo muy inusual porque solo hablaban una lengua bastante única. ¿Podría ser que esos dragones hubieran decidido que no les servía de nada dominar varias lenguas, ya que eran capaces de leerse la mente entre ellos?

13 de junio – Día 8

Pasó algo terrible. ¡La dragona del oeste murió! Anoche regresó al nido soltando espumarajos por la boca y, a pesar de mis intentos por ayudarla, sucumbió. Tras la catástrofe, hice algo temerario: tomé el huevo, así como el contenido del nido, y lo llevé todo a mi cueva. Encendí una fogata bajo el nido, en un intento por mantenerlo caliente.

14 de junio – Día 9

Por la noche me levanto cada dos horas para avivar el fuego. La cueva está llena de humo. No tengo mucha idea de cuánto calor necesita el huevo, o si debe ser constante o esporádico. Los dragones que vinieron a comerse el cuerpo de la madre muerta no han tocado el cadáver. Me temo que eso significa que estaba envenenado. Dentro de dos días dejo la isla.

15 de junio – Día 10

El huevo no se ha movido más y la superficie del cascarón ha comenzado a agrietarse. Hoy caminé cinco kilómetros para observar el nido de la otra dragona del oeste. Las piedras que están bajo sus dos huevos parecen arder constantemente, por lo que aún conservo esperanzas de estar haciéndolo bien. Encontré el valor de acercarme y preguntarle —en inglés— si querría adoptar el huevo. «No —me respondió, señalando con el hocico sus dos huevos—. No podría mantener calientes a los tres».

16 de junio – Día 11

El huevo ha muerto. El cascarón comenzó a desintegrarse y a oler mal. Regreso a casa mañana por la mañana. ¿Qué necesita un huevo de dragón para sobrevivir y eclosionar, aparte del calor? ¿Qué era lo que le proporcionaba la presencia de la madre? ¿Qué hacía que el huevo temblara en respuesta?

Estoy decidida a convertir este asunto en el centro de mi próximo proyecto de investigación.

14

EL DÍA DEL BAILE, anochece más temprano que nunca desde que llegamos a Bletchley. Afuera hace frío —demasiado como para que nieve— y, en las inmediaciones de la casa, las huellas de las pisadas de los dragones están cubiertas de escarcha. La chimenea del dormitorio de las chicas está encendida, y nos vestimos a la temblorosa luz anaranjada de las llamas.

—¿Quién tomó mi cepillo? —pregunta Serena desde el baño.

Por el espejo observo a Katherine, que finge no escucharla, mientras se pasa el cepillo de hueso de dragón por su rebelde melena. En el exterior se oye el crujido de la grava: no han dejado de llegar coches en toda la tarde. El vestido me queda como un guante y el satín rosado le otorga calidez a mi piel blanca. Gracias a la dracolina, mi brazo se curó por completo y el cabestrillo ha desaparecido. A mis espaldas, Dodie alarga la mano y sostiene en ella uno de mis largos rizos.

—Estás preciosa —me dice.

Ella lleva un vestido de chifón del mismo azul que sus ojos.

Serena sale del baño con el cabello alaciado. Se ajusta una tira de seda en torno a las sienes y su melena se desliza por encima, creando un efecto de una elegancia incomparable.

—El año pasado utilicé un modelo casi igual de bonito para el baile de debutantes —dice, mirándose al espejo.

—¿Qué es un baile de debutantes? —pregunta Katherine.

—Una fiesta de presentación en sociedad —dice Dodie, acercándose para ayudarle a desenganchar el cepillo de su rizada melena.

A su lado veo a Sophie con un vestido de seda color verde intenso que me recuerda al que le compraron para la ceremonia de entrega de resultados del Examen, el cual nunca llegó a ponerse.

—Toma —dice Dodie, entregándome un pedazo de tela doblado con una sonrisa tímida en el rostro—. Un regalo de Navidad adelantado. Hice uno para cada una de nosotras.

Es un pañuelo pequeño, con minúsculas lenguas de dragón rojas bordadas en los extremos.

—Dodie, es precioso.

La abrazo, y me envuelve un dulce olor a almendras; cuando la suelto, observo que tiene los dedos llenos de pinchazos.

—Tuvo que ayudarme Karim —dice, ruborizándose.

Asiento perpleja al darme cuenta de su gran esfuerzo. Las otras chicas también se le echan encima, dándole las gracias, y yo me siento en la cama para abrocharme los zapatos. Desde la sala de recreo atraviesa el sonido de la radio hacia el otro extremo del pasillo:

«El movimiento rebelde vuelve a golpear el West End de Londres y ha cobrado la vida de varios guardias de la paz —narra la voz nasal del reportero—. *Aproximadamente un centenar de rebeldes lanzó un ataque esta tarde, durante una conferencia en la Academia de Lingüística Dracónica, y se llevó cientos de documentos. Aunque no hubo víctimas civiles, se realizaron varias detenciones; sin embargo, casi todos los asaltantes fueron vistos huyendo montando dragones...»*

La noticia queda cortada y se escucha un ruido de interferencia. Recorro medio pasillo y entonces la radio vuelve a cobrar vida. Solo que la voz es diferente esta vez, profunda y suave.

«Este es un mensaje a los ciudadanos de Britania de parte de la Coalición Humanos-Dragones».

Marquis y Gideon, ambos vestidos con sus trajes, levantan la vista desde sus sillones, perplejos.

«Intervenimos esta emisión de radio con el fin de aclarar las cosas. El Gobierno acaba de informar que la Coalición lanzó un ataque contra la Academia de Lingüística Dracónica en Londres hoy mismo. Eso es mentira».

Apoyo ambas manos en la repisa de la chimenea y miro fijamente la radio.

«Esta tarde algunos miembros de la Coalición llevaron a cabo una serie de protestas frente a la Academia en respuesta a las nuevas directrices del Gobierno sobre el estudio de las lenguas dracónicas. A partir de mañana, solo los ciudadanos de Primera Clase que se hayan sometido a un intenso programa de selección del Gobierno

podrán estudiarlas, de modo que el resto de ciudadanos no podrá hablar dracónico en espacios públicos. Es una medida segregacionista como no se veía en Britania desde la firma del Acuerdo de Paz y la instauración del sistema de clases, el cual dividió cruelmente a nuestra sociedad en una serie de opuestos antinaturales: humanos contra dragones, nativos contra inmigrantes y ricos contra pobres.

»Como represalia, la Coalición se apoderó de una serie de documentos lingüísticos para impedir que el acceso a las lenguas dracónicas quede restringido a la clase gobernante. La Coalición seguirá luchando hasta que Britania quede liberada de la tiranía de una líder que gobierna en nombre de la paz, y que, sin embargo, comete injusticia tras injusticia contra humanos y dragones. Queremos recordarles a nuestros compatriotas que nunca ha sido nuestra intención acabar con el sistema. Tras la Gran Guerra, pedimos que se convocaran elecciones generales para que la reforma surgiera desde el interior del Gobierno. ¡No buscábamos un golpe de Estado, sino la democracia! No obstante, esa es una palabra que nuestra gobernante ya olvidó. El partido de Wyvernmire continúa culpando a la Coalición por las muertes causadas por esta guerra, pero no admite su responsabilidad. Pueblo de Britania, su primera ministra les está mintiendo. Dragones de Britania, su reina les está mintiendo. ¡Fuera el Acuerdo de Paz! ¡Fuera el sistema de clases! ¡Viva la Coalición!»

La voz da paso a más ruido de interferencia, luego el silencio.

—¿Segregacionismo? —repito lentamente.

Es un término que no había escuchado nunca. Me imagino a los rebeldes lanzándose contra Londres montando dragones y robando documentos de la Academia. ¿De verdad el Gobierno teme tanto la rebelión que decidió limitar el estudio de las lenguas dracónicas? El miedo me atenaza el corazón. ¿Qué ocurrirá cuando vuelva a casa? ¿Se me negará el acceso a la universidad porque no soy de Primera Clase?

—Pues lo hizo de manera muy discreta, ¿no? —dice Marquis, cabizbajo.

Se refiere a Wyvernmire... y no se equivoca. El proceso de selección que sufrimos mi familia y yo cuando solicité el ingreso para estudiar Lenguas Dracónicas se mantuvo en secreto, y ahora Wyvernmire ha ampliado esas restricciones a todo el país sin decir una palabra a nadie. ¿Limitar el estudio del dracónico? ¿Por qué iba a hacer algo así precisamente la mujer que se mostró tan impresionada de mi dominio de las lenguas?

—Uno de los pasos más importantes en un golpe de Estado es obtener el control de los medios —dice Gideon, inclinando el cuerpo hacia delante—. Esos rebeldes están intentando hacer que la gente crea que no han cometido ningún delito.

—¿O sea que tú no crees que Wyvernmire esté restringiendo el acceso a las lenguas dracónicas? —pregunto, esperanzada.

Gideon se encoge de hombros.

—Cuanto más puedan comunicarse los humanos y los dragones rebeldes, más oportunidades tendrán de ganar la guerra. Así que podría ser. —Me mira directamente a los ojos—. Tal como dije, apuesto a que a los dragones rebeldes ahora mismo no les importa que los humanos aprendan sus idiomas, si van a acabar con todos nosotros cuando…

—¿Ya estás diciendo tonterías otra vez, Gideon?

Atlas está apoyado contra el marco de la puerta, vestido con un traje rojo y corbata negra. Lleva una barba de tres días y es la primera vez que lo veo sin el alzacuellos. Me guiña un ojo y mira fijamente mi vestido. Me llevo las manos al cabello, para alisármelo, antes de siquiera poder controlarlas.

—No son tonterías —replica Gideon, airado—. ¿Por qué crees que Wyvernmire los está combatiendo con tanto empeño? Nos está protegiendo de la naturaleza bestial de los dragones, de lo que sucedió en Bulgaria…

—Lo que sucedió en Bulgaria fue la venganza de cientos de dragones furiosos en respuesta a la colonización de su comunidad, a los combates de dragones organizados como espectáculo y al secuestro masivo de huevos y crías.

—¿Insinúas que los humanos de Bulgaria merecían ser asesinados? —pregunta Gideon, frunciendo los párpados.

Me giro de golpe hacia Atlas.

—Lo que estoy diciendo —responde Atlas, remarcando las palabras— es que cuando oprimes a una comunidad durante siglos, no puedes sorprenderte de que se subleve de pronto.

—Pero nosotros no estamos oprimiendo a los dragones —digo yo—. Adoptaron el Acuerdo de Paz. La misma reina de los dragones lo firmó. Ella…

—La reina de los dragones lo firmó —concede Atlas—, pero los miles de dragones de Britania no. Es lo mismo que decir que

Wyvernmire habla por todos los individuos de este país. —Me mira fijamente—. No sé tú, pero yo no recuerdo haber dado mi consentimiento para ese tal Acuerdo de Paz.

Marquis me lanza una mirada incómoda y me doy cuenta de que están esperando mi respuesta. Pienso en lo que me dijo Wyvernmire cuando hablé con ella en la cárcel de Highfall, sobre confiar el estudio de las lenguas dracónicas solo a ciudadanos que el Gobierno considere leales, y se me encoge el corazón. El informe de los rebeldes debe de ser verdadero. La propia Wyvernmire dijo que teme que el dominio de los idiomas potencie la colaboración entre los dragones y los humanos rebeldes. Probablemente era justo en eso en lo que estaban implicados mis padres.

—Debe de ser parte de la estrategia de Wyvernmire —decido—. Y una vez hayamos ganado la guerra, todo volverá a la normalidad y la gente podrá volver a estudiar lenguas dracónicas otra vez.

Por la mirada que me dedica Atlas, tengo la impresión de que se compadece de mí.

Cuando llegan los demás, Owen nos conduce por los oscuros pasillos a un ala del edificio en el que no había estado. Al fondo escucho voces y risas, y al final llegamos a una puerta por debajo de la cual se filtra la luz. Owen la abre y nos cede el paso al estruendo.

Ante nosotros se despliega la pista de baile, un mar de cuerpos, colores y brillos bajo unos enormes candelabros de cristal. Los altos techos con molduras se elevan sobre las chimeneas de mármol y un gran espejo refleja la escena: hacía meses que no veía tanta gente junta. Un grupo de mujeres con vestidos decorados con cuentas exclaman, boquiabiertas, al ver a un mayordomo subido en una escalerilla que vierte champán sobre una pirámide de copas, y luego sueltan un *ooh* al ver la cascada de champán que va llenándolas. Hay un gigantesco árbol de Navidad decorado con velas y guirnaldas, una pequeña orquesta y una cantante con un arpa. Su voz abarca hasta el último rincón de la sala, lánguida y seductora. En cuanto entramos, vemos cabezas girándose hacia nosotros y de pronto noto a Marquis pegado a mí.

La doctora Seymour se acerca a nosotros, ataviada con un largo vestido rojo. Se ve guapísima. Los otros dos jefes de equipo también se aproximan y nos invitan a entrar, luego Lumens se lleva a Atlas y a Dodie para presentarles a un hombre alto y de aspecto importante.

—No sean tímidos —nos dice la doctora Seymour a Marquis y a mí—. Todas estas personas están impacientes por conocerlos.

Lanzo una mirada a mi primo y en su rostro veo reflejada mi misma confusión. *¿Impacientes por conocernos?* Sigo a la doctora Seymour, midiendo cada movimiento que hago, y cuando me ofrecen una copa de champán, la tomo de la bandeja a toda prisa, desesperada por ocuparme en algo.

—¿Quiénes son todas estas personas? —le pregunto a la doctora Seymour, mientras le doy un sorbo a mi copa.

Veo que Sophie y Serena son reclamadas por un grupo de jóvenes sonrientes, y que una señora anciana se lleva a Karim hacia las luces del árbol de Navidad, para presumirlo con sus amigas como un trofeo.

—Gente que financia la campaña bélica con sus aportaciones —responde la doctora Seymour, después de pensarlo un poco—. Ese hombre de bigote que habla con Knott es el ministro de Defensa alemán. La mujer con el vestido plateado de seda es nuestra ministra de Educación. —La doctora Seymour hace una pausa—. Y esa mujer de allí es la rectora de la Academia de Lingüística Dracónica.

Miro hacia el lugar que señala la doctora Seymour y contengo una exclamación. Junto al piano de media cola, con el cabello perfectamente recogido en un chongo y los dedos cubiertos de anillos, está la doctora Hollingsworth. Le pongo una mano en el brazo a Marquis y veo que de pronto está rojo de rabia.

—No puedes —le advierto, porque ya sé lo que está pensando.

Esa es la mujer que ordenó la detención de nuestros padres. La mujer que fingió ser nuestra amiga antes de sentenciarlos a muerte. La doctora Seymour nos observa a los dos, extrañada.

—¿La conocen?

—No es la primera vez que nos la encontramos —respondo muy seria—. Doctora Seymour, ¿ha oído la...?

—¿La interferencia por la radio? —Baja la voz y asiente—. Si lo que dice la Coalición es cierto, esa mujer debe de ser la máxima responsable de la prohibición del estudio de las lenguas dracónicas.

Una parte de mí quiere ir a donde está y preguntarle por qué decidió ponerse en contra de todo lo que ha construido con tanto trabajo. El aprendizaje de idiomas —y la traducción, en especial— se relaciona con dar voz a la gente, a especies y a países, abriéndolos al mundo. No aprender más que lenguas humanas sería encerrarnos en nosotros mismos, sería como borrar a los dragones y su historia de la faz de la Tierra.

A nuestro lado pasa Ravensloe, acompañado de un joven muy pálido.

—En Oxford no tenemos mucho tiempo para seguir las noticias —dice el joven, hablando muy despacio—. Pero esa maldita Coalición es la comidilla entre los estudiantes.

—¿Conoce, por supuesto, la figura del uroboros, el antiguo símbolo griego que muestra a un dragón comiéndose la cola? —responde Ravensloe—. Pues ojalá los dragones rebeldes hicieran lo mismo. Si en lugar de ir por la cola del vecino se dieran la vuelta y fueran por la propia, por fin conquistaríamos la paz.

Pasan de largo y desaparecen entre sonoras carcajadas.

—¿Marquis Featherswallow?

Nos giramos y nos encontramos con un hombre de larga melena rizada que lleva un bastón negro. Nos mira y sonríe.

—Trabajas en Aviación, ¿verdad?

El hombre tiene un acento idéntico al de mamá.

—Me temo que no se nos permite hablar de ello... —responde Marquis, pero el hombre se echa a reír y hace un gesto para que se acerque.

—Yo también estoy al día de los secretos de la primera ministra —dice el hombre, guiñándole el ojo—. Me interesaría saber más sobre tu trabajo...

Marquis me lanza una mirada de impotencia; el hombre le rodea los hombros con el brazo y se lo lleva a la barra. Me quedo sola con la doctora Seymour y de pronto recuerdo a detalle nuestra última conversación. Insistir ahora en el tema del dracovol sería de mala educación y, quizás, aún más humillante para ella una vez pasada la emoción de los descubrimientos que propició la situación.

—Doctora Seymour, lamento...

—Ah, Dolores —dice una voz—. Qué alegría verte aquí.

Se acerca a nosotros un hombre con dos mujeres, una en cada brazo.

—No te veo desde los años de la universidad. Permíteme que te presente a mi esposa, Iris, y a mi hermana, Penelope.

Ambas mujeres tienen la nariz respingada y la piel blanca. No habría podido adivinar quién es quién.

—Encantada —dice la doctora Seymour—. Vivien, él es lord Rushby, conde de Fife. Rushby, ella es uno de mis fichajes de mayor talento, Vivien Featherswallow.

Asiento a modo de saludo y observo que Gideon me está observando desde el grupo de al lado. La doctora Seymour sigue elogiándome y a él se le van enrojeciendo las orejas conforme la escucha. Le doy otro trago al champán. Mi copa ya está prácticamente vacía.

Lord Rushby me observa con curiosidad.

—Todo el mundo parece estar interesadísimo por el trabajo que desarrollan aquí, en Bletchley, y sin embargo da la impresión de que solo pueden hablar de él con un puñado de escogidos.

Es joven, guapo y elegante.

—Es una precaución necesaria —respondo sonriendo—. Para proteger la campaña de guerra.

El conde se gira hacia la mujer que se encuentra a su derecha.

—Dolores y yo estudiamos juntos en el Departamento de Dragones, querida. Ella siempre sacaba mejores calificaciones que yo, claro. Era la preferida del profesor.

Todos se ríen y veo que la doctora Seymour toma con muy buen humor la sugerencia de que sus buenas calificaciones fueran producto de un mero favoritismo.

—Vaya, reunieron a una buena comitiva —añade, con gesto aburrido—. Parece que mucha gente ha cruzado el país para venir y demostrar su espíritu… navideño.

Me mira de soslayo, como si esperara que entendiera el significado oculto tras sus palabras. ¿Por qué da la impresión de que todos los visitantes tienen una idea precisa de lo que ocurre en Bletchley Park?

—A decir verdad —respondo, porque parece que debo decir algo—, ya me había olvidado por completo de la Navidad.

—Por supuesto —responde Rushby, sonriendo, tomando otra copa de champán de una bandeja y ofreciéndomela—. Han trabajado mucho. Pero hay que mantener los ánimos, incluso en plena guerra. La presencia del ministro de Defensa alemán y de ese refugiado búlgaro…

—¡El último sobreviviente de la familia real búlgara! —exclama Penelope.

—… es, por supuesto, pura coincidencia.

—He oído que el Acuerdo de Paz alemán está en las últimas —comenta Iris.

Me giro para mirar a la doctora Seymour, pero ella se muestra absolutamente indiferente. Suena música de violines y le doy otro sorbo al champán. Comienzo a sentir el cuerpo deliciosamente ligero y cálido. Contemplo las doradas burbujas de la copa.

—¿No es aburrido —plantea Iris a la doctora Seymour— tener que ver a toda esa gente hablando de la aburrida guerra y de cómo afecta sus aburridas vidas?

—Tu marido nos distraerá, estoy segura —dice Penelope, jalando del brazo a Rushby como si fuera una niña—. Cuéntanos una de tus apasionantes historias.

Contengo un suspiro y observo que la doctora Seymour también está comenzando a distraerse. Pasea la mirada por la sala, quizá buscando a alguien —a cualquiera— más interesante con quien platicar. Espero que lo localice pronto.

—Pues ahí va una —dice Rushby—. Los rebeldes tomaron Eigg. Es oficial.

La doctora Seymour se gira de golpe hacia nuestro grupo.

—¿Estás seguro? —dice—. No he escuchado ningún informe al respecto.

—No es algo de lo que el Gobierno quiera que se charle en el mercado, querida —responde el conde, sin inmutarse—. Pero sus dragones tomaron la isla y se rumora que su próximo objetivo será Canna.

Eigg. Canna. Las islas mencionadas en la carta de la doctora Seymour. Si son propiedad del Gobierno y están relacionadas con el estudio sobre ecolocalización que le encomendó Ravensloe a la doctora Seymour, ¿cómo es que no lo sabía?

—¿Qué interés pueden tener en Canna? —dice Iris—. Es un lugar horrendo.

—¿Horrendo? —pregunto yo al ver que la doctora Seymour no responde—. ¿Por qué?

—Quizá para nosotros, pero no tanto para los dragones.

Lord Rushby suelta una carcajada y extrae un grueso puro del bolsillo.

—Oh, querido hermano —dice Penelope, retorciéndose un mechón de cabello con el dedo—. No creo que Vivien te haya entendido.

—¿No? —pregunta Rushby, desconcertado. Le lanza una mirada a la doctora Seymour—. Pensé que era algo bien sabido en estos círculos.

La doctora Seymour niega con la cabeza y la sonrisa de lord Rushby se torna más amplia.

—Para los dragones de Britania, Canna es como un bufé gratuito de carne humana.

Lo miro fijamente mientras mi mente repasa una y otra vez sus palabras intentando convertirlas en algo que tenga sentido.

—Vamos, querido, vas a alarmar a la chica —le advierte Iris.

Rushby la ignora y enciende el puro.

—Por eso me resulta incomprensible que haya dragones entre los rebeldes. Esas criaturas poseen todo lo que podrían necesitar y aun así se quejan.

Penelope frunce los labios y menea la cabeza. Me siento como una tonta, pero no me importa. Debo preguntar.

—Lord Rushby, ¿qué quiere decir con carne humana?

—Canna es el lugar al que envían a los delincuentes juveniles —dice Rushby y luego da una calada a su puro—. Como la ley establece que los menores no pueden ser ejecutados, y con el hacinamiento de las cárceles que provocó la llegada de inmigrantes de Bulgaria tras la Masacre, el Gobierno debía hacer algo con ellos.

El ruido que me rodea se convierte en un murmullo sordo. Solo escucho la voz de Rushby.

—Así que, en lugar de llenar las cárceles, nuestro antiguo primer ministro encontró una mejor solución al problema.

—Los delincuentes que no han cumplido los dieciocho años de edad son enviados a Canna para que sirvan de alimento a los dragones —dice Penelope, aparentemente horrorizada—. ¿No es terrible?

—Durante un tiempo funcionó —prosigue Rushby, sin inmutarse ante mi expresión de perplejidad—. Pero ahora los mocosos han comenzado a encontrar formas de sobrevivir —añade con un bufido—. Imagínate: niños de apenas siete años ganándoles la partida a los dragones.

—Depredadores engañados por sus presas —añade Iris con un suspiro.

—Pero… ¿cómo permiten eso? —exclamo.

—¡Está en el Acuerdo de Paz, querida! —responde Penelope—. En una cláusula añadida *a posteriori* para compensar a los dragones por tener que compartir el espacio aéreo con nuestros aviones.

Dejo la copa y siento que la sala gira a mi alrededor. De pronto recuerdo la protesta de Fitzrovia, las manchas de sangre en mi dosier, el rostro de la muchacha muerta. El estómago me da vueltas. Casi puedo escuchar las voces de los manifestantes gritando por encima de la melodía de los violines.

¡El Acuerdo de Paz está corrupto!

—¡Mira, ya la asustaste! —dice Iris.

La doctora Seymour me tiende una mano, pero yo doy un paso atrás y choco con alguien. Noto unos labios junto a mi oído.

—Vamos a tomar un poco de aire, ¿sí? —propone Atlas.

Me conduce al otro extremo de la sala y salimos al pasillo. Cierra la puerta a nuestras espaldas y el ruido desaparece. Mi voz apaga el silencio del pasillo.

—¡Una isla llena de niños! —estallo—. Enviados para que sean comida de los dragones. El conde de Fife me lo acaba de decir. ¡Y se rio al contarlo!

Owen, que monta guardia en la puerta, se gira como si no pudiera oírnos.

—El objetivo del Acuerdo de Paz es que los humanos y los dragones no se aniquilen entre sí —añado, caminando de arriba abajo. Mis mejillas están encendidas y tengo la impresión de que, si me detengo, voy a vomitar—. Pero si existe una cláusula que lo estipula, quiere decir que Wyvernmire lo sabe. ¡Que lo aprueba! Y la doctora Seymour... —Me giro y fijo la vista en la puerta cerrada del salón de baile—. Ella también debe de saberlo.

Atlas me mira con las manos en los bolsillos. Prácticamente estoy sin aliento.

—¿Tú lo sabías?

—Sí —dice sin alterarse—. Pero solo porque he oído los rumores. Esa cláusula no está incluida en la versión del Acuerdo de Paz disponible para el público, solo aparece en las copias del Gobierno.

—Pero está ahí, negro sobre blanco, ¿no? —replico, furiosa—. Los dragones tienen permitido comerse a los niños humanos a cambio de compartir el espacio aéreo.

Atlas menea la cabeza.

—Creo que dice algo así como: *A discreción del Gobierno, se concederán derechos de caza extraordinarios a los dragones de Britania, solo en la isla de Canna.*

—«Derechos de caza extraordinarios» —repito con un bufido—. Desde luego, eso sí que es hablar en código.

Atlas se contiene para no sonreír.

—¡No es divertido! —exclamo—. Atlas, eso significa que los rebeldes tienen razón en una cosa... —La cabeza me da vueltas—. El Acuerdo de Paz está corrupto. Yo pensaba que los dragones eran buenos...

—No son todos los dragones —dice Atlas—. La Coalición busca una paz verdadera entre las especies, no este acuerdo falso e interesado que se ha inventado la élite.

Me doy cuenta de que se ha radicalizado. Las mentiras de los rebeldes han hecho mella en él.

—No es la paz lo que buscan los rebeldes —digo yo—. Es la anarquía.

—Ven —dice Atlas, lanzando una mirada a Owen—. Vamos a algún lugar más privado.

Asiento y lo sigo por el pasillo. Me duele la cabeza, el champán me dejó la boca seca. ¿Qué habría sido de mí después de liberar a Chumana si Wyvernmire no me hubiera ofrecido un trabajo en Bletchley? ¿Me habrían enviado a Canna, como un cerdo al matadero? Paseamos por esa ala de la casa, desconocida para mí, junto a paredes cubiertas de antiguos retratos y tapices.

—Piensa en el sistema de clases —digo, decidida a demostrarle que se equivoca—: puede parecer estricto, pero ofrece la oportunidad de mejorar. Solo que a los rebeldes eso no les interesa. Al contrario, han declarado la guerra y se han puesto a matar a gente inocente.

Atlas suspira.

—La Coalición no tuvo alternativa. Wyvernmire ha ido extendiendo propaganda negativa sobre ellos desde hace años; basta con mirar a quién tiene al lado. El ministro de Defensa alemán, un nacionalista de derecha; el último príncipe de Bulgaria, un orgulloso defensor de las peleas de dragones, y unos viejos lords ingleses que prefieren matar a delincuentes menores de edad que a reescribir el Acuerdo de Paz.

—¡Por eso deberían rendirse los rebeldes! —exclamo yo—. No son más que insurgentes radicales, una voz misteriosa en la radio y unos cuantos dragones que, por algún motivo, se creen víctimas de una injusticia. —Levanto la mano justo en el momento en que Atlas abre la boca para intentar rebatirme—. Y no me hables de los combates de dragones —añado, elevando el tono—. En Britania están prohibidos gracias al Acuerdo de Paz.

—Pero los dragones siguen sufriendo —dice Atlas—. La industrialización los está expulsando de la tierra y de los cielos, estamos invadiendo sus territorios de caza y ni siquiera se les considera miembros de la sociedad. La gente o los odia o les tiene miedo. Antes del Acuerdo de Paz, los dragones vivían entre nosotros. Eran académicos, políticos, propietarios de terrenos… Ahora solo trabajan como obreros o como un castigo por sus delitos.

Me paro junto a un tapiz que muestra a un guiverno bajado del cielo por unos hombres que jalan unas sogas.

—Britania, y eso significa Wyvernmire, es el único lugar de Europa que ha mantenido una alianza duradera con los dragones. Siempre los hemos escuchado, hemos negociado con ellos… Por eso es tan famoso nuestro Acuerdo de Paz. Por supuesto, la primera ministra quiere defenderlo, porque busca lo mejor para nosotros…

—Irlanda del Norte y el Estado Libre de Irlanda también tienen sus Acuerdos de Paz —replica Atlas—. Si no quieren el nuestro, es por algo.

Lo miro fijamente, parpadeo y él vuelve a suspirar.

—Cuando era pequeño, mis primos vivían en una región del este con muchas fábricas de acero —dice.

Me apoyo contra la pared y él se detiene a mi lado, con cuidado de no pisarme el bajo del vestido.

—La gente hablaba harpentesa antes que inglés, pues convivía todo el tiempo con los dragones que trabajaban en las fundiciones. Su primer idioma era una lengua dracónica; sin embargo, ahora tendrán que utilizar el inglés para comunicarse con los dragones.

Es la primera vez que escucho sobre alguien de Tercera Clase capaz de hablar una lengua dracónica.

Hace unas semanas no le habría dado ninguna importancia al hecho de que las lenguas dracónicas quedaran fuera del alcance de la Tercera Clase, porque, de cualquier modo, tampoco pueden acceder a la universidad. Sin embargo, los primos de Tercera Clase de Atlas sabían hablar harpentesa antes incluso de que yo supiera lo que era. Y es ahora, cuando van a prohibir el estudio de las lenguas dracónicas a la Segunda Clase, es decir, a gente como yo, cuando me importa.

—Una vez hice un viaje con el lord para el que trabajaba —dice Atlas—. Ya estaba en vigor la ley de cierre de fronteras, pero teníamos un permiso especial. Fuimos a una feria de caballos en Francia, a las afueras de París. Nuestro guía era un dragón. Me enseñó algo de drageoir y cómo hacer fuego con un trozo de sílex y un pedernal. Cuando fuimos a desayunar y a tomar café, se sentó en el tejado de una *boulangerie* y pidió un tazón de coñac. Y nadie pestañeó siquiera. Dime si ese no es un mundo mejor en el cual vivir. Un mundo en el que humanos y dragones viven juntos y…

De pronto, se abre una puerta en el otro extremo del pasillo y sale un guardia. El corazón se me paraliza enseguida.

Es Ralph.

Lleva el casco bajo el brazo y observo que tiene una herida en el puente de la nariz. Se gira, dándonos la espalda, y va en dirección al salón de baile. Ambos miramos fijamente la escena, escuchando el eco de sus pisadas, hasta que da la vuelta llegando a la esquina. Me acerco a la puerta más próxima y busco la manija a tientas. La abro y agarro a Atlas del saco, arrastrándolo conmigo.

—Apuesto a que está furioso por no haber sido invitado al baile —dice Atlas, con una sonrisa burlona, mientras yo cierro la puerta haciendo el mínimo ruido posible.

Estamos al pie de una escalera estrecha. Atlas sube y yo lo sigo. Llegamos a otro salón con altas ventanas cubiertas con cortinas opacas. A ambos lados hay estatuas blancas sobre unos pedestales de piedra y unas pequeñas figuras de dragones nos observan desde las repisas de las ventanas. Yo continúo pensando en el dragón que bebía coñac.

—¿Qué dices, Featherswallow?

Miro fijamente una estatua con la imagen de dos dragones en posición romántica, con los cuerpos entrelazados.

—¿Hmm?

—Recibí tu última nota… y dejé mi respuesta.

Me mira a través de sus pobladas pestañas y yo siento que mi piel se enciende.

—Entonces ya la leeré.

—Mientras tanto, ¿puedo darte otra cosa?

El gesto solemne con que me mira me hace sonreír.

—¿Qué tipo de cosa? —bromeo.

Abre la palma de la mano. En el centro reposa una minúscula golondrina de madera colgando de una cinta trenzada que acaba en dos cierres metálicos. De pronto recuerdo haberlo visto tallando un trozo de madera en la sala de recreo.

—Yo… ¿esto lo hiciste tú?

Atlas asiente.

—¿Puedo?

Me giro, levantándome el cabello, y Atlas coloca la cinta en mi cuello. La golondrina queda en el mismo lugar que ocupaba mi pase de clase, solo que es tan pequeña que se oculta entre mis pechos.

—Para que siempre recuerdes quién eres —me susurra Atlas al oído.

Las golondrinas eran originalmente dragones que podían hablar en todos los idiomas del mundo. Sin embargo, aquello era un lastre para ellos, pues eran capaces de empatizar con cientos de historias.

No sé qué decir. Es un gesto tan dulce que siento que me ruborizo y, horrorizada, constato que se me llenan los ojos de lágrimas. Respiro hondo.

—Atlas, yo…

—Te reto a una carrera hasta ese huevo gigante.

Lanzo una mirada al salón en penumbra, agradeciendo que haya cambiado de tema. En el otro extremo sobresale un enorme huevo plateado.

—Tú ya habías estado aquí antes, ¿verdad?

Se encoge de hombros.

—El despacho de Wyvernmire está cerca y me gusta ver lo que hace.

Entonces, sin previo aviso, se echa a correr.

Se me escapa la risa al verlo. Me gustaría seguirlo, pero mis zapatos de tacón son peligrosamente altos.

Oh, al demonio con los zapatos.

Corro tras él lo más rápido que me atrevo. Justo cuando extiende el brazo para tocar el huevo, lo jalo del saco y se inclina hacia atrás, tropezando con mi pie. Pierdo el equilibrio y ambos caemos al suelo, sin aliento, con las narices pegadas a la base del huevo plateado.

—¡Hiciste trampa! —exclama, frotándose la rodilla.

Me siento, veo mi sonrisa reflejada en sus ojos y me dejo caer atrás. El techo gira sobre mí y acabo riéndome tan fuerte que no puedo respirar.

—Tú saliste antes —protesto, con la voz entrecortada.

Se me ha soltado el pasador, así que me lo quito y el cabello cae sobre mis hombros. Atlas se gira para mirarme, apoyando un codo en el suelo y la cabeza en la mano.

—¿Sabes qué es lo que creo? —dice con una mueca burlona.

—¿Qué?

—Creo que es la primera vez que te veo reír.

—Y yo creo que es la primera vez que te veo perder —digo yo con un gesto de suficiencia.

—No perdí —replica con un bufido—. Habría llegado primero si no hubieras recurrido al sabotaje.

—Soy más rápida que tú —respondo—. Tú sabías que el huevo de dragón estaba aquí antes de que entráramos por la puerta, así que el único tramposo eres tú.

Tiene una pelusa del traje pegada a la incipiente barba. Se la retiro y él sigue mis dedos con la mirada; luego fija la vista en la cinta que rodea mi cuello.

—¿Por qué siempre has querido ser traductora de lenguas dracónicas?

La pregunta es repentina, pero es evidente que lleva queriendo hacérmela desde hace tiempo.

—Mi mamá me habla en búlgaro. Y yo creo que, una vez que aprendes dos idiomas, quieres aprenderlos todos. —Levanto la vista al techo otra vez, intentando no pensar en que su rostro se encuentra a escasos centímetros del mío—. Las lenguas dracónicas, y los dragones, siempre me han fascinado. Comencé a prepararme para la universidad cuando tenía doce años.

—He escuchado que las universidades se han vuelto muy estrictas con respecto a quien admiten. Debes de haber trabajado muy duro.

Vuelvo a asentir.

—Estudiábamos a todas horas.

—*¿Estudiábamos?*

—Sophie y yo.

—Sophie me dijo que reprobó el Examen —dice—. Yo también.

Eso ya lo sabía. Si Atlas hubiera aprobado, habría ascendido a Segunda Clase.

—No nos dieron tiempo para estudiar —dice Atlas—. Simplemente llegamos un día a la escuela y nos pusieron delante el Examen.

—¿Qué? ¿Por qué?

Atlas se encoge de hombros.

—Nunca teníamos suficientes profesores y debían de hacerlo en un momento en que contaran con suficientes examinadores, así que no hubo tiempo para avisarnos con antelación. —Frunce el ceño y apoya la cabeza en el suelo, junto a la mía—. O eso nos dijeron.

—Bueno, entonces no es de extrañar que reprobaras —observo, enojada. Pienso en los meses que dediqué al estudio, en el montón de libros de texto que tenía sobre el escritorio. Me quejaba constantemente, pero al menos tuve la oportunidad de prepararme.

—Oh, no lo sé —dice él—. Probablemente habría reprobado de cualquier modo. Yo no soy como tú, Featherswallow.

—¿Como yo?

—Ya sabes… estudiosa.

Pongo los ojos en blanco y me río.

—Ojalá pudiera verme tal como tú me ves. «Empática, estudiosa…»

—¿Increíblemente guapa? —añade Atlas con timidez.

Yo mantengo la vista fija en el techo, pero noto que mis mejillas se encienden. ¿Cuánto champán habrá bebido? Quiero mirarlo a la cara, pero de pronto me siento algo aterrada.

Atlas se aclara la garganta.

—Perdón —dice—. Eso fue…

—¡No! —respondo con más énfasis del que me hubiera gustado. Me giro de lado, situándome frente a él—. No… pasa nada.

Estamos tan cerca que puedo contar las pecas que tiene bajo el ojo. Su aliento cosquillea en mi mejilla. Abre ligeramente los labios, como si fuera a susurrar algo. Su mano encuentra mi cadera y se inclina sobre mí. Siento su calor sobre el vestido. Nuestros rostros se acercan y su boca queda justo encima de la mía…

Atlas se echa atrás.

—Lo siento —dice—. No puedo.

El corazón se me dispara y tengo que esforzarme para no atraerlo de nuevo hacia mí.

De pronto, se pone muy serio. Parece confundido, hasta enojado.

—¿Qué ocurre? —susurro.

Levanto la cabeza y me siento en el suelo. ¿Por qué no me besó?

—No es que no quiera hacerlo —dice.

Intento sonreír, pero solo puedo tensar la boca en una mueca de dolor.

—Es por mi… vocación.

¿Su qué?

—Religiosa.

—Oh.

—Los sacerdotes no… no deben…

—Está bien —digo con el rostro encendido—. Lo sé.

¿Cómo pude ser tan tonta? Los curas hacen voto de castidad… Todo el mundo lo sabe.

—Siempre se me olvida… que eres cura.

—Seminarista.

Esta vez la rectificación no me hace sonreír.

—¿Así que no puedes ni siquiera... besar?

No puedo creer que le esté preguntando eso. Debo de parecerle una desesperada. Ojalá pudiera retirar mis palabras.

—No si realmente estoy llamado al sacerdocio —dice Atlas.

Miro fijamente el huevo de dragón que se encuentra detrás de él. Podríamos estar besándonos debajo, pero en lugar de eso está presenciando el momento más humillante de mi existencia.

—¿Y de verdad crees que Dios te está diciendo que debes ser cura y no enamorarte nunca? —le espeto, sin pensar.

—Por supuesto que quiere que me enamore —dice Atlas—. Solo que no de esta manera. Yo diría que todos queremos de maneras diferentes. Para algunos, el amor puede ir dirigido a otra persona. O podría ser a la enseñanza, a la medicina, al arte o... a los idiomas —añade, señalándome con un gesto de la cabeza—. Pero para mí es el sacerdocio.

Me encantan los idiomas, pero nunca me he planteado que eso sea una especie de amor. Los idiomas son prácticos, cuantificables, traducibles... Todo lo que no es el amor.

—Pero ¿cómo puedes estar tan seguro? —insisto—. ¿Cómo saber a qué estás destinado?

Él se pasa una mano por el cabello y duda un momento.

—Yo... no lo sé —dice en voz baja.

Me pongo de pie, deseando no haberle hecho esa pregunta.

—Deberíamos volver. Antes de que se den cuenta de que no estamos.

Atlas asiente. Me dedica una larga mirada triste y siento que preferiría estar lo más lejos posible de él. De pronto escucho un ruido a mis espaldas que me hace dar un brinco. Una de las pesadas cortinas opacas se había caído.

—Deberíamos acomodarla en su lugar —propongo. El salón está en penumbras, pero aun así las luces de las lámparas de gas podrían verse desde el cielo—. Ayúdame.

Me subo a la repisa de la ventana y Atlas me sostiene la cortina. Encuentro el enganche y vuelvo a colgarla. ¿Y si ocurriera en alguna otra parte de la casa? ¿Y si los rebeldes sobrevuelan el lugar y ven...?

Permanezco inmóvil. Abajo, en el patio, veo una minúscula luz naranja.

Alguien está fumando ahí fuera.

—¿Ya quedó? —pregunta Atlas.

Pego el rostro al cristal. Solo estamos en un primer piso y la luna emite una luz intensa. Distingo la silueta de una mujer envuelta en un abrigo de piel, y un brillo plateado entre sus dedos mientras fuma.

La doctora Hollingsworth.

Solo de verla me lleno de rabia. Fumar fue la excusa que utilizó para hurgar en el estudio de papá y mamá hasta encontrar pruebas para incriminarlos.

Pruebas que me aseguré de que acabaran quemadas.

Apuesto a que eso no te lo esperabas. ¿Verdad, maldita vieja?

—¿Qué estás haciendo? —dice Atlas a mis espaldas.

Mi mente vuela hasta aquella horrible noche en la que estábamos sentados comiendo nuestros pierogis, ajenos al hecho de que la vida, tal como la conocíamos, iba a acabarse de pronto.

Doctora Featherswallow, si los dragones hablaran en dialectos regionales, sin duda los habríamos oído.

¿Y qué era lo que había dicho mamá?

Podrían no ser dialectos regionales. Podrían ser…

Hollingsworth no le permitió concluir la frase. Observo el humo que se eleva sobre su cabeza. Mamá quería explicarle su teoría sobre los dialectos de los dragones. Estaba tan desesperada por hacerlo que había enviado su investigación a la Academia varias veces, sin obtener respuesta. Hollingsworth debió de leer el estudio personalmente. Sabía con precisión qué era lo que mamá estaba intentando demostrar, pero el Gobierno ya sospechaba que era una rebelde. Y si la Academia y Wyvernmire tenían pensado limitar el aprendizaje de las lenguas dracónicas, por supuesto que no iban a publicar el trabajo de mamá.

Sin embargo, si Hollingsworth tiene una copia de la investigación de mamá, podría pedirle que me permitiera verla. Ese estudio sobre los dialectos dracónicos podría ayudarme con mi teoría de que la ecolocalización también posee dialectos.

Mamá podría ayudarme a descifrar el código.

Fijo el último enganche de la cortina y doy un paso atrás. El tacón de mi zapato se apoya en el aire y caigo encima de Atlas, quien me sostiene de la cintura justo en el momento en que estoy a punto de pegarle en la nariz con la cabeza. Mi espalda queda apoyada en su pecho, y así me baja al suelo, rodeándome con sus brazos.

—Esos zapatos son más peligrosos que las llamas de un dragón —susurra, con la boca entre mi pelo.

Me separo y emprendemos el regreso al salón de baile en silencio. Cuando Atlas intenta tomarme de la mano, finjo que no me doy cuenta. Entro en el salón y al instante Marquis me mira desde el otro extremo. Cuando ve que llevo la melena suelta y que Atlas aparece en el umbral detrás de mí, esboza una sonrisa burlona. Yo decido ignorarlo y recorro la estancia con la mirada. Hollingsworth también ha regresado y está hablando con un hombre delgado junto a la mesa de las bebidas. Camino directo hacia ella y la sonrisa de Marquis se esfuma de golpe.

—Siento interrumpir —digo en voz alta.

El hombre clava su mirada en mí, sorprendido, y Hollingsworth se da media vuelta.

—Vivien —exclama sonriendo—. Cuánto me alegro de volver a verte.

La miro fijamente, muy seria.

—¿Quieres disculparme, Henry? —le dice a su amigo.

El hombre asiente con un gesto de la cabeza, me mira intrigado y se marcha. Hollingsworth permanece observándome, expectante.

—¿Y bien? ¿Cómo va tu estancia en Bletchley?

—¿Quiere decir que cómo va mi vida desde que metió a mis padres en la cárcel y arruinó mi futuro?

Hollingsworth chasquea la lengua y le da un sorbo a su champán, dejando una mancha de labial rojo en el borde de la copa.

—Ya hemos hablado de esto, Vivien. Los únicos culpables de la detención de tus padres son ellos mismos. Y, si no estoy equivocada, fuiste tú quien arruinó su propio futuro violando el arresto domiciliario para liberar a una dragona asesina. ¿No es así?

Siento que mis mejillas se encienden. Tiene razón. Podría haberme quedado en casa con Ursa. Si lo hubiera hecho, sería únicamente la desgraciada hija de unos criminales. No una criminal.

—A usted nunca le interesó el trabajo de mi mamá. Cuando presenté mi solicitud para entrar en la universidad, pensaron que mis padres podrían ser una amenaza potencial y Wyvernmire la envió a espiarnos para descubrir si eran rebeldes.

—Sí, admito que es verdad —reconoce Hollingsworth—. Pero también tenía mis motivos. Tu mamá es interesante, por supuesto, pero eras tú la que me intrigaba. Las facultades envían las solicitudes que reciben para estudiar lenguas dracónicas a la Academia, y la tuya me impresionó. No había conocido nunca a nadie de tu edad que hablara tantas lenguas dracónicas.

Intento mantener el gesto hostil, pero no puedo disimular mi asombro.

—Tenía toda la intención de invitarte a mi programa de prácticas —añade Hollingsworth—. Pero nuestra primera ministra tenía otras ideas. Decidió que te quería aquí. Y me enviaron a que te reclutara, no para mi programa, sino para el DDCD.

Miro a mi alrededor, nerviosa. De modo que Hollingsworth también debe de haber firmado un compromiso de confidencialidad.

—¿Así que Wyvernmire tenía intenciones de ofrecerme un trabajo de cualquier manera? —pregunto, pensando en el día en que me llevaron a su despacho esposada. Bajo la voz—. ¿Aunque no hubiera liberado a esa dragona?

Hollingsworth asiente.

—El DDCD tenía un programa de reclutamiento nacional para gente de todas las clases, pero el proceso de solicitudes a la universidad les proporcionaba un modo de afinar la selección. Se fijaron en ti de la misma forma en que lo hice yo. Por supuesto, si no hubieras incumplido el arresto domiciliario, no serías una delincuente como la mayoría de los reclutas que están aquí; sin embargo, Wyvernmire disponía de muchos recursos para tentarte.

—Me han puesto a trabajar con... idiomas —digo, vacilante. Desconozco qué es lo que sabe Hollingsworth exactamente.

—Por supuesto —responde—. En la guerra, los idiomas son tan cruciales como las armas.

—Entonces ¿cómo puede permitir que se limite su estudio? —le digo, sin poder contenerme—. Usted es rectora de la Academia de Lingüística Dracónica, ¡su trabajo es preservar y promover el estudio de las lenguas dracónicas!

Se aproxima a mí, con su copa ya vacía en la mano.

—El Gobierno financia la Academia, Vivien. —Recorre la sala con la mirada—. Y también está sometida a su control.

La miro y de pronto comprendo todo. ¿Cuánto tiempo hará que el Gobierno controla el aprendizaje de las lenguas dracónicas?

—Año tras año han ido reduciendo el presupuesto y cada vez limitan más nuestro acceso a nuevas lenguas —me explica Hollingsworth, en voz baja—. Ya hemos tenido que cerrar dos tercios de nuestros departamentos.

—Pero ¿por qué? —pregunto—. Con o sin guerra, necesitamos comunicarnos con los dragones. Las lenguas dracónicas forman parte de nuestra sociedad, del legado de nuestro país...

—¿Tú sabías que la Academia fue la primera institución que transcribió las lenguas dracónicas de Bulgaria? Creamos su forma escrita usando el alfabeto latino, en lugar del cirílico, que es el que utiliza el búlgaro. ¿Sabes por qué? —Hollingsworth me mira atentamente y tensa un poco la voz—. En Britania, muy poca gente sabe leer el cirílico y, para poder manipular un idioma, debes ser capaz de comprenderlo.

¿Por qué querría manipular las lenguas dracónicas de Bulgaria el Gobierno británico?

—Controlar los idiomas, las palabras, es controlar el conocimiento de la gente.

Entonces Hollingsworth suelta una carcajada, tan falsa que casi me hace dar un paso atrás. Pero entiendo lo que significa. Alguien nos está observando. Me obligo a sonreír, intentando actuar con naturalidad.

—Necesito leer la investigación de mi madre —le digo a toda prisa—. Esa que trata de los dialectos dracónicos. Nos podría ayudar a poner fin a la guerra.

Hollingsworth frunce el ceño y me observa un buen rato, intrigada. Tengo claro que se muere por pedirme que le cuente más, pero la Ley de Secretos Oficiales nos impide hablar de ello.

—Usted me dijo que tenía un futuro brillante por delante y que fuera tras él —añado—. Bueno, pues eso es lo que estoy haciendo. Envíeme la investigación de mi madre, por favor.

—Disculpen.

Me giro y me encuentro a Marquis de pie, mirando a Hollingsworth con frialdad. Ella lo saluda educadamente con un gesto de la cabeza, pero luego se dirige hacia mí con cien preguntas en los labios.

—Nos han convocado a una reunión —anuncia Marquis—. Solo a los reclutas.

¿Será mentira? Lanzo una mirada al resto de invitados, que van ocupando sus asientos en las mesas para la cena.

—¿Ahora? —pregunto.

—Ahora.

Me despido de Hollingsworth bajando la cabeza y sigo a Marquis.

—¿Por qué demonios hablas con ella? —me pregunta.

Lo sigo y salimos del salón. Enseguida veo a los otros reclutas haciendo fila frente a una puerta a la derecha del vestíbulo.

—¿Qué hacemos aquí? —digo yo, ignorando por completo su pregunta.

—Wyvernmire quiere hablar con nosotros antes de hacer su gran entrada —responde Atlas desde la fila, poniendo los ojos en blanco. Dodie, a su lado, se mueve agitadamente.

—¿Ustedes creen que se trata de algo malo?

—Por supuesto que no —responde Atlas, sonriéndole para tranquilizarla—. Probablemente quiera saber cómo vamos, para tener algo que presumir ante sus invitados.

Entramos en lo que parece una sala abandonada. Los muebles están cubiertos con sábanas blancas y del techo pende un candelabro cubierto de polvo que emite una pálida luz amarillenta. La primera ministra Wyvernmire se encuentra sentada en un sillón tapizado de terciopelo rojo descubierto. Detrás de ella están Ralph y Owen. Me gustaría preguntarle dónde está Ursa y por qué se la llevó cuando me prometió que no lo haría. Sin embargo, no puedo hacerlo sin reconocer que utilicé un dracovol.

—Buenas noches —dice ella—. Espero que estén disfrutando de la fiesta.

Todos asentimos y respondemos con un murmullo mientras nos preguntamos qué es lo que va a suceder. Otros dos guardias entran en la sala, a nuestras espaldas.

—Quería agradecerles personalmente antes de entrar en el baile de Navidad —dice—. Esta noche contamos con numerosos invitados distinguidos, pero ninguno de ellos es tan importante como ustedes.

Atlas tose con fuerza.

—Han tenido casi un mes para asentarse en Bletchley Park —prosigue—. Y, en ese tiempo, los rebeldes se han vuelto más osados. Estoy segura de que los conmocionó tanto como a mí la noticia de los recientes ataques contra civiles en la capital.

Pienso en los dos informes de radio contrapuestos sobre el conflicto de la Academia. ¿Cómo habrá reaccionado Wyvernmire ante la infiltración de los rebeldes en la radio?

—Me temo que les traigo noticias aún más inquietantes. Parece ser que los escoceses están mostrando más simpatía hacia los grupos rebeldes de lo que sospechábamos. Aunque el ejército británico ha dado batalla, muchos ciudadanos escoceses se han cambiado de bando, por decirlo así. Actualmente, los rebeldes ocupan la mayor parte de Escocia.

Un murmullo generalizado invade la sala. Miro a Marquis, que está de pie junto a Karim. ¿Todo un país bajo control rebelde? ¿Cómo pudieron progresar tanto mientras parece que nosotros no logramos avanzar nada? Apenas he oído informes de victorias del Gobierno: ¿cómo es eso posible, con todo un ejército a su disposición? Pensaba que el movimiento rebelde era de dimensiones reducidas.

—Mis padres —exclama Karim con la voz rota—. Viven en Aberdeenshire y son leales al Gobierno, lo juro…

—No debes preocuparte, Karim —dice Wyvernmire—. La semana pasada tus padres fueron evacuados de Escocia.

La miro fijamente, sorprendida.

—¿Por qué? —pregunta Karim.

—Todos han constatado lo que supone el trabajo en sus respectivos equipos. Comprenden cómo se ajustan sus capacidades particulares a la tarea que se les ha encomendado y qué es lo que se requiere de ustedes para que mi gobierno pueda ganar la guerra. —Wyvernmire se alisa la falda—. No obstante, parece que muchos de ustedes no están alcanzando el nivel esperado.

Atlas toma mi mano y yo no me suelto.

—No ha habido ni un solo avance, ni un solo dato que hayan descubierto que nos haya permitido progresar en nuestra lucha contra los dragones rebeldes. Y, según parece, los dragones son la gran fortaleza de los rebeldes.

«Se equivoca —me encantaría decirle—. Justamente, yo estoy a punto de hacer un gran descubrimiento. Sin embargo, aún no puedo divulgar lo que he aprendido sobre los dialectos de la ecolocalización hasta que esté segura de que son regionales». Proporcionarle información errónea a Wyvernmire podría acarrear consecuencias aún peores que no darle nada.

—Así pues, como líder de la nación, me veo obligada a tomar medidas para acelerar las cosas.

Ralph agarra su fusil con más fuerza. Me mira fijamente y tuerce la boca en una mueca burlona. De pronto, el sonido de la música del salón de baile aumenta de volumen.

—A partir de esta noche, comienza una competencia entre ustedes —anuncia la primera ministra sin cambiar de tono—. En cada una de las categorías, Aviación, Zoología y Criptografía, solo la primera persona que logre el cometido será perdonada. El resto de ustedes, así como cualquier familiar que tengan en la cárcel o que haya sido evacuado, recibirá un castigo acorde con la gravedad de sus delitos.

Noto cómo frunzo la frente sin poder evitarlo. El suelo se mueve bajo mis pies. Los saxofones suenan como sirenas a todo volumen y sus vibraciones metálicas resuenan en mi cabeza. Atlas suelta mi mano y se lanza contra Wyvernmire, pero choca con la culata del fusil de Owen. Se miran fijamente, desafiándose, mientras se escuchan sollozos ahogados. Dodie, a mi lado, está hiperventilando.

—A partir de ahora ya no trabajarán en equipo —anuncia Wyvernmire, alzando la voz por encima de todo ese ruido—. Seguirán cubriendo los mismos turnos, bajo la guía de sus jefes de grupo, pero cada uno investigará por su cuenta.

Marquis da dos pasos adelante y Ralph levanta su fusil. Por la puerta que tenemos detrás entran más guardias.

—No puede hacer esto —replica Marquis—. Dijo que si veníamos aquí y hacíamos el trabajo que se nos pidiera, quedaríamos libres, tanto nosotros como nuestras familias.

—Dije que quedarían libres si hacían el trabajo necesario para que pudiera ganar la guerra. —Wyvernmire mira fijamente a Marquis, con las fosas nasales hinchadas—. Sin embargo, estoy perdiendo.

—¿Así que solo el que consiga descifrar el código de los dragones quedará libre? —dice Gideon, mirándonos a mí, a Katherine y a Sophie.

—Me alegro de que lo entiendas, Gideon —responde Wyvernmire.

No.

Esto no puede estar sucediendo. La primera ministra es la imagen de la justicia, la paz y la prosperidad. No puede hacernos esto.

Esta era mi oportunidad para salvarme a mí misma y a Sophie. A través de las lágrimas, veo que me mira, con el rostro pétreo. Solo una de las dos regresará a Londres.

Solo una de las dos recuperará su anterior vida.

Karim cae al suelo, sollozando. ¿Qué delito habrá cometido? ¿Qué le ocurrirá a él y a sus padres si no gana en su categoría? ¿Si no compite contra Serena, contra Marquis? Miro atentamente a mis amigos y me percato de que no sé qué significa para ellos eso de *un castigo acorde con la gravedad de sus delitos*. Fijo la vista en Marquis, que me observa desesperado, mientras intenta enderezar a Karim. Sé lo que significaría perder para mi primo. O para mí, si acaban enviándome a Canna. Para nuestros padres.

La muerte.

LEY BABEL

POR DECRETO DE LA PRIMERA MINISTRA WYVERNMIRE

Artículo uno. *El inglés debe ser la única lengua utilizada para la enseñanza en público, en privado y en centros religiosos.*

Artículo dos. *Toda conversación en espacios públicos, en el transporte colectivo y por teléfono deberá ser en inglés.*

Artículo tres. *Todos los discursos en público deberán hacerse en inglés.*

Artículo cuatro. *Solo podrán cursar estudios sobre lenguas dracónicas los ciudadanos de Primera Clase que, además, cuenten con un permiso especial del Gobierno.*

Artículo cinco. *El inglés es la única lengua permitida para hablar con los dragones.*

En este momento, en que los dragones están implicados en una rebelión directa contra el Gobierno, la Academia de Lingüística Dracónica aconseja limitar el uso de las lenguas dracónicas para defender la paz entre nuestro pueblo y potenciar la campaña bélica de nuestra nación. La educación bilingüe debe ser abolida para poder atajar cualquier influencia antipatriótica.

El dracónico es el idioma de la Coalición Humanos-Dragones y, por tanto, el idioma de la traición. En virtud de mi cargo como jefa de Gobierno, yo, Adrienne P. Wyvernmire, decreto que las normas mencionadas deben ser cumplidas por todos. Así, unidos como un solo pueblo, con un solo objetivo y una sola lengua, lucharemos hombro con hombro por el bien de la humanidad.

Londres, 20 de diciembre de 1923

FIRMADO

Wyvernmire

15

NADIE REGRESA AL BAILE. En lugar de eso, volvemos a la sala de recreo. Marquis lleva de la mano a Karim, que se ha quedado sin palabras, y Gideon no suelta una botella de champán abierta. Nos sentamos junto al fuego y Marquis comienza a liar varios cigarros. Lo único que interrumpe el silencio es el ruido que hace Katherine mientras vomita en el baño. Siento un profundo vacío en el estómago. Esto no parece real y, sin embargo, aquí estamos, sentados en una especie de círculo de amigos, como si simplemente estuviéramos tomando la última copa antes de irnos a la cama.

Me siento entumecida, como si en algún momento alguien hubiera tendido un velo a mi alrededor, separándome del resto del mundo. Y aun así sé, con absoluta certeza, que en unas semanas podría estar muerta, al igual que todas las personas que me importan. De pronto extraño a mi madre.

Sophie está sentada en el asiento junto a la ventana, mientras Dodie le deshace el trenzado. No me quiere mirar. Mejor. No desearía ver la esperanza en sus ojos. La esperanza de que aún podamos salir de aquí juntas. La esperanza de que yo pudiera tener un plan. Porque no lo tengo. No existe la esperanza cuando sabes que tendrás que traicionar a tu mejor amiga por segunda vez.

Le tiendo la mano a Gideon y él me pasa la botella de champán sin decir una palabra. Le doy tres buenos tragos y toso al sentir las burbujas llenándome la garganta y subiéndome a la nariz. Insensibilizarme un poco más no me puede hacer daño. Sin embargo, mi cerebro ya da vueltas, haciendo cálculos, intentando clasificar las llamadas de ecolocalización que he descubierto en un patrón que tenga sentido. Tenemos que descifrar ese código, y debo de ser yo quien lo haga.

No permitiré que mi familia muera.

—Lo de hoy fue una representación muy macabra —comenta Serena, con sus zapatos dorados en la mano—. Nos visten elegantes, nos exhiben en público y… ¿para qué? —De pronto los ojos se le llenan de lágrimas—. ¿Para que saboreemos la libertad por última vez?

—Para dar la impresión de que el DDCD está progresando —responde Marquis—. Para recordarnos a todos lo que podemos perder.

Alguien resopla al otro lado de la sala. Atlas tiene la mirada fija en el fuego, ya se quitó el saco y lleva la corbata al hombro.

—¿Y qué es lo que podemos perder exactamente? —dice. El reflejo de las llamas baila en sus pupilas cuando se gira hacia Marquis—. ¿La posibilidad de darnos un atracón de canapés mientras charlamos con un puñado de hombres blancos de Primera Clase?

—La redención —responde Sophie, con un tono glacial, antes de que pueda hacerlo Marquis—. Esta es nuestra oportunidad de ser personas diferentes.

El recuerdo del discurso de bienvenida de Ravensloe flota en el ambiente y la estancia se queda helada de pronto. ¿Quién será el recluta más débil del equipo de Aviación? Seguro que no es Marquis, gracias a Dios. ¿Será Serena? ¿O Karim?

—Yo no necesito ser una persona diferente —dice Atlas en voz baja—. Y tampoco lo necesita ninguno de ustedes.

Quisiera creerle, pero Sophie tiene razón. No hay futuro para Viv la delincuente, la chica que traicionó a su amiga, la que rompió el Acuerdo de Paz. Pero ¿y para Viv la que descifró el código de los dragones, puso fin a la guerra y salvó a su familia? Para ella sí podría haber algún futuro.

—Les mentí —dice Serena de pronto, dejándose caer sobre un montón de cojines apilados en el suelo—. No reprobé el Examen a propósito. Simplemente soy estúpida.

—No eres estúpida, Serena —dice Karim.

—Lo soy. Porque ahora, si fallo en Aviación, tendré que casarme con el duque de Pembroke. Un amigo de mis padres, dueño de las oficinas del Departamento de Promoción y Degradación de Londres. —Hace una mueca de asco—. Hace años que me pretende. Y ha dejado en claro que si escojo la Segunda Clase en lugar de a él, se encargará de que me degraden a Tercera.

—Vaya, cómo han cambiado las cosas —exclama Sophie.

—Cállate, Sophie —la regaña Marquis.

Sophie se gira para mirarlo, herida, se pone de pie y se dirige a la cama. Los demás permanecemos en la sala de recreo, pasándonos el champán y los cigarros mientras escuchamos el eco de la música procedente del salón de baile. Atlas está junto al fuego, pensativo, y no vuelve a decir ni una palabra. De pronto se siente como un extraño. Karim se duerme con la cabeza apoyada en el regazo de Marquis y, una vez que se acaba la botella, poco a poco, todos van volviendo a sus dormitorios. Yo me hago un ovillo en el sillón, tapada con un chal, y me quito los zapatos a patadas. Tengo las mejillas encendidas y la cabeza me pesa. Contengo un bostezo.

—Pues buenas noches —murmura Atlas. Se dirige a todos, pero me mira a mí.

—Buenas noches —digo yo.

Pasa a mi lado sin sonreír ni dedicarme ningún gesto, nada que recuerde el hecho de que hace apenas unas horas casi nos besamos. De pronto Gideon reacciona y él también se dirige hacia el dormitorio de los chicos. Solo quedamos Marquis, yo y un somnoliento Karim.

—¿Qué es lo que le sucede? —dice Marquis, señalando con la barbilla hacia el lugar que ocupaba Atlas.

—Lo mismo que nos ocurre a todos —respondo, encogiéndome de hombros.

—Pero ¿por qué actúa como si fuera culpa tuya?

¿Eso hace?

—Antes la defendí. Quizá sea eso.

—¿A Wyvernmire?

Asiento.

—Dije que quería lo mejor para nosotros, para Britania, pero ahora…

Le cuento lo de Canna y que Hollingsworth prácticamente me reveló que el Gobierno ha tomado el control de la Academia.

—Es casi como si Wyvernmire esperara que los dragones de Britania se pusieran en su contra —dice él, tensando el gesto— y como si quisiera ganarles en su propio juego.

—Pero ¿por qué? —pregunto—. Tiene a la reina Ignacia de su parte y, por lo tanto, a la mayoría de dragones de Britania.

—¿Tú crees que está engañándonos? ¿Qué solo intenta asustarnos para que trabajemos más rápido?

Pienso en Wyvernmire tal como la he visto siempre en los periódicos, la mujer que siempre he considerado firme, pero justa. Sin embargo, esta noche la vi diferente. ¿Y si su actitud impecable no es más que un engaño, tan falsa como la mía? ¿Y si ella también está podrida por dentro?

—Yo no…

Karim se mueve ligeramente, sin despertarse, y ambos nos callamos de golpe. Marquis le acaricia el cabello rapado. A la luz de la chimenea veo que esboza una sonrisa.

—Lo que sientes por él es verdadero —constato. Mi primo pone los ojos en blanco.

—No hace ni un mes que lo conozco.

—Nunca te había visto mirar a ninguno de los anteriores de ese modo.

—Bueno, tampoco ha habido tantos…

—Mentiroso.

A Marquis se le escapa la risa y eso provoca que Karim despierte, sobresaltado. Yo me cubro la sonrisa con las manos mientras él levanta la cabeza, con los ojos empañados.

—¿Qué pasa? —murmura.

—Nada —dice Marquis, con la sonrisa aún reflejada en los ojos—. Ven, nos vamos a la cama.

Me da un abrazo de buenas noches y yo permanezco mirando fijamente el fuego, sin decidirme a abandonar la calidez de la sala de recreo. Cierro los ojos e intento imaginarme una situación que nos permitiera a todos salir de Bletchley Park.

Cuando me despierto, las brasas de la chimenea ya están frías. La sala de recreo está oscura y mis piernas se durmieron bajo el peso de mi cuerpo. Apoyo los pies en el suelo. A mis espaldas escucho el crujido de un tablón del piso.

—¿Quién está ahí? —susurro.

Unas manos rodean mi cuello. Intento respirar desesperadamente, pero me arrastran hacia atrás, contra los cojines del sillón, aplastándome la garganta. Busco agarrar los brazos situados a los costados de mi cabeza y clavarles las uñas, apoyando los pies descalzos en la alfombra, esforzándome por girar y ver quién quiere matarme.

¿Es Ralph, que vino a terminar lo que comenzó? Lanzo un puñetazo que impacta con fuerza en su rostro. Los dientes de mi agresor me raspan los nudillos y la presión en torno a mi cuello se vuelve aún mayor, aplastándome la cinta del collar que me dio Atlas. Sobre el fuego, en el metal de la radio, veo el reflejo de mi propia cara amoratada y, por encima, dos fuertes brazos cubiertos de vello rubio y el rostro de…

—*Gideon* —suplico casi sin aliento. Todo gira a mi alrededor—. *Por favor…*

Bajo mi chal, mi mano entra en contacto con algo duro.

Esos zapatos son más peligrosos que las llamas de un dragón.

Tomo la zapatilla con fuerza y golpeo a Gideon en la mejilla con el tacón. Él suelta un grito y me libera, y caigo hacia delante sobre la alfombra, jadeando.

«¡Auxilio!», quiero gritar, pero no consigo emitir ningún sonido.

Gideon se acerca a mí, tambaleante, con un profundo orificio ensangrentado bajo el ojo izquierdo. Me lanzo por el atizador de la chimenea.

—¡Que alguien me ayude! —consigo gritar.

Sigo jadeando mientras él se aproxima, con el rostro desencajado, y presiona el vientre contra la punta del atizador. Agarra la vara de metal con ambas manos y la lanza contra la pared. De pronto caigo en la cuenta de que todos los guardias están patrullando en el ala norte, donde están los invitados del baile. Retrocedo arrastrándome de espaldas, quemándome los codos con la alfombra, pero él me sujeta de la garganta y me jala, poniéndome de pie… Repentinamente, la sala de recreo se ilumina por completo.

—¡Hijo de puta! —grita Marquis, mientras se abalanza contra Gideon, propinándole un puñetazo en la cabeza que lo derriba.

Yo vuelvo a caer al suelo, mareada, y de pronto noto que Karim está detrás de mí, sujetándome por debajo de los brazos y ayudándome a ponerme de pie.

Marquis y Gideon ruedan por el suelo y, en el momento en que la cabeza de Gideon impacta contra el extremo de la chimenea, encuentra un tronco. Lo alza sobre la cabeza de Marquis, levantando una polvareda de astillas y ceniza, pero yo se lo arranco de las manos de una patada y suelta un grito.

—¿Qué está sucediendo aquí? —exclama Sophie, que entró corriendo en la sala, seguida de Dodie y Katherine, mientras Marquis aprisionaba a Gideon por el cuello, inmovilizándolo contra la ceniza fría.

—Si el fuego estuviera encendido, creo que te abrasaría la cara —gruñe Marquis.

—Marquis, suéltalo —grita Sophie muy seria.

—¡Acaba de intentar asesinar a Viv! —grita Marquis, apretándole aún más el cuello.

—Bueno, ahora está en clara desventaja —señala Serena, sentada en el brazo de un sillón, con el cabello envuelto en un pañuelo de seda. Por su gesto, se diría que hasta se está divirtiendo. Katherine, a su espalda, observa la escena horrorizada, con algo plateado en la mano.

Me froto la garganta y miro a mi alrededor. Vinieron todos, salvo Atlas. Karim se acerca a Marquis, le susurra algo al oído y él afloja su agarre a regañadientes.

—¿Estás bien? —me pregunta Marquis, acercándose.

No lleva puesto nada más que un pantalón de piyama de rayas, y tiene un largo arañazo en el rostro.

—Estoy bien —respondo.

Me llevo las manos al cuello, pero él me las aparta para echar un vistazo.

Serena pone los ojos en blanco.

—Sobrevivirá, estoy segura…

—Nadie te preguntó —la interrumpe Marquis. Se gira hacia Gideon, que continúa en el suelo, con la cabeza sobre la rejilla de la chimenea.

—Levántate —le ordena.

Gideon se pone de pie con dificultad. En el cuello tiene los mismos moretones que siento que están apareciendo en el mío y le sangra la nariz. Su ojo izquierdo está hinchado y cerrado.

—Explícate.

Se hace el silencio y todos miramos fijamente a Gideon. Le tiembla la mandíbula y, cuando habla, su voz apenas es un murmullo.

—No puedo volver.

—¿Volver a dónde?

—A mi antigua vida. —Gideon menea la cabeza—. Debo ganar en mi categoría y ella…

Se gira hacia mí y me lanza una mirada de asco.

—… es tu mayor competencia —dice Sophie, resentida, concluyendo la frase por él.

Está claro que ella comprendió los motivos de Gideon antes de que el resto lo hiciera. Sophie la matemática, siempre calculando todas las posibilidades antes de que sucedan. ¿Estaría durmiendo realmente? ¿O se quedó acostada en la cama, despierta, esperando que alguien iniciara una oleada de asesinatos?

—¿Intentaste matar a Viv porque temes que descifre el código antes que tú? —dice Marquis, incrédulo.

¿Por qué no se me ocurrió antes? ¿Por qué pensé que mañana nos levantaríamos todos por la mañana y continuaríamos como siempre, cuando Wyvernmire nos acaba de decir que o competimos o estamos sentenciados?

—Katherine —digo lentamente—, ¿qué llevas en la mano?

Katherine vacila, pero luego abre el puño, y en su temblorosa mano aparece un cuchillo corto y fino.

—¿Tú también pensabas matarme?

—No —responde Katherine, que luego mira a Gideon—. Pero sabía que quizá necesitaría contar con algún medio de autodefensa.

Dios, qué ingenua que soy.

La puerta se abre con un leve crujido y entra Atlas, aún vestido de traje. No se ha acostado.

—¿Y dónde carajos estabas tú? —dice Marquis.

Su mirada acusatoria es como el hielo. Atlas ve el cuchillo en la mano de Katherine y los moretones en mi cuello y se lanza por ella, sujetándola del brazo y arrancándole el arma de la mano.

La sala se llena de gritos, al tiempo que Serena se para frente a Katherine y Marquis aparta a Atlas.

—¡Atrás, idiota! —grita Serena—. No fue ella la que intentó asesinar a tu novia. Fue él.

Tenso el cuerpo al escuchar la palabra *novia* y observo que Sophie levanta una ceja. Serena señala a Gideon, quien retrocede lentamente, abriendo los brazos.

—Llegas tarde para hacer el papel del caballero de brillante armadura —murmura Marquis, dándole un empujón a Atlas en mi dirección.

—¿Intentó asesinarte? —me pregunta, con la respiración agitada.

—Está borracho. No está pensando con claridad.

No sé por qué estoy defendiendo a Gideon, pero lo cierto es que sé reconocer la desesperación cuando la veo. Yo también he hecho cosas desesperadas.

—¿Alguien más piensa intentar cometer un asesinato esta noche? —pregunta Serena con un suspiro, sacándole un cigarro a Gideon del bolsillo del pecho.

En la sala no se escucha nada más que sus sollozos.

—En ese caso, sugiero que todos volvamos a la cama.

Nadie se mueve.

—¡Vamos! —grita.

Dodie y Sophie se ponen en marcha hacia el dormitorio y yo me pregunto si Serena estará borracha o simplemente alterada por lo sucedido. Me lanza una mirada de reojo mientras enciende el cigarro y luego comienza a caminar.

—Tú dormirás aquí —le ordena Marquis a Gideon, señalando la alfombra.

Atlas viene a mi lado.

—Cierra la puerta con llave —me susurra al oído, mientras salimos al pasillo—. Y llévate esto —añade, colocándome el cuchillo de Katherine en la mano.

—Las chicas no van a hacerme nada —protesto, pero él me agarra del codo con fuerza.

—¿No? —Mira hacia la puerta de mi dormitorio. Katherine está metiéndose en la cama—. ¿Entonces por qué ella dormía con un arma? Apuesto a que tiene más guardadas en algún lugar.

—Tal como dijo —respondo, girándome hacia él—: era para defensa propia. Al menos ella tuvo el sentido común necesario para percatarse de que podría estar en peligro.

Atlas me mira fijamente.

—Quizás eso se le ocurrió precisamente porque piensa cometer el mismo crimen del que se quiere proteger.

—¿Y tú dónde estabas?, si se puede saber —susurro, con la mano en la manija de la puerta.

—Visitando la capilla —responde de inmediato.

¿Hay una capilla en Bletchley?

Me pongo de puntitas, como si fuera a besarlo, y él no se aparta. Mis labios rozan su oreja.

—Mentir es un pecado, *padre*.

Le cierro la puerta en la cara, pongo el seguro y duermo con el cuchillo bajo la almohada.

16

En mis sueños, los guardias de la paz arrancan a Ursa de los brazos de mamá mientras ella le suplica a un dragón que bebe coñac que lea su investigación. Atlas presiona mi cuerpo contra el suyo y acerca sus labios a los míos. A mis espaldas está un huevo gigante. «Hollingsworth me dijo que aprobaré el Examen si te beso», me murmura. Unas manos rodean mi cuello y, cuando levanto la mirada, el rostro que veo encima de mí es el de Sophie.

Me despierto sobresaltada. Aún persiste el zumbido del despertador y Katherine suelta un gemido quejumbroso. Levanto la cabeza y tanteo bajo la almohada en busca del cuchillo. Continúa ahí y todas seguimos vivas.

Hay que verle el lado bueno a las cosas.

Me visto a toda prisa y me dirijo al invernadero sola, pisando la escarcha del bosque y girándome para mirar hacia atrás cada pocos minutos. Se está levantando un viento que mueve las copas de los árboles y me revuelve el cabello sobre el rostro.

—Buenos días, Soresten —le digo al dragón de las arenas que monta guardia frente al invernadero. Él responde con un movimiento de la cabeza.

—Buenos días, recluta.

Soresten tiene un bonito color pardo, el hocico largo y unos finos bigotes. Sus ojos están tan separados entre sí que no tengo muy claro hacia dónde está mirando. Recuerdo el libro que estaba leyendo antes de encontrar la invitación al baile y luego me giro para observar a nuestro alrededor. Allí no hay nadie más.

—Soresten, ¿te molesta que te pregunte de dónde eres?

El dragón parpadea.

—De Lyme Regis —responde—. Eclosioné en las rocas Blue Lias, en 1813.

Lyme Regis está en la Costa Jurásica, en Dorset, donde se encuentran cientos de fósiles de dragón cada año.

—Y Addax… —añado tímidamente—. Ella también es una dragona de las arenas, ¿no? ¿También es de allí?

—Por supuesto —responde Soresten. Su tono es amable, casi suave—. Nuestra madre la tuvo varios años más tarde, pero en Rùm, donde hay menos humanos.

Soresten y Addax son hermanos, igual que Rhydderch y Muirgen. Así que, efectivamente, provienen de la misma región.

—Mi máxima —añade— procede de un encuentro que tuvimos en aquella época con un grupo de humanos del lugar que pensaban que podrían capturar a una de las crías de dragón y domesticarla.

—¿Y cuál es? —pregunto educadamente.

Soresten parece hinchar el pecho.

—*Nullam dominum nisi arenam et mare.* Mis únicos señores son la arena y el mar.

—Es bonito. ¿Y el encuentro con esos humanos? ¿Cómo acabó?

—Mi madre se los comió —responde Soresten—. Antes del Acuerdo de Paz los problemas podían resolverse bastante rápido.

Asiento, atónita, y abro la puerta del invernadero.

Soresten continúa con su monólogo sobre las relaciones entre dragones y humanos. Entro en la calidez del invernadero, me quito los guantes y estiro los dedos congelados. Tras una pared de follaje creada por la frondosa colección de plantas de la doctora Seymour, escucho que ella habla con alguien.

—Yo tengo experiencia en estos asuntos, ya lo sabe. Cuando estuve en Alemania, el Freikorps me destinó a un regimiento de estudio sobre la conducta dracónica.

Me quedo de piedra. Es Ralph. ¿Qué está haciendo aquí?

—Soy licenciada en Conducta y Biología Dracónicas, guardia 707 —responde la doctora Seymour—. Y tengo un diplomado en Teoría del Enfrentamiento o Huida de las especies dracónicas. Y, por si no te has dado cuenta, la última versión de la máquina locuisonus la creé yo.

Miro por entre el follaje. La doctora Seymour está de pie, junto al improvisado rincón del café, lavando las tazas sucias del día anterior. Ralph está sentado en el cómodo sofá, con su fusil sobre las rodillas.

—Por supuesto. ¿Cómo iba a olvidar la brillante carrera de la doctora Seymour? —responde en tono burlón—. ¿A cuántos hombres se ha llevado a la cama para llegar hasta aquí?

Escucho el repiqueteo de la loza en el fregadero y observo que la doctora Seymour tensa los hombros y se gira lentamente, formando una mueca de asco con los labios.

—Dime, 707, ¿cómo es que estás aquí, de madrugada, rogándome que te dé trabajo, cuando los dos sabemos que para la primera ministra no eres más que un lastre? Si no te ha encomendado ninguna responsabilidad en las estrategias de combate, ¿por qué te iba a confiar esta?

Ralph se pone de pie de un salto y toma su fusil. Yo abro la puerta del invernadero y la cierro de un portazo.

—Buenos días, doctora Seymour —saludo animadamente—. ¿Hay café caliente?

—¿Vivien? —responde ella, y detecto el tono de alivio en su voz—. El guardia 707 vino a ofrecernos algo de ayuda… adicional.

Me abro paso entre el follaje.

—Escuché que anoche estuvieron a punto de asesinarte —comenta Ralph, con sorna, y dirige su vista a mi brazo ya completamente recuperado—. Parece que estás en todas las guerras.

—No tanto como tú —respondo sin alterarme, con la vista fija en el corte que tiene en la nariz.

¿Cómo es que la noticia del ataque de Gideon corrió tan rápido?

—Ese idiota se presentó ante Ravensloe en plena noche y le contó lo que había hecho —dice Ralph—. Le dijo que tienes tendencias rebeldes y que deberías ser eliminada del programa —añade y da un paso hacia mí—. ¿Eso es cierto?

Lo miro fijamente, intentando ignorar el miedo que siento y que provoca que se me dispare el corazón. El recuerdo del dolor que sentí cuando me fracturó el brazo aún me deja sin aliento.

—Gideon no es más que un niñito asustado que se siente amenazado por la inteligencia de las mujeres que están a su alrededor —respondo mirando a Ralph y luego a la doctora Seymour—. No es el primero con el que nos encontramos.

Observo un movimiento en las comisuras de la boca de la doctora Seymour. En ese momento se abre de nuevo la puerta y entra Gideon, seguido de Sophie y Katherine. Nos mira, saluda con un gesto de la cabeza y se sienta frente a una máquina locuisonus. Lleva una venda en la cabeza, la cual sujeta el apósito de gasa que le cubre la herida bajo el ojo. Es él quien tendría que ser eliminado del programa por haber intentado asesinar a otra recluta. Si continúa aquí, debe ser porque Ravensloe está desesperado.

Me siento frente a él y finjo estar muy concentrada en mi cuaderno de registro. Me duele la garganta. Esta mañana los moretones de mi cuello lucen peor; sin embargo, los escondí subiéndome el cuello de la chamarra. Oculto el rostro tras el cabello y miro a Gideon, con sus mejillas rosadas y su nariz cubierta de pecas. Tiene más fuerza física de la que pensaba, pero es evidente que a nivel mental apenas se sostiene. Lo de anoche fue un intento desesperado de su lucha por sobrevivir. ¿También pensaba matar a Katherine y a Sophie después de librarse de mí?

Sophie.

Está hablando con Katherine en voz baja, y ambas miran disimuladamente a Gideon. Si consigo descifrar el código de los dragones, ella no podrá venir conmigo. No sabe que, si está aquí, es por mi culpa. ¿Acaso el mundo intenta decirme que es demasiado tarde para reparar el daño que provoqué en el verano? ¿Estará el dios de Atlas ahí arriba, riéndose de mí por haber pensado que de algún modo podría evitar las consecuencias de esa decisión insensata?

Cierro mi cuaderno de registro de golpe, pero Gideon ni siquiera levanta la vista. Si descifro el misterio de la ecolocalización, Sophie se pasará la vida en la cárcel de Granger, y Gideon y Katherine regresarán al infierno del que los haya sacado Wyvernmire. No obstante, si no lo hago, mi familia y yo moriremos y Ursa quedará huérfana. Pase lo que pase, perderé algo que no podré recuperar.

—Necesito una pausa —anuncio en voz alta.

No espero una respuesta. Tomo mi abrigo y me lo pongo mientras emprendo el camino de vuelta a la casa. Encuentro un baño, me remojo la cara con agua fresca y me descubro el cuello. Está de color azul morado, con unas marcas en forma de media luna en el lugar donde Gideon me clavó las uñas. ¿Intentará asesinarme otra vez?

Paseo sin rumbo por los pasillos, caminando en círculos, mientras los sucesos de la noche anterior recorren mi mente. ¿Y si descifro el código y gano en mi categoría, pero Marquis pierde en la suya? La idea me aterra. ¿Acaso no habrá modo de convencer a Wyvernmire de que nos permita volver a casa a todos, si le damos lo que quiere?

—¡Featherswallow!

Me giro de golpe. Atlas asoma la cabeza por una puerta bajo la escalera.

—¿Por qué no estás trabajando? —me susurra.

—Salí a dar una vuelta —respondo—. El ambiente en el invernadero es… tenso.

—¿Por qué será…? —responde muy serio.

Me hace un gesto para que me acerque, miro alrededor para asegurarme de que no hay guardias antes de cruzar el pasillo y colarme por la puerta que tiene al lado. Estamos en lo alto de una escalera estrecha que desciende hasta un sótano mal iluminado.

—Dodie y el doctor Lumens están en una salida de campo —me dice Atlas—. Ahora solo puede llevarnos por separado.

El aire es sofocante y su frente está perlada de sudor.

—Oye… lamento no haber estado ahí anoche cuando Gideon… cuando tú…

—No habría cambiado nada aunque hubieras estado —le digo sonriendo—. ¿Vas a contarme qué es lo que estabas haciendo?

Toma mi mano y me conduce escaleras abajo, sin responder. El sótano es enorme, más grande aún que el salón de baile, y está dividido en zonas por unos biombos como los que se utilizan para crear cubículos en las oficinas. En el ambiente flota un olor metálico tan intenso que casi puedo paladearlo.

—Anoche Gideon fue a decirle a Ravensloe que tengo tendencias rebeldes —le cuento mientras observo el desastre de libros antiguos y papeles repartidos por todas partes.

—¿Tú? ¿Tendencias rebeldes? —Atlas suelta un resoplido—. No conozco a nadie que siga las normas tan obedientemente como tú.

—… dijo el chico que no quiso ni siquiera besar a la chica por no infringir no sé qué norma.

Permanece callado y me muerdo la lengua. ¿Por qué tuve que sacar a colación ese humillante incidente otra vez?

—¿Qué hacen aquí abajo? —le pregunto—. ¿Y por qué hace tanto maldito calor?

Las secciones se suceden hasta el otro extremo de la sala. Camino por el pasillo central, mirando tras cada uno de los biombos. Algunos de los cubículos están llenos de mesas y libros; otros tienen vitrinas llenas de piezas variadas: un fósil, un gran colmillo amarillento y algo que bien podría ser excremento de dragón. En uno de ellos hay un mueble con montones de cajones de madera minúsculos, todos con etiquetas extrañas como BÁLSAMO DE CALÉNDULA: PARA QUEMADURAS. Al lado hay una caja rebosante de pequeños dragones de madera. Reconozco la autoría de los tallados de inmediato e inconscientemente dirijo mi mano hacia la golondrina que cuelga de mi cuello, bajo la blusa.

—¿Dónde aprendiste carpintería? —le pregunto a Atlas, que me sigue por el pasillo.

—Mi padre me enseñó antes de morir.

—Lo siento.

Tomo un dragón de madera y finjo observarlo atentamente, por si necesita tiempo para recobrar la compostura. Sin embargo, cuando me giro para verlo, me percato de que es él quien me mira a mí.

—Sostienes esa figurita de madera casi con el mismo cariño con el que manipulas todos esos libros que lees.

—¡Estoy admirando una obra de arte! —replico.

Atlas sonríe.

—Yo también.

De pronto el aire es tan cálido que apenas puedo respirar. Dejo el dragón.

—No digas cosas así —respondo con brusquedad— si después no actuarás en consecuencia.

Él baja la mirada al suelo.

—Tienes razón. Perdón.

Sigo caminando y, cuando ya estoy cerca del final de la sala, el olor metálico se intensifica aún más.

—¿Qué es *eso*? —pregunto, cubriéndome la boca y la nariz.

Atlas entra en otro cubículo y mete carbón en uno de varios hornos con una pala. Se arremanga la camisa y el vello oscuro de sus antebrazos brilla con la humedad. Con el calor siento un cosquilleo en la nuca, así que me quito la chamarra y me recojo el cabello. Continúo caminando hasta llegar al último cubículo, el cual ocupa todo lo ancho de la sala, donde han montado una plataforma, cubierta de hierba, rocas y arena. Es como si hubieran querido recrear una playa. Sobre la arena hay varios montículos de helechos secos, plumas y trozos de carbón quemado.

—Atlas —digo, girándome—, ¿qué es…?

Algo se mueve en el interior de uno de los montículos. Doy un paso atrás. ¿Es una rata? Los helechos se agitan y algunas plumas salen volando. Es demasiado grande para ser un roedor. El movimiento cesa y una larga cola verde asoma por un lado del montículo.

Miro fijamente a Atlas, que se acerca a mí por detrás.

—Espero que no sea lo que creo que es.

Él no bromea ni suelta alguna ocurrencia. Tiene el rostro muy serio. La cola desaparece y en su lugar asoma un pequeño hocico. La cría de dragón se acerca a mí reptando, arrastrando el vientre por el suelo. Tiene una cresta de púas sobre el dorso y, cuando levanta la cabeza para olisquear, veo que tiene dos cuernos bajo la barbilla. Lo miro fijamente, atónita, sin atreverme casi a respirar. Ese dragón del oeste no tiene más que unos días de vida.

—Eso no debería estar aquí —digo con voz temblorosa.

Atlas levanta la tapa de un barril y mete la mano. Un olor insoportable se cuela por mis fosas nasales. El barril está atestado de carne cruda. Tira un trozo sobre la plataforma y el dragoncito suelta un chillidito y se echa encima, levantándolo con las alas. De la nada, aparecen otras dos crías y se le lanzan encima, chillando y disputándose el trozo de carne.

—¿Por qué no? —pregunta Atlas.

¿De verdad me está preguntando eso? Lo miro fijamente mientras les ofrece más carne, cortada a pedazos, y luego unas minúsculas piedras que los dragoncitos recogen del suelo con el hocico. Abre uno de los hornos y echa una palada de carbón caliente sobre la plataforma. El primer dragoncito lo olisquea, se acuesta encima del carbón humeante y se hace un ovillo, descansando el hocico bajo el ala. Me agacho para observar la escena. Nunca había visto un dragón tan pequeño. Sus escamas son del tamaño de las uñas de mis dedos y brillan con diferentes tonos de verde, azul y café, como si aún no decidieran de qué color quieren ser. Los cuernos bajo la barbilla indican que es un macho. ¿De dónde salió y dónde están sus padres? Los otros dos se desafían entre sí, lanzando bocados al aire. Sus lenguas bífidas aún están manchadas de sangre.

—¿Son huérfanos? —pregunto.

Atlas se encoge de hombros.

—Lo dudo.

Siento que mi rostro se descompone por la rabia.

—Si no son huérfanos, ¿fueron robados?

—Algún invitado del baile de ayer se los trajo a Wyvernmire —dice Atlas. Sus ojos oscuros reflejan las brasas del carbón candente bajo el cuerpo de la cría de dragón, que ya duerme—. Cuando te atacó Gideon, estaba aquí, acomodándolos.

—¿Quién los trajo?

¿Sería el ministro de Defensa alemán, o Lord Rushby, o ese príncipe búlgaro?

Atlas se limita a encogerse de hombros otra vez.

—No parece… que te preocupe —señalo.

—Lo que yo piense no importa —responde sin inmutarse—. Si estas crías de dragón ayudan a Wyvernmire a ganar la guerra, ¿a quién le interesa de dónde provengan?

Suspiro y tomo aire aspirando a través de los dientes.

—Pero ¿a quién se los habrán quitado? ¿A los dragones rebeldes?

Atlas asiente.

—Los tomaron de unos nidos de Escocia, antes de que los rebeldes expulsaran al ejército.

—Pues vendrán por ellos —respondo—. Sus padres.

—Quizá —dice él con una indiferencia enervante.

—¿Qué harán con ellos?

—Ganarnos su confianza —dice Atlas—. Estudiarlos y registrar la velocidad a la que crecen.

—Pero ¡no crecerán! —estallo—. No como deberían. Para comenzar, este no es su hábitat natural, y las crías de dragón necesitan a sus padres para aprender a volar, para escupir fuego, ¡para hablar! ¿Tú estás de acuerdo con esto?

Cuando me mira, sus ojos son como un témpano de hielo.

—¿Tú crees que tengo alternativa? Debemos ganar la guerra, ¿no? ¿No es eso a lo que te has comprometido tú? —Menea la cabeza y cierra la puerta del horno de carbón con un golpe—. Tú descifrarás el código y se lo entregarás a Wyvernmire. ¿Y para qué? ¿Para que pueda volar como un dragón, cazar como un dragón, hablar como un dragón? ¿Para qué crees que quiere todas esas cosas? ¡Es para poder controlarlos, para poder controlarnos!

Así que no está de acuerdo con todo esto. Simplemente está intentando provocarme, para que reconozca que Wyvernmire no es quien yo pensaba que era.

—No deberías haberme enseñado esto —le digo enojada.

—¿Por qué no? —responde Atlas, levantando la cabeza—. Provocó que te enojaras, es justo lo que esperaba.

—Oh, ¿así que yo también soy uno de tus experimentos? —replico, furiosa—. Dime, Atlas, ¿estás satisfecho con mi reacción? ¿Mi rabia cumplió con tus expectativas?

—Featherswallow, tú ya sabías lo que hacíamos aquí abajo, ¿no? ¡Estoy en el equipo de Zoología, maldita sea!

—No esperaba que Wyvernmire los incitara a hacer algo contra el Acuerdo de Paz —replico entre dientes.

—¡Otra vez ese maldito Acuerdo de Paz! —exclama, cruzándose de brazos—. ¿Acaso no te bastó con descubrir que Wyvernmire envía a niños a que sirvan de alimento para los dragones? Me acusas porque no puedes soportar la idea de que te ha engañado. Toda tu vida se ha basado en un sistema de creencias falso.

—¡Ja! —respondo, sarcástica—. ¿Un sistema de creencias falso? Eso es de lo más divertido, viniendo de alguien cuya fe es tan prehistórica como los dragones que estudia. Vas por ahí haciéndote el bueno, pero luego les fracturas la nariz a los guardias y... y...

—¿Y qué?

Hago acopio de valor y lo digo.

—Vi cómo me mirabas cuando llevaba ese vestido puesto. ¡Eres un hipócrita, impulsivo e imprudente!

El silencio que se hace entre los dos es insoportable.

Me mira de reojo.

—Si fuera tan impulsivo como dices, Featherswallow, ya te habría besado una docena de veces.

Me quedo helada y me trago los insultos que tenía preparados. Estoy tan furiosa que podría escupir fuego. Sin embargo, no puedo evitar que algo en mi interior se ablande.

—Y ahora que lo mencionas —añade—, siempre he pensado que mi fe tiene algo de dracónica. Gracias por recordármelo.

—Tú... yo... Lo que dices no tiene sentido.

Él menea la cabeza y se seca la frente con la manga de la camisa.

—Tienes razón —admite—. Soy imprudente, impulsivo... irascible, de hecho. Y me alegro de que tú también lo seas. La verdad es que a veces tengo la impresión de que nada te afecta. Siempre eres tan... indescifrable.

Respiro hondo.

—¿Indescifrable?

Ayer solo me faltó rogarte para que me besaras. ¿Se puede ser más explícita?

—Anoche alguien intentó asesinarte y apenas has dicho una palabra.

Suelto una risita nerviosa.

—Y cuando Ralph te fracturó el brazo creo que no te vi llorar siquiera.

Me encojo de hombros, recordando el chasquido del hueso al quebrarse.

—Imaginé que los dragones te harían reaccionar.

En eso tiene razón. Apartar a los cachorros de dragón de sus padres va en contra de todo lo que se supone que defiende el Acuerdo de Paz. En contra de todo por lo que estamos combatiendo en esta guerra.

—¿Qué quieres decir con eso de que tu fe tiene algo de dracónica?

Atlas se aclara la garganta, incómodo.

—A veces me da la impresión de que es algo… prehistórico. Lo resiste todo, como los dragones, y a muchas personas les asusta. —Mete las manos en los bolsillos y sé que está buscando su rosario—. De algún modo sigue ahí, aunque he intentado apartarla de mi vida. Y luego está mi iglesia, la de Bristol: tiene chapiteles puntiagudos como cuernos y piedras como escamas, y alberga ese sagrado corazón ardiente…

Paso un dedo por las escamas de la cabeza del dragoncito que duerme y veo que las mejillas de Atlas se sonrojan.

—Forma parte de algún designio ancestral, del que la mayoría de la gente ya se ha apartado. Eso lo sé… no soy ciego. Sin embargo, aquí estoy, estudiando la iglesia y los dragones, dos tipos de dinosaurios que continúan muy vivos.

El dragoncito escupe una llama minúscula.

—¡Auch! —exclamo con una mueca de dolor.

La llama me quema el dedo y comienza a formarse una ampolla. Las otras dos crías de dragón, que siguen jugando, se detienen de pronto. La primera ladea la cabeza. Ambas se giran para mirarnos con sus ojos de un negro profundo y luego se observan entre sí. Una de ellas hace temblar su cuerpo y la vibración recorre sus alas.

—Creo que se están comunicando —susurro, agazapándome.

—¿Qué? —dice Atlas—. ¿Quieres decir… telepáticamente?

—Más o menos.

El tercer dragoncito abre los ojos, mira a los otros, se echa sobre un costado y se vuelve a dormir.

—Los dos primeros tienen un vínculo más cercano —dice Atlas, agachándose a mi lado—. Salieron del mismo nido. Pero el tercero se mantiene al margen.

Los compañeros de nido miran fijamente al dragoncito que duerme y se le acercan hasta casi tocarlo con el hocico, pero él no se mueve. Me pregunto si están intentando hablar con él, aunque, si así fuera, él reaccionaría, ¿no? ¿No le resultaría imposible dormir si escuchara sus voces en el interior de su cabeza?

—¿Puede ser que sus nidos estuvieran cercanos? —pregunto—. ¿En la misma zona?

—Eso sí. Vienen de la misma zona de anidación, en Inverness. Quizás hasta fueran vecinos.

Pero si las tres crías de dragón proceden de la misma región y han aprendido el dialecto de ecolocalización en el que les habrían hablado sus padres antes incluso de eclosionar, tendrían que entenderse entre sí, ¿no? A menos que mi teoría sea errónea y los dialectos no sean regionales...

Observo fijamente a las dos crías del mismo nido —a los hermanos— y de pronto veo el rostro de mamá ante mí.

Podrían no ser dialectos regionales. Podrían ser...

La respuesta va tornándose más clara poco a poco, como el sol asomándose por el horizonte.

—Tengo que irme —digo y me pongo de pie.

—Oh... está bien.

Atlas camina detrás de mí, pero yo ya me dirijo hacia las escaleras, conectando los puntos a tal velocidad que apenas puedo seguir mi propio razonamiento. Paso por uno de los hornos abiertos y hago una pausa. En el interior, entre las brasas, hay un huevo de dragón.

—Llegó con las crías —dice Atlas, abatido—. Dudo que vaya a eclosionar.

—Por supuesto que no —respondo con la mano en el pasamanos—. Necesita algo que solo un dragón le puede brindar.

Atlas frunce el ceño.

—¿Qué?

Me giro, ya en el rellano de las escaleras, y lo miro a la cara. Tiene los hombros caídos y el rostro tenso, como si el simple hecho de estar ahí le pesara como un lastre.

—La ecolocalización. Una cría no sale del huevo a menos que escuche la llamada de sus padres.

Y de pronto veo ante mí la verdad, la pieza del rompecabezas que me faltaba. Ahora sé lo que mamá estaba intentando decirle a Hollingsworth antes de que ella la interrumpiera. Quería demostrar que cada familia de dragones habla su propio dialecto. Y lo mismo ocurre con la ecolocalización. El koinamens no es un código creado por los dragones. Es un lenguaje que contiene otros miles de lenguajes, todos sagrados, cada uno propio de una familia de dragones. El motivo por el cual Soresten y Addax, y Muirgen y Rhydderch, hablan su propio dialecto no es porque sean de la misma región. Es porque son familia.

Los dialectos de la ecolocalización no son regionales.

Son familiares.

DAILY MAIL

¿NIÑAS O DRAGONAS? EL AUGE DEL HARPENTESA ENTRE LAS CHICAS DE TERCERA CLASE

LONDRES. VIERNES, 20 DE DICIEMBRE DE 1923

Por W. H. Harris

UN ESTUDIO RECIENTE de la Academia de Lingüística Dracónica muestra la alarmante velocidad a la que se está extendiendo el harpentesa entre la Tercera Clase, especialmente entre las niñas. Esta lengua dracónica, originaria de los dialectos anglo-frisios de las lenguas germánicas occidentales, se desarrolló junto al inglés que hablamos hoy en día. East Anglia y la zona industrial de las acerías de la región son su lugar de origen, ya que hombres y dragones han trabajado juntos durante mucho tiempo, fundiendo y forjando el metal, desde el siglo XVIII.

El harpentesa es la segunda lengua más hablada de East Anglia y está más extendida incluso que sus dialectos humanos y las lenguas de The Fens. Lo más sorprendente es cómo las hijas de los trabajadores de las fundiciones se han apropiado de esta lengua, pues, a diferencia de la mayoría de los niños civilizados, ellas se relacionan a diario con los dragones que viven en sus pueblos y ciudades y que se dedican a la metalurgia.

El señor Moseley, preocupado propietario de Moseley Iron and Steel Founders, me preguntó si considero apropiado que las niñas puedan conversar con criaturas de tal tamaño. ¿Pueden soportar sus mentes impresionables y sus delicados sentidos la corrupción procedente de criaturas de una naturaleza tan bestial? Al respecto, numerosos pedagogos comienzan a preguntarse si los niños, incluso los de las clases altas, deberían aprender lenguas dracónicas. Quizá sería mejor que lo hicieran después del Examen, si es que es necesario para su profesión, cuando sus mentes ya están plenamente desarrolladas y protegidas contra los toscos instintos de los miembros más bestiales de nuestra sociedad.

Por supuesto, los dragones ocupan un lugar natural en nuestro mundo, como criaturas a las que Dios ha otorgado una inteligencia equiparable a la de los hombres. Pero ¿quién no ha escuchado hablar del monstruo de Lyminster, que arrastraba a las jóvenes doncellas al agua? Algunos también se cuestionan las intenciones de la Tercera Clase: ¿puede ser esta asociación dragones-humanos un reflejo de la degradación de nuestra sociedad? ¿O esconde todo esto algún motivo más indigno, como el fomento de la rebelión?

La pregunta es inevitable: ¿qué puede traer de bueno que nuestras hijas conversen con los dragones?

17

De vuelta en el invernadero, me encuentro con que Ralph me está esperando.

—¿Por qué tardaste tanto? —me espeta con un gruñido.

—Me quemé con el agua caliente del baño y tuve que ir al sanatorio —respondo, hastiada, mostrándole el dedo enrojecido.

Me siento y acerco la máquina locuisonus. Todo este tiempo he estado considerando la ecolocalización como un único idioma que varía ligeramente según la región. ¿Cómo pude haber estado tan ciega, siendo traductora? Los humanos tenemos idiomas, dialectos e incluso formas de hablar particulares en cada grupo familiar, con sus propios acentos, vocabulario y bromas privadas. ¿Por qué no iba a ocurrir lo mismo con los dragones, que han desarrollado el idioma hablado a partir del de los humanos?

Mamá quería demostrar que, al igual que los idiomas de los humanos, las lenguas de los dragones poseen dialectos. Y ahora me corresponde a mí demostrar que ocurre lo mismo con la ecolocalización, con el koinamens. Es un idioma lleno de dialectos familiares que no solo se usan para comunicarse y cazar, sino que además tienen el poder de curar, de hacer que las crías de dragón se desarrollen en el interior de sus huevos…

Quizá los dragones hayan aprendido a hablar con palabras a causa de la presencia de los humanos, pero el lenguaje forma parte de su ser desde el inicio de los tiempos.

—Vivien, un guardia de la paz acaba de dejar esto para ti —me dice la doctora Seymour—. Dice que viene de Londres.

Veo que Sophie reacciona al escuchar hablar de la ciudad. La doctora Seymour le lanza una mirada nerviosa a Ralph y me entrega el paquete. Echo un vistazo a las palabras impresas en la parte posterior y casi doy un paso atrás de la impresión.

¿Acaso Hollingsworth accedió ante mi petición?

—¡Sabes muy bien que los reclutas tienen prohibido utilizar el sistema de correo! —protesta Ralph.

—Pero esto lo enviaron en un coche…

Me arrebata el paquete de las manos y arranca el envoltorio ante la mirada atónita de todos.

—Dolores, informaré que fomentas la desobediencia entre tus reclutas.

La doctora Seymour palidece. Bajo el envoltorio hay un fajo de papeles atados.

—Esto me lo envió la doctora Hollingsworth, rectora de la Academia de Lingüística Dracónica, para ayudarme en mi investigación —le digo sin alterarme—, con el permiso especial de la primera ministra Wyvernmire, quien ayer mismo nos recordó que necesita que acabemos con nuestro trabajo lo antes posible. Puedes preguntarle a ella, por supuesto, pero no creo que le cause gracia saber que interferiste.

Si Ralph no se cree mi mentira, no lo demuestra. Hojea la propuesta de investigación de mamá y luego me la devuelve, visiblemente molesto al no encontrar nada que sugiera que deba excluírseme del DDCD de inmediato. La doctora Seymour me mira fijamente, perpleja. Ya se lo explicaré más tarde, cuando Ralph no esté por ahí.

Gideon tiene el rostro hundido entre las manos. ¿Qué le ocurrirá si descifro la ecolocalización antes que él? No quiero pensar en ello, no puedo permitírmelo. Sin embargo, una parte de mí aún espera que, si consigo darle a Wyvernmire ese código que tanto desea, quizá pueda negociar la liberación de todos.

Bajo la mirada y observo el estudio que sostengo entre mis manos.

«Evolución de las lenguas dracónicas: estudio de los dialectos familiares».

Mi corazón se acelera al ojear el resumen. Casi escucho la voz de mamá en las palabras que ella misma escribió. Cada una de sus ideas está presentada de forma detallada y meticulosa, sustentada por algún estudio o cita, y por un segundo tengo la impresión de que está conmigo. Al leer el texto resulta evidente que le importa el bienestar de los dragones y la protección del lugar que ocupan en la sociedad. Eso me impacta. Si mamá se unió a los rebeldes, debe de haber sido por un buen motivo.

Mientras Gideon sale a fumarse un cigarro, escucho algunas de las grabaciones de ayer. Todo este tiempo hemos estado añadiendo llamadas al sistema de indexación como si pertenecieran a un único lenguaje, cuando en realidad podrían pertenecer a cualquiera de los dialectos familiares que existen. Soresten usaba las llamadas de ecolocalización universales, más simples, para hablar con Muirgen, y un dialecto familiar para comunicarse con su hermana Addax. Pero ¿por qué iba a molestarse Soresten en emplear el dialecto con Addax si ella también comprende el lenguaje universal de la ecolocalización que ocupa con Muirgen?

La respuesta a esa pregunta ya la sé. Es el mismo motivo por el cual hablo con mamá en búlgaro y no en inglés. Porque es el idioma con el que la conocí, con el que hemos cimentado nuestra relación íntima. Comunicarme con ella en otro idioma sería extraño. Me recuesto en la silla. Si consigo demostrar mi teoría de que Muirgen y Rhydderch hablan una versión de la ecolocalización diferente a la que hablan Soresten y Addax, estaré en condiciones de presentarle mi hallazgo a Wyvernmire.

La doctora sale con Ralph y la escucho amenazarlo con la advertencia de que presentará una queja formal si no le permite hacer su trabajo. Katherine repiquetea nerviosamente los dedos sobre la mesa, observándome con unos ojos cansados y enrojecidos. Intento esbozar una sonrisa tranquilizadora justo en el momento en que Sophie aparece a mi lado.

—¿Ahora te hablas con la rectora de la Academia? —me susurra.

—Me la encontré en el baile —respondo.

—¿Lo ves? —le dice Katherine a Sophie, muy seria—. Te lo dije.

Sophie frunce el ceño.

—¿Decir qué?

—Que estás haciendo trampa. —Me sorprende el tono agresivo de la voz de Katherine, normalmente tan alegre—. Estás aprovechando tu estatus como ciudadana de Segunda Clase para pedir ayuda externa.

Levanto una ceja y me pongo los auriculares.

—Eso es ridículo —respondo y de pronto escucho una serie de clics y pulsos.

Echo un vistazo a la máquina locuisonus, sorprendida. Aún no he seleccionado ninguna grabación, pero está claro que escucho llamadas. Eso significa que se están produciendo en este instante. Levanto la vista para mirar a través del techo, pero no hay ni rastro de dragones en el trozo de cielo que vislumbro a través de las ramas. Quizá sea Soresten comunicándose con el dragón que va a relevarlo. Tomo nota de las llamadas que consigo identificar, escribiéndolas a toda prisa en una página del cuaderno, tal como llegan. Da la impresión de que es un dragón hablando solo, sin recibir respuesta. No reconozco algunas de las llamadas, entonces debo buscarlas en las tarjetas de indexación para ver si han sido registradas anteriormente. Tomo notas lo más rápido que puedo, aunque las llamadas se suceden cada vez a mayor velocidad y de forma más errática, así que anoto cualquier traducción posible.

Tono 3 (chica)
Tono 4 (hembra)
Trino 15 (humano)
LLAMADA DESCONOCIDA
Trino 15 (humano)
Tono 3 (chica)

Trino 15 (humano)
Tono 4 (hembra)
LLAMADA DESCONOCIDA
Trino 15 (humano)
LLAMADA DESCONOCIDA
Tono 3 (chica)
LLAMADA DESCONOCIDA

Es la primera vez que escucho que utilizan así la ecolocalización. El dragón parece estar recitando una secuencia de palabras inconexas. Y se repite constantemente. La última llamada, la que no reconozco, se parece al eco 576, que en el sistema de indexación significa «romper» o «traicionar». Sin embargo, es diferente, más corto e intenso que este. Además, percibo que va seguido de un breve silbido, tan rápido que apenas resulta audible. La semana pasada Sophie sugirió lo que podía significar: un breve silbido al final de una llamada podría denotar un nombre o la denominación de algo o alguien. Decido apostar por la traducción más literal.

«Alguien que rompe o traiciona», murmuro para mí. Me dirijo al armario, tomo un diccionario de ideas afines y paso las páginas hasta llegar a la palabra que busco.

traición *sust.* engaño, corrupción, infracción, fechoría, ruptura, delincuencia, delito.

Subrayo la palabra que parece englobar el resto: *delito*. Podría equivocarme, pero siempre puedo volver atrás y probar con otra definición.

Escucho los sonidos una vez más. Ahora las llamadas han cambiado. Hay dos nuevas, que se repiten una tras otra, alternándose constantemente. La primera es un trino amistoso que reconozco. En el sistema de indexación posee diferentes significados. Por lo común, el trino de tipo 93 ha sido traducido como verbo: *deslizarse* o *reptar*. Sin embargo, también he oído que los dragones de patrulla lo utilizan para decir «serpiente». Busco la traducción de la segunda llamada, un barrido de tipo 3. En una tarjeta de indexación aparece definida como algo nuevo, como un nuevo humano o una nueva patrulla.

Así que tengo dos posibles palabras más: *serpiente* y *nuevo*.

Eso no tiene sentido, pero el patrón con serpiente y nuevo se repite, tan persistente como confuso. Me froto los ojos, con la vista puesta en la definición de *serpiente* en el diccionario, aunque sin poder concentrarme. Quizá debería olvidarme de esa llamada y dedicarme a intentar demostrar mi teoría de los dialectos. Pero ¿y si es un mensaje rebelde? No puedo fingir que no lo escuché y ya. Por aburrimiento, más que por otra cosa, vuelvo a pasar las páginas del diccionario hasta que encuentro la definición de la palabra *nuevo*. Sé que en wyrmerio el término equivalente —*fersc*— solo se emplea para referirse a las crías. Un dragón joven o un bebé humano pueden ser *fersc*, por ejemplo. Pero un nuevo edificio, una planta joven o un recién llegado no pueden serlo.

Suspiro. ¿Y si no se trata de esa palabra? ¿Y si la tarjeta de indexación es errónea y las llamadas significan otra cosa? Vuelvo a hojear mi cuaderno, buscando algún apunte sobre el uso del barrido de tipo 3, pero no encuentro nada.

Gideon continúa ahí afuera, fumando y conversando con la doctora Seymour. Escucho su voz grave y la de la doctora Seymour, que lo consuela. A toda velocidad tomo el otro cuaderno, el que ha estado utilizando Gideon. Ahí está, una mención del barrido de tipo 3 de hace cuatro meses, escrito con una letra que no reconozco. Fue traducido no como «nuevo», tal como en apuntes anteriores, sino como «original». ¿Podría ser un error de traducción? Miro fijamente la palabra: *original*.

Lo habían usado tres dragones al hablar de un primer vuelo, en una grabación con fecha del 1 de septiembre.

Combino la palabra con las otras que he conseguido traducir, descartando *hembra*, que me parece una reiteración.

Humano

Chica

Delito

Serpiente

Original

¿Una chica humana que cometió un delito? Un escalofrío me recorre la espalda. Eso se podría decir de la mayoría de las reclutas, pero… De pronto recuerdo las palabras que escuché de una voz que me erizó la piel.

¿Tienes una cuchilla, niña humana? Ambas sabemos que no podrás quitármela con los dientes.

Tomo el diccionario y busco la palabra *original*.

Perteneciente o relativo al origen.
O
Que resulta de la inventiva de su autor.
O
Que ha servido de modelo para hacer copias.
O
Novedoso, singular, curioso, nuevo. En su estado primigenio. Virgen.

De pronto conecto todo y doy un brinco. Sujeto un lápiz y rodeo con un círculo la última palabra, aparentemente la más inconexa de la lista. La busco en el diccionario y la primera acepción que encuentro es *doncella*.

Humano

Chica

Delito

Serpiente

Doncella

Esas palabras ya las he escuchado juntas en otra ocasión.

¿Doncella Serpiente? Esa es la traducción literal, ¿no?

Chumana.

Chumana está en Bletchley Park, llamando a la chica humana que cometió un delito.

Chumana me está llamando.

18

Espero a la hora del almuerzo para robar una máquina locuisonus. Al final del turno, Sophie parece querer decirme algo, pero después lo piensa mejor y sigue a la doctora Seymour y a los demás al comedor. Solo queda Soresten vigilando el invernadero y apenas me mira cuando atravieso el claro donde toma el sol.

—Me llevo esto para repararlo —digo, cargando una bolsa al hombro.

Soresten levanta la cabeza como si quisiera olfatearlo y mi corazón se acelera. Es impensable que pueda adivinar para qué sirve, pero la corneta que sobresale de la bolsa deja claro que es algo para escuchar. Aun así, es un riesgo que estoy dispuesta a correr.

Me abro paso por entre los árboles. ¿Y si es demasiado tarde y Chumana ya se fue? ¿Cuánto tiempo habrá estado llamándome? ¿Y si uno de los dragones de patrulla escuchó las llamadas y decide investigar?

Saco la máquina locuisonus y la enciendo. Me adentro en el bosque sin dejar de escuchar. No percibo nada más que alguna que otra llamada de exploración. Si estoy fuera del rango de acción de los bloqueadores de señal de hule de la doctora Seymour, significa que puedo emitir llamadas a través de la máquina locuisonus. ¿Y si replico la llamada de Chumana? Si la oye, sabrá que soy yo, y rastreará el sonido hasta encontrarme. Es peligroso, por supuesto. Alguno de los dragones de patrulla podría interceptarlo y se percatarían de que estoy hablando koinamens en el bosque a través de una máquina.

¿Tienes una mejor idea?

Me arrodillo a los pies de un árbol y coloco la máquina locuisonus sobre el suelo duro. Me quito los guantes, saco los auriculares de la máquina y cambio el interruptor de «recepción» a «emisión». Es algo que no había hecho nunca. Ni siquiera creo que lo haya hecho la doctora Seymour. La máquina no está diseñada para emitir llamadas grabadas completas, sino pequeños fragmentos, cortados y pegados para decir lo que deseamos. Sin embargo, no hay tiempo para eso.

Presiono el botón y reproduzco la grabación de Chumana.

No puedo escuchar las llamadas, ya que la máquina locuisonus las convierte de nuevo a su frecuencia original. Sin embargo, sé que se están reproduciendo porque se enciende una pequeña luz verde parpadeante. ¿Qué he hecho? Levanto la vista al cielo, nerviosa. En cualquier momento pueden aparecer Muirgen o Yndrir o Soresten para interrogarme sobre cómo y por qué estoy utilizando su lenguaje ultrasónico secreto. Luego informarán a su reina y ella abandonará a Wyvernmire y perderemos la guerra…

—¿Cómo te atreves a enviarme esa abominación, niña humana?

Me giro de golpe y veo a una enorme dragona rosada acercándose. ¿Cómo puede caminar tan sigilosamente con esas patas del tamaño de un peñasco? Me mira con esos ojos ámbar, surcados por círculos blancos, y mueve la cabeza a modo de saludo.

—Chumana —suspiro aliviada—. Viniste.

Lleva el hombro izquierdo ensangrentado. La herida es tan profunda que incluso observo el brillo del hueso.

—*Tú* viniste —me dice en slavidraneishá.

—Me llamaste, ¿no? —respondo y lanzo una mirada a la máquina locuisonus.

—Sí. Tuve que utilizar todo tipo de llamadas, ya que no sabía cuáles reconocerías —dice con un gruñido.

—¿Cómo sabías que estaba escuchando las llamadas de ecolocalización?

—Sé mucho de lo que ocurre en el interior del invernadero.

¿Qué? ¿Cómo?

—¿Qué estás haciendo aquí? —le pregunto—. Deberías estar escondida en algún lugar lejano, donde la reina Ignacia no pueda encontrarte.

Chumana suelta una carcajada.

—Yo soy la menor de las preocupaciones de Ignacia. —Agita la cola—. No podemos quedarnos aquí. Los dragones de guardia vienen en camino, oigo cómo hablan entre ellos.

El pánico se adueña de mí. Reproducir las llamadas de Chumana fue una estupidez. No puedo permitir que me encuentren aquí.

—¡Vamos, ven conmigo! —dice Chumana, señalando su lomo con un gesto de la cabeza—. Como la última vez.

Titubeo.

—No te ofendas, pero dudo que montarte sea agradable para alguna de las dos.

Chumana suelta un bufido socarrón.

—Lo de montar es para caballos. Yo te estoy permitiendo que te refugies en mi lomo. Y ahora date prisa, antes de que cambie de opinión.

Guardo la máquina locuisonus de nuevo en la bolsa. Luego me acerco a su costado, como lo hice en la biblioteca, y apoyo una mano en la base de su lomo. Al subir me percato de que su olor ha cambiado. Ahora huele a aire fresco, a pinos y a sangre caliente.

—¿Qué te sucedió en el hombro? —le pregunto.

—No es más que una herida de guerra.

No le pregunto en qué guerra ha estado luchando. Me desplazo hasta la zona donde antes tenía el detonador, entre sus alas. La cicatriz está perfectamente cerrada.

—Sujétate de algo —murmura.

Y, antes de que tenga tiempo de prepararme, nos echamos a volar. El viento silencia mi exclamación de asombro y la base de las alas de Chumana se mueve con tal fuerza bajo mis muslos que caigo hacia delante, aunque logro aferrarme a la primera escama que encuentro. Pego el rostro a la superficie de su cuerpo, aterrada, sin atreverme a mover un dedo. Siento cómo ascendemos; el aire se torna cada vez más frío a nuestro alrededor. No escucho nada, salvo el rumor del viento y el batir de sus alas. Tengo los párpados apretados, no veo nada, pero siento cómo se balancea la máquina locuisonus en mi hombro. Por fin abro los ojos y miro por encima del ala de Chumana.

El bosque se extiende bajo mis pies: las copas de los pinos se han convertido en un mar de verde y café. No hay ni rastro del invernadero, que está perfectamente oculto bajo la vegetación, pero al final del bosque reconozco Bletchley Park, la casa y el tumulto que la rodea, entre coches negros, minúsculos guardias blancos… y dragones. Los veo por todas partes, patrullando junto al lago, encaramados al tejado de la casa y en el cielo, convertidos en figuras distantes. Chumana también los ve y vira de golpe, haciéndome soltar un grito. Nos inclinamos tanto que casi se me salen los pies de los improvisados estribos en que los encajé, entre púas y escamas.

Bajamos en picada, como un misil lanzado al suelo, y el viento se cuela entre nuestros cuerpos, casi levantándome de su lomo, a una velocidad que me deja sin aliento.

Las enormes patas de Chumana aterrizan suavemente sobre la hierba, pero el impacto crea una reverberación que se extiende por todo su cuerpo y me lanza al suelo. Jadeando, recupero el aire que me falta y levanto la mirada. Ella tensa los labios en una sonrisa que deja a la vista una dentadura de afilados colmillos amarillos.

—Espero que tu máquina no se haya roto —dice.

Levanto la cabeza y acerco la máquina locuisonus. Afortunadamente parece que sobrevivió al aterrizaje de emergencia.

—¿Dónde estamos? —pregunto.

Aterrizamos en una hondonada. Es como una zanja profunda, con los laterales tan verticales que no alcanzo a vislumbrar qué hay arriba.

—Más allá del bosque —responde Chumana, acercando el hocico a la herida—. Un campo no cultivado.

Es la primera vez que salgo de Bletchley desde que bajé de ese tren. De pronto se instala la idea en mi cabeza, por supuesto.

Podrías irte a casa.

Pero ¿ir a casa para qué? El Gobierno se llevó a Ursa y mis padres continúan en Highfall. Si me voy de Bletchley, mi única posibilidad de salvarlos habrá desaparecido. Además, no puedo marcharme sin Marquis.

Recorro la zanja con la mirada. La tierra está quemada y hay un montón de huesos en un extremo, así como un cráneo que, al parecer, debió pertenecer a una desafortunada vaca. A la izquierda, hay una marca enorme en el suelo, la huella de un cuerpo pesado, y una gigantesca piel de dragón, muerta y seca.

—¿Cuánto tiempo llevas durmiendo aquí? —le pregunto a Chumana.

—Varios días.

—Pero ¿por qué? Pensé que habías huido después de prender fuego al despacho de Wyvernmire. Esperaba que estuvieras lo más lejos posible.

—Oh, eso hice —responde Chumana—. Pero tuve que volver.

—¿Tuviste que volver específicamente a Bletchley Park?

¿Qué es lo que querrá?

—Debía hablar contigo.

Su enorme cabeza se eleva sobre mí y siento el aire caliente de su respiración en el rostro. La observo fijamente y veo mi rostro reflejado en sus ojos. Suelta un bufido y lanza una mirada de asco a la máquina locuisonus.

—¿Tienes idea de lo que estás haciendo metiéndote en asuntos que no te conciernen?

—¿Cómo es que sabes lo que es esto? ¿Cómo sabías que podrías contactarme a través de la ecolocalización...?

—¡No se llama así! —ruge Chumana, dando un golpe al suelo con una pata. La vibración me hace trastabillar.

—Ya lo sé —me corrijo, levantando las manos—. Lo siento. Es el koinamens, ¿verdad?

Sus ojos se encienden de pronto.

—¿Cómo es que conoces su nombre real?

—Es complicado.

Me observa fijamente y yo le devuelvo la mirada.

—Hace un momento dijiste que utilizaste todo tipo de llamadas para contactarme. Así que... ¿cada dragón posee sus propias llamadas características? ¿Me buscaste empleando las llamadas universales, en lugar de...?

Chumana me lanza una mirada intensa y calculadora. Pierdo el hilo de lo que estaba diciendo.

—Si crees que te voy a ayudar a aniquilar a toda mi especie, estás muy equivocada.

—¿Aniquilar a tu especie? —replico—. ¿De qué estás hablando?

—Vine a decirte que deben dejar de hacer lo que están haciendo en el invernadero —dice ella—. Los rebeldes ya lo saben y solo es cuestión de tiempo para que se entere la reina Ignacia.

Así que Chumana no se ocultó. Está con la Coalición. Y si ella sabe lo que estamos haciendo con las máquinas locuisonus, quiere decir que en el invernadero debe de haber un espía rebelde. De pronto veo todo con claridad.

La doctora Seymour.

Su correo dracovol no estaba relacionado con Ravensloe ni con la investigación. Está comunicándose con la Coalición Humanos-Dragones.

—¿A decírmelo a mí? —respondo, incapaz de contener la indignación—. Yo trabajo para la primera ministra Wyvernmire, que tiene a todo el ejército británico a sus órdenes. Tú a mí no puedes decirme nada.

—Ah, sí, la mujer que amenaza con aniquilar a toda tu familia —replica Chumana, en tono burlón—. No sabía que fueras tan cobarde, niña humana.

—No lo soy —protesto—. No tengo elección. Hago lo que hago en el invernadero para salvarlos.

—¿Tienes idea del daño que estás causando?

—Yo solo hago lo que me piden. ¿Qué tendría de malo que los humanos hablaran el koinamens? Ya hablamos lenguas dracónicas.

—Porque el koinamens no forma parte de la naturaleza humana —responde Chumana con rabia—. Por eso tienen que recurrir a esa lengua artificial y antinatural que distorsiona el sonido de mis llamadas, despojándolas de su verdadera esencia.

Vuelve a fijar la mirada en la máquina locuisonus.

—Ya sé que no lo es —reconozco, suavizando la voz—. Sé que sirve para cosas que no se pueden realizar con otras lenguas. Puede curar y hacer que las crías de dragón crezcan...

—¿Qué dragón te reveló ese conocimiento? —exclama Chumana.

—Ninguno. Lo descubrí yo sola. Sé que el koinamens no es un código ni un arma. Nacen con él. Es parte de su naturaleza. Y que diferentes dragones hablan diferentes versiones, como... dialectos —añado.

Chumana emite un gruñido profundo.

—Tengo razón, ¿verdad? —pregunto. *Y mamá también tenía razón.*

—Te estás entrometiendo en algo que va más allá de tu capacidad de comprensión —me advierte Chumana—. Les ponen nombres a nuestras llamadas, igual que intentan categorizar las diferencias de nuestro aspecto físico, pero no comprenden cómo encajan esos elementos, creando un todo.

—Pero yo quiero comprenderlo, quiero saber cómo conversan los dragones...

—El koinamens no está hecho para conversar, para eso tenemos los idiomas. ¡Sin embargo, continúan hurgando con la esperanza de conseguir someterlo a una organización gramatical, porque así quizá consigan someterlo a su voluntad! Lo que no ven es que, aunque el koinamens dice menos que otros idiomas, significa más. Es más profundo que el intelecto, más rápido que la luz. Es el susurro de una madre que llega a la mente de su cría, para tranquilizarlo mientras espera su regreso al nido. Dime, niña humana: ¿se puede traducir el significado de un apretón de manos? ¿De la risa de un niño? ¿De un último aliento?

Miro fijamente una brizna de pasto pisoteada. ¿Cómo puede ser un lenguaje más rápido que la luz?

—¿Sabes por qué se opone la Coalición al Acuerdo de Paz? —dice Chumana.

—Creen que está corrupto —digo yo—. Creen que condena a los dragones al ostracismo y oprime a la Tercera Clase.

—¿Y tú qué crees?

Pienso en los niños de Canna, en la prohibición de estudiar lenguas dracónicas, en la chica de Tercera Clase muerta.

—Yo creo que el Acuerdo de Paz se firmó con buenas intenciones —digo sin mucha convicción.

—Existen numerosos países sin acuerdos de paz, niña humana —replica Chumana—. Sin embargo, el nuestro ha relegado a los dragones, convirtiéndolos en ciudadanos de segunda, apenas tolerados, y ha impuesto un sistema de clases que anula a algunos de los mejores simplemente por su situación económica. Es una fachada, montada para que la primera ministra Wyvernmire pueda favorecer a sus amigos y acaparar el poder.

—¿Y la reina Ignacia? ¿No firmó ella misma el Acuerdo de Paz?

—Otra corrupta —murmura Chumana, furiosa.

—¿Y qué es lo que sugieren los rebeldes? —pregunto—. Sin un acuerdo de paz, dragones y humanos lucharán por el territorio, por los recursos, y habrá otra guerra…

—Un acuerdo de paz diferente —responde Chumana—. Un acuerdo escrito por la gente, sin cláusulas ocultas ni sistemas de clases.

Todo eso es demasiado para mí.

—No estoy interesada en debates políticos…

—Solo porque eres lo suficientemente privilegiada como para no tener que preocuparte.

—El único motivo por el cual estoy aquí es para salvar a mis padres y…

—Tus padres son más fieles a sus convicciones que tú…

—¡Mis padres están prácticamente muertos! —le grito—. A menos que le diga a Wyvernmire que el código dracónico no es un código, sino un idioma con dialectos, dialectos familiares…

Chumana emite un rugido ensordecedor.

—¡Estás jugando con secretos de los dragones, ocultos a los humanos desde el inicio de los tiempos! ¿Qué crees que hará tu primera ministra en cuanto tenga la posibilidad de imitar el koinamens? ¿Lo utilizará para atraer y atrapar a nuestros familiares? ¿Robará huevos y criará su propio ejército de dragones esclavizados? ¿O asesinará a toda una generación de crías de dragón antes de que salgan del huevo, empleando las llamadas que solo una madre desesperada enviaría a su propio huevo?

Enmudezco y Chumana suelta una risa grave y siniestra.

—Por supuesto que no sabías que el koinamens también puede matar, igual que puede curar y fomentar el crecimiento de las crías. No sabes nada de sus complejidades, de su poder ancestral, del peligro que supondría si cayera en las manos equivocadas.

—Lo siento, Chumana —le digo. Me acerco a la máquina locuisonus y la recojo—. Pero, si no le doy a Wyvernmire lo que quiere, mi familia morirá.

—Dáselo y ganará la guerra —gruñe Chumana—. ¿De verdad piensas que liberará a tus padres rebeldes? ¿Tú crees que los dejará vivir? ¡Estás del lado equivocado de la historia, niña humana!

—Mi hermana es inocente —replico—. Y si mis padres mueren, me necesitará aún más. No existe otra solución.

—¿Escogerías a tu hermana por encima de toda la raza de dragones? ¿Por encima de tus congéneres humanos, tratados como animales simplemente por el hecho de haber nacido en la Tercera Clase?

—Pues sí. Probablemente eso me convierta en una persona horrible. Pero, créeme, eso no es ninguna novedad para mí.

Se hace una larga pausa, solo interrumpida por el molesto gorjeo de un pájaro. Luego Chumana vuelve a hablar.

—Los dragones mudan de piel —dice—. ¿Sabes por qué es importante?

Lanzo un vistazo a la piel muerta que reposa en el suelo y niego con la cabeza.

—Cada vez que mudamos la piel, dejamos atrás nuestra identidad pasada. Cada vez que lo hacemos, es una ocasión para convertirnos en alguien diferente. Una oportunidad para cambiar.

—Qué práctico, en tu caso —respondo muy seca.

La herida del hombro le vuelve a sangrar y el líquido rojo escurre por su pata.

—Podría curarte esa herida —le digo—. Ninguno de los dragones de por aquí lo haría, siendo tú una rebelde, pero yo podría grabar llamadas de curación y…

—Antes preferiría morir —replica Chumana con un gruñido.

Asiento y emprendo la ascensión del lateral de la zanja.

—Podría matarte, niña humana —murmura Chumana en el momento en que llego a lo más alto—. Podría convertirte en cenizas ahí mismo. O, mejor aún, podría comerme tu carne y ocultar tus huesos entre los otros.

Me quedo helada, pero aun así le sostengo la mirada.

—¿Y por qué no lo haces? Mátame, destruye la máquina locuisonus y todo el mundo pensará que la robé y huí. Mis padres serán ejecutados, por supuesto, así que básicamente estarás sentenciando a muerte a miembros de tu bando, pero ¿qué importan dos muertes más de humanos si ya deseas la de una? Y yo que pensaba que los rebeldes creían que humanos y dragones son una gran familia feliz.

Retrae los labios, dejando a la vista sus largos colmillos.

—Alguien me pidió que me abstuviera de utilizar los dientes. De no ser así, niña humana, ya estarías pudriéndote a mis pies.

19

Para cuando regreso a Bletchley Park, tengo las manos entumidas por el frío. Lo único que quiero es acurrucarme junto a la chimenea y dormir, pero en lugar de eso me llevo la máquina locuisonus al invernadero. La doctora Seymour está ahí, enfrascada en la lectura de un libro. Cuando me ve entrar, lo cierra de golpe.

—¿Dónde estabas? Soresten me dijo que te llevaste la máquina locuisonus a una revisión de mantenimiento. —Suelta una carcajada airada—. ¿Tienes idea del riesgo en el que has puesto el programa? Te encubrí una vez, Vivien, pero no volveré a hacerlo…

—Ahora soy yo la que la está encubriendo —le digo.

La doctora Seymour da un paso atrás.

—¿Disculpa?

—Sé que es una espía —añado—. Ahí es donde estuve hoy. Con una de sus colegas.

Remarco la última palabra y la doctora Seymour palidece.

—¿Chumana?

Asiento y ella cierra los ojos.

—Es cierto. La Coalición debe de haber enviado a Chumana después de que recibieran mi último mensaje…

—¿Qué decía el mensaje? —pregunto sin inmutarme—. ¿La ubicación precisa de Bletchley Park?

—No seas tonta. Eso ya lo saben —responde la doctora Seymour, que levanta la vista y mira fijamente los árboles que nos rodean—. Les dije que estabas haciendo demasiados progresos, a pesar de que intentaras ocultármelos, y que muy pronto podrías utilizar la ecolocalización tú sola.

Me quedo paralizada.

—¿Así que les dijo que enviaran a Chumana para ver si podía convencerme de que me detuviera? —No puedo ocultar mi asombro—. ¿Cómo es que la conoce?

—Tu encuentro con la dragona encerrada en la Universidad de Londres no pasó precisamente inadvertido, ni para el DDCD ni para los rebeldes. Y cuando la liberaste, se unió a la Coalición.

—Pero... si está de acuerdo con Chumana en que los humanos no deberíamos aprender a comunicarnos con la ecolocalización, ¿por qué inventó la máquina locuisonus?

—Lo hice antes de saber el daño que podría causar —confiesa—. Y lo lamento amargamente.

—Sin embargo, nos enseña cosas sobre la ecolocalización a diario.

—Necesito una coartada realista.

—Una coartada que le permita espiarnos —replico—. No es de extrañar que casi nunca detectemos llamadas rebeldes: ¡saben que no deben volar por aquí! Y ahora que conocen nuestro paradero exacto podrían atacar en cualquier momento...

—Hace meses que lo saben. No atacarán. Aún no.

—¿Aún no? —respondo casi sin aliento—. Si los rebeldes saben dónde estamos, ¿por qué no intentaron atacar a Wyvernmire cuando estaba aquí, la noche del baile?

—Contrario a lo que te han dicho, el objetivo de la Coalición no es la guerra, Vivien. Es el cambio.

La doctora Seymour me mira con una expresión triste en los ojos.

—¿Vas a denunciarme?

¿Que si voy a denunciarla? Si delato a la doctora Seymour ante Ravensloe, la mandará arrestar. Los rebeldes podrían considerarlo como una señal para atacar y se desataría el infierno. Hasta el momento, he progresado más que nadie con la ecolocalización. Ahora lo único que me resta por hacer es explicarle a Wyvernmire que no es un código, sino un idioma con dialectos que habrá que aprender. Puede que no sea la noticia que esperaba, pero es el avance que pedía. Y entonces podré salir de aquí, volver con Ursa y con mis padres... y tal vez, solo tal vez, consiga que también liberen a todos los demás.

Poso la mirada en el armario donde encontré el correo dracovol. La doctora Seymour lo utilizaba para comunicarse con los rebeldes, pero también me lo prestó para descubrir dónde estaba Ursa. ¿Quién es realmente esta mujer?

—Sé lo que ocurre en Canna gracias a lord Rushby —le digo—. Pero ¿qué pasa en Eigg?

—Eso no puedo decírtelo —responde.

Entonces es algo importante.

—Si los dragones rebeldes saben que en Bletchley Park estamos intentando descifrar la ecolocalización, ¿por qué no se lo dicen a la reina Ignacia, para enfrentarla a Wyvernmire?

—Porque no queremos una guerra más grande de la que ya tenemos. —La doctora Seymour hace una pausa—. ¿Para qué necesitabas la investigación de tu madre?

—La ecolocalización no es solo un idioma —le digo—. Pero eso usted ya lo sabía, ¿no?

—Pero tu madre…

—Es antropóloga dracónica. Descubrió que las lenguas dracónicas poseen dialectos que no son regionales, sino familiares.

La doctora Seymour se inclina, acercando la cabeza.

—¿Familiares?

—Cada familia o grupo familiar de dragones habla su propio dialecto. Yo creo que con la ecolocalización ocurre lo mismo. —Hago una pausa—. Pero seguramente usted ya sabe eso, doctora Seymour. ¿Los dragones de la Coalición no se lo han dicho?

—No quieren hablar de la ecolocalización con los humanos, ni siquiera con los rebeles. Y hacen bien. La naturaleza humana es voluble. Cambiamos de bando como de ropa. Lo que dijiste sobre los dialectos familiares… me recuerda a los grupos de ballenas. Cada grupo posee sus llamadas particulares, así es como distinguen a sus miembros de los de otros grupos.

¿Cómo puede saber tanto la doctora Seymour y aun así…?

—Lo está arriesgando todo —le digo—. Su carrera, su investigación, su vida. El otro día escuché a Ralph. ¿De verdad quiere darle la satisfacción de ver cómo la despiden y la arrestan?

—Lo arriesgo todo por la gente que quiero —responde la doctora Seymour con decisión—. Por la Tercera Clase, por los dragones con los que estamos perdiendo el contacto, por mi hijo. —Se lleva las manos al vientre y abro los ojos como platos—. Quiero que crezca en un mundo igualitario. Quiero reparar el daño que he propiciado. Cuando Ravensloe me invitó a venir a Bletchley y a que trajera mis máquinas, yo trabajaba en el Ministerio de Asuntos Exteriores, en relaciones internacionales con los dragones. Y acepté porque sabía que podía enmendar algunos de mis errores desde dentro. Las máquinas locuisonus…

—Son increíbles —digo yo en voz baja.

—Son peligrosas —dice ella, endureciendo la voz—. Existe un motivo por el cual no poseemos las mismas capacidades que los dragones, Vivien. Somos demasiado malvados como para merecerlas.

—Pero piense en el progreso: un idioma nuevo a la espera de ser descifrado. Es el descubrimiento del siglo.

—Pero piensa en el precio. ¿No te lo contó Chumana? ¿No entiendes por qué es tan importante para los dragones…?

—Lo entiendo. Y si mis padres no estuvieran en Highfall, quizá… —Meneo la cabeza—. De cualquier modo Wyvernmire tardará años en aprender los entresijos de la ecolocalización. Quizás, en ese tiempo, cambie el Gobierno. Quizá los rebeldes ganen la guerra.

Ya no me importa, mientras pueda volver a casa.

La doctora Seymour agita la cabeza, frustrada, sin apartar la mano del vientre.

—Solo un secreto separa a Wyvernmire de poder someter a los dragones —sentencia—. ¿Qué crees que ocurrió en Bulgaria? ¿Que los dragones masacraron a toda una población sin motivo?

El corazón se me encoge en el pecho.

—¿El Gobierno búlgaro descubrió la ecolocalización?

La doctora Seymour asiente y lanza una mirada a la locuisonus que aún llevo al hombro.

—Lo que pensábamos que habíamos descubierto durante la guerra ya lo sabía el doctor Todorov, gracias a una máquina que aprovechaba el efecto piezoeléctrico de los cuarzos. Era un aparato primitivo, mucho menos desarrollado que su sucesor, mi máquina locuisonus. Pero era un inicio. Él decía que era como leer los pensamientos de los dragones. Los humanos de Bulgaria los obligaron a luchar en combates organizados, secuestraron a sus crías y utilizaron la ecolocalización para experimentar con ellas. Hicieron cosas terribles.

—Así que… ¿todo este tiempo ha estado fingiendo saber menos sobre la ecolocalización? ¿Desde el principio era consciente de su magnitud?

—Sí —confiesa la doctora Seymour—. Siempre he sabido que es un idioma de vital importancia para los dragones.

Miro fijamente la máquina locuisonus. Todo este tiempo pensé que era la clave para salvar a mi familia y encontrar a Ursa, pero me han estado engañando.

—Así que esto no ha sido más que una pérdida de tiempo —reconozco amargamente—, aprender un idioma que ya conocía…

—No, Vivien —me interrumpe la doctora Seymour—. Olvidas que yo no soy traductora. El descifrado de la ecolocalización, el significado de cada llamada, la existencia de esos dialectos… todo eso lo has encontrado tú.

—¿Y el equipo anterior? ¿Los reclutó simplemente para sabotear su trabajo? ¿Dónde están ahora, doctora Seymour?

Tiene la decencia de dejar caer la cabeza, avergonzada.

—Los cables de las reperisonus no se rompieron accidentalmente —prosigo—. Los cortó usted. Todo este tiempo ha intentado impedir que desarrollemos los conocimientos que usted misma nos ha proporcionado.

—Así es —reconoce ella—. Cuando sugeriste la posibilidad de que la hembra de dracovol estuviera hablándoles a sus huevos a través de la ecolocalización, entré en pánico. Me aterraba no poder evitar que descifraras el código, cuando te estabas dando cuenta de cosas que yo había tardado años en comprender. Me aterraba que pudieras compartir esa información con Dodie o Atlas, y que ellos le dieran al profesor Lumens la clave para conseguir que los huevos de dragón eclosionaran. Ibas tan rápido que me costaba seguirte. Es casi imposible sabotear el trabajo de una traductora experimentada si apenas conoces el idioma fuente.

—Y los reclutas anteriores… ¿qué fue de ellos?

—Simplemente los enviaron a los lugares donde estaban antes.

—¿Está segura de eso? —insisto, bajando la voz.

Los ojos se le llenan de lágrimas.

—Tenía que conservar mi posición como informante. La alternativa era…

Meneo la cabeza. No quiero escuchar nada más. Solo quiero irme a casa.

—Debería entender por qué debo entregar la traducción de la ecolocalización a Wyvernmire —le digo—. Usted también tiene algo muy importante que perder…

—Toda la familia de tu madre murió asesinada en Bulgaria, ¿verdad?

Asiento.

—Si Wyvernmire aprende a utilizar la ecolocalización, los dragones de Britania se alzarán en guerra. Se repetirá la historia.

—Me mira, y esta vez es una mirada gélida, dura—. Y entonces ambas perderemos lo que más queremos.

En la cena, Marquis me recibe con una mirada fulminante.

—¿Dónde estuviste toda la tarde? —me reclama agitado—. La doctora Seymour dijo que te llevaste una máquina para repararla. No estabas en los talleres, así que…

—Pensaste que podías dedicar la tarde a intentar descifrar el código, ¿no? —dice Katherine, sentándose frente a mí, con el gesto endurecido con malicia—. No te llevaste la locuisonus para repararla, simplemente te la estabas agenciando para tu uso personal y la doctora Seymour te encubrió. Todos sabemos que quiere que ganes tú. Seguro…

—Se la llevé a Knott para que arreglara uno de los diales —miento—. Y luego…

Más vale cargar con la culpa de algo que no hice que contarle a todo el mundo que salí de Bletchley Park con una dragona rebelde.

—Y luego la utilicé para escuchar a los dragones que están de guardia.

—Así que Katherine tiene razón —dice Sophie con frialdad—. La querías para ti, a pesar de haberla tenido ya toda la mañana a tu disposición.

Karim le pasa una bandeja con pastel de carne, pero ella no se mueve.

—Típico de Viv —añade lentamente—. Siempre obsesionada con ganar, caiga quien caiga.

Siento que mi rostro arde. No puedo negarlo, así que me limito a tomar el tenedor y me pongo a comer.

Katherine suelta una carcajada forzada.

—Por lo que he oído, no es la primera vez que traicionas a alguien cercano.

¿Qué se supone que significa eso?

—Tal vez Gideon tenía razón… —añade, lanzándome una mirada de desprecio.

—¡Ya basta! —grita Marquis.

Noto que Atlas me observa, pero yo no le devuelvo la mirada.

Ahora cree que robé la máquina locuisonus para ganar ventaja sobre los demás, cuando justo esta mañana estábamos hablando sobre lo que haría Wyvernmire en cuanto consiga el código.

Se hace un silencio total, solo interrumpido por el chasquido de los cubiertos contra los platos de porcelana. Owen monta guardia junto a la puerta, como siempre, y noto que nos observa con el ceño fruncido. La radio, situada sobre la repisa de la chimenea, da las noticias:

«El ejército británico sufrió nuevas bajas esta mañana en una emboscada para la que parece que el batallón rebelde estaba preparado. Nos enlazaremos con John Seymour, corresponsal de guerra. John, ¿cómo puede ser que los rebeldes se adelanten a todos los movimientos del Gobierno?»

Doy un sorbo al agua y me pregunto cuántos espías como la doctora Seymour habrá infiltrados en el ejército.

—¿Adónde fuiste antes? —me susurra Atlas.

Lleva ambas manos vendadas y huele sospechosamente a bálsamo de caléndula.

—Me encantaría que la gente dejara de preguntarme todo el tiempo dónde he estado —respondo en tono brusco.

—¿Alguien ha visto a Dodie? —pregunta Karim.

Atlas aparta la mirada y se gira hacia él.

—Yo la vi hace una hora más o menos. Dijo que daría un paseo.

—Ella nunca llega tarde —dice Karim—. Quizá deberíamos buscar…

Una estruendosa sirena atraviesa el aire. Me llevo las manos a las orejas y, en ese momento, vemos destellos de una luz tan intensa que atraviesa las cortinas opacas. Atlas y yo corremos hacia la ventana y arrancamos la cortina.

—¡Eh! ¡No pueden hacer eso! —grita Owen.

En el exterior vemos guardias corriendo por el patio hacia la puerta de entrada gritándose entre sí. Un dragón sobrevuela la casa, pero el cielo está demasiado oscuro como para distinguir quién es. Tras un instante, por fin logro vislumbrar qué provocó el caos: alguien está saltando la valla. Los guardias corren hacia allá y la persona está casi en lo más alto cuando…

BANG.

La figura se tambalea un momento, aún agarrada a la valla.

Luego cae de espaldas, desapareciendo en la oscuridad.

—Carajo —exclama Marquis, poniéndose de pie—. ¿Eso fue un disparo?

Serena aparta a Owen de un empujón y salimos al vestíbulo, pero los guardias bloquean las puertas de entrada. De pronto se abren de golpe y entra un guardia con alguien en brazos: melena pelirroja, uniforme y un par de lentes rotos colgando de la nariz…

El guardia deposita el cuerpo en el suelo. Sophie suelta un grito y cae de rodillas.

—¿Atlas? —exclamo casi sin voz.

Él sujeta mi mano, aparta a los demás y nos situamos en primera fila. El horror me atenaza el estómago.

Allí tendida, en medio del vestíbulo, con una mancha de sangre en el pecho, está Dodie.

20

El mundo se detiene de golpe y, de pronto, se pone en marcha otra vez.

—¡La asesinaste! —grita Atlas, arremetiendo contra el guardia que llevaba a Dodie en brazos, y Marquis lo sigue, pero en pocos segundos los otros guardias los someten.

—¡Suéltenlos! —les grito a los guardias que los mantienen inmovilizados contra el suelo—. ¿No les basta con lo que hicieron?

A nuestras espaldas escucho a Sophie sollozando sobre el cuerpo de Dodie. Serena intenta tranquilizarla, pero ella la aparta. ¿Cómo puede ser que alguien que hace un momento estaba trepando una valla de pronto esté tan inmóvil? Miro fijamente el cuerpo de Dodie, casi esperando que se ponga de pie y nos sonría. Me gustaría arrodillarme y desabotonarle el saco para comprobar si todo ese charco de sangre procede de ella, pero me contengo. Un guardia pone a Atlas de pie de un tirón y, cuando por fin observo su rostro, noto que está cubierto de lágrimas. Gideon y Karim están paralizados, atenazados por el pánico, y en cuanto ven a más guardias entrar corriendo, levantan las manos.

—¡Asesinaste a nuestra amiga! —masculla Atlas, incrédulo.

Me acerco a él, ignorando al guardia que lo mantiene inmovilizado por la espalda, y lo rodeo con mis brazos.

—¿Amiga? —dice alguien en voz alta.

Me giro. Ravensloe está bajando por una de las escaleras. Observa la escena y endurece el gesto, haciendo una mueca de asco al ver el cuerpo inerte de Dodie.

—Esa chica no era su amiga. Miren a su alrededor. —Llega al último escalón y mueve un brazo, señalando las cuatro paredes—. Observen dónde están. Esto no es un internado para niños adinerados. No están aquí para hacer amigos. Son delincuentes. Su objetivo es pagar por sus delitos.

Veo que Marquis frunce el ceño mientras forcejea con el guardia que lo retiene.

—Esta noche Dodie decidió abandonar sus obligaciones —dice Ravensloe sin cambiar de tono—. Se le había ofrecido una segunda oportunidad y la rechazó, así que pagó con su vida esa ingratitud.

—¡No le brindaron ninguna oportunidad! —grita Marquis—. ¡Le asignaron una tarea imposible y luego le dijeron que, aunque consiguiera realizarla, sería a costa de Atlas!

Atlas contiene el llanto y yo lo sostengo con fuerza, mirando fijamente al guardia que se encuentra detrás hasta que no puede más y aparta la vista.

—No podrán continuar con esto —dice Serena con la voz temblorosa, mirando a Ravensloe—. La Primera Clase no... yo no...

—Tú, Serena Serpentine, deberías considerarte afortunada de estar aquí —replica Ravensloe con tono burlón. Le hace un gesto a un guardia, quien da un paso adelante y aparta a Sophie del cadáver de Dodie.

—¡Suéltame, desgraciado! —grita ella.

Katherine sale en su defensa, pero un guardia le corta el paso y se levanta la visera. Es Ralph. Siento un odio irrefrenable en mi interior.

—Tendrán que olvidar cualquier idea de amistad —subraya Ravensloe—. Están aquí con un solo objetivo, uno que, de momento, no han conseguido. Permitan que Dodie sea un ejemplo para quienes fantaseen con eludir su responsabilidad o ceder a la cobardía.

—Aquí el único cobarde es usted —le espeto.

Las palabras surgen de mi boca antes de que pueda contenerlas y veo que Ralph esboza una sonrisa complacida. Ravensloe me mira, entrecerrando los ojos.

—No sé si debería recordarte que, si me pones a prueba, serás degradada y reemplazada —amenaza.

Como si tuvieras tiempo de enseñarle la ecolocalización a alguien nuevo, quiero decir. ¿De verdad correría el riesgo de perdernos a todos en este momento? ¿O todo esto no es más que una amenaza vacía para someternos?

—Algunos de ustedes —añade Ravensloe, mirando fijamente a Atlas— se encuentran más cerca de la degradación que otros.

—Pues degrádeme —replica Atlas—. O, mejor aún, asesíneme como a Dodie. Solo que ahora no puede hacerlo, ¿cierto? Si aniquila a los dos reclutas que están en Zoología, ¿quién se encargará de conseguirle un ejército de dragones?

El rostro de Ravensloe se pone morado, luego mira a los diez guardianes que acaban de escuchar una información que supuestamente debería permanecer clasificada bajo la Ley de Secretos Oficiales. El corazón me da un vuelco en el pecho y un sudor frío me recorre la espalda. Levanto la vista, miro a Atlas y él me sonríe, tranquilo.

—Manténgalo en aislamiento —grita Ravensloe—. ¡Y los demás, a sus dormitorios!

—¿Otra vez en aislamiento? —protesto, mientras los guardias conducen a Atlas hacia la puerta principal y alguien me separa de él de un tirón.

—¡Atlas! —grito—. ¿En dónde estarás?

Pero ya están cruzando el patio, llevándoselo a rastras.

—¡Cierra la puerta con llave, Featherswallow! —me grita a lo lejos.

Los otros reclutas ya están subiendo las escaleras. Sophie va apoyada en Serena. Marquis me espera, con el rostro cubierto de lágrimas. Seguimos a los demás y siento la mirada de Ravensloe fija en la espalda.

Dodie está muerta. La rotundidad de la palabra hace que la cabeza me dé vueltas. Solo puedo pensar en que, si no le entrego el código a Wyvernmire, yo también lo estaré en breve. Y también Marquis, si no concluye la construcción del avión de Knott. Siento náuseas y la sensación empeora cuando escucho el llanto de Katherine desde el rellano. Marquis mira por encima de mi hombro, hacia el interior del dormitorio de las chicas.

—Escucha, Viv, ya no puedes confiar en nadie.

—Lo sé —respondo con la voz ronca.

—Ver morir a alguien puede volver loco a cualquiera. Lo que acaba de suceder… es un golpe de realidad para todos. Y Sophie y Katherine no permitirán que descifres el código.

Lo miro fijamente. Sophie no intentaría asesinarme. *¿O sí?*

—Tú también anda con cuidado —susurro—. Karim…

—No es una amenaza —responde él, decidido.

—¡Apenas lo conoces! Y Wyvernmire tiene a sus padres. Lo dijo.

—No me lastimará —repite Marquis.

—Pero ¿y si lo hace? ¿Y si llega a la conclusión de que no tiene alternativa?

—Entonces yo…

No acaba la frase y ambos apartamos la mirada. ¿Qué es lo que estaba a punto de decir? ¿Que asesinaría a su novio si fuera necesario?

Suelto un suspiro tembloroso.

—Ya no sé ni quiénes somos, Marquis…

Él menea la cabeza.

—Dos chicos que quieren salvar a su familia, eso somos. ¿Aún tienes el cuchillo que te dio Atlas?

Asiento.

—Está bajo mi almohada.

—Bien. Hazme una señal si me necesitas.

—Ten cuidado —susurro.

Ya en el dormitorio, nos desnudamos en silencio. Le dedico una mirada a Sophie, pero ella me ve y niega con la cabeza, con los ojos hinchados de tanto llorar. Me meto en la cama y amontono los almohadones, para ver mejor la habitación. Cuando busco el cuchillo bajo la almohada, encuentro a su lado el pañuelo que me hizo Dodie. Agarro ambas cosas con fuerza. Dodie siempre me había parecido tímida. Amable. Delicada. Cuando en realidad era valiente. Se había negado a seguir aquí, a competir con Atlas, a trabajar con esas crías de dragón secuestradas.

Sí, y mira adónde la llevó la valentía.

La respiración de las chicas no inunda la habitación como en otras ocasiones y permanezco despierta durante horas, preguntándome cuántas de ellas pensarán que intentaré atacarlas en plena noche. Escucho voces de guardias en el exterior, colmadas de urgencia y adrenalina, y pasos sobre la grava. ¿Qué harán con el cuerpo de Dodie? Me pesan los ojos y sujeto con fuerza el mango del cuchillo intentando no dormirme, observando las siluetas inmóviles de las demás en sus camas.

Nadie intentará asesinarte, Viv.

¿Y cómo lo sabes?, me replico a mí misma. ¿Y si alguna de ellas tiene motivos aún más imperiosos que yo para descifrar el código? ¿Y si también se arriesgan a perder a su familia o a una hermana?

Ya de madrugada, cuando mis ojos se cierran, escucho dos sonidos. El murmullo de un helicóptero y los sonoros rugidos de varios dragones. No son llamadas, ni advertencias, ni anuncios, o eso me parece a mí. Son rugidos de homenaje. A Dodie. Ella sí tenía corazón de dragón.

Por la mañana, trabajamos en un silencio sepulcral, solo interrumpido por el aullido del viento del exterior y por la doctora Seymour, cuando sorbe la nariz. Le pregunto dónde está el cadáver de Dodie y en dónde encerraron a Atlas, pero ella sacude la cabeza y se lleva un dedo a los labios. ¿Acaso nos están escuchando? Lo único que nos dice es que Wyvernmire volvió, que llegó anoche en un helicóptero.

Miro fijamente la máquina locuisonus durante horas. Gideon está buscando coincidencias entre la ecolocalización y el francés, mientras Katherine trabaja en su teoría de que las llamadas mediante ecolocalización poseen una estructura que depende de la especie de dragón a la cual se dirigen. Todo eso tiene tan poco sentido que casi me dan pena. Ahora que soy consciente de la existencia de los dialectos, sé que habría que estudiar cada uno por separado y luego compararlos entre sí para determinar qué llamadas son únicas y cuáles son universales. Ya no se trata de descifrar un código, de aprender un idioma.

Tenemos que aprender cientos.

Wyvernmire tardará meses, o quizás años, en crear un equipo de traductores. Tal vez jamás logre utilizar el koinamens de los dragones en su contra. Eso me provoca cierto alivio: probablemente lo que estoy haciendo no sea tan terrible como creen Chumana y la doctora Seymour.

Le doy un buen trago a mi café. Esta mañana, el despertador sonó poco después de que me durmiera, así que siento como si tuviera los ojos llenos de arena. Pienso en Dodie y en lo desesperada que debió de haberse sentido para intentar saltar esa valla. El recuerdo de su cuerpo cayendo desde lo alto aún me estremece.

Escribo los conceptos básicos de lo que sé hasta ahora.

- *La ecolocalización es un lenguaje universal utilizado por todos los dragones.*
- *Cada grupo de dragones habla un dialecto familiar de ecolocalización diferente al resto.*
- *Posibles dialectos familiares disponibles para el estudio en Bletchley Park:*

- *Dialecto A: Muirgen y Rhydderch*
- *Dialecto B: Soresten y Addax.*
- *La ecolocalización tiene el poder de curar, hacer crecer y matar. Sin ella, los huevos no pueden eclosionar.*

No.

Tacho las dos últimas frases. Eso es un secreto que no le contaré a Wyvernmire. No permitiré que experimente con crías inocentes, por útil que pueda ser para la campaña de guerra.

Pero, si no se lo dices a Atlas, esos huevos no eclosionarán nunca y no conseguirá su objetivo.

El pánico me atenaza el estómago y de pronto extraño tocarlo. ¿Cómo debe de sentirse, encerrado en una celda, sin nada más que hacer que recordar los últimos momentos de Dodie? Pienso en la ternura con la cual colocó la golondrina de madera en mi cuello, en las lágrimas de su rostro anoche, mientras lo abrazaba. Pese a su carácter rebelde, Atlas es bueno y amable. ¿Conseguirán que se derrumbe, como lo hicieron con Dodie?

Leo nuevamente lo que escribí y me sofoco. Se eriza el vello de mi nuca. Lo conseguí. Este es el gran avance que pedía Wyvernmire. Con tres meses era imposible conseguir más, pero gracias a mí ahora sabemos que la clave para descifrar la ecolocalización es aprender sus dialectos.

Y yo ya comencé a hacerlo.

Cuando termina el turno, recorro los pasillos vacíos. Bletchley está más silencioso de lo habitual y me pregunto adónde habrán ido todos los guardias.

—¿Marquis?

Está sentado en una de las mesas de la sala en la que nos reunieron a nuestra llegada, en penumbras.

—¿Qué haces aquí solo, a oscuras?

Me mira muy serio.

—A Ravensloe no le gustó que ustedes dos lo enfrentaran. Y Knott no deja de amenazar a Karim con destituirlo por falta de contribuciones. Karim está tan aterrado que no puede decir nada, especialmente ahora que sabe lo que me ocurrirá si gana.

—¿Le dijiste que te enfrentabas a la pena de muerte?

—Ojalá no se lo hubiera dicho —responde Marquis, arrepentido.

—Hoy pasó algo…

—Tengo que contarte algo, Viv.

Ambos hablamos al mismo tiempo.

Marquis se gira y me mira de frente. Estoy a punto de decirle que lo conseguí. Conseguí el objetivo para el que me trajeron aquí. Descifré el código, o al menos tengo la clave para aprender la ecolocalización. Él hace una pausa, me observa fijamente y me doy cuenta de que parece asustado.

—¿Qué ocurre? —pregunto en voz baja—. Oh, Dios. ¿Qué hiciste?

—No puedo seguir con esto —me dice con una voz que apenas es un susurro.

—¿Con qué? ¿Con la construcción de aviones?

—No puedo trabajar para Wyvernmire. No puedo estar en su bando.

—Marquis, ¿qué quieres decir? No estás en ningún bando. Estás aquí para salvar a nuestros padres.

—¡Estoy en un bando y tú también! Debemos dejar de fingir que estamos exentos de responsabilidad en todo esto. Yo estoy aquí, construyendo aviones para la mujer que amenaza con ejecutar a nuestros padres. La mujer que prefiere ir a la guerra que cambiar ese acuerdo de paz corrupto. ¡Que provocó que asesinaran a Dodie!

—Fue Ravensloe quien provocó que asesinaran a Dodie —lo corrijo.

Pero de pronto solo puedo pensar en lo que me dijo Chumana. *Estás en el lado equivocado de la historia, niña humana.*

—¿Y si no se tratara únicamente de salvar a nuestra familia? —plantea Marquis—. ¿Y si podemos salvarlos y ayudar a que ganen los rebeldes?

Niego con la cabeza.

—Si no le entregamos a Wyvernmire lo que quiere, no volveremos a verlos. Nos jugamos demasiado como para ayudar a alguien más que a nosotros mismos.

—¿Y luego qué? ¿Volvemos al sistema de clases, al Examen, a tratar a los dragones como ciudadanos de cuarta clase?

—Volvemos a la paz…

—¿Qué paz, Viv? —grita—. ¡Estamos en guerra!

Lo miro fijamente.

—Wyvernmire pondrá fin a la guerra. Pero los rebeldes la prolongarán durante años, en su afán por conseguir lo que quieren.

Y si los ayudamos, perderemos todo aquello por lo que estamos luchando.

—Los rebeldes también están luchando por sus seres queridos, Viv —dice, y me mira de un modo que me provoca ganas de llorar—. ¿De qué sirve salvar a Ursa si vivirá con la amenaza de que puedan degradarla por reprobar un examen?, ¿si podríamos perderla de la noche a la mañana...?

Se le quiebra la voz.

Recuerdo las macanas plateadas y lo que me dijo Sophie sobre la muerte de Nicolas, sobre la falta de comida y medicinas.

—Yo quiero ayudar a la gente de Tercera Clase, Marquis. Y desearía que hubiera dragones en cada esquina, como cuando nuestros padres eran jóvenes. Pero, para conseguir eso, no puedo entregar a mamá, papá y al tío Thomas como un sacrificio. Los quiero demasiado...

—¿Y tú crees que yo no? —exclama Marquis con el rostro surcado de lágrimas—. Pero ¿cómo podemos desear una buena vida para nosotros y no para todos los demás?

Sacudo la cabeza. Hace que lo que yo sugiero suene malvado, pero no tengo otra respuesta. Cuando pienso en Ursa y en mis padres, me enciendo por dentro. Soy incapaz de elegir ninguna otra cosa. Marquis se arremanga la camisa lentamente, mostrándome las cicatrices de su brazo.

—¿Qué estás haciendo?

—¿Tú no crees que es una crueldad provocarle estas cicatrices a un niño solo porque en algún momento no cumplió con una serie de normas arbitrarias? ¿Cuántas tienes tú, Viv? ¿Siete? ¿Ocho?

Sujeto mi brazo con fuerza.

—Estás complicando las cosas...

—Nuestros padres estaban tan aterrados de que pudiéramos terminar en Tercera Clase... Quiero pensar que ahora se avergüenzan de eso.

Me dejo caer sobre uno de los pupitres. ¿Adónde se dirige esta conversación?

—¿Y qué hay de Atlas? —dice Marquis, endureciendo la voz—. ¿Acaso pensaste que ambos ganarían en sus respectivas categorías y que podrían salir de aquí juntos y ser felices para siempre?

—Eso no —replico airada—. No intentes usarlo en mi contra.

Marquis no baja la manga de su camisa.

—Finjamos que ganan los rebeldes. No hay Acuerdo de Paz, ni sistema de clases, ni Examen. La gente puede vivir, trabajar y comprar donde quiera y lo que quiera. Todo el mundo es igual, ¿verdad?

Lo miro fijamente, perpleja.

—Supongo que sí...

—Pues no. Tú sigues viviendo en casa de tus padres, en Fitzrovia, que Ursa y tú heredarán cuando ellos mueran. Pero ¿y tu novio? Él no tiene propiedades porque sus padres y sus abuelos han sido siempre de Tercera Clase. —Desliza un dedo por el brazo, acariciándose las marcas blancas estampadas sobre la piel—. Carece de la formación que posees tú, porque las escuelas de Tercera Clase a las que ha asistido no cuentan con presupuesto, así que siempre será la última opción en cualquier selección de personal. No tiene una buena experiencia profesional porque sus padres no han podido pagar para enviarlo a hacer prácticas cada verano.

—Detente —le ruego, sintiendo cómo se encienden mis mejillas—. Ya sé lo que intentas hacer.

—No tiene familia en la cual apoyarse porque su madre carecía del dinero suficiente para alimentarlo a él y al bebé que llevaba en el vientre.

De pronto siento náuseas. ¿Cuándo le contó eso Atlas?

—Y luego está el hecho de que no es blanco.

—Serena tampoco es blanca...

—Serena es de Primera Clase y lleva un apellido de ascendencia dracónica que hace que nadie se fije en el color de su piel. El caso de Atlas es diferente.

Me giro hacia la ventana, con la mirada perdida.

—Tienes razón, lo que intentan conseguir los rebeldes llevará años, porque las desigualdades están anquilosadas en nuestra sociedad, de modo que habrá que escarbar con fuerza para eliminar tantos prejuicios.

Se baja la manga y se cubre las cicatrices.

—Atlas y tú no recibirán el mismo trato, ni siquiera después de la abolición del sistema de clases. Por eso necesitamos actuar enseguida, no cuando estemos cómodamente instalados en casa. ¿Y qué hay de los dragones? Desde la masacre de Bulgaria, todo el mundo les tiene un miedo atroz. Han perdido sus posiciones en la sociedad y solo son tolerados por su inmenso poder. Imagínate una Fitzrovia donde los humanos y los dragones pudieran convivir, donde tú y Sheba, la del banco, pudieran tener una conversación de verdad, donde la dragona de la biblioteca no fuera una prisionera.

De pronto recuerdo nuestra infancia durante la Gran Guerra, cuando humanos y dragones luchaban juntos, cuando los dragones emplazados en el exterior de nuestro búnker dibujaban anillos de humo para hacernos reír.

—La paz no es paz si solo la disfrutan unos cuantos —dice Marquis—. Y lo sabes.

Su audacia me deja sin palabras, y por un segundo casi me siento orgullosa... sin embargo, aparto esa idea de mi cabeza.

—¿Fue Karim quien te convenció de esto? —digo en voz baja—. ¿O has sido un rebelde todo este tiempo, como nuestros padres?

—¿Eres consciente de lo que estás diciendo? —responde Marquis, poniendo los ojos en blanco—. Deja de intentar culpar a los demás y por una vez escucha.

Sin embargo, no necesito escuchar. Ya sé que lo que me está diciendo mi primo es verdad. Que lo que me dijo Chumana es verdad. ¿Cuántas veces me he imaginado, ya sola en mi cama, lo que sería haber conocido a Atlas fuera de Bletchley? Quisiera reírme de mí misma. ¿De verdad pensé que ganaría la guerra y que luego sería libre de tener una relación con un chico de Tercera Clase? En nuestra sociedad todo está diseñado para mantenernos separados. No obstante, existe algo más importante, cualquiera que sea la realidad.

—Me niego a vivir sin Ursa. Y si no les entrego el código, eso es lo que sucederá... a menos que Wyvernmire decida ejecutarme antes.

—Quieres recuperar a Ursa, pero te niegas a brindarle un mundo en el cual pueda vivir —subraya Marquis—. Muy bien, adelante. Vuelve a tu gran casa de Fitzrovia, donde Ursa recibirá varazos cada vez que su rendimiento en la escuela no sea excepcional. Mejor eso que ser degradada, ¿no? —Me mira con dureza—. Pero, cuando todo esto acabe, me iré con Karim. Ayudaré a la Tercera Clase, a los dragones, a los...

—A los rebeldes —digo yo, acabando la frase por él.

Asiente.

—Sabes perfectamente que es imposible que salgan de aquí los dos —digo en voz baja—. Piénsalo bien. A ella no puedes vencerla... solo puedes ayudarla.

Nos miramos fijamente y siento una punzada en el pecho, una opresión que me impide respirar.

—Nuestros padres forman parte de la Coalición —dice Marquis—. ¿De verdad crees que esto es lo que querrían que hiciéramos? ¿Que contribuyéramos a la causa por la que están dispuestos a dar la vida? Si estuvieran aquí ahora, ¿tú qué crees que dirían?

Vete de Londres, me dijo mamá. Ya sabía lo peligrosa que es Wyvernmire.

—Los rebeldes no pueden ganar, Marquis. Wyvernmire tiene a todo un ejército a sus órdenes.

—¿Y si te dijera que sí pueden ganar? ¿Que el modo de salvar a nuestra familia es unirnos a la Coalición?

—Siempre has sido un soñador —respondo con una sonrisa triste en los labios—. Pero es hora de ser realistas, primo.

Parece desinflarse, como si de pronto mis palabras hubieran extinguido la última chispa de esperanza en su interior.

—No habrá un después para ustedes —digo, con la voz temblorosa, observando cómo Marquis se pone de pie y se dirige a la puerta—. Ni para ti ni para Karim. A menos que ayuden a Wyvernmire a ganar. Acabará aplastando a los rebeldes... es solo cuestión de tiempo. Y debemos asegurarnos de sobrevivir... de que Ursa sobreviva.

Se gira y me mira con profunda decepción.

—¿Sabes cuál es tu problema, Viv? Que eres demasiado cobarde como para arriesgar el pellejo. Prefieres seguir destruyéndote que cambiar las cosas. Eres igual que ella.

El calor de las lágrimas invade mis ojos, pero espero a que mi primo deje de mirarme. Hasta que no se marcha, dando un portazo, no permito que fluya el llanto. Intento comprender qué es lo que nos ha sucedido. Me dejo caer en una silla y lloro como una niña. Desearía llamarlo para que volviera, rogarle que no me abandone.

Marquis tiene razón. Soy una cobarde. Pero vivir sin mis padres, sin Ursa, me resulta inimaginable. O salvo a nuestra familia dándole el código a Wyvernmire o la pierdo para siempre. Me pongo de pie y me enjugo las lágrimas. Quizás haya nacido mala o quizá me implantaron la maldad después, arraigó en mí y no ha parado de crecer. Desde el verano pasado no he dejado de tomar decisiones egoístas para conseguir lo que he querido. Y ahora eso se ha convertido en un rasgo de mi personalidad. ¿Cómo puedes cambiar lo que eres?

Además, después de haber tomado tantas decisiones egoístas, ¿qué importa una más?

PARLAMENTO DE LA PRINCESA BEATRIZ

BOLETÍN DE DEBATES PARLAMENTARIOS

PARLAMENTO 32 DE GRAN BRITANIA

1922-1923

CÁMARA DE LOS LORES

21 de diciembre de 1923

CONDE de PEMBROKE: Milords, el asunto público de máxima prioridad a tratar es el relativo a los derechos de los dragones, que no podemos olvidar a causa de la implacable campaña de la Coalición Humanos-Dragones. Su posición radical, que ha ido penetrando en el tejido social de Londres y de todo el país, es lo que me lleva a presentarles esta propuesta. Señor presidente, mientras la Coalición Humanos-Dragones somete a nuestro Reino Unido a una serie de violentas protestas, debates, incendios y ahora a la guerra, nosotros, el Partido Humanista, continuamos luchando por el resurgimiento de nuestra nación.

Desde la firma del Acuerdo de Paz de Su Majestad, es ilegal matar a un dragón. Ellos cazan en los campos y bosques de Britania y nosotros, cuando las cosechas son pobres, les proporcionamos nuestro ganado para que se alimenten. Tienen una isla a su disposición para la cría y sus propias rutas aéreas. Vuelan libremente sobre nuestras ciudades, ocupan posiciones para las cuales son aptos, como el trabajo manual o la elaboración de vidrio. Les compramos fuego y yesca, y a cambio les imponemos algunos impuestos solo un poco más altos que los que paga cualquier hombre en Britania.

Y, aun así, quieren más. Nos acusan de expulsarlos de sus antiguos puestos de trabajo y —cito a los portavoces de la Coalición Humanos-Dragones— «de las artes, las universidades, la medicina y el derecho». ¡Se quejan de tener que pagar impuestos por su patrimonio, que contiene oro extraído por los hombres y que no hemos visto desde tiempos del rey Ricardo Corazón de León! Afirman que no les dejamos espacio en nuestras ciudades y nos culpan a nosotros —¡a nosotros, caballeros!— de las cada vez más frecuentes desapariciones de sus crías. Incluso han llegado a sugerir que se comercia con ellas en el mercado negro, el cual, sabemos todos, está gestionado exclusivamente por personas sin moral de la Tercera Clase. Díganme, milords, ¿ven a algún dragón en la sala? ¿No? ¿Acaso no es porque poseen una naturaleza diferente a la de los hombres; porque están hechos para el aire libre, para los espacios abiertos del mundo natural, y no para estar encerrados entre las cuatro paredes del parlamento? ¿Somos realmente nosotros los que hemos aislado a los dragones o son ellos quienes han decidido aislarse?

La aparición de la Coalición Humanos-Dragones, apenas unas décadas después de la masacre de Bulgaria, nos ha demostrado lo peligrosos y codiciosos que pueden llegar a ser los dragones. De no ser por nuestros ejércitos y nuestros aviones, no podríamos mantener su enorme poder bajo control. ¿Se sentirían cómodos enviando a sus hijos a que los educara un dragón ávido de sangre humana? ¿Cuántos de ustedes permanecen preocupados cuando envían a sus hijas pequeñas a jugar al parque, con la única protección de sus doncellas? ¡Piensen en sus esposas, milords! Ya hemos escuchado historias, tan desagradables como ciertas, de jóvenes dragones que han seducido a mujeres. Mi propuesta es esta: la segregación permanente de humanos y dragones.

¿Qué aportan a la sociedad los dragones que no puedan hacer los hombres? ¿Quién debería tener prioridad, milords? ¿Los honorables caballeros y damas de Britania, puestos en esta tierra por la mano de Dios, o unas bestias salvajes? Tal como dicen las Escrituras: «Sed fecundos y multiplicaos, y llenad la tierra y sojuzgadla; ejerced dominio sobre los peces del mar, sobre las aves del cielo y sobre todo ser viviente que se mueve sobre la tierra».

21

VUELVO AL PASILLO DONDE ESTABA LA ESTATUA gigante del huevo y encuentro la oficina de Wyvernmire. Es como si hubieran pasado años desde aquella carrera en tacones para alcanzar a Atlas. Me cuelo por la puerta que se halla tras el huevo y camino por un corto pasillo. Hay otra puerta al final. ¿Será aquí donde viene Atlas a espiar a la primera ministra? Respiro hondo y siento que las lágrimas de mi rostro se secan. Lo que le dije a Marquis era en serio: es hora de ser realistas. Es hora de entregarle el código a Wyvernmire.

Toco la puerta con los nudillos.

—¿Sí?

La estancia es amplia y muy luminosa. El fuego arde en la chimenea y, frente a esta, en un sillón, reposa el maletín de Wyvernmire. En la mesa de centro hay un tablero de ajedrez con piezas de mármol, cada una representa una especie diferente de dragón. Ella se encuentra sentada tras un gran escritorio y esboza una expresión de moderada sorpresa.

—Vivien —dice con voz suave—. Qué gusto verte por aquí.

Me aclaro la garganta.

—Buenas tardes, primera ministra. ¿Qué tal su… vuelo?

—Bastante movido, con todo este viento —responde ella, curvando los labios pintados en una sonrisa.

Pues debería intentar volar montada en un dragón.

Wyvernmire baja la vista al papel que estaba leyendo y añade una nota con su pluma.

—¿A qué debo el gusto, Vivien?

Doy un paso adelante.

Cuidado, me dice una voz interna.

Me detengo.

No muestres todas tus cartas de golpe.

Es la voz de papá.

—Vine a informarle mis progresos —digo—. En el invernadero.

La primera ministra deja la pluma y levanta la vista.

—Ven y siéntate —dice, señalando la silla al otro lado del escritorio—. ¿Qué has descubierto?

Me siento en la dura silla y deslizo un dedo por los reposabrazos en forma de garra. Percibo su mirada fija en mí, expectante.

—¿Por qué lo llaman código? —pregunto—. ¿Si ya saben que es un idioma? Por eso me reclutaron a mí, una políglota, ¿no? Para aprender ese idioma.

Ella sonríe.

—Qué buena pregunta. Para empezar no teníamos muy claro lo que era. Y, desde luego, la ecolocalización no se comporta como ninguno de los idiomas que conocemos.

—Pero, desde hace tiempo, usted sabe que es un idioma —insisto—. Porque la doctora Hollingsworth se lo dijo. Por eso fue a ella a quien envió a mi casa para reclutarme y no a Dolores Seymour.

Wyvernmire levanta una ceja.

—Solo quien domina un idioma está capacitado para determinar la soltura de otra persona en él —prosigo—. Que alguien pueda esbozar unas cuantas frases en wyrmerio no significa que tenga el acento correcto, que comprenda los matices y las implicaciones relacionados con la cultura del lenguaje. Dolores Seymour no habría podido juzgar mi dominio de las lenguas dracónicas, puesto que ella no las habla.

¿Sabrá Wyvernmire que Hollingsworth me envió el trabajo de mi madre?

—Los búlgaros lo llamaron código, así que es el nombre con que se ha dado a conocer —me explica Wyvernmire.

—¿Los búlgaros?

No revelaré que la doctora Seymour me habló del estudio sobre la ecolocalización realizado por los humanos búlgaros, el cual provocó la matanza. Supongo que no es algo que debería contarles a sus reclutas.

—Me temo que fueron precisamente los grandes progresos que realizaron en el aprendizaje de la ecolocalización lo que provocó que sus dragones desencadenaran esa masacre —responde Wyvernmire. Me observa atentamente e intento fingir sorpresa—. Por eso debemos de mantener en secreto el trabajo que desarrollan en el invernadero.

—Pero usted ya sabe que la ecolocalización es un idioma que para los dragones resulta tan natural como respirar. ¿Por qué continúa llamándolo código? ¿Es para que suene más peligroso?

—Bien podría ser un auténtico código, en vista de lo lejos que estamos de entenderlo —afirma Wyvernmire con frialdad. Repentinamente, de su gesto amable no queda ni rastro—. Bueno, ¿vas a decirme qué es lo que podría haber cambiado?

—Empiezo a comprender sus... variaciones —digo—. Pero nos llevará más tiempo del que pensábamos. No solo se trata de aprender un idioma. Más bien, será como aprender varios.

—¿Acaso existen varios idiomas de ecolocalización?

—Eso creo, sí.

—¿Y son muy diferentes entre sí? —Recarga la espalda en la silla y arruga la frente.

Hago una pausa. Si lo revelo, no habrá vuelta atrás.

—¿Y bien? —insiste—. ¿Son tan diferentes como el francés y el holandés?

—No —respondo enseguida—. Son similares. Todos derivan de un idioma universal, como...

—¿Sí?

—Como si fueran dialectos.

Wyvernmire se pone de pie y comienza a caminar por el despacho.

—Hollingsworth y Seymour ya deberían de saberlo...

—¡No! —la interrumpo—. No lo sabían. Lo descubrí gracias a que mi madre estaba estudiando los dialectos dracónicos de las lenguas habladas y comprendí que la ecolocalización podría funcionar del mismo modo.

—No tenemos tiempo para aprender varios dialectos de ecolocalización.

—Primera ministra, tiene a toda la Academia de Lingüística Dracónica a su disposición. Si recluta a algunos de sus mejores lingüistas, estoy segura de que descifrarán los dialectos en muy poco tiempo.

Wyvernmire menea la cabeza. En la suave piel de su cuello han aparecido dos manchas de un rojo intenso.

—En tres meses es imposible conseguirlo —añado—. Pero en cinco años se podría...

—¿Cinco años? —Wyvernmire se gira de golpe y me mira furiosa—. Apenas tenemos cinco días.

¿Cinco días?

—La situación es apremiante —señala Wyvernmire—. Cada vez más dragones de la reina Ignacia están abandonándola para unirse a la rebelión. Ya establecí contacto con Borislav.

—¿Borislav? ¿El dragón búlgaro para quien traduje?

—Todo buen líder posee un plan B, Vivien. Y cuando el último equipo fracasó en la misión de descifrar el código, pues no pudo ofrecerme ningún avance con el cual reforzar nuestras defensas y ganar la guerra que sabía que se avecinaba, decidí que no era sensato depender únicamente de la iniciativa humana.

Escucho el suave *tictac* del reloj, intentando recordar algo de la conversación con aquel dragón.

Dile a Wyvernmire que los dragones de Bulgaria están de acuerdo.

De golpe me quedo sin aliento. Meneo la cabeza, sin poder creer lo que estoy escuchando.

—Se alió con Bulgaria —digo lentamente—. Va a traicionar a la reina Ignacia, ¿no es así?

—Sí —dice Wyvernmire sin dudarlo—. A menos que alguno de ustedes pueda traducir la ecolocalización, construirme un escuadrón apto para combatir contra los dragones o encontrar el modo de criar a esas bestias, me veré obligada a confirmar mi alianza con Bulgaria en cinco días. —Suspira—. No es el plan de acción que deseaba, pero no me han dejado opción…

—¡Provocará que nos maten a todos! —grito, poniéndome de pie de un salto—. ¡La reina Ignacia querrá venganza, arrasará con todo el país! Será peor que esta guerra y la anterior.

—No con los dragones búlgaros de nuestro lado —responde Wyvernmire.

Entonces lo recuerdo. Esa línea de tinta turquesa que cruzaba el globo terráqueo de papá, la que unía Britania con Bulgaria, con el emblema de Wyvernmire dibujado. Mis padres lo supieron desde el principio.

Miro fijamente a Wyvernmire.

¿Cómo pude admirar a esta mujer?

—¿De su lado? —exclamo—. Los dragones búlgaros no sienten ningún respeto por los humanos: en cuanto les dé lo que desean, erradicarán al pueblo de Britania, como hicieron con el de Bulgaria.

—Te equivocas —responde—. Incluso antes de la masacre, Bulgaria ya era una amenaza, simplemente por el enorme tamaño de sus dragones bolgorith. Por eso, Britania siempre ha intentado tener cierta ventaja, dominando las lenguas dracónicas búlgaras y manteniendo embajadores de ambas especies en el país. Además, nos aseguramos de que esos dragones estuvieran en deuda con nosotros.

—¿Quiere decir que solo accedieron a ayudarla porque le deben un favor? —le espeto—. Todo este tiempo ha estado esperando el momento de romper el Acuerdo de Paz, ¿no es así? Su alianza con la reina Ignacia solo era temporal, para que le ayudara a combatir a los rebeldes hasta que pudiera contar con los dragones búlgaros, más grandes y potentes.

La cabeza me da vueltas pensando en toda esta locura.

—Debe de haberles ofrecido algo —sugiero—. A los dragones búlgaros les importan un comino las deudas. ¿Qué puede haberles prometido para conseguir que se aliaran con usted?

—Soy una política con más de veinte años de experiencia en las negociaciones con dragones. Eso déjamelo a mí. Tú céntrate en lo tuyo y dime cuántos de esos dialectos puedes hablar hasta ahora. ¿Qué necesitas para poder aprenderlos más rápido? Pide y te daré lo que necesites.

Me río.

—Claro, depende de una delincuente adolescente, porque nadie en la Academia está dispuesto a ayudarla, ¿no? Todos esos expertos en lenguas dracónicas saben de la existencia de la ecolocalización, por supuesto. Y ninguno quiere tener nada que ver con esto, ni siquiera la propia Hollingsworth, porque saben lo que les ocurrió a los humanos de Bulgaria cuando lo hicieron. ¿Así que soy la única políglota que le queda?

Percibo un atisbo de miedo en los ojos de la primera ministra.

—Mi madre tuvo que huir para salvar su vida cuando los dragones búlgaros arrasaron su pueblo —añado—. Vio cómo se comían a su madre, a su tío y a sus primos. Fue un milagro que pudiera salir de Bulgaria con vida. Le harán lo mismo a su gente, sean rebeldes o leales al Gobierno. Pero a usted eso no le importa, ¿verdad? —Me dejo caer de nuevo sobre la silla y miro a la primera ministra fijamente—. Ni siquiera ha pronunciado el nombre de Dodie.

—La historia de Dodie es trágica, en eso te doy la razón. Pero fue ella quien rompió el pacto intentando escapar. Mis guardias hicieron lo necesario.

—Asesinar a una chica indefensa nunca es necesario.

—Oh, Vivien —replica Wyvernmire con un suspiro—. Estás intentando ser recta y honorable. Admiro tu esfuerzo, de verdad. Pero lo cierto es que eres como yo. Haces lo que es mejor para ti.

Sacudo la cabeza.

—El único motivo por el que estoy aquí es porque quiero salvar a mi familia. Ya no me importa lo que me suceda.

—Oh, pero eso no es verdad —responde ella con voz suave—. Claro que quieres salvar a tu familia. Sin embargo, también quieres ser quien descubra el código de los dragones. —Suelta una carcajada gutural—. Hacer lo necesario para satisfacer tus ambiciones no es un concepto que te resulte desconocido, ¿no es así?

Noto que mi rostro se enciende, al tiempo que Wyvernmire sonríe taimadamente.

—Ya lo hiciste antes, con tu amiga Sophie.

Siento un nudo en la garganta.

—Ah, sí, lo sé todo. —Ahora habla despacio, mirándome fijamente—. Me lo informó esa profesora que estaba tan desesperada por obtener un lugar para su hija en la Universidad de Londres. Dime, Vivien. ¿Aún sabes imitar la caligrafía de Sophie?

De pronto todo gira a mi alrededor y siento que se me inflama hasta el alma de la vergüenza.

—Si no hubieras hecho eso, Sophie estaría estudiando en la Universidad de Londres contigo, en lugar de la hija de esa profesora.

Parpadeo para frenar las lágrimas. Sé mucho mejor que Wyvernmire cómo una decisión tomada en una fracción de segundo puede cambiar una vida para siempre. Cómo terminamos lastimando a las personas que más queremos.

—No pasa nada —dice Wyvernmire en actitud conciliadora—. Hiciste lo necesario para conseguir un lugar en la universidad. Para trabajar en Lenguas Dracónicas. Para garantizarte un empleo bien pagado antes incluso de graduarte. —El tono de la primera ministra es dulce, casi maternal—. Y ahora mírate. ¿Qué harás cuando hayas descifrado el código de los dragones? Podrías aceptar un puesto en la Academia de Lingüística Dracónica, claro, y ser la persona más joven en conseguirlo. Pero ¿por qué conformarte con eso? ¿Por qué no construir una máquina locuisonus más grande y potente de lo que nunca podría imaginar la doctora Seymour? ¿Por qué no dedicarte el resto de la vida a leerles la mente a los dragones?

Wyvernmire se inclina hacia delante.

—Tú eres como yo, Vivien. Como la reina de los dragones. Ambiciosa e implacable.

Siento como si me hubiera dado un puñetazo en el vientre.

—Pero no quiero serlo —replico con la voz rota.

—No tienes elección. Eres así —sentencia Wyvernmire—. Acéptalo.

La luz se refleja en el prendedor en forma de garra que la primera ministra lleva en el pecho. ¿De verdad ha estado frente a frente con la reina Ignacia? Si es así, debe saber que ese broche es una pobre imitación de las garras de un dragón del Oeste.

—¿Es cierto que les da niños a los dragones para que se los coman? ¿Eso es lo que les prometió a los dragones búlgaros? ¿Gente para que coman?

—La política siempre requiere algún sacrificio —responde Wyvernmire sin inmutarse—. Y los delincuentes deciden ser delincuentes, ¿no es así? De modo que deben aceptar las consecuencias de sus acciones.

Esas palabras tan familiares provocan que me dé vueltas la cabeza.

—Usted realmente es todo lo que dicen los rebeldes —le espeto—. Lo único que ve es lo que pueden o no ofrecer las personas, y no quiénes son realmente.

—¿Y qué hay de ti, Vivien Featherswallow? La favorita del profesor, la estrella de la clase, siempre sonriente, desesperada por agradar. Hasta el punto de que no tienes ni idea de quién eres realmente.

Me echo atrás como si hubiera recibido una bofetada y Wyvernmire tuerce la boca en una sonrisa tensa.

—Ahora háblame de los dialectos.

Me pongo de pie y doy un paso atrás. El único dialecto del que sé hasta ahora es el que utilizan Rhydderch y Muirgen.

—Aún no entiendo ninguno —miento—. Necesito más tiempo. Si pudiera darnos más tiempo…

—Cinco días —dice ella, cortante. Recoge su pluma y vuelve a fijar la vista en sus papeles, como si de pronto le aburriera—. Eso es todo lo que puedo darte. Mientras tanto, debo hacer un pequeño viaje a Londres. Solo te pido un dialecto. Entrégame uno y serás la ganadora de tu categoría.

—¿Y qué será de los otros reclutas? Si le doy un dialecto, ¿también los perdonará a ellos?

—No seas ridícula —espeta—. Las reglas aplican para todos. Además, cualquier progreso que puedan hacer a partir de ahora no será más que un extra. Lo que necesito es la ecolocalización. Solo ella podría hacerme reconsiderar esta alianza. Así que no tardes demasiado, Vivien. —La miro fijamente mientras comienza a escribir con tinta de color púrpura—. Bulgaria solo está a un salto en avión.

La Nochebuena se cuela en la sala de recreo en forma de un árbol algo torcido que trajo uno de los empleados de la casa. Me dejo caer en un sillón, con la cabeza abotagada después de un día más aprendiendo el dialecto de Rhydderch y Muirgen. La casa está en silencio. Me pregunto a cuántos guardias les habrán permitido ir a celebrar la Navidad con sus familias.

Suena la música de la radio y la chimenea está llena de troncos que irradian calor. En el exterior cae la nieve. Marquis está concentrado en una partida de ajedrez con Katherine, con el cuaderno de dibujo asomándole del bolsillo. Todos los demás observan la partida o leen o charlan en voz baja. Desde luego, el ambiente no es festivo; la ausencia de Dodie es patente. Lo único en lo que puedo pensar es en que solo restan tres días para que lleguen los dragones búlgaros, a menos que le revele a Wyvernmire todo lo que sé.

Atlas se sienta en el sofá, a mi lado. Desde que lo sacaron de aislamiento la noche de mi visita a Wyvernmire, sus notas se han vuelto más frecuentes. Me he encontrado trocitos de papel entre las páginas de mis libros de la biblioteca, en el bolsillo de mi saco e incluso debajo del plato, durante la cena. Sin proponérmelo, me doy cuenta de que respondo cada vez con mayor entusiasmo, reflexionando cada palabra que escribo, a veces durante horas.

—¿Qué sueles hacer con tu familia en Navidad? —me pregunta Atlas, alargando la mano para quitarme una aguja de pino que tengo en el cabello.

Siento un pinchazo en el pecho. Ursa debe estar pasando la Navidad con extraños. ¿Le comprarán al menos un regalo?

—Comemos, bebemos y jugamos algunos juegos —respondo, esforzándome por sonar alegre—. Ganso asado y la sauerkraut de mamá, jerez y adivinanzas. Solo los seis. —Le lanzo una mirada a Marquis, que acaba de rendirse ante Katherine—. ¿Y tú?

—Misa del Gallo con mi madre en Nochebuena —dice Atlas—. Pudín de ciruelas, si conseguimos las ciruelas. Y villancicos: mi mamá y yo cantamos para recolectar dinero para un hospital pediátrico de la Tercera Clase.

—Atlas King, eres extraordinario.

Sus ojos se iluminan de la sorpresa y suelta una risa grave.

—Es la primera vez que escucho mi nombre y una palabra así en la misma oración —exclama con una sonrisa pícara en el rostro. Me inclino hacia él hasta que nuestros hombros se tocan. Él gira el botón de latón de su manga con sus dedos, largos y callosos.

—¿Qué palabras has escuchado que utilizan para describirte?

Atlas se encoge de hombros.

—Pobre. Irascible. Inadaptado.

Siento un nudo en el estómago. Él sigue concentrado en su botón y de pronto mi deseo por besarlo es casi irresistible. Sin embargo, yo no puedo ofrecerle ningún consuelo. Ni por eso, ni por lo que ocurrirá en tres días si no le entrego a Wyvernmire lo que quiere. Paseo la mirada por el resto de los reclutas. Ignoran por completo lo que se les viene encima.

Se abre la puerta y entran dos guardias, seguidos por Ravensloe. Marquis y Katherine se ponen de pie y siento que Atlas se tensa a mi lado. Ravensloe lleva en la mano un decantador con un líquido naranja y sonríe de oreja a oreja.

—¿Dónde está? —dice impaciente—. Ah, sí. Marquis Featherswallow.

Marquis mira fijamente al vice primer ministro sin dejar de girar una pieza de ajedrez que sostiene en la mano. ¿Qué querrá de mi primo?

—Acaban de informarme que la contribución del señor Featherswallow a la creación de una molleja mecánica nos ha permitido diseñar y construir un avión con unos mecanismos lo más parecidos posible a los de un dragón. —Pasea la mirada por la sala con los ojos brillantes—. Y con esto el Departamento de Aviación queda cerrado.

Me giro y mis ojos se encuentran con los de Marquis. Tiene el rostro de un rojo encendido y los nudillos de la mano en la que aprieta la pieza de ajedrez van tornándose de color blanco.

—Felicidades, recluta —añade Ravensloe—. Cumpliste tu misión.

Le tiende la mano, pero, al ver que Marquis no se la estrecha, coloca entre sus brazos el decantador.

—Vino de chabacano como recompensa navideña. La primera ministra Wyvernmire estará encantada.

La música continúa sonando en la sala, que por lo demás está en silencio. Ravensloe se despide de mi primo con un movimiento de la cabeza antes de alejarse a zancadas. Todo el mundo mira fijamente a Marquis.

—Yo... Yo no quería... Le expliqué a Knott cómo funcionan las mollejas de los dragones hace semanas, pero solo porque me pareció interesante. No sabía que él... —Se gira para mirar a Karim y los ojos se le llenan de lágrimas.

Voy corriendo a su lado.

—No importa —le digo, intentando consolarlo—. Haremos... Conseguiremos...

Atlas me mira fijamente, con el ceño fruncido.

—Serena y Karim —decide de pronto—, tenemos que sacarlos de aquí. Esta noche.

Serena palidece.

—¿Acaso no viste lo que le pasó a Dodie? No puedo...

—¡Maldita sea, Serena! —estalla Marquis—. El avión está acabado. ¡Resulta que gané el maldito concurso! Y, cuando Wyvernmire lo sepa, no permitirá que tú y Karim se marchen de aquí como si nada.

Marquis se desploma, cayendo de rodillas, y el decantador lleno de vino de chabacano se le escapa de las manos. La tapa sale rodando y el dulce líquido empapa la alfombra. De pronto me domina el pánico. Marquis no se equivoca. A Dodie la mataron por intentar escapar y Wyvernmire hizo un trato con los dragones búlgaros. Es capaz de llegar a extremos que nunca habría imaginado.

—¿Qué será de ustedes? —pregunta Gideon, mirando a Serena y luego a Karim—. ¿Qué fue lo que hizo que terminaran aquí?

Es la pregunta que todos evitamos.

—Fraude fiscal —confiesa Karim—. Alteré las declaraciones de impuestos de mis padres para poder salir adelante. Sin embargo, para la Tercera Clase el fraude se castiga con...

—La muerte —dice Gideon, concluyendo la frase por él.

Karim se echa a llorar.

—Todos conocen mi situación —dice Serena en voz baja—. Créanme, preferiría morir antes que verme obligada a casarme con un viejo.

El corazón me palpita con fuerza en el pecho. ¿Habrá algún modo de escapar de Bletchley Park?

Ah.

—Conozco a alguien que quizá podría ayudarnos.

Todos me observan fijamente y Marquis levanta la cabeza. Atlas se pone de pie de golpe, mirándome como si fuera la primera vez que me ve.

—¿Viv? —dice Marquis.

—No... No puedo contarles más —añado, balbuceando—. Tienen que confiar en mí.

—¿Confiar en ti? —replica Sophie—. ¿Cómo vamos a confiar en ti? Te llevaste la máquina locuisonus para tu uso personal y el otro día te vi regresando del despacho de Wyvernmire. ¿Cómo podemos asegurarnos de que no le entregarás a Serena y a Karim?

—¿Cómo puedes pensar eso, Soph? —Trago saliva. La tensión en el ambiente es cada vez mayor—. ¿Qué ganaría haciendo algo que los dañara? Ni siquiera están en mi equipo...

—Es decir que no dudarías en hacer algo que nos dañara a nosotros... —dice Gideon.

Katherine frunce los párpados.

—No quise decir eso —respondo, paseando la mirada por esos rostros hostiles cuando de pronto siento el cálido contacto de la mano de Atlas en la mía.

—Todos estamos un poco paranoicos —dice él—. Vamos a sentarnos y a pensar en un plan racional.

Karim recoge el decantador vacío y nos sentamos todos otra vez. Sophie apaga la radio y yo me aferro a los brazos del sillón. Debo contarles. Tengo que decirles que, si no le entrego a Wyvernmire al menos uno de los dialectos de la ecolocalización, los dragones búlgaros entrarán en Britania.

—¿Galletas de jengibre? —dice Katherine, presentándonos una bandeja de galletitas con canela—. Ralph me trajo unas cuantas de la cocina.

—¿Ralph, el guardia que le fracturó el brazo a Viv? —pregunta Sophie, sin girarse para verla.

Katherine le lanza una dura mirada.

—Eso fue un malentendido.

Me ofrece una galletita en forma de estrella y me mira, casi como desafiándome a que diga que no. Me muerdo la lengua y la acepto. Luego le doy un bocado. Ella sonríe y muerde la suya, también en forma de estrella.

—Viv —dice Serena con un temblor en la voz que resulta extraño en ella—. ¿A cuántos de nosotros puede ayudar tu amigo o amiga?

Amiga es mucho decir, querría precisar. Pero Chumana puede transportar a varias personas. ¿Y si intentamos que se lleve también a Sophie, Gideon, Katherine y Atlas? Entonces podría entregarle el código a Wyvernmire, evitaría la entrada de los búlgaros y todo…

Katherine suelta un grito ahogado. Me pongo de pie de un salto y veo que se desploma sobre la alfombra, con las manos en la garganta y la boca llena de espuma.

—¡Kath! —grita Sophie.

Yo me lanzo al suelo, a su lado, y le aparto las manos mientras Atlas le da golpes en la espalda. Emite otro sonido gutural y me mira con los ojos inyectados en sangre. Luego se queda inerte.

Marquis la levanta, poniéndola de pie, mientras Atlas continúa golpeándole entre las escápulas.

Serena cae de rodillas y se cubre el rostro con las manos.

—No se está ahogando —dice entre sollozos—. Fue envenenada.

22

Marquis deposita a Katherine en el suelo, con los ojos desorbitados. La miro fijamente. Su rostro ha perdido el color por completo. Está muerta.

—¿Envenenada? —murmura Sophie, y lentamente se gira hacia Gideon.

—¡Yo no hice nada, lo juro! —grita Gideon.

Marquis lo aferra del cuello de la camisa.

—¡Alto! —grita Serena—. No fue él.

—Entonces ¿quién? —ruge Atlas.

Miro fijamente a Serena, con el corazón golpeteando contra mis costillas.

—El veneno lo puso Katherine —revela Serena—. Antes la vi venir del sanatorio con un frasco. Ella me dijo que era para ayudarla a dormir, pero luego la escuché hablar con Ralph sobre una esencia de cicuta…

—¿Tú crees que tomó demasiado…? —pregunto.

—No, Viv. —Serena me mira a través de los dedos—. Una sola gota de cicuta es mortal. Yo creo… Creo que la galleta que se comió iba destinada a ti.

Dejo que el resto de la galleta que tengo en la mano caiga al suelo.

—¿Por qué no dijiste nada? —le pregunta Atlas.

Serena menea la cabeza.

—No creí que llegara a utilizarla…

Permanece paralizada y noto que mira fijamente algo. Me giro y veo que Gideon tiene una mano en la manija de la puerta y en la otra empuña una pistola. Me está apuntando con ella.

—Baja el arma, Gideon —dice Atlas.

Miro fijamente a Gideon, su rostro está tenso, henchido de rabia, y sus manos tiemblan. Es un revólver pequeño, como los que llevan los guardias en el cinto. No me atrevo a moverme, no quiero que entre en pánico.

—Puedes salir de aquí esta noche, amigo —le dice Marquis muy despacio—. No tiene que morir nadie más…

—Sophie tiene razón —dice Gideon con la voz tensa. Me señala con un movimiento de la cabeza—. No podemos confiar en ella. Hasta donde sabemos, podría incluso haber descifrado ya el código y habérselo entregado a Wyvernmire.

—No lo he hecho —me apresuro a decir—. Gideon, la ecolocalización se compone de dialectos. Por eso…

BANG.

La bala de Gideon levanta una esquirla de la repisa de la chimenea y se clava en la pared, muy lejos de mí. Atlas se lanza sobre él, pero Gideon vuelve a apuntar.

—¡Atlas, no! —grito.

Atlas se detiene en el momento en que Owen irrumpe en la sala empuñando su pistola. Gideon se gira, mueve el dedo torpemente sobre el gatillo y dispara. La segunda bala impacta en el pecho de Owen, quien se desploma hacia atrás, con un gesto de estupefacción en el rostro.

—¡Owen! —exclamo, echándome al suelo, a su lado, mientras Gideon huye por la puerta abierta.

—Levántate. Está muerto —me dice Marquis, jalándome del brazo. Miro fijamente el río de sangre que emana por su boca—. Tenemos que…

—Lo sé —respondo sin dejarlo terminar. Busco con la mirada a Sophie, que parece estar hiperventilando—. Gideon volverá por nosotras. Tenemos que escondernos.

Serena se lanza hacia delante, le arrebata el arma a Owen y sale corriendo por el pasillo sin mirar atrás. Yo observo todo, horrorizada.

—Vamos —me dice Atlas, jalándome en dirección al pasillo—. Antes de que aparezcan más guardias.

Subimos las escaleras hasta el piso superior y recorro el pasillo con la mirada, buscando alguna habitación.

—¡La biblioteca!

Los cinco entramos a toda prisa, mientras resuenan los gritos de un guardia en el piso de abajo, y cierro la puerta con llave. Karim se apoya en una estantería, jadeando, y Sophie suelta un improperio. Todos permanecemos ahí, a oscuras, escuchando el sonido de la respiración de los demás. Sophie busca a tientas por una de las mesas; luego enciende un cerillo y, con él, una lámpara. En cuanto se ilumina la estancia, comprendo que debo revelarles lo que sé. Atlas escucha con la oreja pegada a la puerta.

Respiro hondo.

—Los dragones búlgaros invadirán Britania en menos de tres días.

Atlas me mira fijamente y da un paso atrás, apartándose de la puerta.

—¿Que qué? —pregunta Marquis.

Les cuento lo de la alianza de Wyvernmire con Bulgaria. Que planea traicionar a la reina Ignacia. Que los dragones búlgaros aterrizarán en Bletchley si no le ofrezco algún dato que le permita interpretar la ecolocalización. Atlas se deja caer en una silla y Sophie se gira hacia mí.

—¿Tenía razón Gideon? ¿Descifraste el código?

La miro, luego a Marquis y cierro los ojos.

—Ay, Dios mío —susurra ella—. Lo hiciste.

—No es tan sencillo…

—¿Se lo entregaste? —pregunta Atlas muy tenso—. ¿A Wyvernmire?

Frunzo el ceño.

—No. Soph, el código de los dragones no es un arma. Es un idioma llamado koinamens, sagrado para ellos porque lo utilizan para curar y para que los huevos eclosionen.

Le dedico una mirada a Atlas y veo en sus ojos que por fin lo comprende.

—Y eso no es todo —prosigo—. Descubrí que el koinamens posee dialectos y que cada familia de dragones cuenta con el suyo. Muirgen y Rhydderch hablan uno, y Soresten y Addax hablan otro diferente. Eso es lo que intentaba decirle a Gideon antes…

—¿Hace cuánto tiempo lo sabes? —pregunta Sophie, furiosa.

—Unos días —respondo—. Pero quería estar segura.

—Así que el otro día, cuando estuviste en el despacho de Wyvernmire…

—Le dije que necesitaba más tiempo. Cuando me reveló su alianza con los búlgaros, no pude revelarle mis hallazgos. No puedo hacerlo, ahora que he visto de lo que es capaz. Pero, si no le explico al menos un dialecto, sellará la alianza y pondrá a toda Britania en riesgo de que se cometa otra masacre como la que asoló Bulgaria.

Escuchamos a un grupo de guardias que pasa enfrente de la biblioteca y permanecemos mudos. Uno menciona el nombre de Gideon.

—Muy pronto también comenzarán a buscarnos a nosotros —advierte Marquis en voz baja—. Wyvernmire querrá hablar conmigo sobre el avión, y apuesto a que clausurará al instante el programa de Aviación. Es evidente que Serena cree que le irá mejor escondiéndose por su cuenta.

—Tú no estás seguro aquí —digo, mirando a Karim—. Tenemos que sacarte...

—Sophie y tú no pueden ir a ningún lado —me interrumpe Atlas— ahora que Gideon anda suelto por ahí. —Me mira fijamente—. ¿Quién es esa persona que dices que puede ayudarnos?

—Marquis, ¿tienes los planos de tu avión? —digo, ignorando la pregunta.

Observo un temblor en la mandíbula de Atlas.

Marquis saca de su bolsillo el cuaderno de bocetos.

—Si Wyvernmire te encuentra, utilízalos para entretenerla. Miéntele, dile que tienes más ideas. Cualquier cosa que le pueda dar más tiempo a Karim.

—Si nos encuentran aquí, no nos quitarán el ojo de encima —dice Karim—. Especialmente a ti, Viv.

—Tiene razón —dice Atlas—. Wyvernmire querrá resguardarte, protegerte de otros asesinos potenciales. Y deberías permitir que lo hiciera.

—Pero ¿y...?

—Marquis y yo sacaremos a Karim de aquí.

—No, esta noche no —replica Sophie—. Háganlo mañana, después de su turno. Puede permanecer oculto hasta entonces.

—Tú ve con él —le digo a Sophie. Me giro hacia Atlas—. Y tú. Es su oportunidad para huir.

—Aún no lo comprendes, ¿verdad, Viv? —dice Sophie—. Aunque lograra escapar, no podría regresar a mi casa. No podría obtener un pase de clase otra vez: quedaría marcada en el sistema como una prófuga.

—Otra opción —insisto, evitando la mirada de Atlas— es que le entreguemos el código juntas a Wyvernmire. Le podemos explicar que trabajamos en equipo, que no habríamos podido hacerlo la una sin la otra. Y terminamos con esta absurda competencia.

En el rostro de Sophie surge una tenue esperanza.

—¿Harías eso?

—Por supuesto que lo haría. No me iré de aquí sin ti, sin ninguno de ustedes…

—¡Nada de todo esto importará! —estalla Atlas.

Me giro de golpe hacia él.

—Si le entregas el código a Wyvernmire, no importará quién logre escapar o no. Si gana la guerra, volveremos a la situación de antes —añade angustiado—. Para algunos de ustedes eso está bien, claro, pero… ¿qué hay del resto de nosotros?

—Viv te acaba de explicar que los huevos necesitan la ecolocalización para eclosionar —responde Sophie—. Si se lo dices a Wyvernmire, tú también ganarás en tu categoría…

Atlas suelta una carcajada grave, casi histérica.

—Desde luego, son increíbles. Siempre buscando la manera de salvar su pellejo.

—Tú no tienes ni idea de lo que yo he vivido —le espeta Sophie.

—¡Sí la tengo! —replica Atlas, gritando—. De eso se trata, precisamente. Fuiste degradada, Sophie. Eso significa que has visto cómo vive la Tercera Clase. Y si Wyvernmire gana la guerra, esa gente seguirá sufriendo en silencio. Wyvernmire y la reina Ignacia continuarán redactando cláusulas que les convengan en el Acuerdo de Paz y nosotros seremos los responsables de haberle facilitado al Gobierno el método perfecto para explotar y controlar a los dragones. —Ya tiene la voz ronca de tanto gritar—. Y, aun así, lo único en lo que piensan es en quién será el que nos condene a todos para siempre.

—Entonces ¿qué sugieres, Atlas? —pregunto yo, enojada—. ¿Que permitamos que nos ejecute? Porque eso es lo que le ocurrirá a Karim, y posiblemente a mí también, si no hacemos lo que nos pide.

Atlas frunce el ceño y menea la cabeza como si no me creyera.

—Mis padres son rebeldes —prosigo con voz temblorosa—. Yo liberé a una dragona asesina para intentar eliminar las pruebas, y de algún modo la Coalición utilizó eso como señal para iniciar la guerra. Así que si no ganamos… moriremos.

—La Coalición te puede esconder —propone, agitado—. Si decides ponerte de su lado, ellos te protegerán. Vienen hacia aquí. Atacarán Bletchley en cuanto Wyvernmire regrese de su viaje.

—¿Cómo obtuviste esa información? —pregunto boquiabierta.

Sin embargo, en realidad ya lo sé. En el fondo, lo he sabido desde el principio.

—Porque yo estoy con ellos —dice en voz baja—. Estoy con los rebeldes.

Parpadeo, atónita. Primero la doctora Seymour y ahora él.

—¿Así que nos has estado espiando? —digo con voz temblorosa—. ¿Todo este tiempo has fingido que estás con nosotros cuando en realidad eres un informante?

—¿Quiénes son *nosotros* exactamente? ¿Tú y Wyvernmire? ¿Tú y los búlgaros? Decídete de una vez por todas. ¿Estás con ellos? —me espeta—. ¿O estás conmigo?

Meneo la cabeza, incrédula. ¿Cómo se atreve? Me ha estado mintiendo todo este tiempo, fingiendo ser alguien que no es.

En realidad no —me dice una vocecita interior—. *Viste que rompía las reglas desde el principio. Quizás haya sido honesto.*

Observo a los demás. Todos miran a Atlas en silencio, perplejos. Entonces Marquis gira hacia mí, suplicante. Yo niego con la cabeza. «No podemos», intento decirle con los ojos. «Si nos unimos a los rebeldes, nuestra familia morirá». Sé que tengo razón. El Gobierno tiene a nuestros padres y a Ursa. Los rebeldes no pueden protegerlos de ningún modo, por muchos dragones que estén con ellos.

Sophie apoya una mano temblorosa en mi brazo.

—Si dices que vendrán los búlgaros y Atlas tiene razón en eso de que los rebeldes atacarán, parece ser que aquí habrá una batalla.

Asiento.

—Entonces... ¿cómo huimos de Bletchley? —pregunta Karim.

Coloco una mano sobre el barandal de la escalera que conduce al segundo piso. De pronto siento la imperiosa necesidad de alejarme de todos ellos.

—Montando un dragón —digo mientras subo.

Me acuesto para dormir entre dos libreros, doblando el saco y acomodándolo como almohada. Escucho que los demás también se preparan para descansar y fijo la mirada en el techo hasta que la luz de la lámpara se apaga. Un momento más tarde, percibo el crujido de la escalera.

—¿Te importa si acampo aquí arriba? —dice Atlas, de pie en el otro extremo de los libreros.

—Mientras no te importe dormir con el enemigo —respondo yo.

Atlas acomoda su saco en el suelo y oigo el tenue pasar de unas páginas.

—¿Qué estás haciendo? —pregunto en voz baja.

—Leo.

—Estamos a oscuras, Atlas.

Escucho cómo cierra el libro y nos quedamos allí estirados, acompañados por la respiración de los que duermen.

—¿Featherswallow? —susurra Atlas.

—¿Qué?

—Lamento no haberte dicho que estoy con la Coalición.

No digo nada hasta que lo escucho suspirar.

—Olvídate de eso. Ahora que lo pienso, era bastante evidente. ¿Cómo no sospeché de él desde el principio?

—¿Y cómo llegaste hasta aquí? —le pregunto en voz baja—. ¿Cometiste un delito a propósito para conseguir que te enviaran al DDCD?

—No —responde—. El padre David y yo estábamos facilitando el traslado de rebeldes a escondites en el campo. Unos guardias encontraron a uno de ellos en nuestra iglesia y me detuvieron.

—¿Y qué fue del padre David?

—Los guardias lo asesinaron.

Mi piel se eriza por completo.

Atlas se aclara la garganta.

—Conseguí enviar un mensaje a la Coalición antes de que me arrestaran. Lo siguiente que supe fue que la doctora Seymour se presentó en mi celda y me reclutó para un programa del Gobierno.

—¿Tú sabías quién era?

—No, pero me lo dijo discretamente durante la entrevista. Tener a dos rebeldes infiltrados en Bletchley era una oportunidad única, así que la Coalición no la quiso dejar escapar.

Así que la doctora Seymour y Atlas han estado colaborando todo este tiempo.

—¿Y tú? —susurra—. ¿De verdad liberaste a… una dragona asesina?

—Para salvar a mis padres, sí.

—¿Sabías que estaban en la Coalición?

Niego con la cabeza, pero luego comprendo que no me puede ver en la oscuridad.

—No. Trabajaban encubiertos, supongo. Como tú.

—Y ahora… ¿No quieres ayudarles?

—Les estoy ayudando —respondo—. Si le entrego el código a Wyvernmire, los liberará.

—¿Estás convencida?

No respondo. Hace unos días habría dicho que sí, pero desde nuestro encuentro en su despacho ya no estoy tan segura.

—Estoy cansada de tomar decisiones, Atlas —susurro—. Cansada de equivocarme.

Los ojos se me llenan de lágrimas y parpadeo para apartarlas. Sé qué quiere que diga. Que seguiré los pasos de mis padres y me uniré a los rebeldes, que nunca le entregaré el código a Wyvernmire. La garganta me duele de tanto contener el llanto.

—Ya antes he lastimado a las personas que más amo —digo lentamente—. No quiero volver a hacerlo nunca más.

—¿A qué te refieres? —dice él, suavizando la voz—. ¿Qué fue lo que hiciste?

Siento cómo mi rostro se enciende y me alegro de que no pueda ver mi turbación. Escucho el crujido del suelo bajo sus pasos, hasta que se sitúa en el espacio que me separa de los libreros.

—Soy seminarista, Featherswallow. Llegará el día en que mi trabajo sea escuchar confesiones.

Percibo el tono burlón en su voz y me giro hacia él.

—Nada de lo que me digas me sorprenderá —añade con la boca junto a mi oído.

Acopio valor y se lo cuento. Le susurro toda la verdad, de modo que solo él pueda escucharla. No puedo creer que esté pronunciando esas palabras, aquellas que no le he revelado a nadie más. Sin embargo, ahí están. Él escucha en silencio y yo me muero de vergüenza.

—¿Entiendes por qué no puedo abandonarlo todo para unirme a tu Coalición? Mi egoísmo le arruinó la vida a Sophie. Sin embargo, si le entrego el código a Wyvernmire y la convenzo de que Sophie me ayudó a descifrarlo, podré salvar a mi familia y devolverle a Sophie su vida.

Espero a que diga algo, pero él no habla. Seguramente está demasiado asqueado como para reaccionar. Yo hundo el rostro en mi saco.

—¿Habré nacido así de mala? —pregunto con la voz amortiguada por la prenda.

—No —responde Atlas en voz baja—. No creo que nadie nazca siendo malo. Yo creo que todos tenemos el bien y el mal en nuestro interior. ¿Tú no?

Me giro hacia él y distingo el perfil de su mandíbula y los rizos de su cabello.

—Yo lo percibo de ese modo —me dice—. Si fueras mala en esencia, si no tuvieras nada de bueno en tu interior, ¿cómo podrías saber siquiera lo que es la maldad? Sin la bondad, no habría nada con lo cual comparar y distinguir la maldad. La maldad no sería maldad... solo sería un estado normal. Yo creo que el bien y el mal habitan en tu interior para que puedas distinguirlos entre sí, Featherswallow. Para que puedas decidir de qué lado quieres estar. Así que, si te sientes culpable por tus actos, es una señal evidente de que hay bondad en tu interior.

Aparto la mirada, pero él me jala.

—Vivimos en un mundo que lo permite todo, pero que no perdona nada. Yo creo que, algún día, Sophie podría perdonarte. Deberías contarle la verdad.

—A veces me despierto por la noche y la culpa está ahí, a mi lado, en la cama, como un agujero negro esperando extinguirme.

Atlas toma mi mano.

—Entonces dile que se vaya —susurra convencido y pega los labios a mi oreja—. Elimínala, como un dragón elimina la oscuridad con su luz.

Me quedo paralizada. Mi mano está sobre su muñeca y siento el suave roce del vello de su brazo. Levanto la cabeza, buscándolo, y él se acerca, deslizando un brazo en torno a mi cintura y aproximando mi cuerpo hacia él. Su boca encuentra la mía y explota algo en mi interior. Me arden los labios, temblorosos. Su boca es la más suave que he besado en la vida, y de pronto está sobre mi cuello, mi rostro, mis ojos cubiertos de lágrimas. Nos movemos casi instintivamente, nuestros cuerpos se funden. Repentinamente, ya estoy encima de él, con una mano entrelazada a la suya y la otra perdida en su cabello, mientras lo beso una y otra vez, deseando que esto no termine.

¿Por qué tardamos tanto?, pienso, mientras sus dedos se deslizan bajo mi blusa para recorrerme la espalda.

Él se aparta de pronto, respirando afanosamente.

—Featherswallow, yo...

Lo callo con otro beso y siento su risa antes incluso de escucharla. Echa la cabeza atrás.

—Viv… —susurra con la boca en mi cabello. Mi nombre, pronunciado por sus labios, es como terciopelo.

—¿Qué, Atlas? —respondo casi con impaciencia.

—Creo que ya no quiero ser sacerdote.

Me paralizo de pronto.

—Pero has sido religioso toda tu vida. Crees en Dios y decías que te había llamado al sacerdocio. ¿Por qué no ibas a…?

—Pero ¿y si la llamada era para otra cosa?

El corazón se me dispara, pero no tanto por los besos, sino por la esperanza de que esté a punto de pronunciar lo que tanto he anhelado que diga. Un coche frena sobre la grava del exterior y un destello de luz se cuela entre las cortinas opacas, lo justo para poder vislumbrar el rostro de Atlas por un momento. Sus ojos brillan, muy abiertos.

—Viv —dice—. ¿Y si Dios me llamaba para que fuera contigo?

23

—¡Soy el vice primer ministro! ¡ Abran la puerta!

Me despierto con el brazo de Atlas rodeándome el cuerpo y el rostro apoyado en la cubierta de un libro.

—¿Deberíamos abrir? —pregunta Marquis, medio dormido, desde abajo.

—Espera —respondo, levantando la cabeza—. Karim, tú tienes que esconderte.

Bajo las escaleras mientras Karim se esconde en un recoveco que se utiliza como estantería.

—Toma —dice Atlas, pasándome el mapa enmarcado más grande que encuentra en el segundo piso.

Lo colocamos sobre el hueco donde está Karim y Marquis abre la puerta de la biblioteca. Al otro lado está Ravensloe con un grupo de guardias.

—Los del turno matutino serán escoltados hasta su puesto de trabajo —anuncia Ravensloe—. El resto… —Lanza una mirada a Marquis— volverá a sus dormitorios inmediatamente. Se acabó la diversión.

—Sí, claro, porque pasarnos la noche intentando evitar que nos mataran fue de lo más divertido —responde Marquis.

—¿Dónde estaba usted? —le pregunta Atlas a Ravensloe—. ¿Dónde estaban sus guardias anoche, cuando asesinaron a dos personas?

Me sorprende el gesto incómodo que veo en los ojos de Ravensloe, pero enseguida aparece una mueca burlona en su lugar.

—No éramos conscientes de que tratábamos con un grupo de animales incivilizados.

—¿Encontraron a Gideon? —pregunto—. ¿O… a alguno de los otros reclutas?

—Supusimos que estarían con ustedes —responde Ravensloe, echando un vistazo a la sala.

Los cuatro negamos con la cabeza.

—Señorita Featherswallow, señorita Rundell, serán escoltadas al invernadero por estos guardias, por su propia seguridad. Y tú... —dice, mirando a Marquis—. La primera ministra Wyvernmire desea felicitarte personalmente.

Cuando Sophie y yo entramos en el invernadero, la doctora Seymour está dando sorbos a una humeante taza de café frente a la máquina locuisonus. Se pone de pie en cuanto nos ve, con los ojos rojos. Del techo cuelgan unas guirnaldas, en un triste intento por celebrar la Navidad.

—Chicas, escuché lo que ocurrió anoche, y lo de Katherine. ¿Están bien?

—Yo...

Hasta ahora me he esforzado por no pensar en ello. Katherine, la chica de Tercera Clase desde que nació, aquella que nunca vaciló en entablar una amistad con Serena, que coqueteó descaradamente con Marquis, que nos ganó a todos en el ajedrez una y otra vez.

No puedo creer que intentara asesinarme. No puedo creer que esté muerta.

La doctora Seymour se echa a llorar.

—Esto no tenía que terminar así.

—Atlas me lo contó todo —respondo—. ¿Sabe lo de los dragones búlgaros?

—¿Los dragones búlgaros? ¿Qué quieres decir?

—Wyvernmire decidió firmar una alianza con ellos dentro de dos días si antes no desciframos el código.

La doctora Seymour vuelve a sentarse, como una marioneta a la que hubieran cortado los hilos.

—No tenía ni idea —responde—. ¿Estás segura?

Asiento.

—Me lo reveló la propia Wyvernmire. Doctora Seymour..., si le entrego a Wyvernmire uno de los dialectos, el que utilizan Rhydderch y Muirgen, romperá su alianza con los búlgaros. Pero si no...

—Invadirán el país —dice Sophie con voz grave.

La doctora Seymour se acerca al armario sin decir una palabra y comienza a escribir algo en un trozo de papel. Una advertencia para los rebeldes.

—Su dracovol… —De pronto recuerdo al pequeño dragón cuyo nido se encuentra en el bosque—. ¿Puede llegar hasta él sin que nadie la vea?

Asiente, sin apartar la vista del papel. Por supuesto que puede. Lleva meses haciéndolo. Sella el sobre.

—Vivien, tengo que preguntártelo. ¿Piensas entregarle a Wyvernmire ese primer dialecto?

—Yo… no lo sé —respondo y detecto el pánico en mi propia voz—. Si no se lo entrego, se aliará con los búlgaros y no volveré a ver a mi familia nunca más, pero…

La doctora Seymour asiente.

—Iré por el dracovol.

Desaparece tras una de las altas máquinas reperisonus y yo la sigo. Detrás de la máquina y la maraña de cables, hay un panel del invernadero abierto, como una ventana. La doctora Seymour sale por allí, con el sobre resguardado contra el pecho. Luego cierra el panel y desaparece en el bosque. Sophie y yo intercambiamos una mirada. Ella tiene una mano sobre la locuisonus y con la otra jala nerviosamente su broche, un dragón en una red. Si le dijera a Wyvernmire que Sophie me ayudó a descifrar el código, ¿me creería?

—Yo también voy —digo—. Tengo que encontrar a la dragona de la biblioteca y pedirle que nos ayude.

Sophie asiente.

Me echo a correr, dejando atrás los bloqueadores de señal, y me adentro en el bosque, más allá del punto donde me encontró Chumana la vez anterior. El terreno se vuelve más escarpado y de pronto me percato de que estoy ascendiendo por la ladera, tropezando entre ramas rotas y montones de hojas. No puedo dejar de pensar en la pregunta de la doctora Seymour.

¿Piensas entregarle a Wyvernmire ese primer dialecto?

Me detengo un momento para recuperar el aliento, antes de escabullirme bajo la alambrada que separa Bletchley Park de los campos de labranza que se encuentran más allá, en un bosque tan denso que ni siquiera hay patrullaje. Tropiezo con algo pesado que sale rodando con un sonoro repiqueteo por el terreno helado. Un casco de guardia. Permanezco inmóvil. Justo detrás del tronco caído de un árbol yacen numerosos cuerpos y sus uniformes brillan bajo la nieve acumulada. Son los guardias que escucharon a Atlas cuando violó la Ley de Secretos Oficiales, inmediatamente después de que asesinaran a Dodie. No se fueron a casa por Navidad. Contengo un sollozo y aprieto con fuerza los párpados, aterrada ante la posibilidad de vislumbrar un mechón de cabello pelirrojo.

Sigo ascendiendo, abriéndome paso por el bosque, hasta llegar a una pradera. Ahí está, la zanja a la que me llevó Chumana. Me asomo a mirar: está vacía, salvo por la piel de dragón y unos cuantos charcos de nieve derretida. Chumana se ha ido.

Por supuesto que se ha ido, idiota. Prácticamente le dijiste que se largara.

Bajo a la zanja, ensuciándome las botas y los pantalones de lodo. El aire huele a tierra fresca y a humo de chimenea. Me agazapo junto a la piel de dragón y lloro. No puedo soportar la idea de perder a Ursa y al resto de mi familia. Y el único modo de salvarlos es traicionando a Atlas y a Sophie, a los rebeldes y posiblemente a todo Reino Unido. Así que eso es lo que haré. Atlas se equivoca. *Nací mala*. Por mucho que lo intente, no consigo tomar la decisión correcta, si eso supone pagar un precio en lo personal. No soy lo bastante valiente, ni lo bastante altruista. Y ya he cometido demasiados errores como para poder redimirme.

—¿A qué debo el placer, niña humana?

Chumana está al borde de la zanja, descomunal, con la cola extendida sobre el hueco. Se acerca a mí.

—Aún estás aquí —digo, sorbiéndome la nariz.

—Tenía la sensación de que volverías.

Me limpio las lágrimas del rostro.

—Necesito tu ayuda para sacar a gente de Bletchley Park.

—¿Necesitas mi ayuda? ¿Otra vez?

—No es demasiado pedir, ¿o sí? —replico, algo cortante—. La doctora Seymour y tú ya deben de estar acostumbradas a trabajar juntas.

—Por supuesto que sí —responde ella—. Y deberías dar las gracias. Quizá te habría matado ya, de no ser por ese chico.

—¿Chico?

—Atlas —señala con una voz sibilante.

—¿Conoces a Atlas?

—Sí. Debe de haberse imaginado que me exasperarías. La paciencia que tiene contigo es impresionante.

La mente se me dispara. ¿Atlas ha visitado a Chumana? Él no me ha hablado de ella en ningún momento, ni siquiera después de reconocer que estaba con los rebeldes, ni cuando le conté que liberé a una dragona asesina y que esta rompió el Acuerdo de Paz. Debe de saber que se trataba de Chumana.

No confía en mí. El corazón se me encoge y de pronto veo la verdad con tal claridad que no puedo creer que no me percatara antes. Las promesas de ayer de que Sophie me perdonaría y todo eso de la llamada de Dios, los besos… todo era una actuación para asegurarse de que no le entregara el código a Wyvernmire. Parpadeo para contener las lágrimas. ¿Cómo pude creer que Atlas sentiría algo por alguien como yo? ¿Cómo me atreví a albergar esperanzas de que los demás perdonarían lo imperdonable?

—¿Ya le develaste a Wyvernmire los secretos de mi idioma ancestral?

Hago un esfuerzo por contener el llanto.

—Aún no.

—¿Aunque estén a la espera de los dragones búlgaros?

Levanto la vista.

—¿Cómo lo sabes?

—He estado escuchando.

—La doctora Seymour informó al resto… de los rebeldes.

Chumana asiente lentamente.

—Wyvernmire no tiene ni idea de que hay espías rebeldes en Bletchley —digo—. Ni de que la Coalición sabe lo de la llegada de los búlgaros. Si quieren evitar que refuerce su ejército, deberían atacar ahora, antes de que los búlgaros tomen posiciones por todo el país.

—Has pensado mucho en todo esto, niña humana. Serías una buena rebelde.

—Pero si le entrego el código, el koinamens… podría romper la alianza. Y no habría que enfrentarse a los dragones búlgaros.

—Si hicieras eso, sería una catástrofe para los dragones —responde Chumana—. Con máquinas locuisonus más sofisticadas y traductores expertos capaces de reproducir las llamadas en koinamens, Wyvernmire podría infiltrarse en las comunidades dracónicas y extorsionarlas, adoctrinar a las crías, subyugar e incluso destruir especies enteras.

Suspiro profundamente.

—Yo quería hacer lo correcto, ¿de acuerdo? Pensé que podía cambiar, pero no es así. ¿Y por qué iba a hacerlo, ahora que ha quedado claro que Atlas es un mentiroso? —Siento que mi lengua se enciende de la furia—. No puedo ayudarte, ni ayudar a los rebeldes, ni a la Tercera Clase, porque no soy ese tipo de persona.

—¿Y qué tipo de persona eres? —pregunta tranquilamente Chumana.

—Una mala —murmuro—. Del mismo tipo que Wyvernmire. De esas personas que toman decisiones implacables, a cualquier precio, sin importarles a cuántas personas puedan lastimar.

—Hmmm —responde Chumana con un murmullo gutural.

Es una respuesta vacía. No la que me esperaba. Pero ¿qué es lo que busco exactamente? De pronto siento que me domina la furia: me gustaría humillar a Atlas tanto como él me ha humillado a mí, observar el rostro de la doctora Seymour cuando la delate ante Wyvernmire, ver a Chumana huyendo, vencida. ¿Por qué los odio tanto?

No es a ellos a quienes odias —me digo—. *Es a ti misma.*

Presiono mis ojos con los nudillos y veo a Sophie viniéndose abajo, con las calificaciones de su Examen en la mano. La veo sola en la casa de acogida, sin nada que comer. La veo tendida sobre el cadáver de Nicolas en un hospital de Tercera Clase. Respiro hondo y me tiembla todo el cuerpo. Una gota de lluvia cae sobre mi rostro.

—¿Por qué viniste hasta aquí? —dice Chumana con voz suave.

—Para rogarte que nos ayudes —digo, mirándola con dureza—. ¿Eso es lo que quieres oír?

—Yo creo que viniste por otro motivo.

—Sí, claro. Cómo no.

—He conocido a demasiados humanos con el alma torturada.

Resoplo, molesta.

—No tengo muy claro si tengo alma siquiera.

Soy como una manzana roja y brillante, pero podrida por dentro.

—¿Ah, sí? —murmura Chumana—. Yo me siento igual.

—Tú estuviste encerrada en una biblioteca durante años y todo por un estudiante que ni siquiera te comiste. ¿Por qué no ibas a tener alma?

—Te equivocas —me corrige Chumana—. No me encerraron por lastimar a un estudiante. Me encerraron por protestar contra el Acuerdo de Paz.

Me encojo de hombros, recordando que yo también le pedí que rompiera el Acuerdo de Paz calcinando la residencia de una política humana.

—¿No somos culpables de eso las dos?

—Y hace cincuenta y ocho años luché en la Masacre de Bulgaria.

La miro fijamente, incrédula.

—No, no es cierto.

—Soy una bolgorith, ¿no?

—Pero... yo pensé que habías nacido en Britania.

—Así es. Mi madre puso mi huevo en Bulgaria y luego se lo llevó en la bolsa cuando cruzó el mar. Eclosioné en Rùm, como la mayoría de los dragones de Britania.

—Entonces ¿cómo...?

—El Gobierno británico le pidió a la reina Ignacia que enviara ayuda a Bulgaria.

—Para ayudar a la población humana cuando ellos solicitaron nuestra intervención —digo, recordando mis clases de historia.

—No —gruñe Chumana—. Eso era mentira. La ayuda iba destinada a los dragones búlgaros, para asegurarse de que su operación tuviera éxito.

Por un momento tengo la sensación de que mi corazón se paraliza.

—¿Enviaron dragones británicos para contribuir a la matanza de los humanos?

—Sí, niña humana. Para asegurarse de que los dragones más poderosos de Europa tuvieran una deuda eterna con Britania. ¿De verdad crees que Wyvernmire convenció a los búlgaros para que se aliaran con ella solo con promesas?

Sacudo la cabeza. Eso no puede ser. Britania no traicionaría a otros humanos y sus dragones no accederían a contribuir a la matanza. Nuestro lema nacional es: «¡Alabadas sean la paz y la prosperidad!».

Recuerdo lo que me dijo Wyvernmire.

Además, nos aseguramos de que esos dragones estuvieran en deuda con nosotros.

—Unas cuantas personas importantes protestaron, por supuesto —precisa Chumana, enroscando la cola en torno a su cuerpo, rodeándome con ella—. Especialmente los pocos entendidos en lo que supondría el fin del esfuerzo de los humanos búlgaros por descifrar el koinamens. Por aquel entonces el Gobierno británico no comprendía en qué consistía el llamado «código de los dragones», ni lo mucho que llegarían a codiciarlo. —Suelta un bufido y emite una nube de humo oscuro y caliente.

Yo comienzo a sentir náuseas solo de pensarlo.
—Chumana… ¿mataste a humanos búlgaros?
—Sí.
—La familia de mi madre murió en esa masacre —replico—. Ella apenas se salvó. Aún tiene pesadillas.
Chumana baja la cabeza, y veo que en la coronilla tiene una fila de pequeños cuernos.
—Sí. En la biblioteca me dijiste que era búlgara.
—¿Por qué? —le pregunto, poniéndome de pie—. ¿Por qué lo hiciste?
—Cumplía las órdenes de mi reina —responde ella, sin inmutarse.
—Pero… ¡Esas órdenes no estaban bien! ¡Es un ser malvado, si fue capaz de ordenar algo así!
La *honorable* reina Ignacia. Así es como la llaman los dragones. Su reinado comenzó desde antes de que nacieran mis abuelos.
—«Malvada» se queda corto —Chumana me mira y de su boca salen chispas—. Regresé a mi tierra de origen en medio de un baño de sangre. Maté, calciné y destruí. Saqué a los humanos de sus casas y hundí los barcos en los que intentaban escapar. Las llamas que arrojé no discriminaban entre ancianos y jóvenes.
—Estás mintiendo. —Todo mi cuerpo tiembla—. No harías algo así.
—Vaya si lo hice. Y cuando todo concluyó, el Gobierno de Britania comenzó a hablar sobre un acuerdo de paz. —Otro bufido—. Qué ironía. Vieron la facilidad con que masacramos al pueblo búlgaro y de pronto temieron que pudiera ocurrir algo parecido en su país. El Acuerdo de Paz se escribió solo para asegurarse de que los humanos británicos no corrieran nunca la misma suerte que los búlgaros, a cuya matanza contribuyeron. El miedo genera odio y ese odio puede oprimir tanto a los dragones como a los humanos.
Pienso en el detonador que le arranqué a Chumana de la piel, en las quemaduras no atendidas de Nicolas, en Dodie, en Katherine y en Owen.
—La reina Ignacia accedió después de que le ofrecieran… ciertos privilegios. —Chumana golpea el suelo con una pata, dejando una huella de su garra, equivalente al tamaño de mi cabeza—. Me odié a mí misma por lo que había hecho. Los horrores que cometimos en Bulgaria eran algo difícil de soportar, incluso para un dragón. Aparte, continuaba presenciando la corrupción que siempre

ha existido entre los diferentes primeros ministros y la reina de los dragones. Así que, en la víspera de la firma del Acuerdo de Paz, protesté e intenté asesinar a la reina Ignacia.

Chumana es una bolgorith. Son de los dragones más grandes de Europa. Sin embargo, se rumorea que la reina es aún más fuerte, su tamaño supera el de cualquier dragón del Oeste y posee unas mandíbulas capaces de romper piedras.

—¿Asesinarla?

Asiente.

—Considero que traicionó a la especie.

Siento un nudo en el estómago.

—Fracasé, obviamente —cuenta Chumana, agitando la cola con furia—. Pero no me concedieron el privilegio de ser ejecutada... Ya viste dónde me encerraron.

Ahora soy yo la que asiente.

—Viví allí durante años, consumida por la maldad de mis propios recuerdos. Me estaba planteando volar más allá de los muros de la universidad para activar ese detonador cuando de pronto apareció una niña humana que se ofreció a quitármelo.

Se me acelera el corazón. Me giro y me perfora con su mirada.

—Ella me dio una oportunidad. La oportunidad de ir volando con la Coalición e intentar enmendar mis errores. Una oportunidad de expiar mis pecados y buscar el perdón. Ahora dime, niña humana, ¿por qué tú no haces lo mismo?

Las gotas de lluvia continúan cayendo sobre mi rostro, una tras otra.

Me empapan el cabello y bajan por el cuello de mi camisa mientras contemplo a la dragona búlgara frente a mí: Chumana la asesina.

—Yo no merezco el perdón —respondo—. Y tú tampoco.

—Pocos merecemos el perdón, niña. Pero respóndeme esto: ¿dónde sería más útil? ¿En esa biblioteca, hundiéndome en el fango de mi propia culpa? ¿Muerta después de hacer explotar ese detonador premeditadamente? ¿O volando libre, contribuyendo a la victoria de los rebeldes?

Me estremezco y observo los charcos que se están formando a mis pies, preguntándome cuántas batallas ha librado Chumana con los rebeldes desde que se unió a ellos. ¿Cuántos documentos rescató de la Academia de Lingüística Dracónica antes de que Wyvernmire recuperara el control? ¿Cuántas vidas habrá salvado? Si se hubiera negado a salir de la biblioteca cuando se lo planteé, o si hubiera utilizado ese detonador para matarse, ahora habría menos gente con vida. Desde luego, mis padres ya estarían muertos. Y el movimiento rebelde dispondría de un dragón menos.

Sin embargo ¿quién es ella para reclamar el perdón? Ella no ha perdido su país, a su familia, su vida.

—¿Qué estás sugiriendo? —replico sin poder contenerme más—. ¿Que Sophie debería olvidar lo que le hice, así como si nada? ¿Que los sobrevivientes búlgaros deberían olvidar el papel que desempeñaste en la historia de sus vidas? ¡No puede ser tan fácil, Chumana!

—No, es verdad. Pero demostrar arrepentimiento y vivir demostrándolo por siempre es otra cosa muy diferente.

Niego con la cabeza. Eso no es más que otra dosis de las mismas verdades a medias de Atlas. Y yo ya sé lo que significa demostrar arrepentimiento. Significa asegurarse de que el koinamens continúe siendo un secreto para Wyvernmire. Solo eso podría darles una oportunidad de victoria a los rebeldes, liberar a la Tercera Clase del sufrimiento que empujó a Katherine, a Dodie y a Gideon a tomar medidas desesperadas y evitar que Wyvernmire esclavice a los dragones de Britania.

Pero ¿y si ayudo a los rebeldes y fracasan? Ya no sería la experta en lenguas dracónicas más famosa del mundo, eso está claro. Y mis padres morirían. Y habría perdido cualquier oportunidad de encontrar a Ursa.

Mantener el código en secreto sería una decisión noble y altruista. Pero yo no soy ninguna de esas dos cosas. ¿Por qué iba a arriesgarme a perder lo que más quiero por los rebeldes?

Porque eres buena —imagino que diría Atlas—. *Porque si te sientes culpable, es señal de que tienes más bondad que maldad en tu interior.*

¿Puede ser cierto eso? Con todo lo que he hecho... Enviar a Sophie a la Tercera Clase, donde sufrió lo indecible; abandonar a Ursa; estar a un paso de entregarle el código a Wyvernmire... ¿Puede ser que quede algo de bondad en mí?

—Has luchado admirablemente por tu familia —señala Chumana—. Te negaste a delatar a la doctora Seymour. Te ofreciste a curarme con esa máquina endiablada. Eso no lo haría alguien como Wyvernmire.

Recuerdo el gesto de compasión de la doctora Seymour, los labios de Atlas sobre los míos, el contacto de Sophie durmiendo en mi cama, esa chispa de orgullo que sentí cuando Marquis me reveló que quería unirse al bando de los rebeldes… y me reconforta un poco.

Chumana no miente. Esas no son las decisiones ni los recuerdos de una mala persona, sino las de una persona buena que se niega a perdonarse por las cosas malas que ha hecho.

Porque es más fácil traicionar a tu mejor amiga por tu carrera profesional, sacrificar a toda la Tercera Clase por tu familia, entregarle a Wyvernmire los medios necesarios para experimentar con huevos de dragón cuando simplemente crees que naciste siendo mala.

Pero ¿y si eres buena? Entonces tu bondad no es compatible con esas decisiones.

Parpadeo, contemplando mi propio reflejo en el charco que se encuentra a mis pies.

Pero, si eres buena —me digo, pensando muy despacio—, *las personas y los dragones a quienes lastimarás sufrirán porque tú lo decidirás así. No porque lastimarlos sea una parte inevitable de tu naturaleza, sino porque concluiste que no importan.*

Esa idea me deja sin aliento. Decidí traicionar a Sophie por puro egoísmo. ¿Eso no me hace tan malvada como Wyvernmire o la reina Ignacia?

Levanto la vista y miro a Chumana. Las nubes grises se ven pálidas en contraste con sus escamas oscuras y mojadas.

—No creo que pueda perdonarme nunca por lo que hice —murmuro, sintiendo de nuevo cómo descienden las cálidas lágrimas por mi rostro.

—No tienes que perdonarte —gruñe Chumana—. Aún no. Pero puedes darte una segunda oportunidad.

Una segunda oportunidad.

—Si no lo haces, todo tu sufrimiento y el que has provocado a los demás habrán sido en vano.

Exhalo con fuerza y me estremezco, contemplando el agua sucia que cae por los costados de la zanja. Mi ropa está empapada. No puedo perdonarme por lo que le hice a Sophie y tal vez ella jamás logre disculparme; por supuesto, eso es algo por lo que nunca podré culparla. Sin embargo, si consigo darme una segunda oportunidad, quizá pueda hacer las cosas de un modo diferente. Puedo escoger construir una vida cuyo propósito no sean los logros —calificaciones, clase social, éxito profesional—, sino mi desarrollo como persona.

—Quiero demostrar que lo siento —le digo a Chumana, alzando la voz por encima del murmullo de la lluvia—. Aunque dudo que mi arrepentimiento pueda llegar a compensar el daño que le causé a Sophie.

Los ojos de la dragona se iluminan de pronto.

—Pero si dices que es posible, que fue posible en tu caso... quiero intentarlo.

Chumana baja la cabeza a la altura de la mía, acercándose tanto que mi piel helada se enciende con su aliento.

—¿Recuerdas en la biblioteca, cuando me preguntaste cuál era mi máxima?

—Sí... —respondo, justo en el momento en que la lluvia comienza a amainar.

—Me negué a decírtela porque me avergonzaba. Pero ya me libré de ella, igual que me libré de la piel muerta. Ahora tengo una nueva máxima.

Me acerco un poco, rozando su cálida piel con mi hombro, y apoyo una mano sobre las escamas de su costado.

—¿Y cuál es?

—*Remissio dolor redemptus est* —dice Chumana—. El perdón es sufrimiento redimido.

24

CHUMANA ME LLEVA DE VUELTA AL BOSQUE y me cuelo por el panel abierto del invernadero. La doctora Seymour también ha vuelto. No me pregunta dónde he estado. A la hora del almuerzo nos vienen a buscar a Sophie y a mí para escoltarnos hasta el comedor, donde Atlas y Marquis están susurrando frente al pavo de Navidad. Seguimos sin saber nada de Serena ni de Gideon.

—¿Soph? —le digo. Sé que probablemente será la última vez que me permita usar ese apodo—. ¿Puedo hablar contigo? ¿En privado?

Sophie parpadea.

—Claro.

Atlas me sonríe, pero yo le lanzo una mirada fulminante y él no la esquiva. Al contrario, cuando ve que salgo al pasillo con Sophie, asiente casi imperceptiblemente.

¿Quién se cree que es?

Lanzo una mirada al guardia que se encuentra junto a la puerta, quien parece no prestar demasiada atención, y luego a Marquis.

«Se va esta noche», le digo, gesticulando en silencio las palabras, en referencia a Karim, que sigue oculto en la biblioteca. Luego sigo a Sophie y salimos del comedor.

—Reclutas, ¿adónde van? —pregunta el guardia.

Es la primera vez que lo veo. De pronto comprendo que debe de ser uno de los que enviaron para reemplazar a los guardias muertos que yacen en el bosque.

—Necesito lavarme las manos para el almuerzo —responde Sophie, mostrándole las palmas manchadas de tinta—. El vice primer ministro Ravensloe comentó que es mejor ir de dos en dos.

—Tengo órdenes de impedir la salida sin escolta.

—¿Quieres escoltarnos hasta el dormitorio, entonces? —propongo yo.

El guardia vacila, se gira para mirar a Marquis y a Atlas, y por fin decide que nosotras somos más valiosas. Nos sigue por las escaleras y se sitúa en el exterior del dormitorio, montando guardia. Yo cierro la puerta.

—¿Qué ocurre, Viv?

Sophie mira con tristeza las camas vacías, parece exhausta. Cuesta creer que todas nuestras compañeras de dormitorio están muertas o escondidas.

—¿Es sobre Chumana? ¿Sobre el código?

—No —respondo—. No le entregaré el koinamens a Wyvernmire. Lo utilizaría para controlar a los dragones y ganar la guerra, y sé lo que significaría para la Tercera Clase. Sé lo que significaría para ti.

Toma mi mano con fuerza.

—Atlas tenía razón —dice—. Cuando estábamos en la biblioteca, solo pensábamos en nosotras mismas. Sin embargo, así es como nos aseguraremos de que lo que le ocurrió a Nicolas no vuelva a suceder. Y eso significa que quizás, un día, podamos volver a casa. Juntas.

Me siento tan avergonzada que toda mi piel se eriza.

—Justamente de eso quería hablar —le digo. Con mi mano en la suya, me siento como una impostora.

Ella frunce el ceño.

—¿De casa?

Aparto la mano y me siento en la cama, a su lado. El corazón me golpea el pecho con fuerza y mi rostro está encendido. ¿Podré, acaso, decirlo en voz alta?

—Hice algo terrible.

Ella me mira con curiosidad.

—El verano pasado.

Hago una pausa, intentando hacer acopio de valor.

—¿Recuerdas cuando fui a ver a la profesora Morris para hablar de mi solicitud de ingreso a la universidad?

Sophie asiente.

—Todos lo hicimos. Ella fue quien escribió nuestras cartas de recomendación.

—Su hija también solicitó un lugar para estudiar Matemáticas en la Universidad de Londres.

—Lo recuerdo —dice Sophie—. Lily.

Asiento.

—A Morris le preocupaba que no aceptaran a Lily. Así que me pidió algo.

—¿Qué podías hacer tú para facilitar el ingreso de Lily a la universidad?

Cierro los ojos y recuerdo. A pesar de que Sophie y yo estábamos en el Programa de Acceso Rápido para acelerar nuestro ingreso a la universidad, Morris me advirtió que las instituciones se estaban volviendo aún más selectivas.

—Morris me dijo que tú eras la principal competencia para Lily. Y... —Respiro hondo y me esfuerzo por continuar—. Me pidió que imitara tu caligrafía para cambiar algunas de tus respuestas en el Examen.

Sophie menea la cabeza, incrédula, como si no me hubiera escuchado bien. Luego permanece inmóvil, como una piedra.

—Me amenazó con expulsarme del Programa de Acceso Rápido y cursar otro año en la preparatoria si me negaba. En cambio, si le ayudaba, les hablaría personalmente de mí a los miembros del Departamento de Ingresos de Lenguas Dracónicas.

Me gustaría encogerme hasta desaparecer, pero me obligo a mirar a Sophie a los ojos porque es lo mínimo que se merece. Mi rostro se encuentra completamente abotagado y me arde como si tuviera fiebre.

—Es culpa mía que reprobaras el Examen, Sophie. No fue que estuvieras mal preparada ni que no fueras lo bastante lista. Cambié tus respuestas para que reprobaras y para que Lily pudiera entrar en la universidad en tu lugar.

Sophie se tambalea.

—P... pero... ¿por qué?

—Quería entrar en la universidad antes, ser la primera en graduarme a los veinte años como traductora de lenguas dracónicas —digo con el rostro cubierto de lágrimas—. Me daba miedo que Morris pudiera dar malas referencias de mí y que por eso nunca pudiera entrar a la universidad. Pero, Sophie, escúchame. Te prometo que me arrepentí en cuanto lo hice. Y aún me arrepiento. Y después de todo lo que me contaste que te pasó, lo de Nicolas... No tenía ni idea de la vida que te esperaba.

Sophie tiene los ojos cerrados, con fuerza.

—Pero... sabías que no volverías a verme. Que tendría que dejar a mis padres. Que no podría volver a estudiar.

—Yo… sí —respondo entre lágrimas—. Y lo siento. Me odio por ello. Y no merezco tu perdón, lo sé. Te destrocé la vida por mi egoísmo y mi ambición. Te traicioné, pero, por favor… Por favor, no me odies toda la vida.

Sophie se pone de pie y, cuando acerco una mano hacia ella, se tensa y retrocede. Aún tiene los ojos cerrados, pero la expresión de su rostro es de asco. Siento una opresión en el pecho y la cabeza me da vueltas al verla así. De pronto, abre los ojos.

—¿Odiarte? —responde, y su voz es casi un susurro—. Ni siquiera te reconozco. —Frunce la boca en una sonrisa tensa—. Sin embargo, pagarás por lo que me hiciste.

Apenas puedo respirar, es como si fuera a asfixiarme.

—Lo siento mucho, Sophie.

Es todo lo que puedo decir, una y otra vez.

—Lo siento mucho.

Ella me mira y en sus ojos aparece un destello de furia. Por un momento me da la impresión de que le gustaría matarme. Me siento como embriagada, como si me hubiera sumergido en la nada más profunda y no hubiera modo de salir.

—Me pasaré la vida entera intentando compensártelo —le digo.

Sophie retrocede, abre la puerta de un portazo y sale corriendo.

—¡Ey! —grita el guardia.

Caigo al suelo pesadamente, sobre las rodillas, incapaz de contener el llanto. Ahora ya sabe quién soy realmente y siempre lo sabrá. Una mentirosa, un fraude, una presencia brillante, pero podrida por dentro. Agotada, me acuesto en la cama de Sophie y apoyo la cabeza en su almohada. Me envuelve su aroma, el aroma de mi infancia. No volveré a estar cerca de ella nunca más. Intento aferrarme desesperadamente a las palabras de Chumana, recordar lo que me dijo antes de volver a hundirme en ese pozo de angustia y odio del que no he podido salir desde el verano pasado.

No tienes que perdonarte… Pero puedes darte una segunda oportunidad.

El suelo de madera cruje y de pronto noto unos brazos familiares en torno a mi cuerpo y una voz al oído.

—¿Quieres contarme qué es lo que sucede, primita?

Me siento en la cama.

—¿Viv? —dice con un tono serio que no es habitual en él—. ¿Qué ocurrió?

Se lo cuento.

—Siempre supe que había algo que no me contabas.

—Si a partir de ahora no quieres saber nada más de mí, lo entenderé.

Él resopla y me pasa la mano por el cabello, despeinándome.

—Viv, eres mi familia. Nada de lo que hagas podrá apartarme de tu lado. —Hace una pausa—. Hiciste algo horrible, pero te conozco lo bastante bien como para saber que te arrepentiste de inmediato. Y estoy seguro de que estás haciendo lo correcto.

Me abraza y por un momento disfruto de esa sensación. La sensación de que me quieran a pesar de mi error.

—Atlas... ¿Dijo algo? —pregunto, fingiendo que no me importa demasiado—. ¿Antes?

Marquis pone los ojos en blanco.

—Quería venir cuando vimos a Sophie salir corriendo, pero le dije que se largara. Desde que está por aquí apenas me has mirado a los ojos un momento.

Resoplo con sorna.

—Como si no te hubieras pasado todo el tiempo pegado a Karim.

Marquis sonríe.

—¿Qué querías decir ayer con eso de que Karim podía escapar montando un dragón?

—La dragona que liberé de la biblioteca está en un campo al otro lado del bosque. Si conseguimos sacar a Karim de noche, Chumana lo pondrá a salvo. ¿Encontraron a Gideon o a Serena?

—No —responde Marquis con gesto preocupado—. Pero la sala de personal de los guardias está justo debajo de la biblioteca, así que Karim ha estado escuchándolos toda la mañana a través del suelo de madera. Creen que quizás huyeron al pueblo, así que ampliaron el radio de búsqueda.

—¿Y qué hay de Wyvernmire?

—Me felicitó por haber ganado en mi categoría y me dijo que podré volver a casa muy pronto —dice con gesto burlón.

—¿Y nuestra familia?

Marquis niega con la cabeza.

—No los liberarán a menos que tú también ganes en tu categoría. Dice que yo solo estoy aquí por ti.

—Eso no es justo —replico, furiosa—. También es tu familia y tú cumpliste tu parte del trato...

—Solo que nunca fue un trato de verdad. Estás consciente de eso, ¿cierto?

Miro a mi primo.

—A ella no le importan las promesas que hace. Si le importaran, no nos habría hecho competir entre nosotros. Y ahora, por su culpa, quizá debamos enfrentarnos a los dragones búlgaros. La guerra se recrudecerá.

Respiro hondo.

—Si eso ocurriera... ya sabemos de qué lado estaremos, ¿no?

—Viv... ya te dije que...

—Y estoy de acuerdo. Tenías razón en todo lo que dijiste. He estado equivocada toda mi vida. Quiero que nos unamos a la Coalición, Marquis.

—¿Eso es porque es el bando de tu novio? —bromea en voz baja.

—¡No! —respondo—. No puedo entregarle el código a Wyvernmire. No puedo poner a los dragones en sus manos, a toda la Tercera Clase, a nuestros amigos.

—¿Y si los búlgaros se ponen en su contra?

—Pues nos enfrentaremos a ellos —replico, decidida—. Si eso sucediera, ya no sería una lucha entre Gobierno y rebeldes. Si los nuevos amigos de Wyvernmire consiguen el poder, será Britania contra Bulgaria.

Marquis desliza su mano y sujeta la mía.

—Y recuperaremos a Ursa —me asegura—. Si la Coalición consigue tomar el control de Bletchley antes de que lleguen los búlgaros, obligaremos a Wyvernmire a que nos revele su paradero.

Asiento con un atisbo de esperanza.

—La Coalición podría estar ya de camino, pero necesitarán ayuda desde dentro. Tengo una idea, pero es arriesgada.

Marquis me mira, expectante.

—Debemos reclutar más dragones.

Garabateo a toda prisa una última nota para Atlas y la doblo en cuatro.

Atlas, lo de anoche fue un error. Por favor, no vuelvas a escribirme.

Sé que después de almorzar reza en el dormitorio de los chicos, así que deslizo la nota bajo la puerta, sin disimular lo más mínimo. Marquis levanta las cejas.

—No preguntes —le digo.

Abajo todo está desierto, salvo por el guardia de la puerta, que no es el mismo de antes.

—Viv... —me susurra Marquis mientras nos acercamos.

—No pasa nada —respondo y miro al guardia, asintiendo—. Buenas tardes —saludo con decisión.

Él me mira a través de su casco.

—Necesitamos salir, por favor.

No se mueve.

—Soy la traductora —digo con hastío, como si fuera algo que él ya tendría que saber—. Tengo órdenes de ir a hablar con los dragones que patrullan el terreno, en preparación para la... llegada.

—Los reclutas ya no pueden ir al exterior de Bletchley Park —responde el guardia.

—Bueno, eso no afecta a todos los reclutas —digo, endulzando el tono—. ¿No te informó la primera ministra?

El guardia parpadea y detecto un atisbo de vacilación en sus ojos. Me acerco a él.

—¿Cómo vamos a dar la bienvenida a nuestros aliados si nadie habla búlgaro?

De pronto abre los ojos como platos y se aparta. Mientras bajamos las escaleras a toda prisa, Marquis gira y se despide del guardia alegremente con un gesto de la mano.

—Los dragones búlgaros hablan slavidraneishá, no búlgaro —digo, meneando la cabeza—. ¿Cómo es que nadie sabe eso?

No tardamos demasiado en encontrar a Rhydderch. Está patrullando en el lado izquierdo del terreno, junto al lago. En el cielo, veo a Muirgen volando. Cuando nos acercamos a su hermano, traza círculos sobre nosotros. Rhydderch balancea su enorme cabeza, aproximándola, y nos muestra los dientes.

—¿Otra vez tú? —pregunta con su voz grave—. Pensaba que mi hermana ya te había asustado lo suficiente como para que no volvieras.

Esta vez decido ir al grano.

—Hola, Rhydderch. Venimos a advertirles.

El dragón resopla por sus fosas nasales emitiendo una columna de humo.

—¿Advertirnos?

El reflejo de la cola azul de Muirgen brilla sobre el agua del lago. Está escuchando.

—La primera ministra Wyvernmire planea aliarse con los dragones de Bulgaria —le digo—. Llegarán aquí dentro de dos días, con el fin de aplastar a la Coalición y obligar a su reina a que se someta a ellos.

Rhydderch suelta una sonora carcajada.

—Los búlgaros son precisamente el motivo por el cual existe el Acuerdo de Paz —responde—. ¿Por qué iba a traicionarlo Wyvernmire, especialmente después de haberlo defendido cuando esa dragona asesina quemó Downing Street?

Me encojo de hombros.

—La primera ministra se está impacientando. Aún no ha ganado la guerra, a pesar de contar con la reina y todos sus dragones. Quiere recurrir a otros medios.

Muirgen emite un chillido que resuena sobre nuestras cabezas.

—La reina de los dragones y la primera ministra se aliaron en la lucha contra los rebeldes cuando podrían haberse enfrentado entre sí —alega Rhydderch—. Yo no creo que pudiera llegar...

—Los dragones búlgaros están en deuda con Britania, ¿recuerdas?

Marquis sujeta mi muñeca y la presiona a modo de advertencia. Ya sé por qué. Acabo de interrumpir a un dragón. Rhydderch suelta un gruñido. ¿Le sorprende que conozca el papel que jugó Britania en la Masacre de Bulgaria?

—Sí, los dragones de Bulgaria están en deuda con Britania. En deuda con el Gobierno de los humanos y con la reina Ignacia.

—Solo que la reina Ignacia no puede prometer lo mismo que Wyvernmire. Si es capaz de prometer a su reina senil la carne de niños humanos a cambio de la paz, ¿qué crees que sería capaz de ofrecerles a los dragones búlgaros para convencerlos de atacar?

Rhydderch suelta un rugido y el suelo tiembla bajo nuestros pies. Marquis retrocede, tropezando, al observar cómo se encienden los ojos del dragón.

—¿Estás molesto porque insulté a tu reina o porque conozco las cláusulas secretas que introdujo en el Acuerdo de Paz? Según parece, la reina Ignacia no es tan honorable como se dice por ahí.

—Cállate, Viv —me advierte Marquis a mis espaldas, pero yo lo ignoro.

—¿Por qué traicionarías a tu líder? —pregunta Rhydderch, desconfiado—. Si lo que dices es verdad, mi reina arrasará este lugar y no quedará ni una piedra.

—Porque ya no es mi líder —respondo—. Y te lo digo porque... Porque necesitamos su ayuda.

—¿«Necesitamos»?

—La Coalición Humanos-Dragones —dice Marquis.

—Están con el enemigo —replica Rhydderch con voz sibilante.

—¡La Coalición ya no será su enemigo! —exclamo—. No lo será si Wyvernmire traiciona a la reina Ignacia de la misma manera en que está traicionando a los humanos de Britania.

Muirgen continúa sobrevolándonos y su sombra eclipsa el sol por un momento.

—¡Se unieron al movimiento que busca destruir el Acuerdo de Paz! —ruge Rhydderch—. ¡Son espías!

Da un paso atrás, balanceando la cabeza de un lado al otro, y de pronto levanta la vista hacia Muirgen, quien, en unas décimas de segundo, aterriza a su lado y suelta un chillido tan potente que levanta mi saco. Marquis me agarra del brazo y me jala, pero yo me lo quito de encima.

Miro a Rhydderch.

—Le dijiste a Muirgen que aterrizara. Con el koinamens.

—Esta vez te mataré, traidora humana —me espeta Muirgen.

—Antes les mentí —me apresuro a decir—. No fue un dragón quien me habló del koinamens. Fue Wyvernmire. Por eso me reclutaron y me trajeron a Bletchley Park. Para utilizar unas máquinas especiales y descifrarlo. Nosotros lo llamamos ecolocalización.

Muirgen toma aire e infla el pecho, levantando el cuerpo justo delante de mí. Su aliento hiede a sangre. Siento un fogonazo de calor y de pronto el árbol más próximo estalla en llamas.

—¡Viv! —me grita Marquis—. ¡Debemos irnos!

Los dos retrocedemos con torpeza, tropezando mientras Rhydderch lanza sus llamas contra otro árbol.

—¡Les estoy diciendo la verdad! —grito yo—. Wyvernmire nos ordenó que analizáramos el koinamens para así poder espiar a los dragones rebeldes.

Rhydderch agita la cola con fuerza, derribando dos árboles a sus espaldas.

—¡Pero intentamos detenerla! —grito desesperadamente.

—¡Carajo, Viv! —me grita Marquis.

—Me aseguraré de que nunca pueda comprender el koinamens. Sin embargo, el hecho de que yo sepa de su existencia, y de que entienda una mínima parte, es la demostración de que Wyvernmire es su enemiga, no su aliada.

Ambos dragones se detienen y, por un momento, solo se escucha el crepitar de las llamas. Asomamos la cabeza por un costado del árbol al cual me arrastró Marquis.

—Los dragones búlgaros llegarán pronto —añado, prácticamente sin aliento—. Si le informan a su reina, ella declarará la guerra no solo a los rebeldes, sino a todos los humanos de Britania. Las bajas serán tremendas para ambos bandos. No obstante, si permanecen aquí y luchan con nosotros, con la Coalición, quizá podamos evitar que todo eso suceda. Si derrotamos a Wyvernmire y ahuyentamos a los dragones búlgaros, tal vez… —jadeo, sintiendo los pulmones llenos de humo—. Tal vez humanos y dragones puedan celebrar un nuevo acuerdo de paz.

—Ya estamos hartos de sus acuerdos traicioneros —dice Muirgen con una sonrisa burlona.

—Un momento —le espeta Rhydderch.

Miro fijamente a los dragones, quienes se comunican en silencio. A una parte de mí le encantaría tener a la mano la máquina locuisonus. Marquis, cuyas mejillas lucen de un rojo encendido por efecto del calor de las llamas, me observa como si acabaran de salirme alas. Muirgen ve a su hermano y asiente.

—Váyanse —nos ordena Rhydderch—. Antes de que les exploten los pulmones.

El corazón se me encoge en el pecho. Si los dragones deciden informárselo a su reina, Wyvernmire sabrá que fui yo quien se los reveló y se asegurará de que no vuelva a ver a mis padres ni a Ursa. Y cuando llegue la reina Ignacia, no se detendrá a preguntar quién está en cada bando.

—¿Nos ayudarán? —insisto—. ¿Se lo dirán a los otros dragones…? ¿A Soresten, Addax e Yndrir…?

—Consideraremos tu petición —responde Rhydderch con un gruñido.

Marquis me aprieta la mano. Es un modo delicado de decirme que me matará si continúo discutiendo con los dragones.

—Gracias —respondo.

Retrocedemos lentamente y Marquis comienza a gritarme en cuanto llegamos a unos coches vacíos y podemos resguardarnos tras ellos.

—¿«Reina senil»? —exclama, incrédulo—. ¿«Obligar a su reina a que se someta a ellos»? ¿Les dijiste esas cosas no a uno, sino a dos dragones? ¡Estás loca!

Sin embargo, yo no puedo dejar de sonreír como una idiota.

Nos agachamos al ver a un grupo de guardias que descienden por la escalinata de la casa y se dirigen a los campos.

—¿Y ahora qué? —dice Marquis en voz baja, sin quitarles la vista de encima.

—Dile a Karim que se prepare para huir esta noche —respondo—. Tengo que encontrar a Atlas... Quizás él o la doctora Seymour hayan recibido noticias de la Coalición.

—¿La doctora Seymour? —exclama Marquis, perplejo.

Asiento y él se frota la frente, incrédulo. Luego levanta la vista al cielo.

—¿Crees que los rebeldes llegarán a tiempo?

Me imagino a los bolgoriths búlgaros planeando sobre Bletchley y siento un nudo en el estómago.

—Tienen que hacerlo. De otro modo, habremos perdido la guerra.

25

Nos separamos en el vestíbulo, donde ya no vigila ningún guardia. Marquis se dirige a la biblioteca y yo al sótano. Abro la puerta sigilosamente y siento el impacto del calor en el rostro procedente de la escalera. Escucho voces en tonos graves y desciendo haciendo el mínimo ruido posible. Atlas está ahí, aunque ya acabó su turno. Presentía que así sería. El profesor Lumens y él están agazapados frente a uno de los hornos, mirando al interior.

—Me pregunto si deberíamos colocar los huevos juntos. Quizás así se iniciaría el proceso de eclosión —propone el profesor Lumens—. En los nidos suele haber más de un huevo.

—Eso ya lo intenté, profesor —responde Atlas.

—Bueno, ¿y darles la vuelta en dirección contraria a las agujas del reloj cada luna llena?

—También ya lo intenté, señor. Además, los remojé en agua salada, como sugirió.

Miente muy bien.

—De acuerdo —dice Lumens—. En ese caso, creo que no tenemos otra opción que buscar quién los críe.

—¿Quién los críe, señor?

—Algún dragón.

Atlas se pone de pie.

—Pero ¿qué dragón accedería a empollar unos huevos que la primera ministra Wyvernmire ro… unos huevos robados?

—Según parece, la primera ministra cree que podríamos convencer a algún dragón convicto, alguno que esté encarcelado…

—Eso tampoco funcionará —digo, y ambos giran en redondo.

—¿Recluta Featherswallow? —El profesor Lumens abre los ojos como platos—. ¿Qué estás haciendo aquí abajo?

—No puede amenazar a un dragón para que empolle esos huevos —insisto—. Créame.

Para hacer eso, Wyvernmire tendría que obligar al dragón a utilizar la ecolocalización. Y, para cerciorarse, tendría que situar a alguien día y noche junto al dragón. Alguien con una máquina locuisonus, capaz de comprender las llamadas exactas necesarias para estimular a la cría de dragón; de ese modo, podría avisar si el dragón ecolocaliza algo diferente o si se niega a comunicarse en koinamens.

Las posibilidades de que ocurra algo así en los próximos dos días son nulas.

—Debo insistir en que te vayas —replica Lumens, airado—. Esto es de lo más irregular…

—En realidad, profesor, Vivien ya ha estado aquí abajo —dice Atlas.

Vivien.

Me sorprende escuchar mi nombre completo. Así solo me llamaban mis profesores y mis padres. ¿Qué ocurrió con «Viv», con «Featherswallow»? Atlas me mira, herido.

Así que recibió mi nota.

—¿Ya ha estado aquí? —Lumens mira a Atlas y luego a mí, perplejo—. La confidencialidad del programa debe respetarse, incluso entre ustedes…

Se oye un gañido en el otro extremo de la sala. Me giro para mirar y distingo en la penumbra la silueta de tres dragones jóvenes, que ahora son un poco más grandes que los dracovols.

—¿Cuánto tiempo lleva estudiando a los dragones, profesor Lumens? —pregunto.

—Treinta años, pero eso es completamente irrelevante en esta conversación —responde Lumens.

—Supongo que sus estudios lo llevaron por todo el mundo, antes del cierre de fronteras. Mis padres estuvieron en América y Europa, principalmente en Albania, gracias a sus investigaciones…

—¿Tus padres?

Asiento.

—John y Helina Featherswallow.

En sus ojos destella un halo de sorpresa.

—No tenía ni idea. Tus padres son unos antropólogos dracónicos muy respetados, expertos en sus campos. Me sorprendió mucho leer en los periódicos lo de su…

—¿Rebelión?

Lumens parece incómodo.

—A mí también.

Atlas me observa con curiosidad.

—Sin embargo, ahora lo comprendo —le digo a Lumens—. Comprendo por qué eran… por qué son rebeldes. No es solo por el terrible modo en que trata este país a la Tercera Clase, algo que me negué a admitir hasta hace poco. Es por su devoción por los dragones. Lo que está haciendo usted aquí abajo… —Señalo la oscura jaula en la que se encuentran las crías de dragón—. Ellos no lo habrían permitido. De hecho, se habrían opuesto con vehemencia. ¿Por qué no se ha opuesto usted?

—Yo… —Lumens frunce el ceño—. Yo estoy haciendo lo que mi gobierno…

—Su gobierno se está aliando con los dragones búlgaros —le digo—. Llegarán a Bletchley Park pasado mañana y eso provocará que la reina de los dragones se ponga en nuestra contra. Wyvernmire está a punto de granjearse un nuevo enemigo y no hay nada que usted pueda hacer para evitarlo.

—¿Búlgaros? ¿De qué estás hablando, niña…?

—Dice la verdad, profesor —interviene Atlas—. El trabajo que se suponía que debía desarrollar aquí fracasó y Wyvernmire optó por otro medio para ganar la guerra.

Lumens palidece y comienzan a temblarle las manos.

—Debería irse —le sugiero—. Finja que está enfermo o solicite un permiso por motivos personales. Antes de que lleguen.

Lumens se gira hacia Atlas.

—¿Y ustedes? ¿Qué harán ustedes?

—Oh, tenemos unas cuantas ideas.

—Las crías de dragón… no podemos abandonarlas. Piensa lo que quieras de mí, recluta Featherswallow, pero nunca quise lastimarlas.

—Nosotros nos encargaremos —respondo.

—Pero ¿cómo…?

—Profesor Lumens —le dice Atlas—, si va a irse, debe hacerlo lo antes posible.

—Ah… sí —Lumens reacciona y recorre de un lado a otro la sala, recogiendo documentos y pertenencias.

—Ella no permitirá que se lleve nada de eso —digo—. Todo lo que se encuentra en Bletchley Park es clasificado.

Él me observa un momento, como preguntándose quién soy en realidad. Luego deja caer todo sobre una mesa. Mira a Atlas, asiente, da media vuelta y se marcha.

Atlas se acerca a mí y toma mi mano, pero yo la aparto.

—¿Por qué me dejaste esa nota? ¿Qué fue lo que hice?

Ignoro sus palabras.

—Vine a decirte que, al parecer, logramos convencer a Muirgen y Rhydderch para que se unan a nosotros —le digo.

—¿A nosotros?

—A la Coalición —digo, bajando la voz.

En su rostro surge una gran sonrisa, pero desaparece enseguida en cuanto ve que yo no sonrío.

—¿Qué ocurre? —insiste.

—Chumana —respondo.

Busco una reacción en su rostro y percibo una mínima vacilación en sus ojos. Enojada, doy un paso al frente.

—¿Cuándo pensabas decirme que la conocías? No respondas a eso —le espeto, al ver que abre la boca—. No ibas a decírmelo nunca porque no confías en mí. Todo lo que dijiste anoche fue solo para intentar que me pusiera de tu lado.

—Viv, no...

—Te conté que había liberado a una dragona asesina de la Universidad de Londres y tú sabías que era ella, pero no me dijiste que te escabullías para ir a verla...

—No iba a verla —replica—. Ella vino a mí cuando vio que me tenían encerrado en aislamiento. Es un búnker gélido en medio del bosque y, cuando me vio, encendió una fogata lanzando fuego a través de los barrotes. Pero ¿eso qué importa?

—¡Importa porque me ocultaste cosas mientras yo te lo contaba todo! —replico, gritando.

—¡No quería que pensaras que estaba conspirando en tu contra! —responde él, gritando a su vez—. Que intentaba que te unieras a la Coalición...

—Y sin embargo era exactamente eso lo que estabas haciendo.

Atlas menea la cabeza.

—Sé que es algo que debes escoger por ti misma —dice, apoyando sus manos en mis hombros—. Todo lo que dije anoche y... y todo lo demás... —Se sonroja—. Todo fue sincero. Te lo prometo.

—¿Y si hubiera decidido quedarme en el bando de Wyvernmire? —digo, midiendo mis palabras.

Él me mira fijamente.

—Entonces habría sido... difícil. Pero aun así me habría encantado...

Se detiene de pronto y deja caer los brazos, sonrojado. Yo trago saliva, esperando que acabe la frase. Sin embargo, lo que dice es muy diferente.

—La doctora Seymour acaba de recibir un mensaje de la Coalición. Wyvernmire viene hacia aquí y ellos se están preparando para atacar. Aún no saben lo de la alianza con los dragones búlgaros porque el dracovol de la doctora Seymour no llegará hasta esta noche. Sin embargo, eso significa que estarán en Bletchley antes de que lleguen los búlgaros.

Asiento.

—Hay algo más.

Lo miro, expectante.

—La Coalición localizó a tu hermana.

Mi corazón se detiene de golpe.

—Envié una petición de búsqueda hace un par de semanas, utilizando el dracovol de la doctora Seymour. La noticia llegó con el mensaje de hoy. Está en una casa de Blenheim gestionada por el Gobierno, junto con otros niños evacuados de Londres.

Atlas toma mi mano.

—Cuando salgamos de Bletchley, iremos a buscarla.

El corazón me late con fuerza en el pecho.

Envié una petición de búsqueda hace un par de semanas.

Atlas ya estaba buscando a mi hermana incluso antes de saber que iba a cambiar de bando. Estaba buscando a mi hermana mientras yo intentaba desencriptar el código que provocaría que los rebeldes perdieran la guerra.

—¿Por qué? —susurro.

Atlas se encoge de hombros.

—La familia debe estar reunida.

Me fundo en su abrazo, rodeo su cuello con mis brazos, lo beso y él me levanta del suelo.

—Cuando la Coalición arribe, ¿cómo vamos a huir? —murmuro, sin separar mis labios de los suyos.

Atlas me pasa una mano por el cabello.

—Tu primo tuvo una idea.

No le pregunto desde hace cuánto tiempo Marquis y él traman planes de huida en secreto. Dejo que me levante, me coloque sobre una de las mesas y siga besándome hasta que sus labios encuentran mi cuello. Entonces veo el horno abierto a sus espaldas, los huevos calientes sobre las brasas y...

—¡Atlas!

Él da un brinco, apartando las manos como si me hubiera quemado con ellas.

—Lo siento —se disculpa, tragando saliva—. Me dejé llevar...

Yo pongo los ojos en blanco.

—No, no es eso —digo, casi deseando que vuelva a colocar las manos donde las tenía—. Los huevos. Y las crías de dragón. Tendremos que sacarlos de aquí esta noche, con Karim.

Él asiente repetidamente, como un borracho intentando comprender unas simples instrucciones.

—No tenemos tiempo para... —Señala la mesa sobre la que estoy sentada y yo sonrío.

—Habrá otras ocasiones —respondo.

Él vuelve a sonrojarse.

—Entonces, mañana cubrimos nuestros turnos, como siempre, y esperamos la llegada de los rebeldes.

—¿Y si Wyvernmire descubre que las crías de dragón desaparecieron? —pregunto.

Atlas lanza una mirada a su taller y de pronto percibo un atisbo de tristeza en su rostro. Primero Dodie, luego Lumens y ahora las crías de dragón.

—Culparemos a Lumens —sugiero, respondiendo a mi propia pregunta.

—¿Qué? No...

—Para entonces, ya habrá huido. Si decimos que Lumens se llevó las crías y los huevos, nadie sospechará de ti. Así, cuando Wyvernmire organice a sus guardias para que lo persigan, los rebeldes ya estarán aquí.

—De acuerdo —dice Atlas lentamente—. Debemos retirar los bloqueadores de emisiones que rodean el invernadero. Podrían impedir que los dragones rebeldes se comuniquen entre sí cuando sobrevuelen el lugar.

Asiento.

—Nos vemos a medianoche —propone Atlas—. Frente a tu dormitorio.

—A medianoche —repito, jalándolo hacia mí con una sonrisa en el rostro.

26

Me levanto al cuarto para las doce. En el pasillo, un tablón cruje bajo la bota del guardia que se prepara para terminar su turno. Sophie yergue la cabeza en la cama contigua a la mía, enciende la lámpara y me mira, muy seria.

Pagarás por lo que me hiciste.

—Nos van a descubrir —susurra.

—No, no lo harán. En cuanto se marche ese guardia, salimos.

Me pongo el saco y las botas.

—Qué buena eres cambiando de bando: un día eres la favorita de Wyvernmire y al siguiente una rebelde —comenta Sophie—. ¿Volverás a ser una esnob de Segunda Clase cuando todo esto termine?

—Tú también has sido una esnob de Segunda Clase —señalo.

—Pero no traicioné a mi mejor amiga para entrar a la universidad.

De nuevo me recorre esa punzada de culpa, ese dolor que no desaparecerá nunca. ¿Cómo pude pensar siquiera que Sophie podría perdonarme?

—No —digo—. Tú eres mejor amiga de lo que yo he sido nunca. ¿Ahora quieres vestirte, por favor?

Escuchamos el ruido de unos pasos bajando las escaleras.

Los guardias suelen tomar un descanso para fumar en el patio antes de cambiar de turno. Tenemos un par de minutos para salir. Entreabro la puerta y doy un brinco al vislumbrar un rostro al otro lado.

—¿Todo bien? —dice Marquis.

Karim y Atlas están de pie, tras él. Cuando salgo al rellano, rozo la mano de Atlas con la mía. Lleva un gran paquete en la espalda.

Marquis se encoge de hombros.

—¿Todo bien, en comparación con la posibilidad de que aparezca Gideon y nos asesine, quieres decir?

Atravesamos los oscuros pasillos y llegamos a la cocina; cruzamos la puerta trasera y salimos al jardín cercado donde Ralph me fracturó el brazo.

—Te encontrarás con la dragona en lo alto del bosque —le susurro a Karim.

Si Serena está ocultándose en el pueblo, debe de estar aterrada. Aunque no la aprecio en absoluto, me gustaría que estuviera aquí, con nosotros, lista para huir. Atravesamos el terreno en silencio y, cuando llegamos al invernadero, Atlas se detiene de pronto. Descarga el paquete que lleva en la espalda y se lo entrega a Karim.

—Dáselo a la dragona —le dice—. Ella sabrá qué hacer.

Karim le lanza una mirada de preocupación, abre el paquete y, de la impresión, casi lo deja caer.

Dentro están las tres crías de dragón, hechas ovillo, con las colas enredadas, y debajo de ellas, los dos huevos.

—¿De dónde...?

—De esto se trataba el trabajo que hacíamos Dodie y yo —responde Atlas, muy serio—. Secuestraban crías.

—Continúa caminando derecho —le digo a Karim—, hasta que llegues a un campo. Te está esperando.

Él asiente, nervioso. Yo me giro hacia Sophie.

—Tú deberías ir con él. Es tu oportunidad de...

—¿De vivir como una fugitiva el resto de mi existencia? —dice ella, fulminándome con la mirada. Luego observa a Atlas—. Si los amigos rebeldes de Atlas queman viva a Wyvernmire esta noche, quiero estar aquí para verlo.

Karim, a mi lado, está abrazado a Marquis.

—Ten cuidado —le dice, enérgico.

Marquis asiente y le envuelve el rostro con las manos.

—Tú también.

Se dan un beso rápido y yo permanezco rígida. Marquis me mira: el secreto que hemos guardado todos estos años por fin sale a la luz. Luego Karim se encamina hacia el bosque y yo me apoyo en mi primo.

—Volverás a verlo muy pronto —le digo.

—Lo sé —responde con una sonrisa forzada.

En ese momento, fantaseo con que podríamos irnos todos: Atlas, Marquis, Sophie y yo. Subirnos al lomo de Chumana y salir volando de Bletchley esta misma noche. Sin embargo, quiero estar aquí. Quiero ver a los rebeldes con mis propios ojos; quiero ver cómo el estúpido plan de Wyvernmire le estalla en las manos.

Y, sobre todo, quiero asegurarme personalmente de que nunca verá ni una traducción del koinamens.

—Atlas —susurra una voz.

Me sobresalto, pero enseguida recupero la calma. Percibo un rostro pálido iluminado por una lámpara de mano que se asoma por la ventana trasera del invernadero. Es la doctora Seymour.

Entramos por la ventana, abriéndonos paso por entre la maraña de cables de las máquinas reperisonus, y la doctora Seymour le entrega a Marquis una segunda lámpara. Él la levanta y la orienta hacia las dos máquinas locuisonus que están sobre el sofá. Las cornetas de latón brillan al reflejar la luz. A su lado hay un martillo.

Sophie abre los ojos como platos.

—¿Vamos a destruirlas?

—Es el único modo de evitar que terminen en las manos equivocadas —dice la doctora Seymour, entregándole el martillo a Atlas—. De eso puedes encargarte tú. Sophie y Marquis, necesito que se lleven los bloqueadores de sonido lo más lejos posible. Debemos asegurarnos de que no interfieran con ninguna llamada por ecolocalización que puedan enviar los dragones rebeldes al sobrevolar el invernadero.

Marquis asiente y los dos salen de nuevo sigilosamente.

—¿Y yo? —le pregunto a la doctora Seymour.

—El sistema de indexación —responde ella—. Y los cuadernos de registro. Todas las traducciones que hemos hecho deben desaparecer.

Siento un nudo en el estómago. Lanzo una mirada a la caja con las tarjetas del sistema de indexación, meses de arduo trabajo. Y todo va a quedar destruido. Atlas me mira, con el martillo en las manos. Asiento, y él lo levanta para dejarlo caer con fuerza sobre la máquina locuisonus, la cual termina hecha añicos. Con un brazo protege su rostro de los cristales que saltan sobre el sofá y se esparcen por el suelo. Después, vuelve a dejar caer el martillo. Hago una mueca y cubro mis oídos.

—¿Dónde está Soresten? —le pregunto a la doctora Seymour, al percatarme de que ningún dragón monta guardia en el exterior.

—Lo vi hablando con Muirgen esta tarde. Parece que abandonó su puesto.

Siento un atisbo de esperanza que luego se convierte en intranquilidad. ¿Soresten habrá desertado para aliarse con los rebeldes? ¿O habrá ido a advertir a la reina Ignacia?

—¿Cómo quiere destruir esto? —le pregunto a la doctora Seymour—. No podemos prenderle fuego.

Sin embargo, la doctora Seymour acarrea una cubeta de agua y la coloca a mi lado.

—Mójalo todo —dice.

Tomo un puñado de tarjetas de cartón, todas con notas escritas por mí, por Sophie, por Gideon o por Katherine. Leo las listas de trinos, gorjeos y barridos y me invade una extraña sensación de tristeza. Sumerjo las tarjetas en el agua. Por un momento flotan, pero enseguida se hunden. En unos minutos podré triturarlas. Ayudo a la doctora Seymour a seguir mojando más papeles, arrancando página tras página de los cuadernos de registro. Por su parte, Atlas golpea la máquina locuisonus una vez más, haciéndome saltar del susto, luego acerca la segunda.

No tenemos elección, me digo, mientras contemplo el invento más estupendo que he visto en mi vida hecho añicos por el suelo. Me percato de que la doctora Seymour no ha mirado ni una sola vez.

De pronto, se escuchan pasos en el exterior. Estiro el cuello en busca de Sophie y Marquis, pero no hay nadie en la ventana. Los pasos rodean el invernadero, hacia el otro lado. La doctora Seymour y yo nos miramos y permanecemos paralizadas. La puerta del invernadero se abre de un portazo.

—Dolores Seymour, quedas detenida por colaborar con el enemigo.

Ralph está en la puerta, apuntándole con la pistola. Cuando nos observa a Atlas y a mí, su boca se tensa en una gran sonrisa.

—Vaya, tres por el precio de uno.

Tomo la última de las tarjetas de indexación y la sumerjo en el agua justo en el momento en que un grupo de guardias entra en fila y nos apresa, quitándole el martillo a Atlas y esposando a la doctora Seymour. Ralph me sujeta del cabello, arrancándome un grito, y me pone de pie.

—¡Suéltala! —grita Atlas.

—Debí haberme dado cuenta de que tú también eras una rebelde —me dice Ralph al oído—. ¿Qué opinará la primera ministra cuando le diga que su recluta estrella es una espía?

—La primera ministra se alió con Bulgaria —exclamo, mientras un guardia me inmoviliza por la espalda—. ¡Hará que nos maten a todos!

La doctora Seymour mira a Ralph con odio genuino.

—¿Cómo lo descubriste?

Ralph sonríe y mete la mano en su bolsillo, del cual extrae al dracovol, que sangra por los orificios nasales y mira desorientado.

Ay, no…

La doctora Seymour cierra los ojos y emite un suspiro tembloroso.

—Atrapamos a este desgraciado regresando a su nido. Seguramente venía de hacer alguna entrega… —Ralph sonríe con gesto burlón—. Conque enviando mensajes a los rebeldes ante nuestras narices. Al final resultaste más lista de lo que pensaba, Dolores.

Nos mira a Atlas y a mí.

—¿Dónde está el resto de los reclutas? —nos grita.

Ninguno de los dos abre la boca.

—¿Vas a decirme que no tienes ni idea de dónde está tu primo? —me espeta Ralph.

—Supongo que está dormido —respondo—. No tiene nada que ver con esto.

—Mentirosa.

—¿De verdad crees que buscaríamos a los otros reclutas? —replica Atlas—. ¡Intentaron asesinarnos!

—Llévaselos a Ravensloe —le ordena Ralph a un guardia.

—Guardia 257, quédate aquí y protege esta máquina. El resto de ustedes, descubra adónde demonios fue el maldito dragón que debía estar vigilando.

Nos conducen a la sala donde nos reunieron cuando llegamos a Bletchley Park. Ravensloe está ahí de pie junto a la mesa, como el primer día que lo vimos. De su falsa amabilidad de entonces ya no queda ni rastro.

—¿Cómo se atreven a traicionar a sus benefactores? —nos grita en cuanto estamos frente a él.

—¿Benefactores? —responde Atlas—. ¿Eso lo que se cuenta a sí mismo para sentirse mejor?

—De no ser por Bletchley Park estarías muerto, muchacho —le dice Ravensloe.

—Todos lo estaremos muy pronto, vice primer ministro —alega la doctora Seymour—. ¿Cómo pudo hacer algo así? ¿Cómo pudo hacerle esto a Britania? Los dragones búlgaros…

—¡Silencio! —ruge Ravensloe—. No aceptaré lecciones de unos desertores. ¡Son escoria! —Se gira hacia Ralph—. ¿Dónde están los demás?

—Mi equipo sigue buscándolos —responde Ralph—. Están…

—Me asombra lo incapaces que son de rastrear a un puñado de adolescentes —exclama Ravensloe y en los ojos de Ralph destella un halo de furia.

—Se les otorgó demasiada libertad —alega—. La primera ministra puso su confianza en quienes…

—La primera ministra espera que cada uno cumpla con su deber, tanto reclutas como guardias —lo interrumpe Ravensloe, mirándolo fijamente—. Cuando se entere de esto, seguro…

Un fuerte zumbido eclipsa su voz.

Las luces penetran las cortinas opacas. Es el ruido de unas hélices. Un helicóptero.

—Ah, y aquí la tenemos —exclama Ravensloe, impostando un tono de falsa alegría. Luego señala a Atlas—. Tú. ¿Tienes algún resultado que presentar de tu trabajo en Zoología? ¿Alguna información que darle a tu primera ministra mañana por la mañana?

Atlas suelta un bufido en tono burlón.

—Me temo que no —responde—. Sin embargo, sí reporté numerosos hallazgos a la Coalición.

El guardia que se encuentra detrás le asesta un puñetazo en la cabeza. Atlas se desploma, impactando el rostro contra el suelo. La doctora Seymour y yo proferimos un grito.

—¿Y ustedes? —dice Ravensloe, mirándonos—. ¿Descifraron el código de los dragones? ¿O tengo que sentenciarlas a muerte esta misma noche?

Miro a mis amigos; el rostro sangrante de Atlas en el suelo, bajo la bota del guardia, y la mirada desafiante de la doctora Seymour, que indica una cosa, mientras la mano que sostiene su vientre señala otra. Perdimos antes de comenzar siquiera la batalla. Ravensloe nos capturó, y Marquis y Sophie están allá fuera, en la oscuridad. ¿Y si los guardias encuentran a Karim con las crías de dragón antes de que se reúna con Chumana? Quizá debimos esperar a que llegaran los rebeldes, seguirles el juego…

Miro a Ralph, que disfruta del momento, y luego a Ravensloe, quien me observa, expectante.

—Sí —pronuncio con calma—. Descifré el código.

La sonrisa burlona de Ralph desaparece.

—¡Viv! —grita Atlas—. No seas tonta. No puedes…

—Si no reporto mis avances, nos aniquilarán a todos —respondo y me giro para mirar a Ravensloe—. ¿No es así?

—Si no consiguen completar el trabajo que se les solicitó, serán juzgados por sus crímenes y recibirán la sanción correspondiente, tal como se les explicó cuando aceptaron esta misión —responde Ravensloe—. Desgraciadamente, a esos antecedentes habrá que sumar el de traición, que se castiga con la muerte.

—Si somos culpables de traición, también lo es la primera ministra —replica la doctora Seymour—. Está a punto de entregar a Britania a un gobierno extranjero.

Cierro los ojos. Tal vez Marquis y Sophie salven sus vidas, pero Sophie pasará el resto de sus días en la cárcel de Granger como tránsfuga de clase. Serena será degradada o tendrá que aceptar un matrimonio forzado. ¿Y Gideon? Ni siquiera sé qué fue lo que hizo para acabar aquí.

—Miente, vice primer ministro —dice Ralph, furioso—. No descifró el código.

—No miento. Llevo meses aprendiéndolo, pero debía asegurarme de contar con la información correcta antes de ofrecérsela a la primera ministra. Les entregaré el código y todas sus traducciones, pero solo si liberan a los demás reclutas y los absuelven.

—No han cumplido con su parte del acuerdo, señorita Featherswallow…

—Solamente podremos anular esa alianza si le entrego el código a Wyvernmire —le recuerdo, y en los ojos de Ravensloe se agolpan las dudas—. Si lo corroboran, los búlgaros acabarán poniéndose en contra de la primera ministra. Todos sabemos que es inevitable.

Me giro y observo a Atlas, quien me mira desde el suelo.

—Así que permita que Atlas y la doctora Seymour se vayan, cancelen la búsqueda de los demás y entregaré el código.

Ravensloe sale lentamente de detrás de la mesa, con los ojos fijos en Ralph.

—Guardia 707, según tengo entendido, durante su militancia en los Freikorps alemanes, aprendió una amplia gama de técnicas de persuasión…

Ralph se yergue.

—Sí, señor.

—¿En qué consistían?

—Se empleaban con los dragones prisioneros, señor. Al no poder imponernos por la fuerza, recurríamos a técnicas más sutiles... —Ralph desenfunda un cuchillo largo y fino— ...como el refinado arte del corte.

—¿Le gustaría darnos una demostración?

Ralph mira a Ravensloe, perplejo, como si no lograra discernir si habla en serio o no. Luego sonríe. Un guardia me inmoviliza por los hombros.

—¡No! —gritan Atlas y la doctora Seymour al unísono.

—¡Quítame las manos de encima! —grito, pero el guardia me empuja con fuerza hasta lanzarme a los pies de Ralph.

Él se agacha, situándose a mi nivel, y se acerca. Intento zafarme, pero otro guardia me inmoviliza por las piernas. Ralph levanta la manga de mi saco y arremanga mi camisa. Mira al guardia.

—Que no se mueva.

—¡Te mataré! —ruge Atlas.

Hunde el cuchillo en mi brazo y suelto un aullido. Las lágrimas y el dolor me nublan la vista. Arqueo el cuerpo hacia atrás, pero mi brazo se encuentra inmovilizado. Ralph desliza la cuchilla por mi piel y yo vuelvo a gritar, cerrando los ojos con fuerza e intentando contener las arcadas.

—¡Yo tengo información sobre los huevos de dragón! —exclama Atlas—. ¡Por favor, no la lastimen más!

Ralph levanta el cuchillo y siento la fría punta sobre la muñeca.

—Lo único que debe hacer es proporcionarnos el código —dice Ravensloe—. ¿Lo harás, recluta?

Permanezco con los ojos cerrados; sin embargo, a través de mis párpados, percibo el reflejo rosa de una luz tenue. Escucho el crujido de la puerta y una exclamación de sorpresa.

—Primera ministra Wyvernmire —exclama Ravensloe—, no esperaba visitas esta noche.

La punta del cuchillo desaparece. Abro los ojos de golpe. Wyvernmire está de pie en el umbral, vestida con su largo abrigo verde y con su brillante prendedor en forma de garra de dragón junto al cuello.

—¿Y eso? —responde enseguida.

Alcanzo a percibir unas hondas líneas de expresión en su frente, como si hubiera envejecido en los últimos días.

—¿Esperabas que permaneciera sentada en mis aposentos mientras tú obtenías información crucial?

Ralph continúa a mi lado, con una rodilla hincada en el suelo, y levanta la mirada en dirección a su tía como un niño al que hubieran descubierto haciendo una travesura.

—Los hallamos destruyendo el material del invernadero —dice—. Usted autorizó que empleáramos cualquier medio necesario, primera ministra…

—Por supuesto —responde Wyvernmire, fijando por fin la vista en mí.

Yo sostengo la mirada y, por un breve momento, espero atisbar algún rastro de la mujer que me dijo que nos parecíamos. Sin embargo, su rostro permanece impávido.

—Solo que no es a ella a quien deben de torturar.

Ralph se pone de pie.

—¿No?

—No —responde Wyvernmire.

Se aparta, revelando tras su abrigo una pequeña figura temblorosa.

—Sino a ella.

Levanto la cabeza, horrorizada. Todo mi cuerpo se tensa. La niña me mira y sus ojos miel me reconocen. Luego estira los brazos hacia mí y suelta un gemido profundo y desesperado.

Ursa.

27

ALGUIEN GRITA y no me doy cuenta de que la voz es mía hasta que estrecho a Ursa entre mis brazos. Nadie intenta evitarlo y, por un momento, mientras poso mis labios en el cuello frío de Ursa y respiro el aroma de su cabello, todo lo demás desaparece. El cuerpecito de mi hermana tiembla entre silenciosos sollozos.

—Shhh, osita —le susurro al oído—. Ya estás conmigo. Estás a salvo.

Me sorprende la facilidad con la que miento. Quizás es porque sé que haré todo lo posible por convertirlo en verdad. Ursa se hunde en mi abrazo, sujetando mi cabello con sus manitas, presionando sus zapatos sucios contra mis muslos como si el suelo le quemara. Yo la cargo como si fuera un bebé y la abrazo con fuerza mientras me pongo de pie. Por encima de su cabecita veo el rostro de Wyvernmire y el pecho se me incendia al recordar sus palabras. ¿Torturar a mi hermana?

Por encima de mi cadáver.

Los guardias han puesto de pie a Atlas y a la doctora Seymour y Wyvernmire los mira con aburrimiento.

—Qué decepción, todos ustedes —exclama y gira hacia mí—. Me proporcionarás el código con todas sus posibles variantes de inmediato. Si te niegas, el guardia 707 aplicará sus técnicas en la niña.

Me atenaza el pánico y mi piel se eriza. Con un movimiento de cabeza, Wyvernmire le indica una orden al guardia, quien da un paso al frente y arranca a Ursa de mis brazos.

—¡No! —grito con Ursa aún aferrada a mi cuello—. Por favor, no se la lleve de nuevo. Yo…

Sin embargo, el guardia levanta a Ursa jalándola de la parte trasera de su abrigo y la deposita entre la doctora Seymour y Atlas. Ella llora sin cesar.

—Le entregaré el código —le digo, casi sin aliento—. Pero no la lastime.

—¿Lo ven, caballeros? —dice Wyvernmire con una gélida sonrisa—. No era necesario complicar tanto las cosas. El amor es la tortura más eficaz.

Miro fijamente a Ursa y percibo en mis mejillas el calor de mis propias lágrimas. No se escucha nada más que su llanto desconsolado. Lentamente, Atlas estira el brazo y toma su mano.

—Encierren a estos tres en el sótano —ordena Wyvernmire—. Y encuentren a los otros reclutas. Acabaré con esta pequeña rebelión de raíz.

Toda la energía que me quedaba desaparece repentinamente. Me invade un dolor en el pecho al enfrentar la realidad: nos capturaron y ahora, con Ursa aquí, Wyvernmire puede obligarme a hacer lo que quiera. Tengo que entregarle el código. Recuerdo el rostro de Ralph mientras hería la piel de mi brazo y trago saliva para controlar las náuseas. No puedo ni pensar en que se aproxime a Ursa. Los rebeldes aún no han atacado y, en unas horas, habré puesto el destino de los dragones y de la Tercera Clase en manos de Wyvernmire.

—Hay reportes de dragones no identificados en el espacio aéreo —me dice—. Debes descubrir su ubicación exacta.

—Entonces necesitaré ir al invernadero. Para utilizar la máquina locuisonus restante.

Wyvernmire asiente.

—El guardia 707 te acompañará. Cuando hayas identificado a los dragones, pondrás por escrito todo lo que sabes sobre el código y se lo entregarás a él —añade, mirando a su sobrino—. Asegúrate de enviármelo antes del amanecer.

Ralph aferra mi brazo.

—Permítame llevarme a mi hermana —le pido a toda prisa—. Trabajaré más rápido si sé que está a salvo.

Wyvernmire frunce los labios.

—Trabajarás más rápido si sabes que no lo está.

Contengo un sollozo.

—Volveré por ti —le digo a Ursa, sintiendo cómo tiembla mi mandíbula—. No te dejaré sola nuevamente. ¿Lo entiendes?

Ella seca sus lágrimas con la mano libre y asiente con valentía. De pronto Atlas se suelta, corre hacia mí, me toma por los hombros y me besa. Sus labios son como fuego al contacto con los míos.

—No se lo entregues —me susurra, mientras lo jalan.

—Pensándolo mejor... —comenta Wyvernmire, contemplando la escena con diversión—. Llévense al chico a la azotea. Podrá mirar por última vez a los dragones que no consiguió reproducir antes de que lo lancen al vacío.

—¡No! —grito yo.

Ralph me lleva a empujones, sujetándome de la nuca, y el llanto de Ursa resuena por toda la estancia.

—¡No lo hagas, Viv! —grita Atlas a lo lejos.

Sin embargo, él no lo comprende. No puedo hacer otra cosa. Mientras avanzamos por la oscuridad y nos adentramos en el bosque, noto que va goteando sangre de mi brazo. Me giro para buscar a Atlas en el tejado, pero no veo nada más que la silueta de un dragón patrullando el cielo. ¿Es Muirgen o Rhydderch? ¿Acaso nos han abandonado todos?

—Tendría que haberme percatado de que eres una rebelde —dice Ralph cuando llegamos al invernadero—. Debí haberte fracturado el otro brazo cuando tuve la oportunidad.

Desearía replicar algo hiriente, o darme la vuelta y escupirle en la cara, pero no me atrevo. No después de la amenaza que pesa sobre Ursa, ahora que conozco perfectamente la sensación de ese cuchillo sobre la piel, diez veces más dolorosa que los golpes de vara. Abrimos la puerta y Ralph despide al guardia que vigilaba la estancia. Camino con cuidado entre los restos de la máquina locuisonus y coloco sobre la mesa la que no alcanzamos a destruir mientras Ralph enciende una luz y me acerca una silla.

—A trabajar, pues, encantadora de dragones —me dice en tono burlón.

Yo me coloco los auriculares y giro el dial, sin poder controlar el temblor de mis manos. Escucho el crepitar de las interferencias mientras localizo la frecuencia correcta y aguzo el oído en busca de los clics y trinos del koinamens, ya familiares para mí. Ralph se sienta al otro lado de la mesa y me mira fijamente. Yo lo ignoro y cierro los ojos para concentrarme.

Ahí está. Una serie de llamadas sociales. Esos dragones, sean quienes sean, tienen algo que decirse. Escucho más atentamente. ¿Están hablando de... aterrizar?

—Explícame esto —dice Ralph, levantando la voz. Está examinando lo que resta de un cuaderno de registro, las páginas que no conseguimos sumergir en agua—. ¿Cómo sabes lo que significan las diferentes secuencias?

Levanto la mano, mostrándole la palma para que se calle, y disfruto mi pequeño triunfo al observar su gesto de asombro. Mi mente trabaja cada vez más rápido, presa del pánico al percatarme de que prácticamente no reconozco ninguna llamada. Me atraviesa un escalofrío. ¿Y si son dragones búlgaros? ¿Y si Wyvernmire ya confirmó la alianza? Necesitamos que los rebeldes lleguen ya.

—Pude comprender la ecolocalización interactuando con dragones que cruzaban por aquí, pero sin hacerles saber que era yo —miento—. Reproduje fragmentos de grabaciones en el perímetro de Bletchley Park, alertándolos, por ejemplo, de la presencia de algún humano no identificado y escuchaba sus respuestas.

Por suerte, Marquis y Sophie retiraron los bloqueadores antes de que nos descubrieran. Sin eso, la alocada idea que aflora en mi mente no funcionaría. ¿Dónde estará Atlas? ¿Ya lo habrán llevado a la azotea? Siento un nudo en el estómago.

—Necesito usar esas máquinas —le digo a Ralph, señalando las reperisonus.

Desenchufo los auriculares y jalo un cable de una de las máquinas; luego lo enchufo a la locuisonus.

—¿Por qué? —pregunta Ralph—. ¿Para qué?

—Transmitiré una grabación previa de llamadas sociales por ecolocalización al locuisonus —digo.

Esa parte es cierta. Presiono los minúsculos botones negros de las grandes máquinas, buscando en la pantalla la grabación que etiqueté como «Doncella Serpiente». Luego la envío a la máquina locuisonus, seguida de otra que grabé hace semanas. Con el corazón en un puño, me siento de nuevo frente a la locuisonus y miro a Ralph, quien me observa fijamente. Noto una gota de sudor deslizándose por mi espalda.

—Ahora reproduciré una parte de una de las grabaciones —le explico.

Cambio el interruptor de «recepción» a «emisión» de la misma forma en que lo hice cuando llamé a Chumana desde el bosque.

—Fingiré que soy un dragón para ver si alguno de los que hemos detectado en las proximidades interactúa conmigo. Yo lo llamo el «arte de interceptar». —Lo miro de frente—. Apuesto a que tú lo harías bien.

Sonríe, complacido. Quizás haya conseguido ganar un poco de tiempo.

Presiono el botón de reproducción. Yo no puedo escucharlo, pero sé que las llamadas de Chumana están reconvirtiéndose a su frecuencia original y están emitiéndose, sin bloqueadores alrededor que puedan frenarlas.

Doncella

Serpiente

Cuento los segundos, aguardando el tiempo suficiente para rebobinar y volver a reproducirlas.

Doncella

Serpiente

Y otra vez.

Doncella

Serpiente

—Yo no escucho nada —dice Ralph, golpeando suavemente el auricular.

—El altavoz reproduce las llamadas entrantes reconvertidas a una frecuencia audible para los humanos —le explico—. Pero las llamadas de salida se emiten a través de vibraciones en el aire, imperceptibles para el oído humano.

Presiono otro botón y Ralph se inclina hacia adelante, intrigado. Me pregunto qué nuevos avances habría integrado la doctora Seymour en las máquinas locuisonus si hubiera tenido la oportunidad. Me imagino un aparato más pequeño, con un botón para cada llamada de ecolocalización, o varias máquinas diseñadas para hablar diferentes dialectos.

Presiono el botón de nuevo, retrocediendo hasta otra grabación. Es una llamada de hace semanas, cuando algunos de los dragones de guardia discutían sobre el protocolo para un ataque. ¿Será una palabra reconocida universalmente o estoy a punto de utilizar una llamada perteneciente a uno de los dialectos? Debo de arriesgarme y pensar que es universal.

Presiono el botón.

Ataque.

Ralph me mira fijamente, confundido. Rebobino, yendo de una grabación a la otra, y presiono los botones de reproducción, pausa y rebobinado a la máxima velocidad posible.

Doncella

Serpiente

Ataque

Ataque

Ataque

—Muy bien, ya basta —dice Ralph, jalando la máquina locuisonus—. ¿Qué dijiste?

—Emití llamadas de exploración —miento, aprovechando que Ralph no sabe absolutamente nada de ecolocalización—. Si me permites colocarme los auriculares, cuando lleguen las respuestas, podré calcular a qué distancia se encuentran los dragones.

Lo que estoy diciendo es tal disparate que casi me río al percatarme de que Ralph lo cree sin dudarlo.

—Olvídate de los dragones —me dice, acercándome el cuaderno de registro—. Entrégame el código.

—No lo entiendes —respondo, meneando la cabeza—. Este lenguaje es complicado. No es algo que se pueda aprender en una noche…

—Más te vale, por el bien de tu hermana —me espeta Ralph, asestando un puñetazo sobre el cuaderno—. Mira aquí… ¿Por qué todo es tan confuso? —Señala mis apuntes para la entrada «Canturreo 246» y las notas garabateadas debajo—. ¡Aquí dice que esta llamada tiene seis variantes! ¿Y todas significan «quemar»! ¿Estás intentando confundirnos deliberadamente?

«En realidad es muy sencillo —me gustaría decirle—. El sonido del canturreo 246 varía dependiendo del dragón que lo emite. En el dialecto de Muirgen, la llamada posee una leve inflexión inexistente en la variante de Soresten. Y cuando Yndrir la utiliza con Muirgen, el tono es diferente, mucho más profundo que cuando la emplea para hablar con…»

—¡Respóndeme! —grita Ralph.

Se encuentra prácticamente encima mí, mirándome con furia, con los labios cubiertos de baba.

—¿Qué me estás ocultando?

La voz de Atlas resuena en mi cabeza:

¡No lo hagas, Viv!

Ralph aferra mi cuello.

—Respóndeme o cortaré a tu hermanita en rodajitas.

¿Chumana habrá recibido mis llamadas? ¿Las habrá escuchado alguien?

—Ya te lo dije —le respondo sin alterarme—. Si me das los auriculares, puedo…

Ralph me empuja con fuerza, caigo sobre la silla de espaldas y mi cabeza golpea contra el canto de la mesa. Me pongo de pie, adolorida y desorientada, pero él arremete de nuevo.

—Me has estado mintiendo —dice, y su voz posee un tono peligroso, que no había escuchado antes, ni siquiera cuando me fracturó el brazo—. Ya le había advertido a la primera ministra que no estabas haciendo tu trabajo, pero no quiso escucharme. ¿Qué es lo que transmitiste con esa máquina? ¿Con quién te estás comunicando?

Siento que la sangre gotea desde mi frente y limpio la que se desliza por mi ojo.

—Con nadie —respondo—. Solo hice lo que me pidieron...

—¡Mentira! —grita Ralph.

Desenfunda el cuchillo de nuevo y yo retrocedo hasta situarme detrás del sofá, mirando desesperadamente por entre las tazas de café vacías de la doctora Seymour en busca de algo con lo cual defenderme. Lo único que veo es la corneta de la máquina locuisonus destruida. Me acerco a paso incierto, pero Ralph me aferra por el pelo y me arranca un puñado de cabello, desatando mis gritos de dolor. Clavo mis uñas en su brazo, debatiéndome, mientras él intenta inmovilizarme en el sofá.

—¡Suéltame, cabrón! —le grito, asestándole un rodillazo entre las piernas.

Él profiere un grito de dolor, pero me jala hacia atrás y se sienta a horcajadas sobre mí, inmovilizando mis muñecas con una mano y utilizando la otra para blandir el cuchillo.

—En Alemania, solíamos arrancarles las escamas a los dragones una por una —dice Ralph con una sonrisa satisfecha. Los galones de su uniforme reflejan la luz de la lámpara—. ¿Sabías que no les vuelven a crecer? Era algo que podíamos arrebatarles. Además, valen una fortuna en el mercado negro.

Me revuelvo bajo su peso, pero me mantiene inmovilizada. Me observa fijamente a los ojos y luego pasea la mirada por el resto de mi cuerpo.

—Y yo me pregunto... ¿a ti qué podría arrebatarte?

Junto toda la saliva que tengo en la boca y le escupo en la cara. Él se ríe.

—Perra... —dice, limpiándose los ojos con la manga. Apoya la punta del cuchillo contra la comisura de mi boca.

—Esto te enseñará a sonreír cuando yo te lo ordene.

Desliza el cuchillo por mi piel, provocando mis gritos.

—¿Dónde están los dragones con los que te comunicaste? —gruñe.

—No hay ningún...

Vuelve a cortar y mi boca se llena de sangre.

—Tú misma te lo buscaste —dice Ralph—. Mi tía me contó cómo traicionaste a tu amiga. Y ahora estás traicionando a tu Gobierno, a tu país. Deberías darme las gracias por contenerme, por no...

—Tú estás frustrado —le espeto, jadeando y mirándolo fijamente a los ojos—. Estás frustrado porque Wyvernmire te obligó a volver de Alemania para asignarte como un simple guardia. Estás frustrado porque no confió en ti para que fueras desencriptador, ni aviador, ni zoólogo. Estás frustrado porque me escogió a mí.

Ralph ensancha las fosas nasales y su rostro adquiere un color rojo intenso, al tiempo que curva la boca en una sonrisa furiosa, aterradora.

—Pagarás por lo que me hiciste.

Esas palabras me recorren como una descarga eléctrica. Son prácticamente las mismas que utilizó Sophie. Ralph acerca su rostro y el penetrante olor de su loción de afeitado satura mi nariz.

—¿Crees que ahora puedes fingir ser la heroína después de todo lo que has destrozado? —me susurra al oído—. Mereces sufrir, Vivien Featherswallow. Pero eso ya lo sabías, ¿verdad?

El pánico se apodera de mí. ¿Y si tiene razón? ¿Y si así es como debo acabar por todas las cosas horribles que he hecho?

Pienso en lo que hizo Chumana en Bulgaria y en lo que está haciendo ahora para compensarlo. Pienso en mamá, quien siempre me decía que todos debemos vivir con las consecuencias de nuestros actos, aunque sé que no se refería a esto porque conozco a mi madre. Pienso en lo mucho que he llegado a odiarme porque no sabía cómo liberarme de mi propia sensación de culpa.

—Nunca es demasiado tarde para cambiar, Ralph Wyvernmire —susurro—. Hasta yo puedo tener una segunda oportunidad.

Abro la boca como si quisiera besarlo, pero le clavo los dientes en el cuello. Él profiere un rugido agónico y se levanta de un salto, llevándose una mano al cuello mientras yo escupo sangre. Ruedo del sofá al suelo y me arrastro hasta sujetar un trozo de metal hundido del suelo.

—No vuelvas a acercarte a mí —lo amenazo—. Si lo haces, cuando los rebeldes ganen la guerra, me aseguraré de que los dragones sepan cómo torturaste a los suyos.

Ralph se ríe, mientras su sangre escurre por entre sus dedos.

—Al único lugar que iré será adentro, para que Ursa sienta el filo del cuchillo en su suave piel...

—Eso quisieras —dice una voz.

Alguien avanza por detrás de Ralph entre la penumbra y de pronto se escucha un *crack*.

Ralph se inclina hacia delante y el cuchillo repiquetea contra el suelo. Pone los ojos en blanco y se desploma. Marquis lo golpeó con la culata de la pistola.

—¿Viv? ¿Estás bien? —exclama con voz ronca.

Yo contengo el llanto y asiento, mientras él tiende los brazos hacia mí.

—¿Dónde está Sophie? —pregunto cuando nos separamos.

—En el bosque —dice Marquis—. Cuando se los llevaron, intentamos seguirlos, pero los guardias nos encontraron y estaba demasiado oscuro como para alcanzar a ver. Noqueé a uno de ellos, le quité la pistola y luego te escuché gritar. —Se le quiebra la voz—. Después, cuando me dirigía hacia acá, un dragón pasó volando tan bajo que me lanzó al suelo…

—¿Un dragón? ¿Qué aspecto tenía?

—En realidad, no tuve tiempo para observarlo, Viv… ¿Qué haces?

Paso por encima de Ralph y me dirijo a la ventana a toda prisa. A través de los árboles observo que la casa está en llamas y que un dragón se aproxima volando al invernadero. Tomo la máquina locuisonus de la mesa y me dirijo a la puerta.

—¡Vamos!

Una vez que estamos en el bosque, oculto la máquina bajo un montón de hojas.

—Quizá la necesitemos más tarde para comunicarnos con la Coalición —le digo a Marquis.

Nos giramos y vemos el humo extendiéndose por el cielo. De pronto las copas de los árboles tiemblan y Chumana aterriza a nuestro lado con gran estruendo. Aún emana humo negro de las fauces. Nos mira a Marquis y a mí con sus ojos ámbar encendidos.

—No vuelvas a utilizar esa lengua artificial, niña humana —me advierte.

Luego balancea su enorme cabeza, acercándola al suelo, y percibo una figura que salta desde detrás de su cuello para aterrizar en el suelo helado.

—Buenas noches, inadaptados —saluda Atlas con una gran sonrisa—. ¿Listos para la redención?

28

El gesto de triunfo de Atlas rápidamente muda a uno de perplejidad en cuanto observa mi rostro ensangrentado.

—¿Qué te hizo ese animal? —exclama, balbuceando y acercando un dedo a la herida que recorre desde la comisura de mi boca hasta mi mejilla.

Yo ignoro la pregunta.

—¿No te empujó desde el tejado?

—Ah, sí lo hizo —responde Chumana sin inmutarse—. Tuve que atraparlo en el aire como lo haría un perro con una vara.

Marquis reprime una carcajada. Chumana parece complacida.

—¿Dónde está Karim? —pregunta mi primo.

—Estaba llevándolo a un lugar seguro cuando escuché las llamadas de Vivien —responde Chumana con su voz grave—. Lo dejé en una granja cercana.

—Tenemos que encontrar a Ursa y a la doctora Seymour —digo—. ¿Están en el...?

—Sótano —confirma Atlas, asintiendo, con la vista fija en el invernadero—. ¿Dónde está Ralph?

—Lo noqueé —dice Marquis sin el menor rubor. Luego gira hacia mí—. ¿Dijiste... Ursa?

Sin embargo, antes de que pueda explicarme, Chumana lanza una llamarada por la boca y la nariz. El calor abrasador chamusca mi cabello y jalo a Marquis, apartándolo del fuego. Unas llamas anaranjadas se extienden por las paredes del edificio, haciendo estallar el cristal de las vidrieras, por las cuales observo cómo avanza el fuego por el interior, prendiendo las alfombras y las mesas de madera, devorando los cojines y las plantas y la colección de revistas. Muy pronto destruirá todas mis notas y los restos de la primera máquina locuisonus.

—Ralph —señalo—. Sigue ahí dentro y está vivo.

Atlas y Marquis se miran entre sí.

—Después de todo lo que te ha hecho, Viv... —alega Marquis.

—Atlas —exclamo rápidamente—. No vas a permitir que...

—No —responde Atlas con un suspiro de resignación—. No, supongo que no.

Rodea el invernadero a toda prisa hasta llegar a la ventana secreta y se cuela dentro.

—Pero... ¡Carajo! —protesta Marquis, echándose a correr tras él.

Chumana gira hacia mí.

—Hay algo que debes saber, algo que no te supe explicar la última vez.

Aguardo.

—Las llamadas que percibes a través de tu máquina, debido a las cuales sonamos como pájaros... Nosotros no las escuchamos así. Cuando se transforman a una frecuencia audible para los humanos se distorsionan y se pierde lo más importante.

Se escucha un chirrido; la estructura del invernadero comienza a debilitarse.

Doy un paso, aproximándome a Chumana.

—¿Y qué es lo más importante?

—La emoción —dice Chumana—. Cada llamada transmite una emoción compleja. Una llamada de advertencia puede provocar en quien la escucha una repentina sensación de miedo, como una descarga eléctrica. Y si los dragones que se comunican poseen un vínculo estrecho, si son de la misma familia, puede que por un momento uno de ellos observe a través de los ojos del otro.

Meneo la cabeza, intentando comprender el alcance de sus palabras. Marquis y Atlas reaparecen, tosiendo y jalando a Ralph entre los dos. Sin embargo, la voz de Chumana captura completamente mi atención.

—Cuanto más fuerte es el vínculo entre los dragones, mejor se comprenden entre sí. Por eso quienes no se conocen solo pueden comunicarse con llamadas básicas: sin ese vínculo emocional que nace desde las entrañas, en ocasiones no es posible entenderse.

Pienso en la forma tan instintiva en que se comunicaban Muirgen y Rhydderch, así como en las dificultades que tenían para hablar con Borislav.

—Entonces ¿se trata de un dialecto familiar? ¿Un potente vínculo emocional?

A nuestras espaldas vuelve a estallar el vidrio y Marquis posa una mano en mi brazo.

—Viv, tenemos que irnos.

—Sí —dice Chumana con su voz sibilante—. Y recuerda: aunque es posible traducir el koinamens a una lengua humana, inevitablemente eso conlleva perder las emociones que transmite y, por lo tanto, gran parte de su significado.

—Todo acto de traducción requiere un sacrificio —murmuro para mí misma.

—Por eso no debemos de permitir que los humanos lo imiten —insiste Chumana. Sus ojos parecen un par de soles dorados que penetran en mí como si quisieran leerme la mente—. Si grabas y emites una de las llamadas de Muirgen en su frecuencia original, provocarías que Rhydderch la sintiera en el interior de su ser. Sería como escuchar la voz de tu hermana en tu mente, tan clara como si estuviera a tu lado. Harías lo que te dijera, sin importarte nada más, ¿no es así?

Chumana resopla con fuerza y me invade su cálido aliento.

—Pues lo mismo sentiría Rhydderch. Los humanos búlgaros lo sabían, querían explotarlo y por eso están muertos.

Un rugido sonoro atraviesa el cielo nocturno.

—Los dragones de Wyvernmire saben que estás aquí —le dice Atlas a Chumana al tiempo que acomoda a Ralph a los pies de un árbol.

Chumana asiente y me observa mientras intento asimilar lo que me acaba de revelar. Cualquier traducción humana del koinamens sería una triste imitación del significado original. Me giro y lanzo una mirada al invernadero. Nuestro trabajo ahí dentro era imposible. Y aun así nuestros míseros intentos habrían podido acarrear unas consecuencias desastrosas. Ahora entiendo la furia de Muirgen y por qué Chumana vino volando hasta Bletchley para explicármelo.

—Voy por Ursa —les digo a los chicos.

Atlas asiente.

—Y luego tenemos que ir al taller de Aviación.

—¿Al taller de Aviación?

—Así es como huiremos —dice Atlas.

—¿No podemos ir con Chumana…?

Chumana emprende el vuelo, agitando las alas justo por encima de nuestras cabezas, y enseguida planea sobre los árboles en dirección a la casa. Se escucha un fuerte chirrido metálico.

—Ella tiene que luchar —dice Atlas.

—¿Escuché bien? —pregunta Marquis—. ¿Estás sugiriendo que huyamos en avión?

—Sí —responde enseguida Atlas—. Lo construiste tú. ¿No me dijiste que conoces hasta el último detalle?

—¡Eso no significa que sepa pilotarlo, idiota! —replica Marquis.

—¡Estamos perdiendo el tiempo! —grito—. Marquis, ¿puedes encontrar a Sophie?

—Debe estar en la casa. Acordamos encontrarnos allí si nos separábamos.

Corremos por el bosque, escuchando las explosiones del invernadero a nuestras espaldas, hasta llegar al jardín. En el cielo, por encima de la casa, Chumana choca con otro dragón, que sale despedido e impacta contra el tejado.

—¡Fuego! —grita una criada, saliendo por la puerta de la cocina a toda velocidad—. ¡Dragones!

Nos agachamos justo a tiempo para esquivar una bola de fuego que incendia un arbusto a nuestro lado y de pronto dos guardias aparecen corriendo por una esquina.

Ambos nos gritan al vernos:

—¡Todos los reclutas deben...!

Marquis levanta la pistola y dispara. La bala rebota en una cañería, pero eso basta para que desaparezcan por donde venían.

—¿Crees que tú tendrías mejor puntería? —le dice Marquis a Atlas, observando su sonrisa burlona.

—Desde luego que no —responde Atlas.

Entro y él me sigue, pero me detengo en cuanto veo a un grupo de personas corriendo hacia nosotros por el oscuro pasillo.

—¡Atrás, atrás! —le grito a Atlas, dándome la vuelta.

—¡Viv! —exclama una vocecita aguda—. ¿Viste a ese dragón que atrapó a un niño en el aire?

Percibo la tensión de Marquis. Atlas intenta encender una luz.

Ante nosotros está la doctora Seymour, con Ursa en brazos, y a su lado, armados con pistolas, Gideon y Serena.

—Esto debe ser una broma... —exclama Marquis.

—¡Gracias a Dios! —susurro, mientras la doctora Seymour me entrega a Ursa y yo la arropo entre mis brazos.

—¿Lo viste, Viv? ¿Lo viste?

Aparto el cabello del rostro de mi hermana y me río.

—Sí lo vi. Y aquí está ese chico.

Atlas sonríe y le tiende la mano a Ursa para estrechársela.

—Encantado de conocerte, Ursa. Soy Atlas.

Sin embargo, Ursa mira por encima de mi hombro, con los ojos como platos.

Marquis le hace una reverencia y de pronto sus ojos se llenan de lágrimas.

—Cuánto tiempo sin verte, osita.

Ursa estira los brazos hacia él y yo la suelto a regañadientes. Miro fijamente a Gideon y a Serena.

—¿Dónde demonios han estado ustedes dos?

—Salvando a tu hermana —responde Serena con los ojos brillantes.

—Es cierto —confirma la doctora Seymour, ajustándose los lentes rotos—. En cuanto nos encerraron en el sótano, estos dos bajaron por las escaleras armados hasta los dientes.

Serena saca otra pistola de la parte trasera de su cinto y me la entrega, aunque las dos sabemos que no tengo ni idea de cómo utilizarla.

—Parece que recobraste la cordura, ¿no? —le dice Atlas a Gideon—. No intentarás matar a alguien otra vez…

Apoyo una mano en su brazo y guarda silencio.

—Gracias —les digo a Gideon y a Serena—. A los dos.

Gideon se sorbe la nariz y le entrega una pistola a Atlas.

—¿Alguien tiene algún plan para salir de aquí?

—Parece que me nombraron piloto —dice Marquis, sonriendo mientras le ajusta la cinta del cabello a Ursa—. ¿Nos ponemos en marcha?

Se escuchan voces y gritos en el exterior.

—Wyvernmire pidió refuerzos —dice Serena.

La doctora Seymour asiente.

—Hay otra salida a través de la pista de baile. Nos llevará al otro lado del recinto, donde están los talleres.

Se escucha un fuerte chillido y de pronto vemos un destello azul al otro lado de la ventana. ¿Muirgen?

—¡Vamos! —exclama Marquis, mientras corre a atrancar la puerta trasera.

Toda la casa se tambalea y la pared donde está situada la estufa cede y se derrumba.

—¿Podemos irnos a casa ya? —pregunta Ursa, sollozando.

La casa tiembla nuevamente y del techo se desprende un trozo de moldura que por poco cae sobre la cabeza de Marquis. La adrenalina me inunda las venas mientras nos apresuramos por el pasillo y llegamos al vestíbulo, donde aparece un grupo de guardias por la puerta delantera. Levanto mi pistola, pero ellos corren en estampida, ignorándonos, escaleras arriba.

—Van por la primera ministra —grita uno de ellos.

Nosotros seguimos a la doctora Seymour hasta la pista de baile y luego salimos por una puertecita al exterior. Me giro para mirar la casa. Del techo se desprenden tejas y escombros y, más allá, las llamas se elevan hacia el cielo desde las copas de los árboles, imponiéndose a los primeros rayos de sol de un amanecer anaranjado.

—¡Más rápido, Viv! —me grita Marquis, rebasándome con Ursa en brazos.

En el patio, al otro lado del jardín, vemos la enorme silueta de Rhydderch junto a los autos de los guardias. Agita su cola crestada, golpeando con ella a su oponente, un dragón de guardia plateado llamado Fenestra, quien profiere un rugido agonizante. Los guardias intentan resguardarse cuando los dragones caen sobre los coches, aplastándolos.

—¡Están con nosotros! —exclamo, atónita—. Rhydderch y Muirgen están en nuestro bando.

Un guardia levanta la vista desde los escombros y nuestros ojos se encuentran. Les grita algo a los suyos y unos cuantos salen corriendo hacia mí.

—¡Viv! —grita Marquis.

Los demás ya están en los talleres, y Gideon y Serena abren las altas puertas de madera de uno de ellos.

Atlas toma mi mano, me jala, y yo aparto la mirada de Rhydderch.

—Ya casi llegamos —me susurra Atlas.

Me seco el sudor de la frente y tosemos mientras atravesamos corriendo una nube de humo negro. Siento la cálida mano de Atlas en la mía. Nos detenemos frente al taller, casi derrapando, pero de pronto se escucha un estruendo, seguido de un sonoro murmullo, como un trueno. Al otro lado del jardín, un dragón que no reconozco derribó las puertas de entrada. El dragón junto con otros más aterrizan sobre la grava del patio y cientos de personas entran en estampida. Soldados y civiles armados con pistolas, garrotes y cuchillos.

—¡Abajo el Gobierno! —gritan.
—¡Abajo Wyvernmire!
—La Coalición —susurro—. ¡Llegaron!
Los ojos de Atlas se iluminan. Los guardias que nos perseguían retroceden, dirigiendo su atención a los invasores. Y entonces irrumpen los dragones, atravesando el humo desde el otro lado del lago, lanzándose como aves rapaces. Conforman un caleidoscopio de colores con cuyas alas protegen de las balas a los humanos rebeldes.
Entramos en el taller, que está atestado de autos y camionetas de los guardias estacionados a los costados. Sin embargo, en el centro, rodeado de lonas y de herramientas, aguarda un avión de combate.
—¿Tú construiste esto? —le pregunto a Marquis.
—La estructura es cosa de Serena, sobre todo. Karim y yo nos encargamos de los circuitos y del motor. Y… —Baja la escalerilla y la coloca en su sitio—. Karim hizo esto.
Los escalones de metal están recubiertos por una tela azul en la cual bailan cientos de minúsculos dragones plateados.
—Es precioso —digo.
—Sí, impresionante —murmura Atlas, impaciente—. Pero subamos ya.
Serena ocupa la cabina y Gideon y la doctora Seymour abordan tras ella.
—¡Un momento! —exclamo, girándome hacia Marquis y Ursa, cuyos rostros están manchados de negro por el humo—. No puedo dejar aquí a Sophie.
—¿De qué estás hablando? —dice Atlas con evidente molestia.
Me giro.
—¿De verdad pensabas que iba a subirme a este avión sin ella?
¿Por qué pensé que estaría aquí, esperándonos? ¿Dónde está?
—Viv —dice Marquis con tono pausado—, le dije a Sophie que se fuera si no me encontraba. A estas alturas ya debe haber escapado, por el bosque.
—Y vamos a suponer eso sin más, ¿no?
—¡Sí!—exclama Atlas—. Viv, hiciste todo lo que podías. Destruiste tus traducciones y el invernadero ya no existe. Es hora de marcharse, de huir con tu primo y tu hermana. Ese fue el motivo por el cual viniste a Bletchley.
—No puedo abandonar a Sophie —insisto, negando con la cabeza—. Otra vez no. Después de todo lo que te conté, ¿no puedes comprender…?

—Yo la encontraré —decide.
—¿Tú? —replico, incrédula—. Pero tú vienes...
Una sombra atraviesa el taller y las tenues luces de los primeros rayos del sol que se filtraban por las rendijas del techo de madera desaparecen. En el exterior, el cielo se ha oscurecido, como si la luna hubiera eclipsado el sol naciente. Corro hacia la puerta y me percato de que los disparos y los rugidos se han silenciado. De pronto, resurge la luz.
La formación de dragones búlgaros se bifurca en el cielo. Debe de haber un centenar, de todos los tonos de rojo y negro. Vuelan en grupo, con giros coordinados y repentinos cambios de dirección. Al observar que se dirigen al patio, el vello de mi nuca se eriza.
—No lo entiendo —dice Atlas—. Se suponía que llegarían hasta mañana. ¿No es eso lo que dijo Wyvernmire?
Nadie responde. Nos limitamos a observar, mientras los dragones surcan el cielo. En el patio, los humanos rebeldes y los guardias han dejado de luchar y miran hacia arriba. Hasta los dragones de Bletchley y los dragones rebeldes parecen haberse quedado flotando en el aire, esperando. La formación búlgara lanza una serie de llamaradas y me recorre una descarga eléctrica en el pecho.
—¡Serena! —grito—. ¡Arranca el avión!
Aferro el brazo de mi primo.
—Serena y tú pueden pilotar esta cosa juntos. Lo sé.
—Sube al avión, Viv —insiste Marquis, apretando los dientes.
Yo niego con la cabeza y Ursa comienza a llorar.
—Te encontraré, pequeña —le digo—. Solo voy a buscar a Sophie.
Ella llora y patalea, pero Marquis la sube por la escalerilla y la deja en manos de Gideon, quien la lleva dentro del avión.
—Viv, por favor —dice Marquis con lágrimas en los ojos.
Yo me acerco y le doy un beso en la mejilla.
—Te prometo que no me sucederá nada. Tú cuida de Ursa, ¿sí?
Me sujeta con fuerza por un momento. Luego sube por la escalerilla.
—¿Atlas?
Él gira y me mira tímidamente.
—No pensaste que permitiría que la Coalición luchara sin mí, ¿no?
—Pero ¿ya viste el cielo? —le grito—. ¿Cómo vas a enfrentarte a los dragones búlgaros?
—Mira —dice él.

Chumana vuela hacia los búlgaros, flanqueada por Rhydderch y Muirgen, Soresten y Addax, Yndrir y un grupo de dragones rebeldes. Solo un breve tramo de cielo separa a ambos grupos rivales. ¿Qué está haciendo?

Por un momento, todos permanecen inmóviles: el ejército búlgaro, con escamas como el cristal, en un lado, y un pequeño grupo de dragones, ya ensangrentados por la lucha, en el otro. ¿Estarán ecolocalizando? ¿Intentará razonar con ellos Chumana? Tres de los dragones búlgaros a la cabeza de la formación se lanzan hacia delante y Rhydderch reacciona, profiriendo un rugido de advertencia para proteger a su grupo. Los búlgaros van tras él y un chillido estremece el cielo cuando le arrancan la cabeza y comienza a brotar la sangre de su cuerpo, como lluvia.

—¡No! —exclamo.

Los dragones de Bletchley emiten unos monstruosos chillidos y atacan; de pronto, el cielo se convierte en un hervidero. En tierra, se reanudan los disparos y la lucha. Los oídos me pitan. Mis ojos se encuentran con la mirada de Atlas y veo el reflejo de mi propio terror. Un mar de fuego invade el patio, engullendo a un grupo de humanos rebeldes y guardias. El avión arranca con un chisporroteo. La Coalición está en clara desventaja. Es imposible que sobrevivan a esto. ¿Cómo pudimos pensar que podríamos enfrentar a un ejército de dragones búlgaros? En cuanto el avión avanza, Atlas aferra mi brazo.

—Sube —me dice.

—No, sube tú.

—No puedo… —Mira hacia atrás, en dirección al patio en llamas—. Tengo que ayudarles.

—¿De qué puede servir tu ayuda ahí afuera? Eres seminarista, no soldado…

—No podemos permitir que Wyvernmire acumule más poder, Viv. No podemos…

Tomo su rostro entre mis manos.

—¡Escúchame! —grito para que pueda oírme por encima del ensordecedor ruido de las hélices—. Es demasiado tarde. El ejército búlgaro está aquí y es muy numeroso. Habrá una guerra de verdad, una…

De pronto un recuerdo se impone entre el caos de mi mente.

La música de los violines; plumas y pieles; burbujas en una copa de champán.

En la guerra, los idiomas son tan cruciales como las armas.

Y entonces lo comprendo.

—Necesito volver —le digo—. Tengo que ir a ver a Wyvernmire y entregarle lo que quiere.

Atlas me aparta cuando, con un rugido, el avión comienza a avanzar. Marquis me mira a través del cristal de la cabina, yo también lo observo, niego con la cabeza y él le dice algo a Serena. Entonces el avión reemprende la marcha, atraviesa el taller y sale al patio, despegando.

—¿Qué acabas de decir? —dice Atlas.

—Debo de ser la traductora de Wyvernmire. Es la única opción que tenemos para controlar a los búlgaros...

—Eso es ridículo —exclama—. Es justo lo contrario de lo que defiende la Coalición...

—¡Mira a tu alrededor, Atlas! —grito—. Muy pronto ya no quedará nada de la Coalición. Los búlgaros están aquí y seguramente vendrán más. Si Wyvernmire no tiene posibilidad de escucharlos, de controlarlos, Britania se convertirá en un país dominado por los dragones. Tú sabes tan bien como yo que esta nueva alianza es solo temporal. Y que la guerra que hemos estado librando, de rebeldes contra el Gobierno, no será nada comparada con lo que ocurrirá cuando la reina Ignacia se entere de que fue traicionada y los búlgaros decidan que Wyvernmire no es para ellos más que una piedra en el zapato. Lo único que podemos hacer ahora es ayudar a nuestro pueblo, a nuestro país...

—Entonces ¿nos rendimos? —responde Atlas, furioso—. ¿Nos sometemos a los búlgaros, a Wyvernmire?

Nunca le entregaré el koinamens a Wyvernmire, ni permitiré que sepa que el control del código le otorgaría un poder inimaginable. Sin embargo, puedo aprovechar lo que he aprendido para espiar a los dragones búlgaros, para asegurarme de que no la traicionarán, para proteger a Britania y a los rebeldes al mismo tiempo.

—De momento —le digo, suavizando el tono—. Hasta que encontremos el modo de enfrentarnos a ellos. Le entregaré un código falso a Wyvernmire para que piense que estoy de su lado, y cuando se percate de que permitir la entrada de los búlgaros en el país fue un grave error, quizá...

El resto de mi frase queda sofocado por el ruido del avión cuando cruza sobre nuestras cabezas. Traza un círculo por encima del bosque a nuestras espaldas y se eleva, lanzando una llamarada por debajo de la cabina.

Casi me parece escuchar el grito triunfal de Marquis.

Un avión que escupe fuego.

—Pensaba que esto era lo que se suponía que debía hacer —dice Atlas—. Que si no estaba destinado al sacerdocio, quizá mi camino era luchar por el cambio a tu lado. Defender a la gente, a mi gente, a la Tercera Clase y a los dragones.

La voz se le quiebra; yo tomo sus manos y las beso.

—Lo sé —digo—. Y quizás así sea. La Coalición, la causa rebelde, no se encuentra solo aquí, en el interior de Bletchley. También está afuera —digo, señalando más allá de la contienda y de las puertas derribadas—. Tú eres quien arriesgó la vida para salvar a un hombre, cuando lo ocultaste en tu iglesia. Solo porque hayamos perdido esta batalla no significa que todo haya acabado.

Atlas da un paso atrás.

—Aun así, fracasé. Todo este tiempo he estado preparándome para la batalla. Hemos planeado este ataque durante meses…

—Es tu orgullo el que habla. Créeme, sé de eso.

Él me mira con los rojos enrojecidos.

—Hay otra máquina locuisonus en el bosque —le digo.

—Pensé que ambas habían ardido en el incendio…

—Oculté la que no alcanzaste a romper. Pero no para mí —me apresuro a añadir—. Era para comunicarnos con los dragones rebeldes, por si Chumana no recibía mi mensaje. Podemos utilizarla para espiar a los búlgaros, para aprender sus llamadas y asegurarnos de ir un paso adelante. El lenguaje: esa será nuestra arma.

—Los dragones de la Coalición no lo aceptarán nunca —dice Atlas—. ¿Cómo puedes sugerirlo siquiera después de todo lo que te ha revelado Chumana…?

—Quizá lo acepten, si es lo único que puede salvarnos —insisto con decisión—. Y después nos aseguraremos de que ningún humano utilice una máquina locuisonus nuevamente. Aún podemos vencer a los búlgaros y ganar esta nueva guerra.

Atlas me mira fijamente, receloso de ese último rayo de esperanza.

—Yo confié en ti cuando me aconsejaste que debía contarle la verdad a Sophie, que podría perdonarme —le digo—. Tu especialidad es esa, ayudar a la gente, ¿no? En eso vuelcas tu amor. Bueno, pues yo lo vuelco en los idiomas. Tú mismo lo dijiste, ¿recuerdas?

Acaricio su mejilla mientras recordamos aquel momento junto a la estatua del huevo de dragón.

—Ahora necesito que confíes en mí, Atlas.

Él se inclina hacia delante, con un gesto de desconcierto en el rostro casi infantil, y me besa.

—Confío en ti, Viv.

—Entonces debemos de regresar al invernadero.

Atravesamos el patio, dejando atrás cuerpos en llamas y el cadáver de un dragón, para adentrarnos en el bosque. Los árboles a nuestro alrededor también arden y entre las copas vislumbro el invernadero, una masa negra fundida. No hay ni rastro de Ralph. Toso y siento arcadas en cuanto mis pulmones se llenan de humo. Recorro el terreno lanzando patadas por el sotobosque hasta que la veo. La corneta dorada de la máquina locuisonus emergiendo entre las hojas. Compruebo que se conserve intacta: el cristal y el metal están tan calientes que prácticamente queman al tacto. Luego, giro hacia Atlas.

—Tenemos que encontrar a Wyvernmire —le digo—. Su helicóptero sigue aquí, así que no la han evacuado; sin embargo, dudo que esté adentro.

Media casa ya está calcinada.

—El sótano —dice Atlas de pronto—. Tiene protección antiincendios por las...

—Las crías de dragón. Vamos.

—Espera —exclama de pronto—. Ni siquiera sabemos si accederá a tu plan. Y si no lo hace, podría apresarte ahí abajo. Tú eres quien conoce el código, así que iré yo.

Lo dudo un momento, pero enseguida recapacito. Wyvernmire tiene a un ejército de dragones búlgaros a su lado, así que Atlas y sus conocimientos de zoología son irrelevantes para ella. Sin embargo, él podría lograr que venga a mi encuentro... Respiro hondo.

—De acuerdo —accedo, poniéndome de puntitas para besarlo—. Te esperaré aquí. El humo me ayudará a permanecer oculta.

Atlas asiente, luego se da la vuelta y desaparece entre los árboles. Todo lo que importaba ayer —evitar que el código terminara en manos de Wyvernmire, unirme a los rebeldes, huir de Bletchley— se torna irrelevante. Se avecina una guerra de tres bandos: Wyvernmire y los búlgaros, la reina Ignacia y la Coalición. La única posibilidad de vencer es entregarle a nuestro enemigo algo con lo cual pueda combatir a un enemigo aún mayor. Porque si he aprendido algo de mi madre y de cómo terminó toda su familia es que los dragones búlgaros no se alían con los humanos. Sin embargo, puedo hacer algo para que esta guerra no suponga el fin para todos. Puedo utilizar las lenguas dracónicas que domino y mis conocimientos sobre ecolocalización para salvarnos. Aún puedo devolverle su vida a Sophie. Paseo la mirada por la máquina locuisonus, los restos del invernadero, las cenizas de todo lo que he vivido en Bletchley Park.

Esta es mi segunda oportunidad.

29

Me agazapo entre el humo y escucho la batalla durante lo que me parece una eternidad. Repentinamente, percibo un movimiento a la luz de los árboles en llamas. Atlas camina hacia mí, con los puños apretados a los costados del cuerpo. Tras él se acerca Wyvernmire con gesto triunfante. ¿Dónde están sus guardias? El suelo comienza a temblar y lo que semejaba una masa de árboles negros avanza, emergiendo de la nube de humo. La única protección que necesita Wyvernmire: un bolgorith búlgaro.

Atlas se coloca a mi lado y yo miro a todos fijamente, situándome por delante de la máquina locuisonus para evitar que la vean.

—No me costó mucho convencerla —me dice Atlas en voz baja—. La mitad de sus guardias la ha abandonado y... mira el tamaño de esa bestia. ¿No te parece que esto ya se le salió de las manos?

Wyvernmire y el dragón se detienen a un par de metros frente a nosotros. Es el dragón más grande que he visto nunca. En sus escamas blancas porta piedras preciosas incrustadas. Mamá me había hablado de esas incrustaciones, presentes en los dragones búlgaros de más alto rango. Para colocarlas, deben lacerarse la piel ellos mismos.

—Vivien —dice Wyvernmire—, permíteme presentarte al general Goranov. Es nuestro nuevo aliado en esta guerra que Bletchley Park no ha conseguido ganar.

El dragón me observa a través de un ojo negro y vidrioso.

—Buenas noches, general Goranov —le digo en slavidraneishá.

El ojo parpadea una vez.

—Eres la primera humana que conozco que habla mi lengua materna —contesta el general con voz profunda—. Desde la llegada al poder de los nuestros, se ha tornado algo impopular. ¿Te la enseñó algún dragón?

—¡En inglés, por favor! —exclama Wyvernmire.

El general gira la cabeza en dirección a ella y la primera ministra responde con una sonrisa tensa.

—Habrá notado ya que la mayoría de mis tropas no habla inglés —replica él.

—¿Dónde lo aprendió? —le pregunto al general—. ¿Se lo enseñó un humano?

Atlas me sujeta con más fuerza en señal de advertencia. Yo giro hacia Wyvernmire.

—¿Y ahora qué sucederá? —le pregunto—. Se ha enemistado tanto con la Coalición como con la reina Ignacia. Ahora la guerra en Britania tiene tres bandos. —Miro a Goranov y añado—: Y muy pronto podrían ser cuatro.

—Mi gobierno y los dragones búlgaros impondrán nuevamente el orden en esta nación —dice Wyvernmire—. Hay más tropas búlgaras en camino.

Atlas resopla, airado.

—En su intento por aplastar una rebelión creó dos.

—Propondremos un acuerdo a la Coalición y a la reina Ignacia —responde ella—. Un nuevo acuerdo de paz. No soy una primera ministra cruel…

—Nadie querrá que continúe siendo primera ministra cuando descubran lo que hizo —digo.

—Ay, por favor… Solo estoy haciendo lo necesario para asegurarme de que nuestra gran nación no se hunda en la ruina.

—Usted trajo la ruina al país —respondo, mirando de nuevo al general—. ¿Cree que a ellos les importa el orden, la paz o la prosperidad?

Goranov lanza un gruñido grave.

—Aún eres demasiado joven para comprenderlo —dice Wyvernmire—. Te di una oportunidad, Vivien, pero no supiste aprovecharla. Lo que tienes de ambición te falta de valentía.

—A Viv no le falta valentía —la corrige Atlas.

—Eso en lo que he estado trabajando… —digo—. En el invernadero. Aún puedo entregárselo. Es lo único que puede proporcionar seguridad a usted y al resto de Britania. Sería su única ventaja.

Wyvernmire frunce los párpados y siento que mi corazón se acelera. ¿Habrá descubierto mi mentira?

—Dejaste muy claro que no lo compartirías y que solo cooperabas porque tenía a tu hermana, quien, por cierto, ha desaparecido convenientemente.

—Tal como puede ver —respondo lentamente, señalando con un gesto de la cabeza al dragón búlgaro—, las circunstancias han cambiado.

Wyvernmire gira hacia el general.

—Gracias por escoltarme, general Goranov. A partir de ahora puedo ocuparme de estos reclutas yo sola.

El general me mira y esboza una sonrisa.

—Me quedaré a escuchar lo que tenga que decir su políglota.

Me esfuerzo por ignorar el hedor de su aliento, que me asalta como una potente ráfaga de viento.

—Me quedaré a su lado, como su traductora personal —le digo a Wyvernmire—. Considérelo como un seguro, por si las cosas no salen como usted planeaba.

Sus labios tiemblan ligeramente y constato que comprendió el sentido de mis palabras.

—Pero el invernadero está calcinado...

—Conseguí rescatar lo necesario —le digo, apartándome para que vea la locuisonus medio escondida—. No obstante, a cambio de mi ayuda debe acceder a las siguientes condiciones.

Siento la presión del brazo de Atlas y eso solo me infunde mayor seguridad. Se escucha un estruendo a lo lejos y el rugido de un dragón procedente de la casa. Los rebeldes continúan luchando.

—Les ordenará a sus guardias y a sus dragones, incluidos los búlgaros, que se retiren.

La cola del general corta el aire como un látigo y al caer aplasta un tronco derribado.

—Nadie más que yo les da órdenes a mis tropas.

—Permitirá que todos los del bando contrario, humanos y dragones, se marchen de Bletchley Park —añado—. Los reclutas que quedan serán perdonados y sus familias liberadas si aún las tiene bajo arresto.

Wyvernmire sonríe, divertida, con un brillo en los ojos.

—Continúa.

—Los dragones serán reintegrados a la sociedad, se les reconocerán más derechos, recibirán más territorio y mejores perspectivas de vida.

El general lanza una carcajada cavernosa.

—Había olvidado lo tediosas que son las negociaciones entre dragones y humanos.

—Ofrecerá unas condiciones justas a la Coalición —añado—. En esta nueva sociedad que pretende crear, los ciudadanos de Tercera Clase tendrán los mismos derechos que los de Segunda Clase. Y abolirá el Examen. Ya no determinará la posición de una persona...

—No —replica Wyvernmire.

—¿No? —respondo y noto que me tiembla la voz—. ¿Así que no me necesita como traductora?

—¿Traductora para qué? —ruge el general.

—Harías bien en recordar que ya perdieron esta batalla —me dice Wyvernmire sin inmutarse.

—Y usted haría bien en recordar que, sin mí, su gobierno no será más que el de un estado títere.

—Accederé a tus dos primeras condiciones —responde—. Pero no a las demás. Podría irte muy bien, Vivien, si dejaras de intentar hacerte la heroína, si abandonaras ese papel de salvadora de la Tercera Clase. Si recordaras que esa ambición requiere sacrificio.

—Solo que siempre son los mismos quienes hacen los sacrificios —replica Atlas.

De pronto, siento como si estuviera encogiéndome, como si el coraje que me ha brindado alas toda la noche comenzara a abandonarme. Si no trabajo para Wyvernmire, los dragones búlgaros podrían arrasar todo nuestro país. Si no tiene nada que utilizar en su contra, entonces ella, la reina Ignacia, los rebeldes... todos sufriremos.

—Te contrataré como mi traductora personal —decide Wyvernmire—. Trabajarás en la Academia, bajo la supervisión de la doctora Hollingsworth, con un sueldo competitivo y un doctorado *honoris causa* en Lenguas Dracónicas.

Mientras Wyvernmire habla, ocurren dos cosas. Por un lado, percibo que Atlas lanza un pie de atrás para delante, empujando una gran piedra hacia mí con el lateral del zapato. Y, por el otro, vislumbro un brillo rosado entre las copas de los árboles, por encima de la cabeza del general.

Permito que las palabras de Wyvernmire floten en mi mente. Mi familia, segura y libre en Fitzrovia. Sophie y el resto de reclutas perdonados. Yo, trabajando en la Academia de Lingüística Dracónica para mantener a los dragones búlgaros controlados. Y Atlas... si llegáramos a casarnos, ascendería a Segunda Clase.

—Juntas haremos de este un país más grande y garantizaremos su seguridad. Pero solo si abandonas esas ideas rebeldes.

La idea se esfuma en cuanto recuerdo el modo en que los dragones búlgaros le arrancaron la cabeza a Rhydderch de tajo. El rostro ensangrentado de la chica de Tercera Clase muerta. Los ojos de mi padre cuando lo sacaron de nuestra casa y lo subieron a la fuerza a un coche de los guardias. Las imágenes creadas por las palabras de Wyvernmire no son más que una ilusión que oculta la terrible verdad que mis padres vislumbraron desde un principio.

—El pueblo no debería temer a sus primeros ministros, Wyvernmire —le digo lentamente—. Los primeros ministros deberían temer a su pueblo.

Atlas gira de golpe para mirarme, asombrado de escucharme pronunciar esa consigna rebelde. Son palabras que no había comprendido hasta ahora. La sonrisa de Wyvernmire desaparece enseguida. Me agacho y tomo la piedra que se encuentra a mis pies y, en ese mismo momento, una llamarada cruza el cielo. Chumana aterriza sobre el dorso del general con un terrible chillido y Wyvernmire se aparta, resbalando sobre las hojas acumuladas en el suelo mientras a su alrededor caen ramas en llamas. Levanto la piedra y destruyo con ella la máquina locuisonus. Wyvernmire contiene un grito al observar que el cristal de la máquina se hace añicos y la caja se parte en dos. Un dial sale volando y acaba perdiéndose en el sotobosque.

—¡Viv! —grita Atlas.

Me jala y me aparta justo a tiempo, antes de que Chumana y el general caigan sobre los restos del invernadero. Chumana aferra con sus fauces la pata del general, quien profiere bramidos agónicos al sentir el contacto de sus dientes. En algún lugar, en lo alto, se escucha el murmullo del motor de un avión. De pronto los dragones se elevan unos metros y el general le clava una garra a Chumana en el costado. Un chorro de sangre le tiñe el cabello de rojo a Wyvernmire al tiempo que se pone de pie, se protege el rostro y me grita:

—Entrégame el código y ordenaré la retirada de mis tropas.

Aún no lo comprende. Esa era la última máquina locuisonus. Ahora, la primera ministra no es más que un peón en manos de los dragones búlgaros. Atlas me jala para refugiarnos tras un árbol.

—Mira —dice, señalando hacia arriba—. Es Marquis.

El corazón me da un vuelco. ¡Marquis! Su avión traza círculos sobre nosotros, descendiendo gradualmente. Atlas me besa.

—Estuviste impresionante, Viv.

Yo meneo la cabeza.

—¿Qué haremos ahora? Sin la locuisonus, los búlgaros no tienen rival. Podrían arrebatarle el gobierno a Wyvernmire si quisieran…

—Pero tú no formarás parte de eso —replica Atlas, orgulloso—. Pase lo que pase, sabrás que te negaste a sacrificar a la gente. Encontraremos otro modo de proteger Britania, algo que no implique venderse a los dragones búl…

El avión de Marquis lanza una llamarada que enciende un árbol muy cercano a la cabeza del general.

—La verdad es que tu primo tiene pésima puntería —murmura Atlas, mirando entre el humo que invade el bosque.

Yo deslizo las manos bajo su saco, rodeando su espalda y abrazándolo mientras el avión busca dónde aterrizar. Por un momento fantaseo con que no estamos en medio de un campo de batalla. Incluso cierro los ojos. Me imagino los próximos años juntos, dejándome llevar no por las mentiras de Wyvernmire, sino por el aroma de la camisa de Atlas junto a mi rostro. Nos visualizo planeando la resistencia de Britania desde la seguridad de la Escocia rebelde, tomados de la mano mientras observamos a Ursa jugar en el campo, entre dragones, pasando las mañanas de primavera haciéndonos las preguntas que aún no hemos garabateado en nuestras notas secretas, descubriendo lo que todavía desconocemos del otro. Atlas toma un mechón de mi cabello y lo enrosca en su dedo. En ese momento, otro dragón aterriza con gran estruendo a escasos metros de distancia.

—Viv, tengo que quedarme, para ayudar a los rebeldes heridos.

Asiento, con los ojos aún cerrados, porque es inútil discutir. Tiene que ayudar a la gente: él es así. Sé que necesita demostrarse a sí mismo que puede hacerlo, aun fuera del sacerdocio.

—Yo tengo que ir a buscar a Sophie y luego debo ir con Ursa —respondo—. No volveré a alejarme de ninguna de las dos.

Él me besa en la frente.

—Te encontraré cuando haya terminado la batalla.

Retrocedemos a trompicones, observando cómo las llamas se van acercando cada vez más. El fuego nos rodea, rugiendo con tal fuerza que prácticamente no se percibe el sonido del avión.

—Aterrizará en la pista de tenis —dice Atlas, señalando hacia el claro al otro lado del bosque.

Escucho disparos, me ovillo, pero él me empuja hacia el claro.

—Ahora tienes que irte. *¡Ya!*

—Espera, yo…

En el espacio que nos separa de la pista de tenis irrumpe un grupo de guardias que dejan atrás a Chumana y al general Goranov para lanzarse contra mí. Nos giramos para huir corriendo, pero otros más nos cercan por el otro extremo, con sus uniformes blancos ennegrecidos por el humo. Siento un nudo en el estómago y Atlas abre los ojos como platos, asustado. Esperamos demasiado y ahora nos encontraron…

Escucho un largo silbido grave.

La señal.

Levanto la cabeza de golpe. ¿Marquis? Se supone que está pilotando el avión. ¿Cómo puede ser que la señal provenga de…?

Percibo un movimiento en el follaje del árbol que se encuentra junto a mí. Entre las hojas, emerge un rostro.

Sophie.

—¡Agáchense! —nos grita.

No lo pienso dos veces. Jalo a Atlas y nos lanzamos al suelo justo en el momento en que un dragón azul pasa volando bajo y arremete contra los guardias con sus enormes alas abiertas como una red gigantesca. Los gritos de los guardias quedan eclipsados por el rugido de Muirgen, que los derriba al tiempo que le clava las garras en la espalda al general, quien se ve obligado a soltar a Chumana. Sophie se deja caer desde las ramas. Siento los labios de Atlas contra mi mejilla, pero enseguida se aparta y, antes de que pueda girar, desaparece entre el humo. La mano de Sophie encuentra la mía. Corremos, con sus dedos fríos entrelazados con los míos, que arden, hasta llegar a la pista de tenis.

Yndrir lanza un mordisco a la cabeza de un dragón búlgaro y ambos salen rodando por la cancha, llevándose por delante la red. Ahí está el avión, volando tan bajo y tan despacio como resulta posible, por encima de la pista, con una escalerilla de cuerda colgada del fuselaje. Los chillidos son ensordecedores. Sophie se sujeta a la escalerilla y comienza a trepar.

—¡Sube! —me grita.

Yo subo tras ella y el avión empieza el ascenso. El viento gélido golpea mi rostro mientras avanzo. Veo pasar ramas en llamas arrastradas por el viento. En la cabina aparece el rostro de Gideon, quien jala a Sophie para ayudarla a abordar el avión. Sujetada a los últimos travesaños, volteo hacia abajo y miro el humo procedente de la casa. Entonces los veo en el jardín: Ralph y Atlas. Están enzarzados en una discusión que no puedo escuchar. Los dragones vuelan sobre sus cabezas, veloces y cortantes como las palabras que, imagino, están intercambiando. Ralph saca la pistola. Atlas se inclina hacia delante y luego retrocede como si un hilo invisible jalara su cuerpo hacia atrás.

Mi pie resbala y pierdo apoyo. El disparo queda sofocado por el fragor de la batalla, pero aun así resuena en mi interior. Se trata del mayor estruendo que he escuchado nunca.

El tiempo se torna más lento.

Atlas se desploma.

Escucho las voces que gritan mi nombre desde arriba, pero no puedo apartar la vista de Ralph, quien se acerca a Atlas mientras todo mi mundo estalla en llamas.

—¡Viv! —grita Sophie—. ¡Sube!

Pero yo suelto la escalerilla.

30

ME INVADE UN GRAN DOLOR EN EL PECHO Y JADEO desesperada, intentando respirar. Cuando abro los ojos, me percato de que estoy boca arriba y que el avión vuela en círculos sobre mí. Mi pecho se ensancha espasmódicamente y siento que me asfixio, hasta que por fin entra aire en mis pulmones. De pronto, una garra de dragón está por aplastarme el brazo, pero consigo apartarme a tiempo, rodando y arrastrándome por la pista boca abajo hasta alejarme de los latigazos de las colas de los dragones en lucha. Me pongo de pie y me echo a correr, abriéndome paso por el bosque hasta el jardín. A la luz del alba, veo a Ralph de rodillas sobre Atlas.

—¡Apártate! —le grito.

Al llegar a su lado, las piernas me fallan y caigo de rodillas.

—¿Atlas? —exclamo, jadeando.

Él parpadea varias veces, intentando fijar la vista en mi rostro. Ralph retrocede, con un revólver plateado en la mano, mientras presiono con mis dedos la herida de Atlas en un afán por frenar el chorro de sangre.

—Se te manchó la camisa —digo con voz temblorosa—. La lavaremos, no te preocupes.

Él frunce el ceño con una mueca de dolor en el rostro.

—Se suponía que tenías que estar en el avión.

Mis manos están cubiertas de sangre, una sangre aterradoramente espesa. Acerco mi rostro al suyo, mientras los árboles giran a nuestro alrededor.

—Vendrán a ayudarnos —le susurro—. Vendrá un médico. Alguien…

Mi vista se desvía hacia Ralph, quien nos contempla con un gesto de perplejidad en el rostro.

—Yo le apunté a la pierna, no al…

—¡Chumana! —grito, echando la cabeza atrás—. ¡Chumana!

En el cielo no se ve nada. Atlas busca mi mano con la suya.

—Vuelve al avión. Ursa te está esperando.

Yo niego con la cabeza y siento cómo brotan las lágrimas de mis ojos. En el bosque y en el patio, continúan luchando encarnizadamente, pero aquí en el jardín estamos solos.

Nadie viene a ayudarnos.

Presiono sus dedos con fuerza, bloqueada por el pánico. Escucho pasos procedentes del bosque y aparece Wyvernmire, flanqueada por varios guardias.

—Atlas —le ruego—, tienes que ponerte de pie.

Él lo intenta, pero hace una mueca de dolor.

—No puedo.

Rodeo su pecho con mis brazos e intento levantarlo, pero brota tanta sangre de la herida que prefiero volver a recostarlo. Mi respiración se acelera.

—Ahora tendrá que entregarte el código —escucho que dice Ralph a mis espaldas.

Una sombra se cierne sobre nosotros: es Wyvernmire, que mira a Atlas y luego a su sobrino.

—Si no, él…

—Si eso ocurre —le espeta Wyvernmire, marcando las sílabas—, no me entregará nada en absoluto.

Atlas esboza una sonrisa, con una aureola de hojas en torno a su cabeza.

Wyvernmire se inclina a mi lado.

—No debiste haber destruido esa máquina —me dice en voz baja.

Tomo aire, temblando, y giro para mirarla, con la mano aún apoyada en Atlas. Está tan cerca que puedo observar las salpicaduras de sangre de dragón en su rostro.

—Consígale un médico, por favor —le digo—. Y le entregaré lo que sea. Construiré otra máquina. Haré…

Escucho la desesperación en mi propia voz, que se convierte en un llanto descontrolado.

—Mis guardias lo ayudarán si haces lo correcto…

—Lo *correcto* es mantener la ecolocalización en secreto, Viv —dice Atlas.

Lo hago callar y acaricio su cabello; me aterra que al hablar consuma el resto de su energía.

Él levanta la vista y me mira con los ojos brillantes.

—Se equivoca contigo. Tú eres valiente, altruista y buena. Pero ¿usted? —Se gira hacia Wyvernmire, suelta una risa y apoya su otra mano sobre mi mano ensangrentada—. Usted está muerta sin Viv. Ella habría podido protegerla y con ello habría protegido al país que tanto dice amar, solo con que le hubiera concedido ampliar la protección al resto de reclutas. Hasta Ralph lo sabe: por eso me disparó. Porque cree que Viv se quedará aquí conmigo, con usted, en lugar de unirse a los rebeldes.

—No me uniré a ellos —afirmo, decidida, con las lágrimas abrasando mi rostro—. No te dejaré.

—Lo harás —dice Atlas con un suspiro, dándome unas palmaditas en el muslo—. Eres una de ellos, ¿verdad, mi amor?

El sol naciente se refleja en su rostro, bañando con un halo dorado su oscura piel.

—Atlas —susurro, ocultando mi rostro en su cuello. Huele a menta y a humo de dragón—. Por favor, levántate.

Wyvernmire espera pacientemente, como lo haría una madre con un hijo caprichoso. Sobre la pista de tenis, el avión se aleja. Sophie ya no puede salvarnos. Miro alrededor, impotente, y poso la mirada en Atlas nuevamente. Sus ojos están cerrados. Me inclino sobre él, ocultándolo de la vista de Wyvernmire.

—Te amo —le susurro al oído, sollozando.

Él no se mueve.

Lo beso en la boca, en los ojos, sobre la barba incipiente. Mis lágrimas se precipitan sobre su rostro y se deslizan hasta el alzacuellos blanco. Su pecho asciende y luego desciende definitivamente. Me quito el saco, lo doblo cuidadosamente y lo coloco bajo su cabeza. Su mano aún reposa sobre mi muslo. También le beso esa mano y después la acomodo a un costado de su cuerpo. Me pongo de pie y, en ese momento, observo que del bolsillo del pecho asoma un trozo de papel. Lo desdoblo y lo aliso. Es la nota que le dejé anoche, tras besarnos en el sótano.

Te dejo una última nota porque, bueno, me pareció que debía de compensarte por la anterior. Dime, Atlas... si Dios convirtió a los dragones en golondrinas para hacerlos livianos y libres, ¿crees que hará algo parecido con nosotros? Ese código, ese lenguaje de los dragones, ha sido un lastre para todos. No puedo ni imaginarme la destrucción que puede llegar a provocar. Pero ha tenido un lado positivo. El lado más positivo que podía tener. El koinamens —y todas mis lenguas dracónicas— es lo que me trajo a Bletchley Park. Es lo que me trajo a ti.

Y debajo él escribió su respuesta:

Agradezco a Dios por las lenguas dracónicas, Featherswallow. Y agradezco por ti.

Tomo aire, con la respiración entrecortada, y guardo la nota en mi bolsillo. Luego me giro. Wyvernmire me mira con la mandíbula tensa.

—Ven, vamos —dice—. Esta es la última muerte que tendrás que…

—No es la última —respondo sin alterarme. Miro a Ralph y siento que el odio me consume—. Me aseguraré de que no salgas de Bletchley Park con vida, hijo de perra. Me aseguraré de que…

Una llamarada atraviesa las nubes, prendiendo fuego al jardín y a la casaca de Ralph, quien se desploma entre gritos agónicos. Chumana aterriza sobre el pasto, situándose entre Wyvernmire y yo. Los guardias disparan en vano, rodean a la primera ministra y la conducen hacia el patio, donde espera un helicóptero. Ralph, que consigue sofocar el fuego, va tras ella cojeando. Yo me agazapo a espaldas de Chumana para esquivar los disparos.

Mátalo, pienso con todas mis fuerzas mientras observo cómo huye Ralph.

Sin embargo, en el momento en que se retiran los guardias, Chumana gira hacia el campo. Un coche avanza a toda velocidad junto al lago. Atraviesa un arbusto, dejando una estela de humo negro tras él, y entra en el jardín. Yo me lanzo al suelo, junto a Atlas, preguntándome cómo Wyvernmire pudo haber pedido refuerzos tan rápido…

La puerta trasera del coche se abre y asoma un rostro.

Rita Hollingsworth.

—Sube —me dice a toda prisa—. Antes de que me vean.

Yo meneo la cabeza y levanto la vista hacia el dragón búlgaro que aparece en el cielo. Chumana también lo observa.

—¡Ve con ella, niña humana! —me ordena.

No me atrevo a discutir, así que me lanzo al asiento trasero del coche, que arranca con un rugido. Miro por la ventanilla mientras retrocede hacia el lago. Chumana está luchando contra el dragón búlgaro desde el suelo y sus escamas destellan un halo rosado a la luz del alba. Tras ella yace el cuerpo de Atlas. Me dejo caer contra el respaldo, sin poder respirar, y por fin pierdo el control. Hollingsworth me abraza, sumergiéndome en su perfume. Mis mejillas cubiertas de lágrimas se hunden en la piel de su abrigo.

—Se quedó solo —sollozo—. Lo dejé solo.

El coche vira hacia Bletchley y pasa frente a unos camiones atestados de rebeldes heridos y gente del pueblo atónita. De pronto, la luz del sol ilumina el parabrisas e impacta en mi rostro, cálida y burlona. Atlas no volverá a mirar el sol. Murió antes de que amaneciera. Apoyo la cabeza en el hombro de la extraña que se encuentra a mi lado y pienso en todo lo que él ha significado para mí.

Atlas King.

Rebelde, seminarista, defensor de dragones.

El único chico al que he amado.

Y, cuando cierro los ojos, observo su alma en busca de Dios mientras se desliza por entre los árboles de Bletchley en llamas.

31

El coche se detiene frente a una pequeña granja con pollos en el patio y un perro que ladra al vernos. El conductor baja y enciende un cigarro sin decir una palabra. De pronto, observo a la persona que se encuentra a mi lado. La rectora de la Academia de Lingüística Dracónica.

La mujer responsable de la detención de mis padres.

Me apoyo en la puerta, enjugándome las lágrimas, y la miro. Lleva unos lentes de armazón oscuro y un collar de perlas. Su cabello es como una telaraña plateada, una nube perfectamente redonda que envuelve su cabeza.

—¿Qué hacemos aquí?

—Esperamos un avión —dice, mirando por la ventanilla—. Chumana dijo que estaría aquí.

—Chumana es una rebelde —le espeto—. ¿Por qué hablaría con usted?

Me pregunto si seguirá viva, si Muirgen y los otros dragones de Bletchley habrán sobrevivido.

—La Academia de Lingüística Dracónica está colmada de rebeldes —responde Hollingsworth sin alterarse.

—¿Cómo lo sabe?

Hollingsworth gira uno de los anillos que lleva en los dedos.

—Porque yo soy una de ellos.

Suelto una carcajada furiosa, asombrada de tener que continuar escuchando mentiras.

—No esperará que crea que usted forma parte de la Coalición, ¿verdad?

—Como rectora, tengo una posición excepcional —dice Hollingsworth—. Mi cargo me permite acercarme a Wyvernmire...

—Usted provocó que detuvieran a mis padres. ¡Me entregó la investigación de mi madre porque quería que descifrara el código, porque quería que ayudara a Wyvernmire a ganar la guerra!

Hollingsworth menea la cabeza.

—Habrían arrestado a tus padres con o sin mí. El Gobierno llevaba meses observándolos. Wyvernmire sospechaba cada vez más de mí, así que pedirme que investigara a tus padres y te reclutara fue una prueba de lealtad. Al entregarle a tus padres, me volví a ganar su confianza, con lo cual pude conservar mi posición en su círculo más cercano.

La furia abrasa mi piel y siento que romperé en llanto en cualquier momento. ¿Me estará diciendo la verdad? ¿O no será más que un truco para distraerme mientras llega Wyvernmire?

—¿Es decir que la Coalición sabía que mis padres serían detenidos?

—Sí. —Hollingsworth levanta una ceja—. Aunque no contaban con que liberarías a una dragona asesina, rompiendo así el Acuerdo de Paz.

—Pero entonces… los rebeldes traicionaron a los suyos.

—Cuando tus padres se sumaron a la Coalición, acordaron que, en caso de que su posición se viera comprometida, los rebeldes harían lo que fuera mejor para la causa, aunque eso les costara la vida, con la condición de que protegiéramos a sus hijas. Helina y John no sabían quién soy en realidad, Vivien. La mayoría lo desconoce.

Pienso en la Hollingsworth que vi en el baile, la que provocaba que todos la miraran con solo pasar cerca. ¿Se codea con los más altos funcionarios del Gobierno y ahora me confiesa que es una rebelde encubierta?

—Tras la detención de tus padres, envié un dracovol para decirle a Wyvernmire que no estabas interesada en trabajar en el DDCD. Yo tenía la intención de reclutarte, pero no para ella, ni para la Academia. Enviamos un grupo rebelde a tu casa para recogerte, pero ya te habías ido. Cuando liberaste a esa dragona, Wyvernmire supo que podía llegar a un acuerdo contigo.

—Así que si me hubiera quedado en casa…

Hollingsworth asiente y se acomoda el cabello.

—Estaba por negociar la liberación de Marquis, pero entonces descubrimos que habías convencido a Wyvernmire para que también lo enviara a Bletchley. Me temo que no hiciste más que facilitarle las cosas a la primera ministra.

—¿Y la investigación de mi madre? —pregunto—. ¿Por qué me la envió si los rebeldes no querían que descifrara las llamadas de ecolocalización?

—Sabía que poseías el potencial para descifrar el código de los dragones. Discúlpame por mostrarme tan críptica, Vivien, pero ofrecerte lo que me pedías era mi forma de transmitirte que estaba de tu lado.

—Pero ¿cómo lo sabía? —respondo, aturdida—. ¿Cómo sabía que no le entregaría el código a Wyvernmire? ¿Que me uniría a la Coalición?

—Atlas —dice ella sin más—. Él me dijo que era imposible que escogieras a Wyvernmire en lugar de a los rebeldes y que simplemente necesitabas tiempo para comprenderlo por ti misma.

Parpadeo.

Atlas.

En el exterior se escucha un zumbido grave. Me asomo por la ventanilla. El avión de Marquis planea por encima del auto, buscando un lugar dónde aterrizar. Miro nuevamente a Hollingsworth. No mentía.

—¿De verdad forma parte de la rebelión? —digo, bajando la voz.

—¿Parte de la rebelión? —Hollingsworth sonríe—. Vivien, yo *soy* la rebelión.

El avión inicia su descenso hacia un campo detrás de la granja.

—¿Y ahora adónde vamos?

—Yo, de vuelta a Londres —dice ella—. Si debo continuar con mi labor encubierta, no debe de quedar ni rastro de mi presencia aquí. Tú… a Eigg.

—¿Eigg?

Hollingsworth asiente.

—Al cuartel general de la Coalición.

Así que ahí era adonde enviaba el dracovol la doctora Seymour.

—Hay algo más —digo—. Se llevó un trozo de papel del escritorio de mi padre, en Fitzrovia. ¿Qué era?

—Una carta a la Coalición —responde—. Advirtiéndonos de la posibilidad de una invasión búlgara. Gracias a él, tuvimos la oportunidad de estudiar las tácticas de batalla de los bolgoriths, lo cual nos resultaría demasiado útil en los próximos meses.

El avión aterriza y observo que alguien sale de un cobertizo, en el patio.

Karim.

Poso mi mano en la manija de la puerta.

—Vivien —dice Hollingsworth—. Lo siento. Lo de Atlas.

Trago saliva.

—Él me enseñó que son nuestras decisiones, quienes elegimos ser una vez que observamos claramente nuestros errores, lo que nos reviste de identidad. Así que lamento haber tardado tanto en escucharlo cuando me dijo que no debía entregarle el código a Wyvernmire. Estaba intentando descubrir quién soy… pero ahora lo sé.

Salgo del auto. Karim corre hacia mí y me envuelve en un gran abrazo, pero no me pregunta qué hago aquí ni quién está tras la ventanilla polarizada del coche. Ya habrá tiempo para eso más tarde. Atravesamos el campo de trigo y subimos por la escalerilla del avión. De pronto, Marquis está abrazándonos a los dos y Ursa aferrada a mi pierna. Los motores del avión cobran vida nuevamente y nos elevamos, mientras narro cómo murió Atlas. Las palabras que emanan de mi boca apenas tienen sentido y me esfuerzo por mantener erguida la cabeza en el silencio del avión. La doctora Seymour me guía a un asiento con la misma gentileza con que, imagino, construyó la máquina locuisonus, y Sophie, con los ojos cubiertos de lágrimas, me tiende una mano. Yo me sonrojo, abrumada por ese simple gesto, cuando tiene todo el derecho de odiarme. Trago saliva y le digo una última cosa antes de perder la batalla contra el sueño.

—Gracias. Por intentar sacarme de allí.

—Pensaste que había olvidado la señal que solíamos utilizar en esos búnkeres, ¿verdad?

Asiento, mientras veo a la doctora Seymour abrochándole el cinturón a Ursa.

—Has sido la amiga más fiel —le digo—. Y, a cambio, yo solo te he ocasionado dolor.

Sophie abre la boca para responder, pero yo continúo hablando a toda prisa, tropezando con mis palabras antes de que pierda el valor.

—Nunca te pediré que me perdones, Soph. No podría esperar algo así. Sin embargo… intentaré perdonarme a mí misma. No sé si lo conseguiré, pero lo intentaré. Y te prometo que corresponderé a la amistad que me has brindado. Pasaré el resto de mi vida buscando que la tuya sea más feliz, así como la de todos los que han sufrido a causa del sistema de clases y del Acuerdo de Paz…

Sophie levanta la mano para hacerme callar y en su muñeca veo la pulsera de la amistad que intercambiamos cuando éramos niñas.

—Sé que lo harás, Viv —responde—. Sé que lo harás.

Segundos antes de despertarme, floto plácidamente en la nada, envuelta en una voz firme y profunda tan familiar que podría ser la mía. Y entonces recuerdo. Abro los ojos y percibo la dura luz del día a través de las ventanillas del avión. La voz de Atlas desaparece y me engulle una oscuridad peor que ninguna otra cosa que haya sentido nunca. Sophie duerme a mi lado y Karim y Gideon dormitan en sus asientos con las tres crías de dragón hechas un ovillo entre ellos. Escucho a Marquis y a Serena hablando en voz baja en la cabina. La doctora Seymour me sonríe, con Ursa tendida en su regazo, y me señala la ventanilla.

—Bienvenida a las islas Menores.

Miro al exterior. Por debajo, en un mar azul grisáceo, se despliega un archipiélago de islas verdes y montañosas salpicadas de rocas y ovejas. Y, a nuestro lado, ensangrentados y fatigados por la batalla, vuelan…

—Dragones —murmura Ursa.

De pronto se coloca a mi lado, perfectamente despierta, y yo la levanto para que pueda pegar la nariz al cristal. El cielo está colmado de dragones: dragones del Oeste, dragones de las arenas y ddraig gochs, flanqueando el avión de Marquis. Escruto las nubes en busca de algún rastro de una bolgorith rosada, pero no vislumbro nada.

La doctora Seymour apoya una mano en el hombro de Gideon, quien mira fijamente las islas.

—Doctora Seymour, lord Rushby dijo que Eigg era propiedad del Gobierno hasta hace unas semanas. ¿Dónde estaba antes el cuartel general?

—Hasta ahora, la Coalición ha estado descentralizada. Tenemos facciones por todo el Reino Unido. Por eso no todos los grupos están de acuerdo con las mismas causas.

—¿Como cuáles? —pregunta Gideon.

—Algunos consideran que el Acuerdo de Paz debería ser abolido, no reemplazado. Una facción en Birmingham defiende el derecho de cazar dragones otra vez y otros piensan que deberíamos confiscar las propiedades tanto de los humanos como de los dragones para repartirlas entre todos. Me temo que han conseguido deslegitimarnos a los ojos del público.

Me doy cuenta de que he vivido en una burbuja, tanto en Fitzrovia como en Bletchley.

Los dragones comienzan a descender y el avión también.

—¡Abróchense los cinturones, damas y caballeros! —grita Marquis—. ¡Mi copiloto, Serena Serpentine, iniciará el aterrizaje!

Con manos temblorosas abrocho el cinturón de Ursa y luego el mío, aunque trato de tranquilizarme al pensar que Serena tiene más experiencia en aterrizar aviones que mi primo. Apoyo la espalda en el respaldo y noto que el avión toma velocidad para luego descender en picada y aterrizar en la arena de la playa con un golpe que provoca que Ursa profiera un grito.

A medida que perdemos velocidad, el murmullo de las hélices desaparece, hasta que reina el silencio.

—¡Suéltame! —protesta Ursa.

Me percato de que estoy sujetándola tan fuerte que tengo los nudillos blancos. Marquis está de pie junto a la cabina, sonriendo de oreja a oreja.

—Al parecer, hice un buen trabajo —bromea, justo en el momento en que Serena surge tras él, poniendo los ojos en blanco.

Desabrocho mi cinturón y el de Ursa, quien corre hacia Marquis.

—¿Listos? —dice él.

Abre la puerta y despliega la escalerilla con el pie. El viento irrumpe en el interior del avión. Miro al exterior, donde brilla el sol. Las olas azotan la orilla y, al otro lado del agua, se vislumbra otra isla con dragones sobrevolándola. El aire es frío y salado. Respiro hondo y bajo, hundiendo los pies en la arena. Los dragones descienden junto a nosotros: son cientos e invaden la playa haciendo temblar el suelo al aterrizar. Veo a personas bajar de sus lomos; muchas están heridas. De igual forma, todos los dragones presentan profundas lesiones en los flancos o cicatrices de donde perdieron escamas. Me giro para observar la isla y veo más gente que acude corriendo desde los acantilados.

Así que esto es Eigg, el nuevo cuartel general de la Coalición, sede de la causa por la cual mis padres estaban dispuestos a ofrecer sus vidas, por la que *Atlas entregó* la suya. ¿Algún día llegaré a comprometerme tanto como ellos? Marquis aparece a mi lado, con

Ursa en sus hombros, y con una mirada me indica que piensa lo mismo que yo. Nuestra discusión en el tren, de camino a Bletchley, parece estar a siglos de distancia.

La gente se saluda, las familias se reúnen con sus seres queridos que vuelven de Bletchley y varios enfermeros se llevan a los heridos. Todos están vestidos de forma diferente, pero no podría adivinar a qué clase pertenecen. Detrás de la playa, en lo alto del acantilado, vislumbro unas pequeñas casas de piedra.

—Doctora Seymour, ¿cuántas personas viven aquí?

—No llega a un centenar —responde ella—. Solo los rebeldes más buscados por el Gobierno de Wyvernmire se refugian en Eigg.

—¿Y Wyvernmire no ha intentado recuperarla?

La doctora Seymour menea la cabeza, recorriendo a la multitud con la mirada.

—Existe una cláusula en el Acuerdo de Paz que prohíbe que ningún avión vuele en las proximidades de Rùm, para no perturbar a los huevos. Es un lugar sagrado, un...

Suspira y, en ese momento, un hombre corre hacia ella, la levanta en brazos y la hace girar a su alrededor. El viento levanta la arena y el hombre se arrodilla para besarle el vientre a la doctora Seymour. ¿Cuánto tiempo han estado separados? ¿Qué otras cosas han sacrificado todas estas personas por la rebelión? Tras ellos veo a dos dragones de las arenas, uno junto al otro. Reconozco sus rostros.

—¡Soresten! ¡Addax!

El dragón que vigilaba el invernadero me guiña un ojo al ver que me acerco.

—¿También eres un rebelde encubierto? —pregunto.

—No —responde Soresten—. Pero cuando Rhydderch me dijo lo que planeaba Wyvernmire, decidí luchar con ustedes.

El corazón se me encoge al recordar la brutal muerte de Rhydderch.

—¿Saben qué fue de los otros? ¿De Muirgen y de... la dragona rosa? ¿La que se enfrentó al general?

—Muirgen se unió a las fuerzas de la reina Ignacia —responde Addax con un gruñido—. Aún le es fiel a su majestad, a pesar de su corrupción.

Soresten levanta la cabeza para mirar hacia el mar.

—Hemos escuchado rumores de que el séquito de la reina se está dando un festín en la isla de Canna. Vine a comprobar si algo de eso es cierto...

—¿Y la bolgorith? —digo, impaciente—. ¿Chumana?

—La vimos cobrarse una víctima antes de retirarnos —responde Soresten—. Creo que sobrevivió.

Suspiro, aliviada. Chumana está viva.

Soresten permanece en silencio y observo que la herida en el pecho de Addax va cerrando sola. A nuestro alrededor, los otros dragones hacen lo mismo. Pueden curarse unos a otros, pero no a sí mismos, porque el koinamens es un lenguaje y el lenguaje es un intercambio. No sé cuándo descubrí eso, pero espero que Chumana no esté volando sola. Con cierta tristeza comprendo que el aire debe estar colmado de llamadas de ecolocalización, pero, ahora que la máquina locuisonus desapareció, no volveré a escucharlas. Addax frunce los párpados y me observa, intrigada.

—Los dragones están relatándose cómo destruiste esas máquinas. A algunos probablemente les gustaría aniquilarte por haberlas utilizado. —Hace una pausa—. Pero debes saber que tu decisión ha recibido el reconocimiento general.

Inclino la cabeza. Los dos se giran y comienzan a caminar por la arena, entre gente que va esquivando sus colas, en dirección a las grutas que se encuentran al final de la playa.

—De nada —respondo en voz baja—. Era lo correcto.

La doctora Seymour nos conduce a una posada llamada Guarida del Dragón. Cada uno tiene su propia habitación, por cortesía del dueño, un tipo llamado Jacob que habla hasta por los codos. Baño a Ursa y la acuesto en nuestra gran cama doble aunque aún es media tarde. Se duerme en cuanto su cabeza roza la almohada.

Me dirijo al pequeño lavabo y me miro al espejo. Mi rostro, ennegrecido por el hollín, tiene surcos grises creados por las lágrimas, manchas de sangre del cuchillo de Ralph y una quemadura en la barbilla. Mis manos están despellejadas por el roce de la escalerilla de cuerda. Mi piel huele a sudor y a humo, pero aún conserva los últimos rastros del aroma de Atlas. Dejo su nota, el único recuerdo físico que me queda de nuestros últimos momentos juntos, en un frasco sobre el estante e intento no pensar en su promesa.

Te encontraré cuando haya terminado la batalla.

Busco olvidar esa idea con un cálido baño en la tina. Mi mente se dirige a la última conversación que sostuve con Chumana. Todo este tiempo, mi teoría fue errónea. Las diversas versiones de ecolocalización que escuchábamos a través de la máquina locuisonus no eran ramificaciones de un lenguaje universal, no eran dialectos. Simplemente eran conversaciones de diversos niveles de intensidad. La capacidad de comprender a un dragón y las llamadas que utilizan para comunicarse dependen exclusivamente del vínculo que comparten. Cuando Soresten se comunicaba con Addax, sonaba diferente que cuando hablaba con Muirgen, porque sus vínculos eran distintos. No significa lo mismo un vínculo entre hermanos que uno entre compañeros de trabajo en Bletchley Park.

Miro fijamente las gotitas de agua sobre mi piel. Las lenguas dracónicas podrían poseer dialectos familiares, como sugiere la investigación de mi madre, pero el koinamens no. Y eso es porque no se basa en la gramática ni en las palabras. Es un lenguaje emocional, una telepatía que nuestros cerebros humanos no pueden ni imaginarse. Todo este tiempo me lo he planteado desde un punto de vista lingüístico, basando mis teorías en los idiomas que domino, suponiendo que eran la referencia óptima.

Ahora me doy cuenta de que siempre he hecho eso. Creo que la gente piensa como yo, que todos observan el mundo igual que yo, que no podría estar equivocada. Sin embargo, a pesar de mis buenas calificaciones, de las cartas de recomendación y de haber conseguido entrar en la universidad, *desconozco* muchas cosas.

Me visto con la ropa de otra persona y cepillo mi cabello húmedo. Al poco tiempo, alguien toca suavemente la puerta.

—Baja a comer algo —me susurra Marquis, observando que Ursa duerme.

Dejo el cepillo y bajamos juntos las escaleras. La gente se encuentra aglutinada en torno a la barra del bar, casi todos ellos aún vestidos con ropa quemada y manchada de sangre. Alguien que no he visto nunca en mi vida me coloca delante una cerveza con una sonrisa. Yo sorbo la espuma, disfrutando de su amargo y fresco sabor y sigo a Marquis al exterior. Varias fogatas arden en el pasto, sobre los acantilados, y alrededor platican grupos de personas y dragones en voz baja. El sol ya se está ocultando y el mar y el cielo se tiñen de color lavanda.

Al pasar junto a una de las fogatas, alguien nos ofrece comida —una salchicha entre dos rebanadas de pan— y la devoramos como si no hubiera un mañana. Karim y Sophie están junto al borde del acantilado y, cuando se mueven, distingo a Serena, Gideon y la doctora Seymour sentados tras ellos, mirando al mar. Una punzada de dolor atraviesa mi pecho. Faltan tres.

—¿Cómo está Ursa? —pregunta Karim con voz suave cuando llegamos a su lado, apoyando la cabeza en el hombro de Marquis.

—Está durmiendo —respondo.

—Soñando con dragones —añade Marquis.

Le doy el último sorbo a mi cerveza y me siento sobre el pasto, junto a Sophie. Su rubio cabello luce limpio y húmedo y sus mejillas sonrosadas, aunque sobresale un moretón bajo su ojo.

—¿Qué están mirando? —pregunto, mientras el sol extiende sus rayos rosados sobre el agua del mar.

—Gideon nos estaba enseñando dónde está Canna —dice Sophie.

Lanzo una mirada a Gideon, quien observa fijamente más allá de la isla frente a nosotros, hacia una que se encuentra a la distancia.

—¿Cómo es que sabes dónde está Canna? —le pregunto.

Hasta donde yo sé, Gideon no se crio en Escocia.

—Porque ahí es donde estaba cuando me reclutaron —murmura sin apartar los ojos de la isla.

Miro a Sophie y luego a la doctora Seymour para cerciorarme de que escuché bien. Canna es donde envían a los jóvenes delincuentes, el lugar que la reina Ignacia utiliza como terreno privado de caza. Es donde habría terminado la mayoría de reclutas de no haber sido enviados a Bletchley.

—Para mi padre y sus amigos no era más que un jueguito —dice Gideon sin parpadear.

El corazón se me encoge en el pecho.

—Pero me vengué. Y por eso acabé ahí.

—¿Es cierto? ¿Lo que dicen que ocurre en esa isla? —pregunto—. ¿Los dragones cazan allí?

Gideon asiente imperceptiblemente y luego vuelve a fijar la vista en el mar. Bajo mi vaso y todos permanecemos en silencio. No es de extrañar que estuviera tan desesperado por descifrar el código. No quería volver a Canna.

He tenido mucho trato con dragones.

—La Coalición terminará con eso —digo y me giro hacia la doctora Seymour—. ¿No es así? ¿No pueden sacar a esos chicos de Canna?

La doctora Seymour vacila.

—Desde luego, es uno de nuestros objetivos. Pero, con la invasión de los dragones búlgaros, el país amenaza con derrumbarse. La guerra ha alcanzado unas dimensiones inimaginables. Wyvernmire se alió con los dragones más odiados de Europa, lo cual convierte a Britania en una potencial amenaza para los países vecinos. Los búlgaros ocuparán Britania, con o sin el consentimiento de Wyvernmire, y quizá nosotros también debamos forjar algunas alianzas. Esa es la prioridad de la Coalición de cara al futuro.

—¿Así que podríamos enfrentarnos a una guerra mundial en toda la extensión de la palabra? —pregunta Marquis.

—Es posible —responde ella.

Tímidamente, apoyo una mano en el hombro del chico que intentó asesinarme.

—No te preocupes —le digo—. Haremos algo al respecto.

Gideon no responde, pero tampoco se aparta.

Observo nuevamente a Marquis y él me dedica una mirada cómplice. Nosotros sabemos cuáles son *nuestras* prioridades. Ahora que el avión que escupe fuego y mis conocimientos del koinamens ya no resultan tan útiles, no seremos de gran ayuda para los rebeldes de Eigg. Sin embargo, si conseguimos regresar a Londres y encontrar a la doctora Hollingsworth, quizás ella nos pueda ayudar a liberar a mamá, a papá y al tío Thomas de Highfall. Y entonces le ofreceré mis idiomas para ayudar a la Coalición en todo lo que pueda. No dejo de pensar en lo que he aprendido sobre la capacidad de los dragones para comunicarse a través del lenguaje y las emociones. Y en el hecho de que estuve a punto de revelarle a Wyvernmire cómo sacar partido de ello.

Me apoyo en el cálido hombro de Sophie y recuerdo lo que me dijo la rectora de la Academia de Lingüística Dracónica aquel terrible día en que la vi por primera vez en Fitzrovia, antes de conocer su verdadera identidad.

Veo un futuro brillante para ti, Vivien. Pero para alcanzarlo quizá tengas que buscar en lugares inesperados.

Me encuentro sentada al borde de una isla en guerra, en compañía de la vieja amiga a la que traicioné y de los nuevos amigos que he hecho, con una lengua dracónica ultrasónica resonando en mi cerebro. He cometido errores, errores terribles. Sin embargo, estoy comenzando a perdonarme, o al menos lo estoy intentando, y a la tenue luz del atardecer comprendo algo importante: no existe nada más inesperado que eso.

LA GACETA DE BLETCHLEY

BLETCHLEY PARK DESTRUIDO POR EL FUEGO DE LOS DRAGONES EN UN ATAQUE REBELDE

BLETCHLEY. MIÉRCOLES,
26 DE DICIEMBRE DE 1923

LA GENTE DEL PUEBLO se congregó este día de San Esteban en Bletchley Park y los servicios de emergencias acudieron en auxilio de los guardias del Gobierno y el personal del recinto. Los bomberos lucharon con entrega contra el incendio que se extendió por el jardín, destruyendo gran parte de la casa del siglo XIX y las estructuras circundantes.

La primera ministra Wyvernmire, quien se encontraba en el lugar de los hechos por motivos oficiales, y el viceprimer ministro Ravensloe fueron trasladados al hospital en helicóptero, aunque, según parece, ambos están estables. Probablemente, ellos fueran el blanco de este último ataque rebelde. En el Congreso, algunos diputados ya han exigido explicaciones por el avistamiento de más de setenta dragones búlgaros cruzando el canal de la Mancha en dirección a Londres durante la noche.

Se rumorea que Bletchley Park, confiscada por el Gobierno a la familia Leon en 1918, esconde numerosos secretos relacionados con la guerra. Hasta el momento se han recuperado un total de veintiséis cadáveres del lugar, entre ellos los cuerpos de cuatro dragones búlgaros, un dragón del Oeste y veintiún miembros de la Coalición Humanos-Dragones.

Para cuando los reporteros arribaron al lugar, los únicos dragones presentes eran los que formaban parte del personal de Bletchley Park y una bolgorith rosada que fue vista sobrevolando el lago, llevando entre las garras lo que parecía, según los testigos, el cuerpo de un joven.

Agradecimientos

Conté con numerosas inspiraciones para escribir este libro: mi bilingüismo y mi trabajo como traductora literaria, el acento galés de mi Nan y las sonoras erres de mi abuela escocesa, los acantilados de la costa sur de Inglaterra —ideales para los dragones—, mis experiencias personales de amor, fe y perdón... Sin embargo, mi mayor motivación fueron las personas que me acompañaron a lo largo del viaje que ha significado escribir este libro y agradezco la posibilidad de poder expresarles mi gratitud en este espacio.

En primer lugar, gracias a mi esposo, Val, quien me ha apoyado de todas las formas posibles durante la escritura de este libro. *Je t'aime.*

A mis padres, por una infancia colmada de magia e historias, y por siempre pensar que terminaría publicando el libro.

A mis suegros, por involucrarse y apoyarme desde el momento en que llegó el tan esperado acuerdo de publicación.

A mis siete hermanos y hermanas, repartidos en dos países, pero especialmente a Grace, que a últimas fechas está enamorada de los dragones, aunque insiste en que los míos son los mejores, y a Harry, mi primer lector, fanático de las historias fantásticas como yo, mi Marquis personal.

A mi abuela, quien alimentó mi pasión por la escritura desde el principio y me enseñó que, con un poco de esfuerzo, la maternidad y la vida intelectual pueden embonar como dos piezas de un rompecabezas imperfecto. Y a mi abuelo, que me motivó para no dejar de escribir. Los extraño a ambos, cada minuto de cada día.

A mis amigas y colegas, quienes han leído mis numerosos manuscritos, han disfrutado con cada nueva incorporación a la historia y siempre me han animado: Em, Hattie, Emma, Justine y Meg.

A mi grupo de escritura, la Cinnamon Squad, que hizo que la travesía por el primer borrador, el segundo y el tercero no resultara tan solitaria: Eve, Kate, Zulekhá, Anika, Lis y Fox.

A mi querida agente, Lydia Silver, por llevarme a almorzar a París antes de hacer realidad mis sueños, por creer en todos los libros que he escrito y por estar a mi lado en los momentos difíciles… ¡Lo conseguimos! A Kristina Egan, jefa del Departamento de Derechos, por echar a volar a mis dragones por todo el mundo; a mi agente en Estados Unidos, Becca Langton; y al resto del increíble equipo de Darley Anderson Children's.

A mi editor en el Reino Unido, Tom Bonnick, por su entusiasmo contagioso y por su dedicación a este libro, por permitirme vivir ese torbellino de emociones que ha sido cumplir mis más grandes sueños y por leer atentamente una y otra vez cada nueva versión de esta historia: me siento muy agradecida de trabajar contigo.

A mis editoras en Estados Unidos, Erica Sussman y Sara Schonfeld, por hacerme sentir tan apreciada y valorada. Erica, he perdido la cuenta de las veces que este libro ha incrementado su calidad gracias a tu atenta mirada profesional.

A todo el equipo de HarperCollins Children's Books UK, entre ellos Cally Poplak, Nick Lake, Geraldine Stroud y Elisa Offord, por darme esa bienvenida tan maravillosa y por hacerme sentir como una celebridad cuando visité las oficinas de Londres por primera vez. Gracias a Laura Hutchison y a Isabel Coonjah por su genio creativo a la hora de compartir la historia de Viv con el mundo de la literatura *online* y también a Jasmeet Fyfe, Leah Woods, Dan Downham, Jane Baldock, Charlotte Crawford y Sandy Officer.

A mi equipo en Estados Unidos, Heather Tamarkin, Mary Magrisso, Meghan Pettit, Allison Brown Lisa Calcasola, Abby Dommert y Audrey Diestelkamp. A Ivan Belikov y a Nekro por las bonitas ilustraciones de portada para el Reino Unido y Estados Unidos, a Matthew Kelly y Jenna Stempel-Lobell por los diseños de las cubiertas y a mis correctores ortotipográficos, Jane Tait, Mary Ann Seagren y Mary O'Riordan.

A Steve Voake, incomparable mentor y amigo, y a sus grupos-talleres de alumnos por sus valiosísimas opiniones sobre el primer borrador de este libro… ya saben quiénes son. A Jo Nadin, por ser la primera persona que me dijo que escribiera historias de dragones hace tantos años. A Natasha Farrant, quien probó suerte con una recién egresada de la universidad, introduciéndola en el mundo editorial y de los derechos de autor. A toda la gente del máster Writing for Young People que me trató como una escritora de verdad mucho antes de que publicara algo.

A la gente que ha escogido este libro: mil gracias a todos. Espero que mis palabras les aporten exactamente lo que necesitan.

Y por último a Dios, quien me ha proporcionado, a la vez, todas las cosas que pensaba que nunca tendría.